Príncipes de Arca

FERNANDO J. ANGELERI

Príncipes de Arca

Ilustraciones por Emmanuel Bou Roldán y Walter Bou

Angeleri, Fernando J.
  Príncipes de Arca / Fernando J. Angeleri ; editado por Ignacio Javier Pedraza ; ilustrado por Emmanuel Bou Roldán ; Walter Bou. - 2a ed - Córdoba : Fey, 2022.
  402 p. : il. ; 21 x 15 cm.

  ISBN 978-987-48784-0-3

  1. Narrativa Argentina. 2. Novelas Fantásticas. 3. Novelas de Aventuras. I. Pedraza, Ignacio Javier, ed. II. Bou Roldán, Emmanuel, ilus. III. Bou, Walter, ilus. IV. Titulo.

  CDD A863

© 2022 Fernando J. Angeleri
© 2022 Ediciones Fey SAS
www.edicionesfey.com

Segunda edición: Agosto de 2022
ISBN: 978-987-48784-0-3

Ilustraciones: Emmanuel Bou Roldán y Walter Bou
Diseño y maquetación: Ramiro Reyna

Realizado el depósito previsto en la Ley 11723.

Para los que creen en otros mundos.
A mi familia y a Adrián.

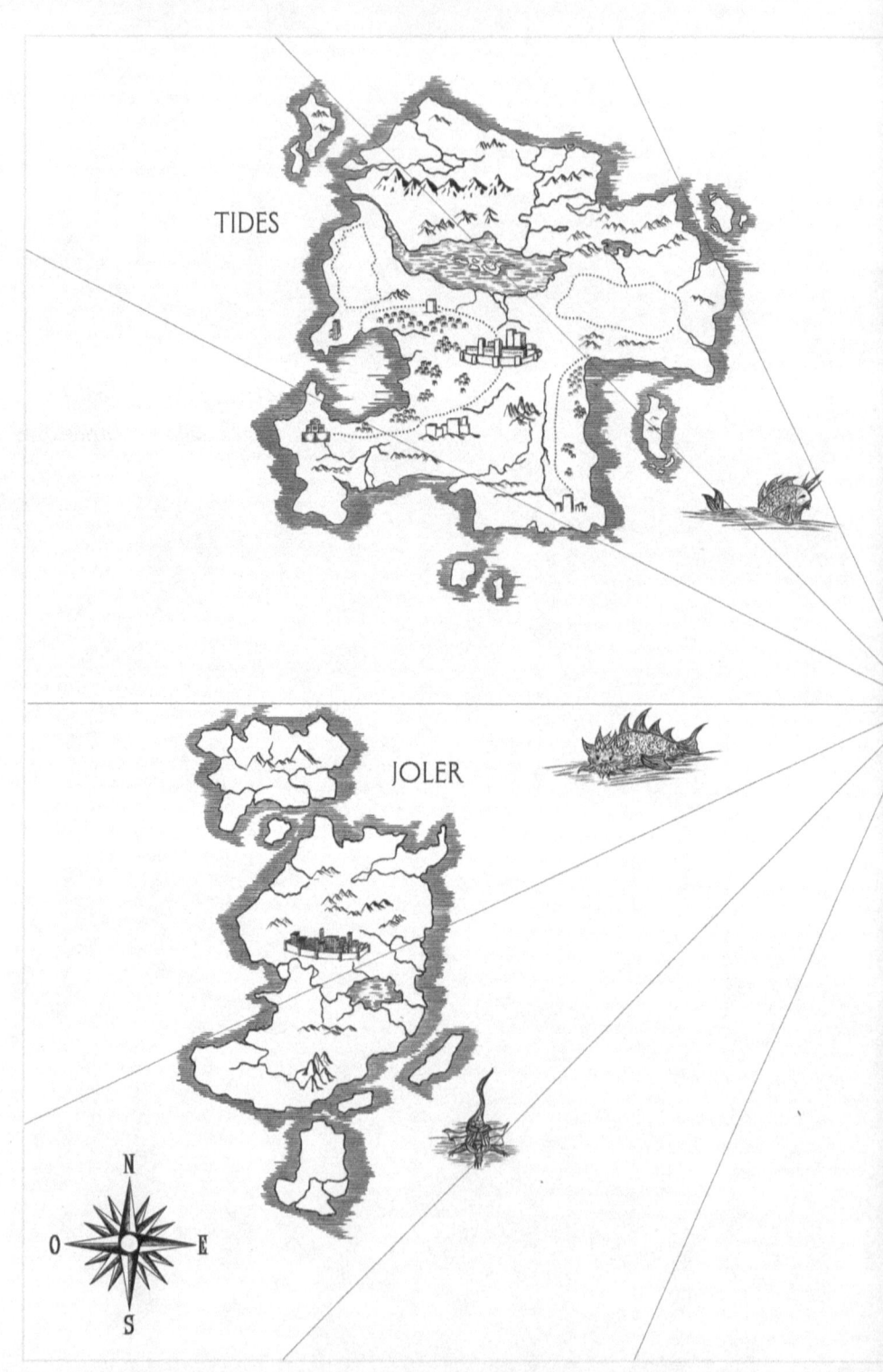

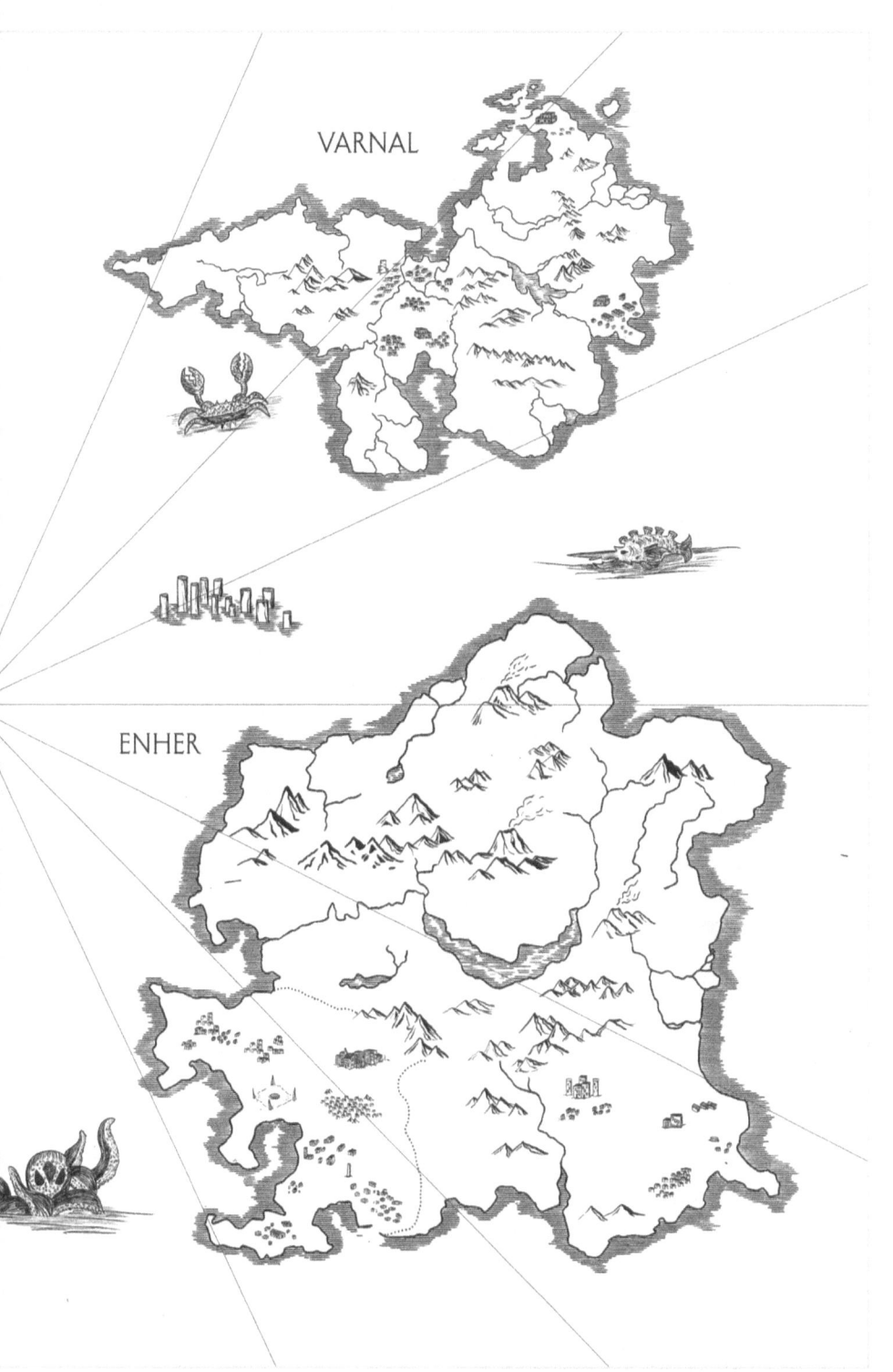

Las doncellas de la diosa reina Charos miraban el amanecer desde un balcón del palacio. Una de las lunas aún estaba en el cielo.

La más joven de las tres se paseaba impaciente, con su cabello suelto revuelto por la brisa. La otra, más robusta, la miraba con una sonrisa. La tercera y más anciana señaló hacia adentro, era la que daba las órdenes.

Era el momento de despertar a la Diosa. Las tres ingresaron, apoyaron sus manos sobre la cama y ella despertó.

La diosa reina Charos caminaba por los pasillos con la mirada fija, parecía no pestañear; detrás de ella, la acompañaban las tres doncellas. Tenía un paso firme, pero solo se oía la tela de su vestido al deslizarse con cada movimiento de sus piernas.

La más joven de las doncellas daba saltitos mientras la anciana miraba atenta el avance de la reina. La otra caminaba al mismo ritmo que ella. Todo en una sincronía perfecta.

—*Hoy llegará Gasin a Tides* —dijo la más joven.

—*El mensaje se entregará* —respondió la robusta.

—*Y alguien de la familia real vendrá en busca de la princesa* —completó la anciana.

La diosa reina Charos caminaba en silencio, siempre seguida por las tres. Sus pasos las condujeron hasta el calabozo.

—El volcariano —ordenó a uno de los guardias, que se sobresaltó al escucharla.

—¡Sí, mi reina! —respondió y abrió una puerta de placas de yeso.

Había cinco celdas dispuestas en forma circular, con un espacio común en el centro. Las rejas eran de hierro fundido y la pared, de frío granito. El lugar apestaba a humedad y desperdicios.

—Pareces cómodo —dijo al prisionero, era el único que había en esa celda—. No deberías acostumbrarte demasiado.

—Eres la diosa reina que todo lo sabe. —El hombre se acercó hasta la reja para ver mejor, en ese lugar oscuro la luz de la puerta lo encandilaba—. Después de todo lo que he hecho, ¿merezco estar aquí?

—Lo que crees merecer no es lo que obtendrás, solo eres una herramienta —hablaba con emoción—. Una útil herramienta para que la muchacha alcance su destino.

—¿Qué vas a hacerle? —Estaba asustado—. ¡Déjala en paz!

—No sabes nada, volcariano. —La Diosa Reina hizo una mueca, la más joven de las doncellas lanzó una carcajada.

—¡Calma, niña! —la reprendió la anciana.

La diosa reina Charos cambió a un semblante serio.

—Debo agradecerte. —Su tono de voz seguía siendo dulce—. Tu mensaje, todo tu acto fue... milagroso.

—Yo solo hice lo que mi amor me pidió antes de perderla.

—Ah, excelente. Ahora sé que eres ideal para nuestros propósitos.

—¿De qué estás hablando?

—Aférrate al amor de la princesa, eso te mantendrá vivo hasta su regreso.

La Diosa Reina giró y salió del recinto. Las doncellas la siguieron, mirándose entre sí. Adentro de la celda, el hombre lloraba.

—Creo que fuimos un poco duras —dijo la mujer robusta a la anciana.

—Solo fuimos sinceras.

—Además, es mejor si está preparado para lo que viene. —La más chica sonreía con malicia.

—Lo importante es que nuestros planes están en marcha —concluyó la más anciana, dando fin a la conversación.

La Diosa Reina continuó caminando hasta llegar a la Sala Real, sus tres hijos pequeños la recibieron con alegría y su marido le indicó que tenía la mesa lista para el desayuno.

TIDES

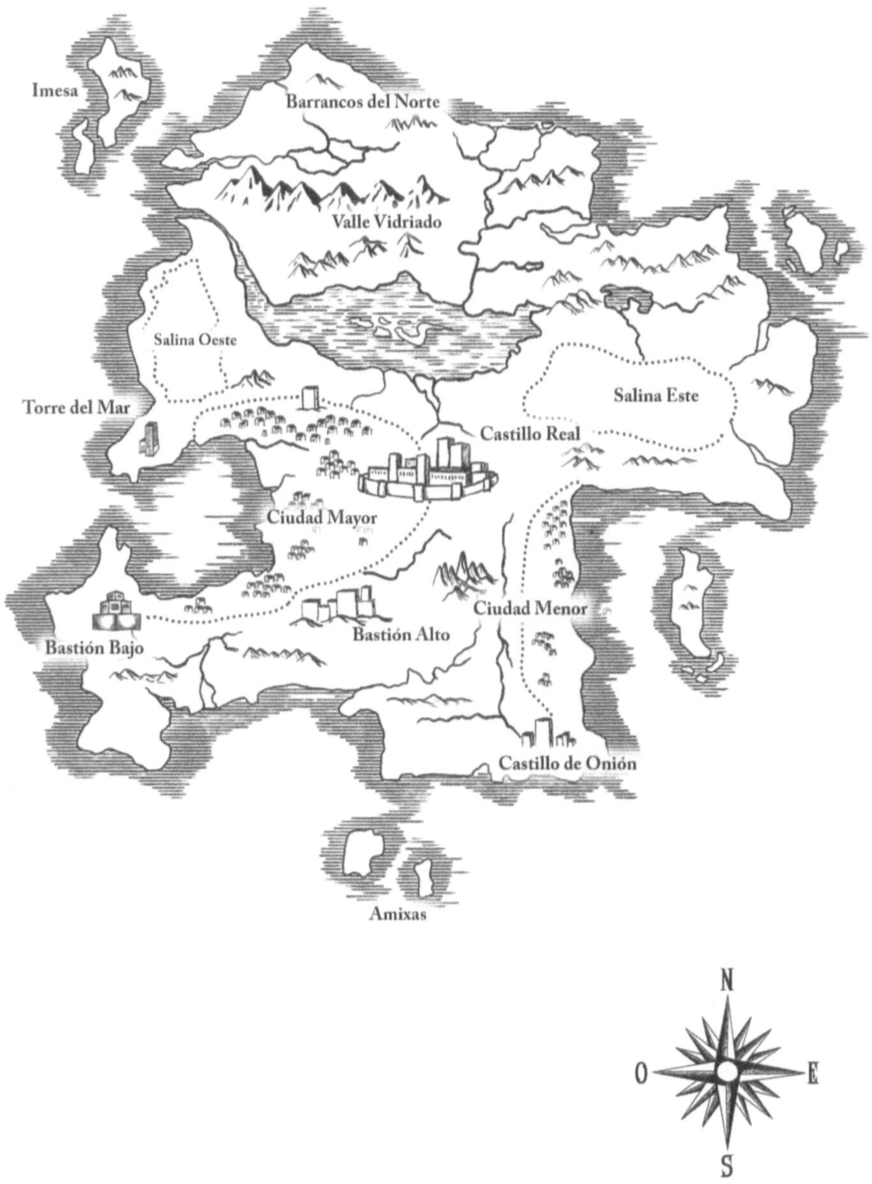
Imesa
Barrancos del Norte
Valle Vidriado
Salina Oeste
Torre del Mar
Salina Este
Castillo Real
Ciudad Mayor
Ciudad Menor
Bastión Bajo
Bastión Alto
Castillo de Onión
Amixas
N
O
E
S

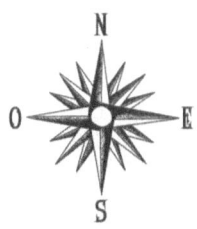

«²⁴*Ocho islas surgieron de los restos de la antigua Mirina. El Gran Señor Fiter la partió con sus manos tras la gran ofensa y separó las tierras, dándoles nuevas formas. Así se dividieron los habitantes de Arca.*

²⁵El mar aisló a los pueblos para que pudieran alcanzar su propio destino y la iluminación de los dioses que los protegen».

Versículos finales del Libro de Nairda: profeta de los terros, *incluido en el* Gran Libro de Absuar.

I

Esa mañana era diferente, el príncipe Camet lo presentía, y no sólo por el sueño que lo despertó, sino también por la manera en que el sol se escurría por su habitación.

La luz se asomaba ansiosa entre las cortinas de los ventanales hexagonales y rebotaban en las baldosas pulidas, creando una polifonía de destellos en el cielorraso de yeso.

Cam salió de la cama, se vistió con su ropa diaria, se colocó su capa y caminó hasta la ventana. Descorrió las cortinas y cubrió su rostro mientras sus ojos se adaptaban a la claridad de la mañana. Necesitaba calentar su cuerpo con el fuerte sol.

Desde lo alto de su habitación, a través del vidrio, vio el paisaje lleno de dunas y sierras a su izquierda; todos tonos ocres y marrones. A la derecha, el horizonte verde azul del puerto. Un inusual barco con una vela anaranjada había arribado al anochecer del día anterior.

Aquel color solo lo usaban los navíos de Enher, una de las ocho islas. Algo habría ocurrido para que envíen un emisario, por lo que apresuró sus labores matinales.

Se colocó los brazaletes en ambos brazos y piernas, se calzó unas sandalias livianas y salió al pasillo que lo conducía al comedor del castillo real de Tides.

—¡No tan rápido, jovencito! —Lo interrumpió una dulce voz.

—¡Nana Arteret! ¡Buen día! —Abrazó y besó a la anciana luego del saludo. La vieja lo recibió con los brazos abiertos.

—No sé si tan buenos, te esperan en la recámara de tu hermano.

—¿En la recámara de Set? ¿Por qué?, ¿qué ha pasado?

—Han llegado noticias de la princesa, tu hermana —respondió la viejita—. No sé más que eso. Solo me pidieron que te despierte, pero te me has adelantado. ¡Soy demasiado vieja para hacer de mensajera!

—¡No, Nana! ¡Vieja no! ¡Deja eso para las lunas! —La anciana sonrió con el comentario.

—¡Alabadas sean las tres! ¡Ahora vete con Set!

—¡Gracias, Nana! —Cam se dirigió hacia el cuarto de su hermano y dejó a su nana en el pasillo del comedor.

El príncipe llegó hasta la mitad del pasillo y se volvió para ver a la anciana, ella se había quedado apoyada en la mesa de cristal, como si su reflejo le hubiera llamado la atención.

La viejita tocó su rostro y luego notó que Cam la observaba, lo saludó y él continuó su camino con una sonrisa.

No alcanzó a salir del pasillo cuando se encontró con Catara, la joven princesa de la isla de Joler.

Ella era la prometida de su hermano Set y su boda auguraba nuevos tratados comerciales entre las islas vecinas. La princesa se había instalado en el palacio hacía apenas una semana, para conocer las costumbres de Tides y a la corte real antes de tomar la Corona.

—¡Hola, príncipe! ¡Qué temprano! —dijo la chica acomodando una capa liviana en sus hombros.

—¡Lo mismo digo! ¿A dónde te diriges?

—¡Me han pedido que me retire de la habitación! ¿Puedes creer la insolencia? —dijo con frustración—. Por cierto, ¡leí el libro que me recomendaste!

—¿*La Historia de Tides*? ¡¿Completa?!

—¡No! El otro más pequeño, *La Niña de las Olas*.

—¡Ah! ¡Sí, eso tiene más sentido!

—Es un bello cuento, me recuerda a algunas leyendas joloreñas.

—Pero la narración toma elementos verdaderos de nuestra historia. ¡No es solo leyenda!

—Un poco de esto, un poco de aquello. Voy de camino a devolverlo, ocupa demasiado espacio junto a mis libros.

—¿Trajiste libros de Joler? —preguntó Cam con curiosidad.

—Sí, aunque no tantos como hubiese querido. El más grande es el *Gran Libro de Absuar*.

—Ese libro también lo tenemos aquí, podrías haber traído otros en su lugar.

—¡No es lo mismo! ¡El nuestro es sagrado! —respondió elevando el tono—. Igualmente, agradezco tus consejos. —Hizo una pequeña reverencia y lo dejo solo.

Cam se quedó mirándola con curiosidad, la chica tenía un carácter volátil.

Recordó el llamado y retomó su ascenso por las escaleras. Las noticias de su hermana debieron llegar en la embarcación de Enher que había visto desde su ventana.

Cam no conocía el reino de Enher. Por lo que recordaba de sus lecciones, la isla estaba a cuatro días de viaje y tenía un gran volcán inactivo en su centro. Aunque lo más llamativo era que su reina actual, Charos, se hacía llamar *diosa*.

Al girar la escalera se encontró con dos guardias ante la habitación de su hermano. Un destello sobre el casco de uno de los guardias llamó su atención. La luz matinal se colaba por unas ranuras en el techo, opacando a las pálidas lámparas de cristales verdes.

—¿Berot? ¿Eres tú debajo de ese casco? —preguntó sorprendido al reconocer a su viejo amigo.

—Sí, príncipe Camet. ¡Soy yo! —El más fornido de los guardias se levantó el casco, mostrando su rostro alegre.

—¡Qué grande estás!

—¡Han pasado varios años! —respondió Berot con una sonrisa.

—Ejem...—interrumpió el otro guardia, con el ceño fruncido—. Puede ingresar, su alteza.

—Sí, gracias —dijo Cam—. ¡Nos vemos luego, Berot!

Para su sorpresa, en la recámara no sólo estaba Set, sino también su padre, el rey Noahrot. Eso explicaba la presencia de los guardias en la puerta.

—¡Cam! ¡Has llegado temprano!

—Buen día, padre. Buen día, Set —saludó y se sentó en la punta de la cama, plegando la capa a un costado de su cuerpo, como solía hacer.

El rey estaba recostado en un mullido sillón, sostenido por patas de vidrio redondas, cerca de la cama con dosel. Su hermano, en cambio, caminaba de un lado a otro, no llevaba capa ni brazaletes, lo que significaba que apenas había tenido tiempo de vestirse.

Una mujer se encontraba de pie en la penumbra, al margen de la ventana.

—Te contaré todo sin rodeos, Cam. Ha llegado un mensajero desde Enher, han encontrado a tu hermana cerca del palacio de la reina Charos —dijo el rey.

—¡Al fin noticias de Jafeht, padre! —respondió contento Camet.

—Sí, aunque no las que esperábamos. El mensajero ha dicho que, luego de llegar al palacio, ella volvió a desaparecer.

—Pero... ¿cómo es eso posible?

—La reina solicita que vayamos a buscar a Jafeht por nuestros propios medios. Por lo visto, no saben dónde está y la gente de Enher es incapaz de encontrarla.

—Eso no tiene ningún sentido. ¿Quién puede conocer su propia tierra mejor que ellos? ¿Por qué nos piden eso?

—Jafeht está herida. Eso es lo que padre no te ha contado —Set interrumpió bruscamente—. Las autoridades de Enher creen que Jafeht no quiere que la encuentren. Piensan que será más fácil dar con ella si un familiar directo, alguien de su confianza, intenta llegar hasta ella.

—¿Qué le ha pasado?

—No lo sabemos, Camet. —Set se le acercó y le puso una mano en el hombro.

—Deberás ir en su búsqueda, príncipe Camet. —La mujer avanzó al centro de la habitación. Era Cariat, la líder de las cristaleras, la más importante de las científicas reales—. El rey me ha pedido que reúna un grupo selecto de personas para acompañarte en la misión.

—Lo que te vamos a ordenar debe permanecer en el máximo secreto, por eso le he pedido a Cariat que colabore. —El rey se levantó del sillón y se paró junto a la cristalera—. Ya sabes cuánto confío en esta mujer, Cam. Ella no te dejará solo.

Por eso lo habían convocado, para llevar adelante una misión de rescate tan importante como compleja. Sin embargo, en su mente y en su corazón, sabía que no estaba preparado.

Jafeht era su hermana querida, pero ¿por qué lo habían elegido a él para una tarea tan riesgosa, cuando había consejeros y soldados mejor entrenados para lidiar con la situación?

Sus manos transpiraban.

—Padre, yo apenas he salido de Tides, ¿por qué me envías a mí en busca de mi hermana?

El rey dio unos pasos y se detuvo a él. Su mirada no dejaba lugar a discusiones.

—Si la vida de tu hermana está en riesgo, nadie debe saberlo. Que la princesa Jafeht este herida y perdida en otra isla nos haría parecer incapaces de cuidar de los nuestros, eso debilitaría la imagen de la Corona frente al pueblo tidesio y las otras islas.

—Cam, eres el único de la familia que puede irse del palacio sin que nadie se percate. —Su hermano tenía la cualidad de decir las cosas sin tacto alguno.

—¡Otra preocupación! La boda de tu hermano es inminente. —Noah señaló a su otro hijo.

—Sí, ¡la boda! —Recordó repentinamente Cam—. ¡Faltan solo dos semanas!

—¡Por eso no podemos demorarnos! —completó Set.

—Príncipe Camet, saldremos mañana por la madrugada. —La voz de Cariat lo devolvió al presente. Miró al rey y notó que había algo que ellos no le decían.

—Déjennos a solas un momento —ordenó su padre.

—Sí, su majestad. —La cristalera fue hacia a la puerta, hizo una reverencia y salió junto con el príncipe Set.

—Querido Cam, esta misión es algo que no te pediría si tuviera otra opción. Sé que es difícil. —Le indicó que tomase asiento junto a él en el sillón—. También sabes cuánto los amo a los tres...

»Cuando tu madre nos dejó, los aparté de mí. Quise dedicarme por completo a guiar al pueblo de una manera ejemplar. Sé que les hice mal: tu hermano siempre ha buscado mi afecto en la perfección, como si yo no sintiera el más grande orgullo por él. Tu hermana, la rebelde, se fue a explorar al mundo. Y tú has crecido hasta convertirte en un hombrecito sabio, pero recluido. —Sus ojos se habían llenado de lágrimas—. Las noticias de Jafeht han llegado en el peor momento posible.

—Entiendo, padre, pero ¿por qué debo ir yo a buscarla?

—Porque eres la única persona en la que confío —el rey lo interpelaba con firmeza—. Nada puede interrumpir la boda de tu hermano. La alianza con Joler es demasiado importante, han dicho los oráculos que traerá un largo período de buena fortuna y yo también lo creo así. Además, la búsqueda de Jafeht puede atraer a cazarrecompensas o, peor, a enemigos de la Corona. Hay demasiado en riesgo.

»Cam, eres la persona más honesta y diplomática que conozco, has aprendido bien. Necesito que seas mis ojos. Tu presencia en Enher demostrará el compromiso de la realeza de Tides por su familia.

—Ahora comprendo, padre. —La voz de Camet tenía un tono más sereno, podía imaginar los pensamientos y responsabilidades que se acumulaban debajo de la corona, y el pedido que le hacía era razonable.

—Traerás a tu hermana a salvo, querido Cam. Todo estará bien. —Lo abrazó fuertemente—. Envío a mis mejores hombres contigo. Ellos te ayudarán a cada paso.

—Gracias, padre, te prometo que volveré con Jafeht antes de la boda. —El joven lo abrazó nuevamente y se levantó.

—Pídele a Cariat que ingrese cuando salgas.

—Sí —respondió al ir hacia la puerta, pero se dio vuelta antes de abandonar la recámara—. También te quiero, papá.

Afuera de la habitación, su hermano y la cristalera esperaban junto a los guardias.

Había sido una reunión secreta, ahora entendía que lo hubiesen llamado a la habitación de su hermano, en lugar de algún lugar más solemne.

La luz de la mañana caía uniforme sobre las escaleras de piedra mientras Cam bajaba a desayunar, al fin y al cabo, debía mantener las apariencias de normalidad. Sin embargo, su corazón no dejaba de latir con fuerza: sería el protagonista de una aventura única y peligrosa, y llevaría la carga de una gran responsabilidad.

Querida Amara:

Hoy se cumplen dos semanas desde que dejé Joler. Extraño mucho nuestro hogar. Desearía estar a tu lado y contarte todo, tú siempre has sido mi confidente y mejor amiga.

Desde que llegué he estado muy sola, casi no hay chicas en este palacio. La corte es pequeña y los nobles solo aparecen contadas veces por el castillo de Tides. ¿Será que quizás no me he ganado la confianza para ser parte de la corte?

Todos son muy reservados conmigo... hasta el príncipe Set, con quien ya hemos compartido el lecho, no se anima a contarme sus pensamientos. Sin embargo, reafirmo mi primera impresión: el príncipe Set tiene un porte impecable, es alto y hermoso, pero distante. Confío en que pronto tendré su confianza; después de todo, pasaremos la vida juntos.

A partir de ahora, mi vida será esta. Al menos me agrada su seriedad: tiene un rostro amable. Es un poco flaco para su porte, aunque la capa y los brazaletes que utiliza lo hacen parecer más ancho. ¡Ojalá puedas venir a la boda!

¡Oh, Amara! Debes venir. En Tides los amaneceres son hermosos, las dunas de sal y arena se pueden ver desde mi habitación y los colores de los primeros haces del sol reflejan unos tonos maravillosos. Todo se vuelve plateado y dorado ¡Hasta las montañas! Eso te gustaría mucho.

El único verde que se ve es el del mar. En Joler los bosques de cristales cubren la planicie. No hay bosques en Tides.

Prometo volver a escribirte pronto, mi querida amiga, no sabes lo mucho que te extraño ¡y necesito tenerte cerca!, al menos para tener con quién hablar libremente. Me despido por ahora. Hoy toca lucir las alguisedas y el cinturón de corales, que no he visto desde que desembarqué.

Besos enormes.

Tu hermana de corazón, Catara.

La joven dobló el papel de algas y ató la carta con una fina cuerda de alambres. Luego iría a la biblioteca, a dejarla sobre la mesita metálica en dónde se apilaba el correo que debía enviarse.

Catara empezó a revolver los arcones de su vestidor buscando algo, pero no tuvo suerte y eso la enfureció.

Sabía lo que había ocurrido y reclamaría a la masteriza Mamet por la invasión a su guardarropa. Cuando había llegado al palacio, tenía cofres llenos de vestimenta colorida. Ahora estaba usando un simple vestido gris verdoso con mangas cortas y un gran cinturón de cuero alrededor de la cintura, que la apretaba e incomodaba.

Tener que llevar el cabello suelto ya era demasiada desprolijidad, el viento de la isla la despeinaba cada vez que salía. En esa isla llevar el pelo trenzado era costumbre de sirvientas y no de la nobleza. Eran muchos los detalles para los que no había sido preparada, ahora estaba pagando las consecuencias de ese choque cultural.

Lo que más la enrabiaba era el deber de adaptarse a todos esos cambios.

Al llegar al palacio, Catara había buscado caras amigables, sonrisas o gestos de alegría, pero lo primero que vio fue el rostro preocupado y cansado del rey Noahrot, que le lanzó un saludo osco entre su barba enmarañada. Hasta Set, su prometido, la recibió con solo una modesta sonrisa.

Ella amaba los colores, sus vestidos eran muy importantes, y habían desaparecido. Solo quedaban dos ejemplares blancos, uno con trazos dorados y otro de arabescos azul oscuro. Pero los rojos, celestes, naranjas y nácar se habían esfumado como por arte de magia.

Quizás se hubieran confundido, llevándolos a otro lado. O tal vez los habían robado.

No. Estaba en el Palacio, el lugar más seguro de la isla. La riqueza de Tides se concentraba allí. Había observado a los nobles pavonearse sin cuidado, cargados con collares, brazaletes y perneras enjoyadas.

Abrió su arcón, allí tampoco estaban sus prendas. Pero encontró *La niña de las olas*, una lectura que le había recomendado el príncipe Camet. Contaba la historia de Learat, una niña que sobrevivió a un tsunami y quedó a la deriva en el mar, flotando en una pequeña balsa; luego fue rescatada por un calar de tres cuernos y un canci. El cuento le había agradado, pero recordó que debía devolverlo. Tal vez, más tarde, podría perderse allí, entre la vasta colección de tomos de la Biblioteca Mayor del Reino.

Catara salió del vestidor, en dirección a la cocina. No quería vestirse con los mismos colores que el día anterior. En su isla eso podría interpretarse como un insulto al buen gusto.

Los sabios de su reino habían desarrollado una gran variedad de colores a partir de las algas; para poder diferenciarse cada día, para demostrar que la riqueza de Joler no estaba solo en las ciencias y la cría de hombres-lagartos.

Por eso los colores le importaban tanto. Pero ahora la mayoría de sus prendas habían desaparecido y alguien se haría responsable.

Entró a la cocina, cerca del comedor principal, donde al fin encontró a alguien que pudiese responder sus dudas. La masteriza Mamet estaba sentada frente a tres mujeres, hablaban mientras preparaban paquetes que apilaban a un costado de la mesa de placas grises.

—¡Niña! ¿Qué haces aquí? —dijo la masteriza y se levantó apurada a su encuentro. Atrás, las mujeres se apresuraron a guardar lo que estaban haciendo.

—¿Qué hicieron con mis vestidos!?

—Oh, niña, ¡deberías dejar de preocuparte por cosas tan banales! —La mujer era pesada y gorda, pero se movía con agilidad. Se colocó frente a ella y le indicó una ventana—. Acompáñame, princesa.

Catara la siguió a regañadientes, dejando a las otras mujeres continuar con su labor.

Fueron hacia una de las terrazas del piso noble, en la que se encontraban los comedores y las salas de arte del palacio.

Afuera el viento corría con suavidad, aunque no alcanzaba a llevarse la humedad de la lluvia de la noche anterior. Catara saltó un pequeño charco que se había acumulado bajo el escalón de acceso a la terraza, la masteriza se paró junto al borde del balcón. Desde allí se veía un sector del muelle.

—Esta isla tiene sus recursos limitados —explicó Mamet, señalando el puerto—. Allí se encuentra el muelle comercial, a él llegan cientos de barcos a diario, para negociar mercancías de las otras siete islas.

—Estudié economía insular en Joler, no hace falta que me expliques el sistema comercial, masteriza Mamet. —Catara se impacientaba.

—Seguramente tus tutores te enseñaron bien, princesa. Pero lo que no sabes es que aquí en Tides no tenemos ropa de buena calidad, nuestras telas jamás podrán competir con las de tu isla —dijo mientras le tocaba la manga de su vestido gris—. Incluso los colores que usamos no son los mismos.

—Sí, lo había notado. ¡Pero eso no justifica que me hayan dejado prácticamente desnuda!

—¡Oh, no! Nadie quiere eso. ¡Menos de la futura reina de Tides! —La mención de su futuro hizo sonreír a Catara.

—¿Entonces qué han hecho?

—Los hemos llevado para estudiarlos, queremos aprender de su costura, de sus hilos y de sus tinturas. Las cristaleras han pedido retirar la mayoría de tus vestidos, para luego poder usar esas técnicas en nuestros propios telares y tejidos.

—¿Y por qué no me lo han pedido amablemente?

—¿Se los habrías entregado? —Los ojos claros de Mamet la miraban tiernamente—. Mi niña, piensa en cómo reaccionaría la corte y el pueblo si tú fueses la única en Tides que vistiera telas de vibrantes colores.

Catara miró a la masteriza con asombro. Desde que ella llegó a la isla, la maciza mujer se había convertido en lo más parecido a una amiga y confidente, pero no imaginaba que manejara las sutilezas de la política con tanta claridad.

—Considéralo una donación —aconsejó la mujer—. Y si las cristaleras logran reproducir las técnicas jolereñas, tú podrás llevarte el crédito, y Tides te amará por ello.

Catara buscó un vaso de jugo de algas, en una mesa que había allí dispuesta, y lo tomó. La masteriza le ofreció un pan de ojún con una leve sonrisa y ella lo aceptó. Esa mujer se había ganado su confianza casi desde el primer momento en que la asignaron a su cuidado y a la preparación para su boda. Cuando Catara llegó a Tides se sentía sola e insegura, aunque intentase aparentar lo opuesto.

—Bueno, querida, quiero que ahora pienses que hay cosas mucho más importantes en la vida. Volveré a mis tareas y pasaré a buscarte para seguir con los conocimientos de los antepasados tidesios.

Mamet hizo una leve reverencia y volvió a su trabajo. Catara miró pensativa hacia el puerto. Cerró los ojos para sentir al viento remecerle el cabello suelto. Le habían dicho que las mujeres tidesias lo llevaban así para demostrar su poder frente a la fuerza de la naturaleza, que identificaba a los hombres. Así era como afirmaban su libertad.

Muchas cosas eran diferentes allí, y debía aprender rápido.

Al abrir los ojos, notó algo en el puerto, una de las barcas era diferente al resto: tenía mayor porte, una bandera de anaranjada en su mástil y el emblema de un pulpo casilar dentro de un círculo en la vela mayor. Eran los símbolos del reino de Enher.

Noah se había quedado en la habitación, delante de él, Cariat miraba al exterior por la ventana.

Ella era una mujer delgada, apenas unos años más joven que él. Había dejado caer su capucha sobre sus hombros, dejando al descubierto sus cabellos cortos y los lentelejos de vidrio que apoyaba sobre su nariz, ocultando la tristeza de sus ojos.

El rey se había recostado nuevamente en el sillón y se rascaba la barba, pensativo.

—Tendrás que cuidarlo muy bien —le dijo a Cariat.

—No hace falta que me lo digas.

—Quisiera poder ir yo a buscar a mi princesita rebelde.

—Dudo que tú, de todas las personas, puedas hacerla regresar. —Cariat guardó sus lentelejos.

—¿Pero si necesita ayuda? ¿Cómo haré para permanecer ajeno a lo que le pasa? ¿Cómo haré para proteger a mi niñita si está en problemas? —El rey no reprimía su angustia frente a Cariat.

—Por eso me envías. Ella volverá a tu lado, Noah. Me aseguraré de que así sea.

El rey se levantó del sillón y se acercó a Cariat. Hasta ese momento ella no se había girado para verlo.

—Sabes que siempre te he querido.

—Yo... En algún momento también te quise —respondió, apartándose de su lado—. Pero ya he superado ese sentimiento, ahora le pertenezco a la Diosa Oculta.

—No digas eso. Sabes que el culto a la Diosa Oculta está prohibido en la isla. Si alguien te escucha te enviarán al exilio y ni siquiera yo podré evitarlo.

—Lo sé, por eso te lo digo solo a ti —respondió desafiante.

Cariat lo miró desde lejos, no se permitía acercarse a sus brazos, sabía que toda su dureza se transformaría en ternura junto a él.

Aún recordaba su aroma y a veces, por las noches, sentía su calor en la cama. Pero esos tiempos habían pasado, las lunas se le habían revelado y ahora seguía los designios de la Diosa Oculta, la diosa olvidada.

—Esta misión es lo más importante para mí en este momento, mi rey. No te preocupes, rescataré a tu hija y protegeré al pequeño Camet.

—Sé que lo harás. Tendrías que haber sido mi reina, Cariat.

—Nunca digas eso, las decisiones que tomamos definieron nuestras vidas y nuestro presente. Nos queremos y eso es suficiente.

—Cariat. —El rey acercó su mano a su rostro, pero ella lo rechazó. El rey apretó el puño en el aire y lo bajó—. Mañana a primera hora partirán a su misión, será mejor que vayas a prepararte.

—Sí, mi rey. Nos veremos al alba.

Las palabras quedaron resonando en la habitación casi vacía.

La cristalera salió y vio a los dos guardias, Berot y Renat, que la siguieron con la mirada mientras se dirigía a la sala común. Eran dos de los hombres que el rey había seleccionado para acompañarlos a ella y al príncipe Camet en la misión y deberían cuidarlos con sus vidas.

Cariat oyó al rey dejando la habitación detrás de ella, sus pasos pesados y el tintineo de sus brazaletes que descendían por la escalera.

«Apartado 101 – De la esclavitud.

1. El Concilio prohíbe y destierra la esclavitud de cualquier tipo de ser pensante en las ocho islas libres del sur. El Concilio perseguirá y condenará cualquier sometimiento comercial de seres pensantes.

2. El Concilio extiende aquella prohibición a los grandes reptiles marinos, pero se exceptúan los seres no pensantes, que pueden adoptarse».

Apartado sobre la esclavitud del
Libro Mayor del Concilio de las Ocho.

II

Catara se encontraba intranquila. Había almorzado junto a la corte, pero la familia real la había relegado a un sector secundario. Algo estaba ocurriendo en el palacio, algo importante, y ella no estaba incluida. Intentó hablar con una de las marquesas que atendía a la corte, pero no respondió a sus preguntas. Hasta le pareció que la ignoraba.

Delante de la puerta cerrada de la sala del trono se encontraban dos guardias con un hombre-lagarto sujeto por cadenas. Era una criatura horrorosa, grande, fría y verde. Erguida, sobre sus dos patas traseras y su cola, era más larga que los guardias. Tenía un hocico prominente, estirado; algunos dientes sobresalían en puntas por los costados del bozal.

Evitó pasar cerca de la criatura cuando intentó entrar a ver a su prometido. No era la primera vez que veía a los hombres-lagarto, en su palacio eran habituales. Pero en esta isla tenían un aspecto y un olor particular, un aroma a tierra seca que les agrietaba las escamas.

—Disculpen, señores guardias. ¡Deseo ingresar a la sala del trono! —Intentaba demostrar que no tenía miedo.

—Su alteza, disculpe, pero no podemos dejar ingresar a nadie.

—¡Exijo que alguien me dé respuestas sobre lo que está pasando aquí! —Los guardias se miraron entre ellos. La princesa no estaba acostumbrada a perder los estribos, y menos aún a que no la obedecieran.

—Quizá pueda hablar con las cristaleras —mencionó un guardia señalando uno de los pasillos más largos del palacio.

—¡Quieren que esté en cualquier lado, ¡menos aquí! ¡Ya verán cuando sea reina! —Los amenazó con el dedo.

El hombre-lagarto giró la cabeza hacia ella y resopló con fuerza, Catara bajó su mano con un respingo, se dio la vuelta y fue hacia la torre de las cristaleras.

Aquel pasillo era desagradable, no tenía ventanas y la luz, que apenas se filtraba por rendijas entre las piedras y algunas rocas vidriadas naturales, teñía de colores fríos las paredes blancas.

Cruzó el largo corredor, que atravesaba un alto puente de piedra, hasta que llegó a una puerta cerrada.

Estaba en lo alto de la torre. Los cinco talleres se ubicaban un nivel más abajo, y el claustro, con los salones comunes, en un piso inferior al nivel del terreno natural. Más abajo quedaban la cocina y el comedor. Había un patio cerrado con una huerta y hasta su propio crematorio, con una columna de chimenea que se alzaba a la par de la torre. Una terraza abierta comunicaba la torre con una cantera en la montaña, a espaldas del palacio.

Se detuvo antes de entrar a la habitación, un disco de vidrio transparente en el suelo permitía ver el vacío que se extendía bajo sus pies. La puerta estaba adornada con símbolos extraños, posiblemente rúnicos. La placa era opaca, conformada por hierro y vidrios, el marco era todo acristalado, pero no reflejaba la luz.

Un mecanismo colgaba de una cuerda de algas atada a unos anillos de vidrio. Catara tiró de la cuerda y el aparato emitió unos sonidos acampanados en una melodía resonante.

La larga caminata por el pasillo le había aplacado la ansiedad y el sonido del llamador vibraba en su interior y la tranquilizaba.

La puerta se abrió lentamente, casi sin emitir sonidos. Entró a una modesta habitación circular, al otro extremo había una segunda puerta.

Una mujer se encontraba de pie en el centro de la sala, sobre un círculo de vidrio igual al de la entrada.

La cristalera llevaba un vestido largo, blanco y recto, sin mangas y abierto al costado de los muslos, por lo que se asomaban sus piernas cubiertas por pantalones grises. En una serie de bolsillos grises a los lados guardaba varias herramientas. Llevaba una capucha, como todas ellas, y unos lentelejos que le ocultaban los ojos.

—Buenas tardes, princesa Catara. Has llegado a nuestra puerta solicitando ser oída. ¿En qué podemos iluminarte? —La voz de la mujer no tenía entonación alguna. Catara se sintió intimidada ante la escasez de sentimientos y la formalidad.

—Buenas tardes, cristalera. Necesito saber qué está ocurriendo en el palacio. —Lo cierto es que no sabía qué preguntar. Si bien aún no era parte de la familia real, ella creía que era su deber estar involucrada en los asuntos de la isla. Era su derecho. O su futuro derecho, después de todo.

—¿Deseas invocar a las oráculos?

—Eh... Sí. —La princesa nunca había conocido a las cristaleras oráculos. Aunque sabía que solo existían en Tides y podían darles respuestas a sus dudas.

La cristalera golpeó una pequeña cuerda acerada que había en el muro al lado de la puerta. Unos segundos después, salió otra mujer, se paró a su lado y le dijo algo en secreto. La segunda mujer era hermosa, tenía movimientos gráciles, delicados. Le hizo un gesto afirmativo a la primera y se paró frente a Catara.

La oráculo vestía una prenda marrón, larga, hasta el piso, tenía sus brazos descubiertos. Colocó sus manos una sobre la otra y comenzó a orar en silencio. Parecía emitir una melodía con sus oraciones.

—Necesito tu mano, princesa.

Tomó la mano de Catara y la puso encima de la suya. Luego sacó un alfiler de su manga y le pinchó uno de sus dedos. Catara no alcanzó a decir nada. No esperaba tener que entregar su sangre para obtener respuestas. Apartó su mano de la oráculo y se chupó el dedo manchado.

—La sangre es la ofrenda para invocar la visión que has solicitado —dijo la mujer. Juntó la sangre en la palma de su mano y la cubrió con la otra continuando el rito—. Por el poder de las lunas, invocamos una señal para la princesa. —La oráculo, alzó la vista hacia el cielo y un haz de luz danzó a su alrededor entre reflejos, luego miró hacia adelante con los ojos en blanco.

»*Las lunas pasan y marcan las olas que beberán las criaturas marinas, las vidas de los hombres fluirán por tu mano. Todo está escrito y sucederá. Las olas te esperan, princesa. Cuando regreses traerás el futuro.*

La cristalera se dio la vuelta, retomó su postura erguida y se alejó de Catara.

—¡Pero...! ¿Qué quiere decir?

—Eso tienes que meditarlo tú —respondió la otra cristalera, acompañándola a la salida.

Catara quedó sola en el vano de la sala. Sus manos temblaban, otra vez estaba sola y confundida, como el primer día que ingresó al palacio: entregada como una moneda, a cambio de acuerdos y tratados, con un destino que no había elegido ni podía evitar.

Estaba sola en una patria extranjera, con costumbres extrañas y excluida de sus planes. Siempre relegada a una posición secundaria.

Pero ella era una princesa de Joler, preparada para gobernar, para llevar sus ideas adelante y enfrentarse a cualquier rivalidad.

Caminó por el puente, decidida a enfrentarse a su prometido y descubrir qué estaba pasando. Mientras recorría el pasillo de regreso, un brillo naranja se filtró por una abertura y le llamó la atención, entonces recordó lo que había visto en el muelle esa mañana.

¡El barco de Enher era la respuesta!

Algo había sucedido entre las dos islas. Ese era el motivo por el que se le ocultaba todo. La isla de la reina Charos era un lugar desconocido y peligroso, la presencia de aquella embarcación de seguro había traído malas noticias para la familia real.

Enfrentaría a Set y le demostraría que podía confiar en ella. Que estaba a la altura del desafío.

Llegó con decisión a la habitación de su prometido, pero no lo encontró allí. Esperó impaciente hasta que Set volvió. Ella no dudó en tomarlo del brazo para acompañarlo adentro.

—Necesitamos hablar —dijo Catara, soltándole el brazo para cerrar la puerta—. Set, quiero saber qué está ocurriendo. ¡Quizás pueda ayudar!

—No es necesario que te entrometas, Catara. Deberías ocuparte de preparar los detalles de nuestra boda —respondió con la sequedad de siempre y se acercó a la ventana, dándole la espalda.

—Pero ¿por qué no me dejas ayudar? ¡Voy a ser tu esposa! —Catara elevó su voz, acercándose a él.

—¡No, niña! ¡Esto es algo que no vamos a discutir! —Set giró para verla, mantenía sus manos cruzadas en su espalda—. Lo que ocurre en la familia real no te incumbe.

Set se acercó a ella, sus ojos verdes la miraban con dureza, le acarició una mejilla y luego le dio un frío beso en los labios. Catara se estremeció y sintió ganas de llorar.

—Mejor vete a ayudar a las masterizas con los preparativos, seguro que en Joler te educaron para hacer fiestas memorables. —La despidió y la acompañó hasta la puerta.

Catara no respondió, salió cubierta de impotencia. Hasta el beso fue distante, una obligación.

La princesa no sabía si el afecto que había sentido al hacer el amor fue real o su propia imaginación. El príncipe Set era una persona que la cautivaba, pero a la vez, cuando se comportaba así de distante, le generaba una repulsión que no había experimentado por nadie más.

Caminó por los pasillos como una sombra, perdida en sus pensamientos, tratando de descubrir su propósito. Tenía obligaciones de las que ocuparse, pero quería salir de allí, necesitaba aire fresco. Encontró un balcón y salió a un ocaso que bañaba con sus luces el mar.

Los barcos se mecían en el muelle, parecían ansiosos por partir a destinos remotos y nuevos. La embarcación de Enher sobresalía entre las demás. Catara sonrió, había encontrado su respuesta.

Luego del desayuno, Cam regresó entusiasmado a su habitación.

Vació los baúles con sus pertenencias y las guardó en sus dos mochilas, hasta llenarlas con un montón de herramientas necesarias: un par de cuchillos cánex de metal vidriado, eran armas pequeñas pero irrompibles; unas sogas flexibles; un par de lentelejos para mejorar su visión, y hasta encontró unas pastillas de oxígeno. Había aprendido a usarlas cuando le enseñaron a bucear entre los corales de la costa sur junto a sus primos.

Recordó que debía buscar máscaras para tapar su rostro: eran imprescindibles para protegerse de los piperleones, unas pequeñas criaturas que se obsesionaban con el aliento de los isleños y se metían en los pulmones, los que tenían peor suerte sufrían una muerte instantánea. Hasta el aire podía ser peligroso en Enher.

Revolvía y estudiaba qué vestimentas llevar hasta que, por suerte, golpearon la puerta. Camet fue a abrir y encontró a su hermano junto a un par de sirvientes.

—Veo que te adelantas, como de costumbre —dijo Set sonriendo.

—Sí, al principio no me entusiasmaba dejar Tides, pero ¡una aventura es algo grandioso!

—Cam, quiero contarte lo que no te dijo nuestro padre. —Adoptó una postura seria que contrastaba con su sonrisa. Con una mano indicó a los sirvientes para que se retiraran al vestidor. Parecía que Set les había dado indicaciones previamente—. Te comenté que Jafeht podría estar herida y eso puede significar miles de cosas. Podrían haberla atacado, o tenerla de rehén, o intentado asesinarla... cualquier opción es complicada. Creo que lo mejor es que la encuentres rápidamente. Si no lo logras, regresa a casa y dile a padre que ella ha muerto. —El rostro se le había ensombrecido al pronunciar las últimas palabras.

—¿Qué? ¿Por qué haría algo así? —Cam estalló ante la sugerencia—. ¡Jamás abandonaría a nuestra hermana! ¡Lo que me pides es una locura!

—¡Cálmate, Camet! —Set lo sujetó por los brazos—.Durante el viaje medita sobre lo que te pido. Lo que suceda con Jafeht puede afectar a todo el reino, y tú eres tan importante como ella para nosotros. —Sus palabras sonaban duras, pero se ablandaron mientras las pronunciaba—. Tu misión solo puede durar dos semanas, tras ese plazo deberás estar aquí. Justo dos días antes de mi boda. Sin ti, la Corona se verá débil, no puede haber huecos en la imagen familiar. Ya todos saben que Jafeht no está en Tides, pero su desaparición y tu partida tendrán que ser un secreto.

—¿Qué ha ocurrido con ella realmente?

—No lo sabemos, el mensajero de Enher contó lo que nuestro padre te dijo esta mañana.

—Es terrible lo que me pides, hermano.

—Lo sé, pero es mi deber como futuro rey empezar a tomar estas decisiones, por el bien de Tides. —Set se giró hacia la puerta de entrada—. Mis sirvientes te ayudarán con tu equipaje. Nos veremos en la cena, hermano, te quiero. Piensa en mis palabras.

Camet quedó solo en la cama de su habitación, mirando al piso sin ver.

«Dioses», pensó, «¡todo es mucho más complicado de lo que creía!».

Se acostó de espaldas, el cielorraso brillaba con una mezcla de partículas de vidrio con calcita gris y blanca. Los sonidos de los sirvientes, mientras sacaban ropa y la apilaban en uno de los cofres, no lo dejaban concentrarse.

—¿Pueden retirarse un momento? —dijo en voz alta.

—El príncipe Set nos ordenó completar esta tarea, príncipe Camet. —dijo el muchacho, dudando de a qué príncipe debía obedecer.

—Eres Durcet, el hijo de la cocinera, ¿verdad?

—Sí, mi príncipe, y mi hermana muda Graciet, perdón por el desorden.

Cam vio su ropa apilada en varios montones, de manera apresurada y desprolija.

Cam conocía al muchacho de ojos verdes y cabellos enrulados. Tenían la misma edad, pero poco a poco había dejado de cruzárselo por los pasillos, al parecer sus ocupaciones cambiaban constantemente.

—Está bien, Durcet. Mejor me voy a otro lado. Continúen con lo suyo.

Estaba irritado en ese momento y no quería desquitarse con los sirvientes. Ellos solo hacían su trabajo. Aunque también era molesto que él no pudiese tener su propio personal. Ese privilegio lo adquiriría al cumplir diecinueve y él apenas tenía diecisiete. Sólo contaba con ayuda si su padre o su hermano le enviaban a alguien.

Salió de la habitación para dejarlos trabajar.

Su hermano podía ser obsesivo y mandón si se lo proponía. Siempre se había mostrado poco afectivo, y la diferencia de cinco años entre ellos siempre provocaba que tuviesen roces. De niños, Cam solía seguirlo a todos lados, era su ejemplo y lo imitaba en todo lo que hacía, pero cuando el mal humor comenzó a empeorar, Cam prefirió ignorarlo y comenzó a pasar su tiempo en la biblioteca.

Hacia allí se dirigía en ese momento. Disfrutaba de sumergirse en nuevas aventuras, con ilustraciones y leyendas de los dioses. Tenía un lugar preferido para leer: debajo de un ventanal en el piso superior, había un sillón embutido en el suelo. Allí la luz entraba iridiscente durante toda la tarde.

Entró a la biblioteca. Sería interesante leer algo de la historia de Enher para aprender, por si tenía que defender su conocimiento, y conocer algo de sus costumbres. Encontró fácilmente un compendio enherino. Estaba ilustrado en su tapa con el escudo de la isla: un pulpo casilar sobre un círculo espinado con cristales de sal. No tenía colores, era una especie de sello repujado en la tapa, una sobrecubierta de piel de reptil.

Subió a su lugar preferido, se acomodó y abrió la primera página. Sintió un leve escalofrío, se cubrió con la capa y guardó sus pulseras en uno de los bolsillos, para poder leer cómodamente.

«Enher, la cuna de los dioses —un título bastante presuntuoso que parecía referirse a una narración mitológica más que a una crónica histórica, pero siguió leyendo—. Enher nació junto con los dioses y de sus fuegos se llenaron las venas de nuestro señor dios Fiter, el grande y primero de los creados. Su sangre es la misma que corre por nuestros volcanes y, una vez abrió sus ojos, la luz desprendió la forma de una mujer que calmó su furia. El volcán también se apagó cuando los pies de la Diosa tocaron el suelo. Así nació Artrea, la madre de todos los seres vivos, quien caminó por la tierra y de sus pasos despertaron los primeros reptiles, para escurrirse por la tierra misma o dirigirse al mar. La Diosa llegó hasta nuestro señor Fiter y se abrazaron, engendrando en su encuentro a las tres diosas lunares, que estallaron y se dirigieron al cielo, oscuro y vacío hasta ese momento...».

Claramente era una versión de la cosmogonía de los dioses, parecida a la que ya conocía, pero le llamó la atención que en esta adaptación Fiter hubiera nacido del volcán de Enher y no de la explosión del universo, como él sabía.

Avanzó un poco más, apenas hojeando las páginas. No quería leer la versión del nacimiento del mundo y de los dioses según otras voces. Tenía su propia fe aprendida y afianzada, no necesitaba estudiar herejías.

Pero, en cambio, sí quería llegar a profundizar en la cultura de Enher. Se sumergió en las páginas de hilos de carbón y la tarde pasó rápido para él.

Cariat regresaba al palacio desde el puerto, llevaba su larga toga gris y la capucha cubría la expresión de satisfacción de su rostro. Aún el sol no caía y los preparativos se desarrollaban mejor de lo esperado bajo su atenta mirada. Ya había alistado el barco en el que zarparían la mañana siguiente. Esa misma noche, el barco de Enher que había traído las noticias zarparía rumbo a su isla, para anunciar que la Mardesal, la nave que Cariat había elegido, llegaría al día siguiente. Serían cuatro días de viaje.

La Mardesal era una nave rápida, de pocos pasajeros. Las oráculos le habían augurado buen viento, aunque encontrarían unas nubes y lluvias leves, nada preocupante. La cristalera permitió a su mente vagar mientras caminaba.

Cariat llevaba cinco años como la cristalera mayor de la orden, eso le confería más responsabilidades y poder de lo que le gustaría. No era una mujer perezosa, eso lo sabían todos. Su deber ocupaba su vida desde que entró en la orden científica-religiosa. Había renunciado a tener una familia y dedicaba su tiempo a su fe y a su ciencia. Todo habría seguido su curso normal, si no hubiera aparecido el rey, a ofrecerle su amor y cariño, en la intimidad de su habitación durante una temporada.

Eso había ocurrido largo tiempo atrás, pero aún recordaba la pasión que ese hombre triste y solo le había manifestado. Por aquel entonces, Cariat era una mujer joven y la aventura tan solo duró unos pocos meses. Ella decidió alejar a Noah, no podía abandonar sus votos para convertirse en una cortesana.

En aquellos años, ella todavía tenía el cabello lacio y suelto, caía por su espalda hasta la mitad de sus brazos, pero el tiempo todo lo cambia. Cuando comenzaron a proliferar las canas en su cabeza, decidió llevarlo lo más corto posible y cubrirse con una capucha, como hacían las mayores de su orden. Sin embargo, aún recordaba la ceremonia de su iniciación perfectamente.

Una de cada cien mujeres era elegida para ser cristalera. La elección ocurría durante una ceremonia popular que se realizaba anualmente, durante la fiesta de las tres lunas, fecha en la que las tres diosas se alineaban en el firmamento.

Desde el puerto se elevaban cantos y las hogueras ardían por toda la costa. Las lunas brillaban en todo su esplendor cuando una nota musical llegó desde el mar y ella fue la elegida por las diosas entre cien aspirantes.

El cuerpo de Cariat había brillado al son de la melodía del mar e inició la fiesta agradeciendo a las diosas por su elección. Así era como todas las cristaleras comenzaban su camino en la orden.

Le entregaron una bolsa de monedas de vidrio a su familia y Cariat abandonó inmediatamente su casa. Luego de un año de clausura total en el convento, período en el que fue aprendiz de todas las órdenes, su propio espíritu le manifestó que su vocación era pertenecer a la orden de las tallerizas.

Las tres órdenes: tallerizas, oráculos y monásticas, tenían cada cual su propia misión y eran lideradas por la cristalera mayor, que cumplía su rol hasta su muerte. Esa era la posición que ella había alcanzado y era la carga que le correspondía llevar.

No había sido fácil, pero ya se había acostumbrado a estar al tanto de todo lo que ocurría dentro del convento, y su autoridad venía con algunos beneficios.

Detrás de ella, tres mujeres la alcanzaron, interrumpiendo sus cavilaciones. Eran las más destacadas cristaleras de cada una de las órdenes y seguirían con ella durante toda la misión: Delicet, la talleriza, era la más alta de las tres, tenía un aspecto rudo y un andar masculino; había creado unos nuevos lentelejos que les permitían observar la ubicación exacta de las estrellas. Naminet era la oráculo, hablaba de casi cualquier tema con Delicet y con Cariat, llevaba la capucha y casi todo su cuerpo cubierto, aunque no tanto Solitut, la monástica. Ella miraba hacia abajo y mostraba su incomodidad por encontrarse fuera del convento, casi no participaba en las conversaciones y se mantenía a la sombra de la cristalera mayor.

Cariat confiaba en las tres, cada una diferente, pero excelente a su manera. Habían demostrado sus habilidades una y otra vez. Ahora Cariat les pediría que lo hicieran una vez más.

Mientras caminaban, Naminet tuvo un sobresalto, asustada y agitada tomó el brazo de Cariat.

—Madre Cariat, necesito hacerle una petición. ¿Envíe a otra en mi lugar? —Su rostro se ensombreció.

—¿Por qué me pides eso? Si has visto algo, debes decírmelo. —Cariat sabía que las visiones de las oráculos eran repentinas, pero siempre acertadas.

—Sí, Madre. Aunque no puedo decírselo ahora. —Señaló la torre de las cristaleras—. Lleguemos a casa primero.

Aceleraron su marcha por un callejón que las alejaba del mercado, el barullo de ofertas y regateos resonaban alborotadamente, era un día normal en Tides.

El pasaje al ingreso de la torre estaba empedrado y tenía incrustaciones de cristales verdes en sus bordes que se iluminaban a la sombra de los transeúntes.

La puerta se abrió pesadamente hacia el interior y un par de guardias las dejaron pasar con un saludo reverencial. El interior de la torre era más oscuro, pero la luz se reflejaba y refractaba en vidrios fijos en los muros de piedra. Al menos el aire era más fresco que en el exterior.

—Pueden ir a sus dependencias —dijo Cariat a las mujeres, pero retuvo a Naminet—. Vamos a la Sala Mayor.

—Sí, Madre. —La muchacha había dejado de hablar, cosa rara en ella.

Ingresaron al recinto. Contra la entrada colgaba un gran panel de cuero, pintado con delicadas tonalidades. La imagen era un óvalo heráldico en cuyo interior figuraba una mujer cubierta por una túnica, en una de sus manos llevaba una gran tenaza y en la otra un frasco medicinal, su rostro tenía tres ojos en lugar de dos: las tres ramas de la orden.

En aquella sala tenían sus reuniones periódicas todas las cristaleras. Cariat y Naminet se sentaron frente a frente, en un sillón lateral de piedra, debajo del escudo de la orden.

—Madre, esta visión me atravesó en el camino de regreso y me dejó intranquila. La claridad de lo que vi se ha disipado, pero la angustia permanece en mí. —La mujer miraba con ansiedad y los ojos llenos de lágrimas a punto de brotar.

—Calma, querida Naminet, puedes contarme cualquier cosa.

—La noche refleja la luz de las lunas en el mar y en la tormenta repentina una luz se apaga. Alguien morirá en el viaje, Madre. —El rostro de la mujer palideció al dar su mensaje.

—Tranquila, hija, sabemos que las visiones suelen ser crípticas. Estaremos listas para enfrentar cualquier amenaza. —Ella sabía que el trabajo de las oráculos era complejo y a menudo sus mensajes eran metafóricos.

—Esta vez estoy segura de que se anuncia una muerte. No quiero ser yo la que entregue su alma al mar, aún no. Por favor, madre de las cristaleras, permita que sea otra quien la acompañe en mi lugar.

—Oh, mi querida hija, no puedo alejarte del destino que las diosas te han marcado. Esta misión es un mandato real y se desarrollará tal como la hemos planificado. Debemos obedecer.

—Sí, Madre... voy a... prepararme. —Se fue en silencio, sin disimular su tristeza.

Allí quedó sola Cariat, mirando por una ventana al lado de la puerta, la luz del sol atravesaba tangencialmente los cristales y los haces se dispersaban en pequeños arcoíris que resplandecían sobre el suelo de piedra. Ella anticipaba que la misión sería compleja, pero no esperaba un augurio tan temprano.

El temor por la muerte de sus hijas se cernió sobre sus pensamientos y se alojó en un rincón de su mente.

«—¿En dónde termina el mar? —preguntó la niña acercándose hasta el ojo del calar de tres cuernos.

—El mar termina en ti, pequeña —respondió la inmensa criatura—. Todos somos parte del océano de la vida.

—Ya estoy cansada —dijo nuevamente, apoyando sus brazos en unos de los cuernos.

—Puedes dormir tranquila, yo te protegeré —respondió el calar.

Los dos continuaron navegando por el gran océano, el calar evitaba los escombros de otras embarcaciones y seguía su camino por la senda de la luna mayor».

Fragmento de La niña de las olas, *cuento popular Tidesio.*

El alba se anunciaba con colores verdes en el horizonte del mar de Tides. Todos se encontraban en el puerto, dispuestos a embarcarse en la Mardesal, el barco mercantil que los llevaría hasta la isla de Enher.

Lo comandaba el capitán Somorte, un hombre grande, gordo y algo desagradable, pero de probada discreción. Cariat se había asegurado de ello.

El príncipe Cam casi no había dormido durante la noche y ahora caminaba de un lado a otro de su habitación. Llevaba consigo el libro de historia de Enher y lo abría y revisaba cada pocos pasos.

Ya habían llevado al puerto los cofres y mochilas que habían preparado los sirvientes.

Para sorpresa de Cam, su hermano y su padre entraron para despedirlo y desearle buena fortuna.

El rey se acercó a él con algo entre sus manos.

—Camet, quiero que lleves este collar. —Le entregó una esmeralda verde engarzada en una cadena de oro—. Si en algún momento necesitas enviar un mensaje urgente, frota la gema y háblale a la luz de las lunas. ¡Úsalo cuando encuentres a tu hermana!

—Gracias, padre, lo cuidaré —respondió acariciando la piedra preciosa.

—Yo sé que así será, hijo. ¡Que las lunas te iluminen en cada momento, mi querido Cam! —Lo abrazó con discreción, pero Cam sintió la presión de sus manos.

—Hermanito, sabes que te quiero, cuídate—dijo Set, tomándolo de los hombros. Se acercó a su oído y le susurró—. Recuerda que tienen dos semanas para regresar.

—Sí, sí, haré lo posible...

Salió de la habitación y un par de guardias cubiertos con capuchas lo precedieron en el camino hacia el muelle. Durante el trayecto, algunas personas más se sumaron a la pequeña procesión. Reconoció a Berot, su amigo, entre unos jóvenes guardias que se sumaron casi al final del recorrido. El resto de la comitiva estaba compuesta por Cariat y tres cristaleras más.

Aún no había mucho movimiento en el muelle, los barcos pesqueros llegarían al mediodía. Las aves revoloteaban cerca de las granjas de algas, en los bordes del muelle. Era la hora de la cosecha y la recolección de ojunes y cangrejos, atrapados por la marea nocturna en la costa.

Un hombre los esperaba con ansiedad arriba del barco, llevaba una capa verde y Cam no lo pudo reconocer.

Subieron todos a la Mardesal casi en silencio, el barco estaba hecho con placas de yeso de las olas, una sustancia aireada que forjaban para hacerla dúctil, y una estructura metálica que llevaba largos años navegando.

El capitán Somorte estaba en el castillo de popa, profería gritos para ordenar el abordaje mientras acariciaba una bolsa que colgaba en su cinturón, seguramente era la paga por el transporte.

Cada tripulante que abordaba acariciaba el mascaron de proa, tallado con la imagen de la Apreia, con sus barbas de tentáculos que caían sobre sus pechos desnudos. Ella era la diosa del mar y de las criaturas marinas, protegía a la tripulación del peligro de las bestias y las tormentas. Primero subieron los remeros, los marineros y la tripulación de la cocina; luego los guardias, las cristaleras y finalmente Cam.

La fe tidesia era rica en cuanto a su panteón divino y algunos de los dioses representaban fuerzas de la naturaleza que debían respetarse. Los terros solo eran los habitantes de la superficie y los dioses los protegían o castigaban igual por sus acciones u omisiones. Debían cumplir algunos ritos mínimos y siempre seguir las enseñanzas del *Gran Libro de Absuar*, en el que los profetas habían escrito sus propias crónicas de su encuentro con los dioses y sus mandatos de fe.

Una vez a bordo, pudo ver de cerca al hombre de la capa verde: era un enherino que llevaba un pequeño lagarto sobre sus hombros, posiblemente su mascota. El hombre comenzó a dar trancos, abriéndose paso hasta acercarse a él.

—¡Usted debe ser el príncipe Camet! —dijo con una exagerada reverencia y una gran sonrisa—. ¡Un placer conocerlo!

Cam Observó que un fino tatuaje cubría la mejilla del hombre, tenía la forma de una serpiente que reptaba desde su cuello hasta su ojo y era de brillantes colores verdes con pintas rojas y anaranjadas.

—¡Mucho gusto! —respondió Cam, extrañado por la manera en que lo saludaba—. ¿Quién eres tú?

—¡Mi nombre es Gasin, mensajero de la diosa reina Charos y trovador de baladas para oídos distinguidos! —El pequeño lagarto se aferraba a su ropa mientras el hombre se movía con grandes gestos que acompañaban a sus palabras—. ¡A su servicio, su alteza! —concluyó con otra reverencia.

—Muchas gracias por tu compañía, Gasin —dijo con una sonrisa el príncipe—, pensé que te irías con el barco que te trajo.

—¡Pero su alteza! ¿Qué clase de enherino sería si no los acompaño en persona? —respondió gesticulando—. ¡Puedo animar su viaje con cantos y música si lo desea!

—No por el momento, pero gracias por el ofrecimiento —respondió Cam.

La actitud del mensajero lo sorprendió, era demasiado alegre para tener una misión tan delicada. Intentó continuar la conversación, sin embargo, vio que Berot estaba cerca. Sus miradas se cruzaron sobre la cubierta y Cam le sonrió. Prefería hablar con él.

El barco se movió con las primeras olas del mar y Berot se acercó hasta él. Tenía una capa colgada de uno de sus hombros, el otro lo llevaba descubierto. Portaba una pechera de cuero escamado con los músculos repujados y unas botas atadas con tientos.

—Príncipe, es mejor que durante la partida te mantengas bajo la cubierta, por si hay ojos curiosos en el muelle.

—Es verdad, Berot. Gracias —Cam intentaba seguirle el paso, aunque el movimiento le hacía perder el equilibrio.

Berot se percató y volvió hasta él para sujetarlo del brazo.

—¡Pareciera que el principito ha estado bebiendo! —dijo con una sonrisa.

—¡Ojalá hubiera sido por eso! —respondió Cam riendo y se apoyó en el firme brazo de su amigo—. No estoy acostumbrado a navegar.

—Me pasaba lo mismo, pero nosotros tuvimos un año de instrucción en el mar. —Lo miró con la candidez de siempre—. ¡Espera a que encontremos alguna tormenta!

—¡Qué bueno que te eligieron para la misión entonces!

—En realidad no fue así, yo solicité que me asignaran a tu guardia —dijo ruborizándose, pero aún firme en sus pasos—. Aquí está tu camarote, creo que aquí ya no necesitas ayuda.

—Muchas gracias, Berot. Al menos nos pondremos al día en este viaje. —Cam estaba contento y entusiasmado con la compañía de su amigo.

—Sí, ¡eso espero!

Catara se había acercado al puerto esa noche e indagó sobre los próximos barcos que partirían de la isla. La gente no era muy comunicativa, pero pudo identificar algunos barcos a punto de zarpar.

Vio un grupo de marineros que llevaban ropas diferentes al resto, se acercó disimuladamente hasta ellos para intentar oír sus conversaciones. Resultaron ser los marineros enherinos, hablaban sobre un barco que partiría durante la mañana.

Uno de ellos la vio y se tambaleo hacia ella con una sonrisa lasciva, pero Catara pudo ahuyentar al borracho gracias a las artes de defensa que le había enseñado su maestro en Joler.

Regresó al palacio, nerviosa y agitada, pero decidida. Preparó un equipaje ligero y esperó.

Avanzada la noche, regresó al puerto. La suerte la acompañó con una leve llovizna que caía sobre la ciudad, aletargando a los guardias con la tranquilidad nocturna.

Identificó el barco que había oído mencionar a los marineros. Vio cajas de carga apiladas en el muelle junto a la nave. Encontró una en la que había mantas y capas, posiblemente previstas para el clima frio de las montañas de Enher. Esperó que sus dueños no las necesitaran, porque se deshizo de ellas y se escondió dentro de la caja.

Durante la mañana empezaron los movimientos de carga y le llamó la atención ver a la Guardia Real participando de la actividad. Poco después, sintió cómo la levantaron con agilidad y sin percatarse de las prendas que había tirado cerca.

En su mochila llevaba un poco de ropa, unos panes de algas y una cantimplora con agua . Gracias a eso supuso que no pasaría hambre ni sed, podría aguantar todo el viaje en su escondite.

Se preocupó por su incomodidad, llevaba las piernas dobladas y una mala jugada de sus calambres podría delatarla, pero lo soportaría si con ello obtenía la libertad que tanto anhelaba.

Asomó su mirada por una rendija que había al borde de su escondrijo y vio que del cajón que estaba a su lado se asomaba la pinza de un ojún color ocre. En el piso vio un tario que escapaba de algún otro cajón. El animalillo reptaba pesadamente, con su cuerpo rosado y sus seis patas cortas. No emitía sombras sobre las placas de yeso de la cubierta. Catara sabía que la dulce carne de los tarios era la base de muchos platos tidesios, pero cuando un marinero pasó delante de las cajas y lo aplastó, recordó que emanaban un hedor picante y horrible al morir. Catara casi dejó escapar un gritito al ver estallar la sangre gris del gordo gusano, pero pudo contenerse.

Catara estaba molesta, aunque el olor del animal muerto ya se había disipado, una mosca zumbaba sobre el bicho aplastado. «Tengo que salir de aquí», se dijo, aunque todavía no era momento de revelar su presencia.

Por la rendija veía pasar las personas. Los movimientos del barco eran bruscos mientras se internaban en alta mar.

Catara pensó en cómo reaccionarían al descubrirla. ¿Se sorprenderían o pensarían que huía de su compromiso? Al fin y al cabo, estaba poniendo en riesgo los intereses de sus padres, además de los tratados que se afianzarían. Su aventura podría arriesgar la paz entre las islas.

En ese momento entró en pánico. Lo que estaba haciendo era un terrible error.

Intentó moverse y salir de la caja, quizás no fuese tarde para regresar a la ciudad. Después de todo, recién zarpaban.

Había escapado impulsada por sus deseos y no se había detenido a pensar que en Tides podrían interpretar que escapaba de sus obligaciones. Si lograba regresar, tendría que pedir ayuda si quería pasar desapercibida. Lo más difícil sería inventar una excusa para su *salida*.

Sin embargo, algunas costumbres tidesias que no le gustaban, como tener que llegar antes de la boda para conocer a su futuro marido y compartir el lecho durante todo ese tiempo. Además, parte de la organización de la boda aún quedaba por resolver. Por otro lado, su familia llegaría de Joler un par de días previos a la ceremonia de los dioses, en la que se presentaría a la novia y se pediría el favor de las diosas lunares.

Nada de eso importaba ahora, debía ocuparse de salir de allí y buscar la manera de regresar.

Intentó sacudir su caja, pero no lo tenía nada fácil. Al parecer, estaba atorada en medio de otros cofres y cajas con mercadería. Un poco de agua de mar se colaba por el fondo.

Catara pensó en que su verdadero motivo para escapar era que no le interesaba casarse con el príncipe Set. No estaba enamorada de él. Sí, habían tenido relaciones, pero eso no había alcanzado a despertar sentimientos en ella. Sabía que el matrimonio no sería como en los antiguos cuentos infantiles, aunque esperaba con ansias poder enamorarse. Quizás lo mejor sería volver a Joler y cancelar la boda.

Intentó gritar, pero los sonidos de los marineros que pasaban delante del equipaje, sumado al ruido acompasado de las olas golpeando el casco del barco, eran más fuertes que cualquiera que ella pudiera emitir.

O no, tal vez debiera regresar y cumplir su compromiso, podría buscar la felicidad en otros aspectos de su vida. Se encontraba en una encrucijada: pese a todo, Set no parecía mala persona, no la había tratado mal en ningún momento, solo con demasiada frialdad. Sin embargo, sabía en su corazón que en Tides nunca sería feliz. Si tan solo pudiera hablar con sus padres, ellos la entenderían e intentarían remediar la situación. «Sí, eso es lo que debo hacer: hablar con mis padres», pensó.

Un poco resignada dejó de gritar y trató de abrir más su rendija. Algunos ojunes intentaron pellizcarle los dedos con sus pinzas cuando los sacaba por la ranura. Esa idea tampoco funcionaría.

Rendida, se dejó vencer por el cansancio y decidió dormitar un poco, el movimiento del barco le ayudó a dejar sus nervios de lado. Esperaba que llegasen pronto a descubrirla.

Gasin había sido elegido emisario para llevar el mensaje al pueblo de Tides. Era un hombre con una personalidad activa y a veces realizaba labores que la diosa reina Charos le encargaba. Al parecer, su actividad como teatrero real era completamente prescindible en el palacio. Después de todo, ella era su diosa y podía pedirle lo que se le antojase. Por alguna razón que él no entendía, ella le tenía plena confianza.

Su misión era clara: llevaría la noticia a Tides de que la princesa Jafeht había aparecido en el palacio de Enher con algunas heridas. La acompañaba un hombre de las afueras, un volcariano que la había ayudado a llegar hasta allí. Luego de que los guardias la recibieran, los sacerdotes la atendieron y la curaron de las lastimaduras más graves, pero ella desconfió de los enherinos, huyó y ya nadie pudo encontrarla. Eso era todo.

Sin embargo, Gasin se enteró que algunos sirvientes habían escuchado gritos en la habitación de la chica y decían que estaba en trance de posesión de une aireu. Pero eso él no lo pudo ver, ni lo dijo.

Al llegar a Tides tuvo que pasar por varios interrogatorios, primero por el jefe de guardias y después por otros miembros del concejo, hasta que llegó ante el rey, acompañado por su hijo mayor.

Ambos se preocuparon por el mensaje y actuaron rápidamente.

Por eso ahora regresaba a su país en un barco extraño, acompañando a la comitiva de búsqueda en la que iba el hijo menor del rey, el príncipe Camet. Le había parecido un joven simpático, aunque un poco ingenuo.

—¡Qué curioso animalito que llevas! —dijo uno de los guardias, acercándose a él.

—¡Pues gracias, mi señor! —respondió con un gesto de la mano.

—No, no soy ningún señor, ¡solo un soldado! —rio.

—Su nombre es Tonanzitlan, es un pequeño lagarto de los volcanes —continuó Gasin, moviendo el brazo con su mascota aferrada cabeza abajo—. Tiene la habilidad de caminar por cualquier superficie sin caerse.

—¡Ya veo! ¡Qué curioso! No hay de esos en Tides.

—¡No, son únicos de Enher! —completó y lo colocó sobre su hombro.

—¡Es muy simpático! ¡Si te aburre en algún momento podrías regalarlo! —dijo el guardia.

—No lo creo, es mi compañero de aventuras.

—¡Vaya que sí! —respondió señalando a la criatura que había pasado por detrás de la nuca de Gasin hasta el otro hombro y le olfateaba la oreja—. ¡Parece que tiene hambre, deberías alimentarlo!

—Me ocuparé de ello —dijo y se puso a hacer como que atrapaba insectos cerca.

El guardia continuó su camino.

Gasin sabía que llamaba la atención por su vestimenta y actitud, ¡y eso que había dejado los sombreros en su camarote! Llevaba una chaqueta de cuero de color rojo con botones azules y la capa era verde. Una llamativa combinación de colores que demostraba la capacidad de pigmentaciones que tenían en la isla y el nivel social de quien los vestía.

Gasin llevaba una vida cómoda desde que había accedido a ser el director teatrero del Palacio Real. Allí tenía su compañía de actores que lo seguían en sus locuras para entretener a los dioses y a la realeza. Las funciones que daba su compañía, como las comedias y los dramas, eran los que más aplaudían los cortesanos junto a las obras musicales. En alta mar se sentía fuera de su elemento, pero era su deber obedecer los mandatos de su Diosa Reina e interpretaría su papel correctamente. Así, les sonreía a todos y respondía sus preguntas con claridad y buen humor.

Sin embargo, Gasin guardaba sus secretos. En el palacio de Enher había visto a la muchacha. Luego de enterarse de los gritos, supo por medio de los sacerdotes que la princesa había desaparecido en una llamarada. Pero no una llamarada de consumición, sino que había sido llevada a otro lugar por fuerzas divinas.

La diosa reina Charos sabía que él sabía y le ordenó que a esos detalles los ocultara, porque si se enteraban de que la princesa había sido consumida por el fuego, significaría que jamás podría regresar a su isla por ser parte de planes superiores. En cambio, él entregaría el mensaje indicado y la familia real iría a buscarla.

Gasin continuaba sonriendo y jugando con su mascota. Algunos de los guardias lo miraban con desconfianza, pero también se reían de él; no lo consideraban una amenaza.

El comandante de los guardias de Enher fijó su mirada en él. Gasin lo saludó alegremente con la mano, desde donde asomó el pequeño lagarto y él hizo como si se asustase al verlo y fingió que perdía el equilibrio. Los otros hombres se rieron, junto con unos marineros que estaban cerca y presenciaban su actuación.

Ya estaban en alta mar, atrás habían quedado la costa de Tides y su puerto. Ya solo se veían algunas velas de embarcaciones pesqueras que regresaban y las siluetas de las pequeñas islas Amixas, que sobresalían en el horizonte.

A lo lejos, hacia el este, nubes grises empezaban a cubrir el cielo. Algunas aves sobrevolaban el barco, lanzándose en picada a la estela que dejaban y que levantaba los desafortunados peces que nadaban cerca de la superficie.

Pero lo que llamó la atención de Gasin no fueron las aves ni los peces, sino la gran sombra que estaba allí, debajo del mar, siguiéndolos.

«¹⁴⁵En el ocaso de los días Arca entero llorará, porque ese día los habitantes de las islas descubrirán el secreto de su propia existencia. ¹⁴⁶El origen y destino de los terros será la causa de unión y destrucción de los seres del mundo. ¹⁴⁷Porque en ellos está la ciencia, en ellos está la luz y la fe, y el poder de crear muerte. ¹⁴⁸Ellos son los portadores de esperanza y sus decisiones transformarán el mundo. ¹⁴⁹¡Alabados sean los dioses, pues en ellos descansa nuestra fe! ¡Que las profundidades nos alcancen y nos unan en un solo mar de amor eterno!».

Versículos finales del libro Los versos de Luz, *incluido en el* Gran Libro de Absuar.

IV

Era mediodía y el barco continuaba su ruta sin inconvenientes. Cariat se alegraba de poder respirar el aire puro y húmedo. Corría una leve brisa de frente pero no era suficiente para retrasarlos.

El capitán se veía inquieto por lo que Cariat se acercó hasta él.

—Capitán Somorte, puedo ver que algo le preocupa —dijo y se acomodó su capa sobre uno de los hombros.

—Madame cristalesha, puede decirme Mortish, como lo hashen losh demásh. —Al parecer, el capitán tenía el labio deformado debajo de la barba y pronunciaba las palabras con un silbido.

—Mortish, ¿hay algo que informar? —insistió, aunque no pudo evitar sentirse incómoda delante de ese hombre tan robusto.

—Al paresher, algunosh hombresh han visto una shombra en el mar y están ashustados —dijo mientras señalaba la popa del barco.

—¿Una sombra?

—Shí, shupongo que alguna criatusha mashina nosh está shiguiendo, eso no esh normal. Estamos demashiado sherca de lash islash. —El capitán conocía el mar más que ella.

—¿Y qué criatura puede ser? —Algunos de los grandes habitantes del mar podían ser muy peligrosos.

—Por el tamaño puede sher un volteón o un cashilar, podría sher hashta una gran tortuga, aunque esh demashiado shápida. —Somorte señaló hacia una parte alta de la cubierta—. He enviado a algunosh de los mashinos para que preparen lanzash, por lash dudash.

—¿Crees que esa criatura podría atacarnos?

—Shinsheramente, espero que no. No tendría ningún shentido.
—El capitán se frotaba la barba con una mano.

Cariat estaba asustada y buscó con la mirada a las mujeres que la acompañaban. Vio a Delicet junto a un grupo de marineros, les enseñaba unos cuchillos cánex con hojas de vidrios. Solitut y Naminet estaban conversando entre ellas, cerca de la entrada a los camarotes.

Se acercó a ellas.

—Naminet, necesito que intentes escuchar la voz de las diosas.

—Madre, si quiere puedo acompañarla con oraciones —sugirió Solitut.

—Sí, hija, hazlo.

Se acercaron las tres a uno de los bordes de estribor. Las brisas acariciaban sus rostros y algunas gotitas salpicaban sus mejillas.

Solitut se pasó la mano y cubrió su rostro, poniéndose de rodillas contra la baranda. Las otras dos se afirmaron con unas sogas.

Naminet estaba despeinada, aunque intentaba domar su oscuro cabello con una cuerda. Era la más baja de las tres, pero las escamas de su piel morena resaltaban bajo el blanco y largo vestido. Llevaba algunos cinturones de cuero marrón y un par de alforjas pequeñas colgando de ellos.

La oráculo se colocó frente al océano y levantó las manos a la altura de los hombros, con las palmas hacia el cielo. Un silencio solemne las envolvió, los gritos de los marineros se alejaron, dejando solo el murmullo de las olas al romper contra la coraza de la Mardesal.

La oráculo juntó sus manos, los ojos se blanquearon y giró su rostro hacia Cariat.

—*Las diosas han apartado su mirada de los terros. Una nueva era se aproxima. Deben tener los corazones dispuestos al cambio* —pronunció en un tono de voz que no era el suyo.

Al finalizar, Naminet recuperó su mirada habitual y relajó su postura.

El mensaje sonaba críptico y desalentador. Así solían ser las respuestas de las oráculos, su interpretación no se revelaba inmediatamente. Sin embargo, Cariat no dejó escapar que algo importante estaba en marcha.

No quiso pensarlo, pero si las diosas lunares ya no protegían a los terros... Acarició el tatuaje de su muñeca de manera instintiva.

Les agradeció a las mujeres y se apartó de nuevo, necesitaba soledad. No quería encerrarse en el camarote por lo que intentó buscar su propia paz en ese lugar, apoyándose sobre su vara.

Las nubes se veían más cercanas, la brisa también comenzó a incrementarse. Una tormenta se aproximaba.

Vio al príncipe Camet en cubierta, al menos no necesitaba preocuparse por él. Recordaba las palabras del rey, ella tenía la misión a su cargo y debía poder enfrentar cualquier inconveniente.

En la parte superior de cubierta, el grupo de guardias estaba relajado, riendo. Cariat caminó hacia ellos.

—Comandante Selfút, necesito hablar contigo —dijo al hombre más grande del grupo. El comandante se levantó y se puso frente a ella.

—Dígame qué le molesta, linda señora cristalera —respondió con una sonrisa, acercándose—. ¿Quiere que hablemos en algún lugar más íntimo?

—¡Por favor! Nada me molestaría más en este momento que su compañía. ¡Contrólese, hombre! —Cariat no podía ni quería ocultar su desagrado—. Me preocupa la tormenta que se avecina —dijo señalando al cielo.

—Seguramente el capitán está preparado para estas eventualidades. No te alteres.

—Comandante, usted sabe que estoy al mando de esta misión, ¿es eso correcto?

—Sí, claro. Esas fueron las órdenes del rey.

—Esas nubes traen malas noticias, comandante. Prepare a sus hombres.

—Me encargaré de eso, señora —respondió con un gesto de acatamiento.

—Y Selfut...

—¿Señora?

—No vuelva a faltarme el respeto.

Cariat no esperó una respuesta. El hombre era bastante bruto para el cargo que tenía, así eran los hombres de la milicia y también los de altamar.

Cristalera Mayor era la máxima jerarquía a la que podía acceder como mujer en el Reino, pero Tides era un pueblo patriarcal. Ni siquiera las pocas reinas que hubo en su historia tuvieron el poder que ella comandaba.

Desde la creación de la Orden de Cristaleras, poco a poco, las mujeres fueron capturando espacios de poder. Las tallerizas conocían la tecnología y controlaban las forjas en las que se fabricaban las armas y herramientas del Reino. Las monásticas cuidaban del espíritu y el cuerpo de la gente, sus bálsamos y medicinas eran fundamentales para la salud del pueblo. Las oráculos podían comulgar con Lobreg, el dios del inframundo, e invocar visiones del futuro.

Los hombres aún controlaban el poder político y militar de Tides, pero ya poco podían actuar sin la intervención de las cristaleras. Y Cariat lo sabía.

Observaba a los guardias aprestarse en sus posiciones cuando un golpe sacudió el barco. Algo había impactado contra la popa y desde allí se oyó un bramido.

Varios hombres corrieron hacia ese sector y tomaron posiciones. Cariat miró para todos lados, hasta que encontró a sus mujeres que también la buscaban.

Vio que Delicet llevó a Solitut y Naminet a refugiarse en la entrada de los camarotes, luego corrió hasta donde estaba el comandante.

Hacia allí también fue Cariat.

Cam terminaba de sacar una capa de uno de sus cofres, en ese instante el impacto lo sacudió hasta golpearlo contra el dintel de la puerta. Salió del camarote y se encontró con varios marineros, que también salían a cubierta para ver qué ocurría.

Afuera la claridad lo encandiló, pero sus ojos se adaptaron rápido. Un nuevo golpe lo sorprendió; estaban en alta mar, no era posible que el casco hubiese golpeado una roca. Definitivamente algo atacaba a la Mardesal.

Camet miró en busca de velas o banderas de barcos enemigos en los alrededores, pero no había nada.

—¿Qué está ocurriendo? —preguntó a uno de los marinos que corría despavorido.

—Hay un bicho, señor. ¡Es horrible! —dijo señalando hacia popa.

Un sonido chirriante estremeció la Mardesal y todos empezaron a gritar.

Cam se apresuró a llegar a la parte alta de popa para ver qué sucedía. Uno de los guardias lo frenó sujetándolo del brazo.

—¡Príncipe Camet, vuelva bajo cubierta! ¡Aquí afuera no está a salvo!

Cam decidió ignorarlo. Se soltó y fue a ver qué era lo que atacaba al barco, subió la escalera lateral, el chirrido se sintió más cerca, algunos guardias y una cristalera arrojaban lanzas y arpones metálicos al mar.

Un hombre cayó por la borda y gritó desesperado, unos marineros le arrojaron sogas para rescatarlo, pero no tuvieron éxito.

Entonces lo vio. Un gran animal se había encaramado al barco, clavando sus garras en las placas y lanzando dentelladas a los guardias. Los hombres intentaban desesperados dañar a la bestia.

—¡Camet, aléjate del borde! —Berot se acercó gritando al verlo. Al parecer la criatura le había arañado un brazo.

—¡Berot! ¿Qué es eso?

—¡Es un volteón! —dijo empujándolo hacia el suelo— Será mejor que no veas esto.

Dijo algo más, pero Cam no pudo oírlo sobre los gritos de los hombres.

El animal se volvió hacia el mar y saltó, causando un estallido de agua y restos de placas de yeso.

El hombre que estaba en el agua se hundió y, en su lugar, borbotearon burbujas rojas de sangre. El volteón lo había devorado.

—¡No! —gritaron algunos, aterrados.

A la orden de la cristalera se agruparon formando una línea en la borda. La mujer preparó una herramienta sujeta a su brazo, ajustó su lentelejos y apuntó al mar. Un haz de luz emergió del objeto y se hundió en el agua, indicándoles dónde atacar.

A una nueva orden, arrojaron los arpones al punto que marcaba la luz; hacia la sombra de la criatura bajo el mar.

Las armas llovieron. El monstruo saltó fuera del agua, salpicando a la tripulación. Una de las lanzas había dado en el blanco, pero no fue suficiente.

El volteón se giró hacia el barco para atacar de nuevo.

—¡Aléjenshe de cubierta! —gritó el capitán.

Berot sujetó a Cam de nuevo y lo llevó bajo cubierta. Cam no quería ir y frenó al guardia.

—¡Quiero ver qué ocurre! ¡No seré de utilidad para nadie en mi camarote! ¡Aquí puedo ayudar!

—Es muy peligroso, príncipe. Es mejor si estás protegido.

—¡Pero estás herido y sangrando! ¿Cómo puedes pelear así? Déjame vendarte en la parte alta de cubierta, donde la criatura no pueda alcanzarnos. Además, podremos ver qué sucede. —Lo miraba afligido, implorando que le hiciera caso.

—El sangrado atrae a la criatura, es mejor detenerlo. ¡Y si es la única manera de alejarte del peligro, entonces vamos! —dijo con una leve sonrisa.

—¡Verás que estar juntos nos favorecerá a los dos!

Subieron hasta la parte alta, allí se veía que el volteón se había encaramado al casco nuevamente. Esta vez, una hilera de guardias preparados lo atacaba con las lanzas, evitando que el animal trepase con sus tres garras por la borda.

Otro hombre había caído al agua, uno de la guardia, Berot pronunció su nombre, pero Camet no pudo oírlo. Los gritos de las personas se mezclaban con los alaridos de la criatura y los propios del mar. El cielo parecía haberse oscurecido.

El volteón gruñó con furia, mostrando la doble hilera de dientes blancos y afilados que contrastaban con la oscuridad de sus fauces. Con dos de sus patas arrancó una gran placa y provocó que los atacantes se alejaran de él. Algunos cayeron a un lado, quedando atrapados bajo el pedazo de barco. El monstruo logró reptar sobre la cubierta.

Cam intentaba vendar el brazo lastimado de Berot. El tajo parecía superficial, pero sangraba bastante. Tomó uno de los cuchillos que llevaba y cortó una tira de su capa para improvisar una venda.

El príncipe trataba de no distraerse, aunque la acción lo atraía; nunca imaginó que la aventura sería así.

Berot se veía impaciente, quería atacar a la criatura. Cam podía ver que se esforzaba por mantenerse junto a él y no seguir su instinto.

Debajo de ellos, el volteón se dirigió hacia las cajas de provisiones. Allí lanzó una dentellada que destrozó una caja llena de tarios que saltaron en todas direcciones, el hedor de los gusanos impregnó el ambiente.

El animal hizo una mueca de asco mientras masticaba y tragaba. Las cajas habían saltado en pedazos por toda la borda. Algunos hombres corrían y otros estaban tirados en el piso, gritando por auxilio.

Entonces, desde el mar se escuchó un estruendo.

Una descomunal bestia marina ascendió con un salto desde las aguas. Cam lo pudo identificar por los dibujos que había visto en sus libros: ¡era un magnífico y verdadero calar! Se alzó majestuoso, atacando al volteón con sus tres cuernos brillantes.

El calar saltó cerca de la nave, por lo que su figura ensombreció el horizonte por un momento, luego cayó lanzando una fuerte oleada.

El volteón se giró al sentir la presencia del otro animal y se aferró a la borda, rugiendo hacia el mar. Entre sus miles de colmillos afilados se veían restos destrozados de tarios, ojunes y placas astilladas. Sus tres garras se clavaron allí donde se apoyaban y su cola en forma de púa se arremolinaba con furia.

Los guardias se dispusieron en formación de U y aprovecharon la distracción del volteón para atacarlo por la retaguardia.

El comandante dio rápidamente sus órdenes y no se amedrentó por la presencia de los increíbles animales. Al otro lado de la cubierta, Cam vio a Cariat correr hasta donde estaban las cajas destrozadas y auxiliando a las personas que habían quedado atrapadas allí.

Los guardias comenzaron su ataque, algunas lanzas se clavaron en la parte trasera del volteón, pero no parecían infligirle grandes daños. La bestia medía tres veces la altura de una persona y su piel era demasiado dura.

Al notar a los soldados, la criatura comenzó a atacar con su cola, lanzando centelladas punzantes. Alcanzó a uno de los guardias, lo penetró en su estómago, matándolo instantáneamente.

Los demás, enfurecidos, atacaron con sus espadas y lograron hacer un profundo tajo en la cola del animal, que lanzó un grito de dolor.

Desde el mar, el calar emergió nuevamente, lanzando un destello de luz desde su cuerno central y sumergiéndose rápidamente. Un sonido profundo y grave se elevó desde las aguas.

El volteón herido saltó al mar, los soldados tomaron las lanzas, la cristalera su lanza-luz y se apresuraron hacia la borda en busca del animal.

Un nuevo murmullo grave hizo vibrar las barandas. Cam se acercó a la borda de estribor, opuesta a donde estaba el resto, y comenzó a gritarles que las criaturas emergerían por ese otro lado.

Algunos se percataron de su advertencia y se acercaron a él en busca de los animales.

Desde estribor, las criaturas se alzaron violentamente, entrelazadas en batalla. El calar lanzó hacia arriba al volteón, que ahora tenía una de sus garras cercenada y la cola lastimada le colgaba por un costado del cuerpo.

El pelaje corto y blanco del calar estaba manchado con la sangre oscura del volteón, mezclada con su propio icor amarillo, que le brotaba de un arañazo cerca del rostro.

El volteón vencido huyó sumergiéndose en el fondo del mar, pero el calar permaneció flotando sobre las olas.

Sus cuernos titilaban y se mecían al compás de su respiración.

Miró hacia la Mardesal, se sumergió un momento, enjuagándose la sangre, y luego se acercó a la nave, nadando superficialmente.

Al emerger sobre las aguas, levantó su cabeza y se acercó hasta la borda. Inspeccionó a los tripulantes con sus tres ojos verdes, uno detrás

del otro a cada lado de su cabeza. Nuevamente, el sonido grave reverberó en las placas del barco.

El príncipe Camet se acercó hasta donde los ojos del animal podían verle claramente. Berot intentó frenarlo, sin éxito. También Cariat se aproximó, cubierta con su capucha.

Toda la tripulación miraba al animal que los había salvado con respeto y agradecimiento. El calar resopló y volvió a tronar. Esta vez, Cam estaba atento y había adelantado una mano para tocar a la criatura.

Cam percibió la voz del calar de tres cuernos que resonaba en su cabeza.

—*La gente ha cambiado.* —La criatura fijó la mirada en el joven príncipe—. *Yo, Sern, uno de los vigilantes ancestrales, os saludo, majestad.*

—¡Estás hablando! Es decir... —Cam intentó mantener la compostura, pensaba que la capacidad de los calares de comunicarse con los terros era solo un mito—. Gracias, gran señor del mar. Los que estamos a bordo de este barco también lo saludamos y agradecemos por nuestras vidas. Disculpe que le pregunte, oh Gran Sern, ¿conoce el motivo del ataque del volteón?

—*¿Acaso los terros ya no dialogan con vuestros dioses?* —preguntó el Calar, mirando al resto de la tripulación—. *Les aireus han roto el equilibrio. Ahora toman su comida del mar y los volteones son obligados a buscar alimento en otras partes.* —El cuerno del animal comenzó a brillar intensamente—. *Debo marcharme, encomiéndense a los dioses* —saludó y comenzó a sumergirse.

El príncipe permaneció inmóvil. Aún percibía el calor de la criatura en la palma de la mano, la llevó hasta su capa y rozó el collar que le había entregado su padre al salir del palacio, estaba también caliente.

Cariat se aproximó a él le posó una mano sobre el brazo.

—¿Has hablado con el calar? —Estaba asombrada—. ¿Qué te ha dicho?

—Lo que has escuchado —Por la expresión de la cristalera y la mirada del resto, Cam se percató de que no habían escuchado nada de la conversación—. ¿Cómo es posible que no hayan entendido lo que hemos hablado?

—Es el don de la verdadera sangre Real —respondió la cristalera sin dar demasiadas explicaciones.

—¿Qué dices? ¡Esos son solo cuentos!

—No lo son, príncipe Camet. —Cariat apoyó una rodilla en el suelo en reverencia, todos la imitaron—. ¡Próximo rey de Tides!

Catara intentaba recuperar su compostura. El volteón había destruido su escondite y por poco no la había comido. Pero su presencia ya no podría permanecer en secreto.

El cuerpo inerte de un marinero yacía cerca y ella vio la sangre brotándole del pecho. Catara gritó y un marinero se acercó a ayudarla.

La princesa creyó que sería la única en esa situación, pero pronto vio la magnitud de los daños. Algunos corrían de un lado a otro para auxiliar a los heridos, otros se apoyaban en las barandas, con la mirada perturbada perdida en el mar.

Una mujer se acercó a ella, Catara reconoció que era una cristalera por la vestimenta, y le indicó que la acompañara bajo cubierta para que las otras mujeres la asistieran con sus lastimaduras.

La princesa la miró confundida, no estaba herida, o eso creía hasta que dio un paso atrás y un dolor agudo estalló en su pierna izquierda. Cuando se miró, vio que había astillas de metal entres sus escamas y múltiples raspones.

Adentro del camarote se encontraban otras dos mujeres, supuso que también eran cristaleras. Una tenía el rostro ensombrecido, miraba hacia afuera con los ojos en blanco y tambaleándose por el movimiento del mar. La otra se acercó a Catara y la ayudó a sentarse en una banca ancha que había en un costado.

—¿Puedes decirme tu nombre? —preguntó con amabilidad—. El mío es Solitut, soy una monástica de las cristaleras.

—Yo soy la p... Lapreat —mintió. Aún no quería que descubriesen su identidad.

—No sabía que había tripulantes femeninas a bordo —dijo la cristalera mientras le abría la tela del pantalón para inspeccionarle la herida.

—Soy... ayudante de cocina, por eso estoy aquí.

—El ataque del volteón fue sorpresivo, pero ya ha pasado.

—¿Un volteón? ¡Pensé que esos animales no estaban por estos mares!

—Así es, ellos son de los mares cálidos del norte —intervino la otra mujer, que había recuperado la calma—. Soy Naminet, de las oráculos.

—Mucho gusto, cristaleras. Gracias por ocuparse de mí.

La monástica la vendó ágil y efectivamente. Primero le había sacado las astillas y aplicado un ungüento, que tomó de un frasco colgado de su cinturón. Mientras hacía su trabajo, Catara notó que realizaba oraciones y ruegos a los dioses. La mujer le limpió y cerró las heridas casi sin provocarle dolor.

Debería evitar revelar su identidad, para poder escaparse sin que nadie notase que alguna vez estuvo arriba del barco. Solo tenía que asegurarse de responder al nombre de Lapreat. En el palacio ya estarían buscándola desesperadamente. Debía encontrar a sus padres cuanto antes.

Esperaba que llegaran pronto a algún puerto.

—¡Ya está, muchacha! —dijo la mujer con una sonrisa en su rostro—. Ya puedes volver a tu labor.

—Muchas gracias, señora Solitut —Por suerte se le daba bien recordar nombres.

Catara salió a cubierta y se sorprendió al ver al príncipe Camet, pero logró ocultarse antes de que él la viera. Pensó que los guardias también la reconocerían si la veían, Recordó al comandante Selfut, él había sido el primero en recibirla en Tides. No le sería fácil moverse por el barco.

Por suerte, todavía la gente corría por todas partes, ayudando a los heridos o recuperando los alimentos dispersos. Quizás podría esconderse en los camarotes.

Cubrió su cabello con un pañuelo y hacia allí fue, pasando cerca de las cristaleras que la habían ayudado.

Buscaba algún camarote vacío cuando una mano la empujó dentro de una de las pequeñas habitaciones, oyó que cerraban la puerta detrás de sí.

—¿Quién...? ¿Qué...? —intentó preguntar asustada, pero las manos la sujetaron por la boca.

—¡Silencio, pequeña! —La voz cantarina de un hombre la tomó por sorpresa.

—¿Quién eres? —preguntó luego de que las manos aflojaron su agarre y se alejó hasta la litera del pequeño cuarto.

—Mi nombre es Gasin —saludó con un gesto reverencial—. Soy el mensajero de la diosa reina Charos y creo que tú no deberías estar en este barco. —Articulaba gestos exagerados con sus manos mientras hablaba.

—¿Sabes quién soy?

—Claro que sí, jolereña, mi labor es conocer a todos. Una muchacha escondida, con ese acento y de tu edad no puede ser otra que la prometida del príncipe Set. ¿Me equivoco? —respondió teatralmente, agitando su verde capa que brillaba, aunque el cuarto estaba en penumbras.

—¿Qué quieres de mí? ¿Por qué me has traído aquí?

—Te vi deambular por la cubierta y noté que no querías que te vieran. Además, no estabas cuando abordamos. Entonces me pregunté, ¿qué podría hacer una princesa extranjera, sola, a bordo de una embarcación que viaja tan lejos de Tides?

—Yo... tenía que huir de esa isla. Allí no tengo futuro... Quiero regresar a mi hogar. —Quizás, si era sincera, aquel hombre se compadecería de ella y guardaría su secreto, aunque desconfiaba de las intenciones de ese extraño sujeto.

—Corrígeme si no estoy en lo correcto, princesa, pero tu boda con el príncipe Set se aproxima. En ese caso, la prudencia indica que regreses a Tides. —Los gestos de Gasin le causaban gracia. Además, se había percatado del pequeño animalito que tenía en el hombro y que hacía equilibrio para no caerse con los exagerados ademanes—. Sin embargo, si insistes en volver a Joler, lo mejor sería que te anuncies con el comandante de la Guardia Real.

—¡No! —respondió la muchacha—. No quiero revelarles de mi presencia. No sé qué me impulsó a colarme como polizona en este barco, pero ahora mismo debo volver a casa sin que nadie se entere. Es un error que esté aquí, necesito regresar a Joler cuanto antes. Si me descubren, me enviarán a Tides y me obligarán a casarme. Necesito hablar con mis padres para cancelar la boda. —En un impulso le contó su plan al mensajero, por miedo a que la delatase—. ¡Como sea, no es asunto tuyo! ¡No necesito de tu ayuda!

—Suerte con eso, princesa. ¿Acaso sabes hacia dónde nos dirigimos? ¿Tienes algún plan en mente para regresar a tu hogar? ¿Cómo le explicarás todo esto a la corte de Tides? —Gasin se aproximaba a ella con cada pregunta, exagerando sus gestos.

—¡Ya cállate! —Catara lo empujó, aunque sabía que en el fondo tenía razón—. Además, todavía no me has dicho por qué me has traído hasta aquí.

—Porque soy el único que puede ayudarte. Aunque todo tiene su precio, claro. —Gasin la miró con seriedad—. ¿Pero qué es un pequeño favor a un humilde servidor a cambio de la libertad de una princesa?

Catara sopesó la oferta del mensajero. Aunque deseaba regresar a su hogar, no estaba segura de poder hacerlo sola. Desconocía a dónde iban y no conocía a nadie a quien pedirle que la llevase hasta Joler. No tenía más alternativa que confiar en él. Además, su ayuda sería tan útil como la de cualquier otro extraño.

—Te lo agradezco, Gasin. Serás recompensado con piedras preciosas una vez que nos despidamos. —Catara había llevado algunas joyas y monedas por precaución.

—Mis intereses trascienden las joyas —dijo dramáticamente—. Como princesa de Joler, has de tener influencia sobre la familia real. Con semejante molestia que tendré que tomarme para regresarte sana y salva, sin que nadie se entere, estarás en deuda conmigo. Cuando llegue el momento, simplemente no te opondrás a lo que te pida.

A Catara no le gustaba nada cómo sonaban las palabras de Gasin; no sabía cuán grande podría ser ese favor, pero no era momento de preocuparse por eso. Ahora debía actuar con rapidez.

—Así será.

—Y será un placer colaborar con usted —dijo con una reverencia—. Como primera labor, voy a averiguar cuáles son los planes de desembarco, si le parece apropiado.

—Sí, por favor —agradeció Catara, parecía una buena idea después de todo.

Gasin salió del camarote, tras saludarla con un beso en la mano. Después de meditar las dificultades que habría tenido para trasladarse hasta su hogar, Catara no podía creer la buena fortuna que había tenido al encontrarlo.

El camarote en el que se encontraba se veía bastante limpio y ordenado. Algunas prendas de colores vistosos colgaban de unas perchas amuradas a las placas de la pared y la litera de abajo estaba levemente arrugada.

Quizás Gasin estuvo allí acostado, antes del ataque del monstruo marino. En cambio, la cama de arriba parecía desocupada, podría ubicarse allí de momento.

La muchacha dio un salto para acomodarse y un dolor eléctrico le recorrió la pierna herida. La venda estaba manchada con un líquido amarillento, pero parecía que ya sanaba.

Se acomodó como pudo, el cuerpo le pesaba. Repasó lo que había acontecido hasta ese momento. Sabía que volver a Joler sería lo mejor. Sus padres la entenderían y cancelarían la boda.

En medio de esa tormenta, sintió la cabeza embotada. Finalmente se quedó dormida, entre sus pensamientos y deseos por cambiar su destino.

«Apartado 4 – De la religión.

1. Cualquier terro es libre de adorar al dios que desee, pero sobre todas las creencias se encuentra la fe en nuestro señor Fiter. Su poder no se discute y a él se debe la vida de todos los terros, aireus y cancis».

Apartado sobre la religión del
Libro Mayor del Concilio de las Ocho.

V

Gasin no podía creer su suerte. Ciertamente la diosa reina Charos le sonreía en todo momento. No sólo había podido escapar a los camarotes durante el ataque del volteón, sino que además había descubierto a la princesa de Joler por pura casualidad y, aún mejor, nadie más que él sabía de su presencia a bordo de la Mardesal.

Cuando escribía sus obras, Gasin se divertía creando papeles que ridiculizaban a los reyes de las otras islas. Por eso se había estudiado las características de cada uno de ellos. Los jolereños tenían fama de confiados y torpes, y la princesa hacía honor a esas cualidades.

Al llegar a cubierta, el mensajero prestó atención a los comentarios de los marineros.

Al parecer el príncipe Camet había manifestado un milagro y decían que había dialogado con el calar. Una ridiculez intrascendente. Todos sabían que solo los dioses y los cancis eran capaces de tal proeza y él no veía nada extraordinario en el flacucho príncipe de Tides.

Otro tema que les preocupaba eran las averías del barco y la pérdida de gran parte de los suministros. Casi nada era más importante para un marinero que saber que tiene un plato de comida cada día y un barco en buenas condiciones. Ese asunto les resultaba acuciante y, al parecer, el capitán estaba decidiendo si debían detenerse en algún puerto de Varnal.

Eso sería arriesgado para Gasin, debido a que Enher y esa isla estaban enemistadas terriblemente. No obstante, llegar a puerto ayudaría a Gasin en su nueva tarea.

Fue a buscar al capitán para corroborar la noticia y conocer detalles. En el camino pateó algunos ojunes sueltos y pasó al lado de dos mujeres que atendían a los marinos y guardias heridos. Al parecer eran cristaleras, por lo que trató de evitarlas. A Gasin le molestaban esas mujeres que no tenían hombres que las cuidasen. En cierta forma, le recordaban a las adoradoras de Enher.

Un poco más adelante encontró al capitán, que estaba junto a su alférez cubriendo con sábanas a los hombres que habían fallecido.

—Hemosh perdido tresh mashineros y dosh guardiash en el ataque del volteón, ha shido teshible. Tenemos shinco heridosh que están shiendo atendidosh por las cristaleshas y la pobre Mardeshal quedó averiada.

—Capitán Somorte —saludó Gasin—. Lamento la pérdida de sus hombres. —Se sacó el sombrero en señal de respeto por los difuntos.

—Gracias, menshajero... —titubeó el capitán, no se había aprendido el nombre.

—Gasin, señor, para servirle —volvió a presentarse haciendo gestos con sus brazos.

—Shí, claro, lo que shea. —Le hizo señas de que se moviera—. No me estorbesh. ¿Qué neshesitas? —La rudeza del hombre le irritaba.

—Perdón, mi capitán. Quería saber si pasaremos por Varnal. Algunos marineros piensan que será necesario para reparar los daños que causó el volteón.

—¿Y por qué quieresh shaber? —Lo miró deteniéndose frente a él—. Eshte no esh tu barco.

—Oh, no. No lo es. Pero ni el rey, ni la gente de Varnal nos quieren mucho a los enherinos. —Aunque era cierta, la excusa le servía para ocultar sus verdaderos intereses.

—Shierto. Una vez tuve dosh mashineros de cada uno de losh puertosh y siempre sheñían entre ellosh. Bien, shi neshesitash shaberlo, sherá mejor que te ocultesh bajo cubierta. Eshta noche tomaremosh puerto en Varnal. Ahora hashte a un lado que tengo que deshpedir a unosh valientesh.

—Sí, capitán, que los dioses los reciban en el fondo del mar.

—Ashí sherá. ¡Alabadash las tresh!

—¡Alabadas sean!

Gasin volvió al camarote. Mientras el capitán terminaba las mortajas, con las que se hundirían los cuerpos a su reposo final, él tramaría sus planes para deshacerse de la princesa.

Luego del encuentro con los animales y haber hablado con el calar de tres cuernos, todo parecía haber cambiado.

¿Por qué Cariat le había dicho que era el próximo rey de Tides? Su hermano Set era el heredero al trono.

Las palabras de la cristalera resonaban en su mente. ¿Significaba que su hermano no reinaría? Cam nunca le robaría el trono a su hermano y la única alternativa era que algo amenazara la vida de Set...

Sería mejor no pensar en eso ahora, ya tenía suficientes complicaciones intentando explicar cómo había podido hablar con el calar. Cariat insistía en conocer cada detalle de la interacción.

Ahora se dirigían a la isla de Varnal, el ataque del volteón había dejado a la Mardesal muy dañada y escasa de provisiones. Llegarían esa noche al puerto más cercano.

Varnal era una isla pequeña con tres puertos principales, dos al oriente y uno al poniente. En medio de la ciudad se encontraba el Palacio Real. La isla no tenía grandes recursos, pero sus habitantes eran hábiles comerciantes.

La leyenda narraba que Fiter y Artrea habían reinado desde Varnal durante mil años, cuando el mundo aún estaba lleno de seres maravillosos y criaturas que los adoraban. En esa época nacieron los diez dioses mayores y varios centenares de semidioses. Los terros, les aireus y los cancis surgieron mucho tiempo después.

Después de que los dioses abandonaran las islas, la guerra entre los terros provocó la gran división de los reinos. Varnal culpaba a Enher de la muerte del último emperador y la extinción del Imperio del Sur. A ello se debía la larga enemistad entre ellos.

Cam miraba en dirección a Tides con nostalgia. Aunque fuese un viaje breve, siempre le costaba dejar su isla. Como si un hilo invisible lo mantuviese atado a ella y se tensara a medida que se alejaba y que, a su retorno, se hilara en un ovillo que lo hacía sentirse completo.

Las nubes cubrían el cielo. Se oían truenos a lo lejos.

Cariat no se despegaba de su lado.

—Mientras duren los trabajos de reparación y la compra de suministros, será mejor que permanezcas en los camarotes. Recuerda que la misión es secreta y nadie sabe que tú estás aquí —dijo la cristalera.

—Sí, lo sé. Aunque me gustaría visitar a mi amiga.

—¿Quién es tu amiga?

—Zutel, la hija del rey Farel —respondió Cam.

—Lo siento, pero deberás permanecer oculto. Por las lunas te lo pido. Sé que no debo darte órdenes, solo sé que sería lo mejor.

Hacía tiempo que Cam no pensaba en la princesa Zutel. Era una chica enérgica y alegre que siempre bromeaba con él. Recordaba la vez que se habían escondido en el bosquecillo de cristal detrás del palacio de Tides. Jugaban con los reflejos de los vidrios que ascendían como agujas de forma natural, creando policromías de colores en todas las direcciones.

Las imágenes se distorsionaban y todo se veía gracioso cuando pasaban por allí. Incluso habían visto insectos de cristal que apoyaban sus patas planas en los bordes sin cortarse.

En las bases de las columnas irregulares del bosque se elevaban curiosos hongos verticales, como tubos deformes de poca altura. Era un paisaje único lleno de su propia magia, donde ellos exploraban, jugaban e imaginaban historias fantásticas.

Solían verse todos los años, hasta que los dos reyes tuvieron alguna discusión secreta. Desde entonces el rey de Varnal dejó de visitarlos.

Ahora la princesa tendría unos diecisiete o dieciocho años, ya sería una mujer. Probablemente ella no lo recordase, pero sería agradable retomar la amistad que habían formado.

Tal vez Cariat supiera qué había ocurrido entre los reyes, pero cuando se giró para preguntarle, vio a Berot sobre la cubierta.

Se encontraba junto a una cristalera que le estaba curando el brazo, la mujer había quitado las vendas que él le había colocado y aplicaba unos ungüentos bajo las escamas heridas.

Dejó a Cariat con sus preocupaciones y se acercó hasta ellos, el guardia no llevaba puesta la capa, por lo que Cam pudo ver unos arañazos en un costado de su espalda.

—Veo que están haciendo un trabajo mejor que el mío —dijo Cam.

—Oh, claro que no, su alteza —dijo la mujer, que se levantó rápidamente e hizo un gesto de respeto.

—Por favor, no hace falta tanta formalidad. Puedes llamarme Camet.

—Gracias, Camet. Mi nombre es Solitut. —Ella tenía un hermoso rostro del color de la tierra y unos ojos verdes brillantes.

—Tú debes ser la monástica —adivinó Cam, la mujer asintió en silencio—. Gracias por ayudar a Berot —dijo mirando al guardia con una sonrisa.

—El trabajo que hiciste no estuvo nada mal —dijo Berot.

—Sí, pero ella es la especialista.

—Ha sido un buen trabajo, alteza. Sin sus auxilios la herida se habría infectado con el ácido de los colmillos del volteón —dijo Solitut.

—Gracia a ti he sobrevivido. Algunos marineros lo pagaron muy caro. —Berot miró a los cuerpos que el capitán estaba por arrojar al mar.

—Haremos una pequeña ceremonia de hundimiento —dijo la cristalera—. Debo alistarme para el rito. Con su permiso. —Completó el vendaje y se retiró, dejando a los dos hombres solos.

Cam se sentó al lado del guardia, que lo sobrepasaba por media cabeza, y pudo sentir el calor que emitía su cuerpo. Miró los arañazos, aunque parecían superficiales, la cristalera les había colocado el mismo líquido para que sanasen más rápido.

—¿Duelen? —Señaló las heridas, rozando apenas su piel.

—Ya no. Arden un poco, pero el dolor se fue con esa cosa que me puso —respondió mirándolo a los ojos.

—Menos mal. —Cam había esperado todo el viaje para acercarse al guardia.

—Es bueno estar contigo, Cam —dijo sin dejar de sonreír—. Cuando me aceptaron para la misión, me alegré. Quería pasar tiempo contigo. En algún momento fuimos buenos amigos, ¿recuerdas?

—¡Claro que me acuerdo! —Se acercó un poco más.

—Éramos incontrolables. ¿Te acuerdas de cuando nos llevaron a la granja de tortugas?

—¡Y la granjera empezó a gritar que no abriésemos la puerta de las crías!

—Tuvimos que ayudar a atrapar hasta la más pequeña. —Berot lanzó una carcajada.

—¡Y eso que no nos vieron empujar a una al mar!

—¡Qué buenas épocas! —Ambos rieron al unísono.

—Sabes que no me permitían tener muchos amigos, la educación en la realeza es bastante estricta —confesó Cam.

—Pero te escapabas para estar conmigo.

—¡Me divertía hacerlo!

—¡A mí también! —respondió Berot.
—Extraño esos momentos. ¿Te dolerá si te abrazo?
—Para nada. —Berot abrió sus brazos con cuidado.

Cam lo apretó fuertemente, feliz de recuperar a su amigo. En ese abrazo sintió que cualquier distancia entre ellos se desvanecía. Le agradaba el hombre en el que se había convertido aquel niño con el que solía jugar, sentía incluso admiración por él, o algo que aún no comprendía totalmente.

El abrazo terminó y los dos se miraron alegres.

—Es bueno que estés aquí.

—Sí, Cam. Yo te protegeré en todo momento —respondió con seriedad—. Mi mayor preocupación es que regreses a salvo.

—Gracias, Berot. Me alegra tenerte a mí lado.

—Y a mí estar contigo, mi príncipe.

Cam se levantó y de despidió de su amigo por el momento.

Las nubes se habían oscurecido un poco más y los hombres ya recobraban la calma. Ahora se disponían a realizar una breve ceremonia para despedir a los difuntos.

Varias mortajas estaban alineadas una a la par de la otra en la popa de la Mardesal. Allí, el capitán dirigía a los marineros y a los guardias para que se ordenasen. En el cielo resonó un trueno.

Una tormenta se aproximaba.

Cariat oficiaría la ceremonia de hundimiento y Solitut la asistiría.

Colocaron el *Gran Libro de Absuar* junto a una manta de cuero blanco; un sombrero ceremonial, que consistía en dos círculos que se elevaban sobre una tiara, y unas velas de cristales incandescentes, improvisadas con los extremos de las lanzas-luz.

Cariat se colocó frente Solitut, que también portaba un sombrero ceremonial, conformado por una diadema con pequeñas puntas que irradiaban luz y alumbraban las letras del libro que sostenía en sus manos.

La tormenta se acercaba, desde arriba de la capa de nubes se oían los chasquidos bramantes de los truenos. Los marineros murmuraban intranquilos.

—Son los aleteos de las aves-bruma —dijo uno de ellos a viva voz.

Cariat elevó la mirada y la fijó en el hombre pidiendo, no, exigiendo silencio.

En las ceremonias de hundimiento, las almas de los terros muertos escapaban de sus cuerpos, para sumergirse en el mar y alcanzar la profundidad de los océanos, donde alcanzarían la maravilla del amor divino de Fiter, el primer *hundido*. Por lo que aquellas supersticiones antiguas solo incrementarían la paranoia de los marineros.

Según se decía, las aves-bruma, eran criaturas libres y salvajes que servían de montura a les aireus. Los viajeros de las lejanías contaban que en los límites del mundo volaban en grandes bandadas y se alimentaban de las almas liberadas. Por lo que su existencia, de ser cierta, sería algo terrible.

Pero no eran más que falsos mitos y villanos de cuentos infantiles.

Cariat nunca había realizado una ceremonia de hundimiento, pues sólo se realizaban en el mar. Cuando alguien fallecía en tierra, los cuerpos eran consumidos por el fuego, las almas se unían a los humos y desaparecían en las nubes, para luego bajar con las lluvias hacia el océano. Pero en alta mar era distinto, no podían encender una pira sobre los barcos, por lo que la ceremonia de hundimiento era la forma de guiar a las almas en su viaje.

Cariat estaba nerviosa, pese a que conocía el procedimiento y contaba con la asistencia de las otras cristaleras. Solitut sostenía el *Gran*

Libro de Absuar frente a ella, abierto en el pasaje de los versos de Luz que se leían en la ceremonia. Arriba de ellos continuaba el ruido de impacientes nubes a punto de estallar.

—¡Hermanos terros! —leyó la cristalera—. En esta tarde gris nos reunimos para despedir las almas de estos valientes, que han caído en una batalla sin par contra el temible volteón. —La mujer hablaba con firmeza—. Puede presentar los caídos, capitán.

—¡Alabadash las tresh dioshas que nosh alumbran en nueshtrosh díash oshcurosh! —El capitán Somorte tomó la palabra.

—¡Alabadas sean las tres! —respondió a coro toda la tripulación.

—Eshtosh marinerosh y sholdadosh murieron cumpliendo shu deber. Nosh defendieron y pagaron con shus vidash el preshio de la liberashión.

—Por esos actos de honor y sacrificio encomendamos sus almas a vivir en la profundidad junto a los dioses —concluyó la cristalera mayor.

Cariat pidió a las otras que encendieran las velas, colocadas encima de cada cuerpo amortajado. Delicet y Naminet se acercaron con una antorcha encendida y la aproximaron a las velas. El rito indicaba que las velas debían estar sobre el pecho de los difuntos, en el centro, para que la luz de la llama iluminara y guiara el camino del espíritu.

La tormenta rugía vehemente y los bramidos de los truenos se incrementaban. Algunos marineros se alejaron de los cuerpos. Un relámpago estalló en lo alto y el viento se alzó, trayendo consigo la llovizna.

Las nubes se movían con velocidad y los tripulantes ya no prestaban atención al rito. Miraban hacia arriba, asustados por los crujidos de relámpagos ocultos.

—¡Son las aves-bruma! —gritó uno de los marineros.

Como si se tratase de un llamado de alarma, el resto de los tripulantes se dispersaron. Algunos incluso tomaron lanzas, arpones y espadas para defenderse.

—Tranquilosh. Eshtamosh en medio de una sheremonia —vociferó el capitán.

—La luz nos da vida, la luz nos da calor —leyó Cariat—. La luz de Fiter nos llena. Nos hace terros. Nos hace sentir. Nos hace vivir y amar. La luz de la vida nos hace ver a los dioses y agradecer su presencia. Y la luz debe volver a Fiter, el gran dios hundido, padre de todos.

—¡Alabado sea el gran padre Fiter! —dijeron a coro las cristaleras y los guardias. Los marineros, mientras tanto, continuaban distraídos con las nubes y los sonidos de *aleteos*, como mencionaban algunos en voz baja.

Cariat los escuchaba.

—¡A los muertos les pido que escuchen! —La voz de Cariat se había alzado encima de la multitud—. Sigan la luz de estas velas y alcen su vuelo, para hundirse en el mar y alcanzar el hogar de la paz, el hogar del amor, el hogar del gran señor Fiter.

En ese momento, Cariat alzó una lanza-luz, de ella brilló un halo azul que intensificó las luces de las velas.

Entonces, desde el pecho de los hombres amortajados brotaron pequeñas lucecillas, maravillosas y únicas, besaron el fuego de las velas y ascendieron girando hacia el cielo.

Las mujeres cantaron la melodía ancestral que solo ellas conocían, pero todos las acompañaron tarareando, como si la canción les resultara familiar.

El ruido de las nubes se incrementó, convirtiéndose en un mantra de bramidos que resonaba y se mezclaba con los cantos y la llovizna.

Las almas subían en forma de gotas doradas, un trueno resonó haciendo vibrar a la nave entera. Cariat se afirmó en su lanza-luz, pero no pudo evitar mirar hacia arriba con preocupación.

Un rayo cayó con furia en el mar, demasiado cerca de la Mardesal. Algunos marineros se refugiaron bajo cubierta, acompañados por el mensajero de Enher.

Las gotas-alma de los caídos se elevaban con lentitud y danzaban hacia el cielo. Allí arriba, entre las nubes, los extraños aleteos aumentaron, casi excitados ante la danza de las almas.

Las velas se apagaron, los guardias tomaron las lanzas en posición defensiva.

Con un bramido, algo emergió desde las nubes.

Cariat apenas podía creer lo que veía: un engendro funesto, con la forma de un gran gusano traslucido, varias hileras de ojos centellantes y las fauces cubiertas de chispas bajaba serpenteando desde el cielo.

La líder de las cristaleras actuó rápidamente y ordenó a las otras mujeres que portasen sus armas. Delicet fue la primera en armarse con el lentelejos que disparaba luz y una lanza con punta de cristal. Las otras dos tomaron un par de lanzas y se quedaron junto al *Gran Libro de Absuar*, que habían cubierto con su resguardo de cuero.

El ave-bruma gritaba con un sonido de truenos en ebullición, las gotas doradas que flotaban parecían percibir el peligro. Para poder sumergirse, las almas necesitaban elevarse hasta cierta altura y dejarse caer al mar, en dirección a lo más profundo.

La oscuridad de las nubes hacía resaltar el brillo de las almas, que flotaban en una incertidumbre sin destino. El ave-bruma se agitó y sacudió gotas de lluvia sobre el barco. Al siguiente bramido del monstruo, otras voces se le sumaron y tres criaturas más se asomaron entre las nubes.

—¡Debemos acelerar el hundimiento! —indicó Cariat a Naminet.

—Cantemos, hermanas —dijo la oráculo a las otras dos cristaleras.

—¡Oh! Dulces almas que flotan sobre nosotras, les pedimos que se sumerjan al mar. Este es el momento de encontrarse con nuestro señor Fiter. ¡Ahora, Delicet! —indicó Cariat señalando el mar.

La talleriza apuntó con el lentelejos hacia el océano embravecido. Una bola de luz se acumuló en el extremo de su brazo y salió disparada con un estallido. El punto de luz roja se encendió allí, en el agua, como si se tratase de una braza candente.

Las gotas doradas se detuvieron y comenzaron a caer lentamente hacia aquel punto. Las aves-brumas reaccionaron hambrientas. Se descolgaron de las nubes y precipitaron sus fauces hacia las almas, con el crujido de los rayos recorriendo sus cuerpos.

—¡Tenemos que hacer algo! —gritó uno de los guardias.

—¡Agarren las ballestas! —ordenó el comandante Selfût.

Los hombres comenzaron a correr. Uno de ellos llegó rápidamente, se acercó a la borda de babor y comenzó a disparar saetas hacia una de las aves-bruma. Los proyectiles atravesaron la criatura, causando chasquidos de chispas, pero sin provocarle daño.

La primera de las criaturas aleteaba y se acercaba a las gotas doradas. Con una veloz dentellada atrapó una de las almas entre sus fauces. Las mujeres taparon sus rostros y clamaron con dolor.

—¡Ataquen con fuego! —gritó uno de los marineros.

—¡Háganlo! —secundó el comandante.

Esta vez eran dos los que tenían las ballestas preparadas, mojaron las porosas puntas de las saetas en aceite y las encendieron con sus yescas.

A la voz del comandante atacaron y, sorpresivamente, las puntas parecieron dañar a la criatura al atravesarla. El ave-bruma se volvió hacia los hombres con chillidos y bramidos feroces.

Las almas parecieron percibir que era su oportunidad de sumergirse. Se colocaron sobre el mar, se zambulleron en picada y se sumergieron bajo la marea.

Las bestias de las nubes se enfurecieron ante la huida de su festín y aullaron gritos eléctricos sobre el océano. La lluvia se incrementó y los truenos reverberaron en las alturas.

Las aves se giraron hacia el barco.

Cariat lloraba de dolor. Todo había resultado mal. Nunca creyó que esas criaturas existieran y su tozudes había condenado a un alma al atroz tormento de los cielos.

Al agacharse para recoger el *Gran Libro de Absuar* vio que las bestias se dirigían hacia ellos. Su dolor y miedo la llenaron de furia.

—¡Aniquilen a esos demonios! —vociferó con odio en su voz.

Los soldados alzaron sus ballestas y dispararon las saetas ardientes.

Delicet se había sentado en la parte más alta de la cubierta y estaba terminando de preparar una lanza con punta de vidrio, que brillaba como si estuviera encendida. A su lado, tenía varios rollos de cables con los que conectó una batería al asta de la gran lanza. Entonces llamó a uno de los hombres más fuertes de la guardia para que se acercara a ella.

Las aves-bruma serpenteaban en el cielo. Desde allí gritaban, lanzando chispazos y rayos azules que quemaban las velas y saltaban en todas direcciones.

Cariat buscaba al príncipe, pero no lo veía por ningún lado. Su miedo la obligó a reaccionar y llamó a la oráculo para que tomara su lugar.

Naminet estaba pálida y solo pudo reaccionar a recoger el libro sagrado.

Cariat tomó la lanza de la cristalera y corrió a buscar a Camet. Perderlo era algo que no podía permitir.

Se movió por la cubierta, tratando de no tropezar con los guardias, que lanzaban ataques coordinados a las aves. Los cadáveres habían quedado a la orilla de la borda, pero ahora eran caparazones vacíos que solo estorbaban.

Una de las aves-bruma se lanzó hacia el barco, los hombres retrocedieron, algunos tropezaron y cayeron sobre los bultos. Los rayos que se desprendían de la criatura los alcanzaron, causándoles quemaduras.

Entonces, Cariat vio a Camet aferrado a un mástil en el medio del barco. Notó el miedo en su rostro. Uno de los guardias estaba con él, blandía su espada, frenando los rayos que sacudían a la Mardesal.

Llegó hasta él y le indicó que fueran bajo cubierta. Ambos obedecieron y ella los siguió.

Detrás de ellos la batalla continuaba. Una de las criaturas se había abalanzado hacia los cuerpos de los difuntos, otras dos se unieron en el ataque y agarraron una de las mortajas, lanzándola al aire y despedazando al cadáver, arrojando pedazos del muerto en todas direcciones.

Naminet tenía el libro sobre su cabeza y clamaba ayuda a los dioses. Una de las aves se retorció ante la presencia de la mujer, se volvió hacia ella y la atacó con un terrible latigazo eléctrico.

La oráculo cayó al suelo, encendida en chispas que serpentearon por su cuerpo.

En ese momento, el soldado que estaba junto a Delicet alcanzó a la ave-bruma con la lanza modificada. La criatura se deshizo en una explosión de trueno y relámpago. La electricidad se propagó sobre la cubierta, bañándolos a todos y provocando que los monstruos restantes se volvieran hacia el cielo.

Los bramidos terminaron y la lluvia se desató con fuerza sobre la Mardesal.

Los tripulantes vitorearon por haber sobrevivido al ataque de las criaturas, hasta que el capitán ordenó arrojar los cadáveres al mar y la tristeza eclipsó su alegría.

Muchos estaban heridos, quemados o golpeados. Las aves-bruma se ocultaron nuevamente entre las nubes, pero habían condenado a las almas de los muertos a sufrir por siempre, separadas de los dioses.

Los marineros volvían lentamente a sus labores. Algunos cantaban tristes melodías mientras limpiaban el desastre que las aves-bruma habían dejado.

Delicet llevó a Naminet al camarote y lo depositó en una litera. Al verla, Solitut corrió a su lado y Cariat lanzó un grito de angustia.

—¡Rápido, trae el ungüento y la tela de algas! —Su voz estaba desgarrada.

—¡Madre! —lloró Solitut sosteniendo la mano de su compañera—. Ya casi no respira.

—¡Resiste, mi niña! —imploró Cariat, envuelta en lágrimas, pero sabía que ya no había más que hacer.

—Las quemaduras son demasiado severas —dijo Delicet, intentando limpiar las heridas.

—¡No! ¡Hermana, no! —gritó Solitut.

Cariat se puso de pie y le apoyó una mano en el hombro. Naminet se sacudió en un estertor y expiró con un último suspiro.

Solitut lloraba desconsoladamente. Delicet se puso a su lado y la abrazó. Cariat se acercó y cerró los ojos secos de Naminet.

—Nuestra hermana ya no está —enunció. Las lágrimas bañaron su rostro, acompañadas por una melodía dulce y triste—. Ayudémosla a que descanse con los dioses.

Las tres mujeres cargaron el cuerpo en una procesión lenta, los marineros les dieron paso. Los guardias quisieron ayudar, pero ellas se negaron y caminaron hasta el borde de la Mardesal.

El ritual se realizó en silencio e intimidad, las oraciones se escuchaban casi como un susurro entre las hermanas. Esta vez no hubo aves-brumas, solo la tristeza en los corazones de las cristaleras. Las gotas de lluvia cubrían sus lágrimas.

Una luz brotó del pecho de Naminet, se elevó maravillosa y brillante, para luego hundirse en el mar.

«*La voz del Calar era profunda y sonora, su canción hablaba del mar.*

La niña cerraba los ojos y en su mente se dibujaban las palabras de la criatura. En su canción, los colores le enseñaban el fondo del océano y el hogar de los dioses. Cantaba, pintando paisajes en la mente de la princesa.

—Me gustaría conocer a los dioses —dijo la pequeña, recostada sobre el Calar.

—Todavía faltan muchas lunas para que los encuentres —respondió el calar, pues conocía el futuro de la niña.

—Pero me gustaría estar con ellos ahora.

—Cuando tu destino sea cumplido podrás descansar, pero los regalos que te daré continuarán más allá de tu paso, princesa tidesia.

—Gracias, Señor de los mares.

La niña se durmió y su mente se llenó de palacios de corales, dioses, criaturas hermosas y cancis que nadaban en un hermoso azul y verde océano».

Fragmento de La niña de las olas, *cuento popular Tidesio.*

VI

Cam avanzaba hacia su camarote, el ataque de un volteón y la aparición de las aves-bruma eran demasiada aventura. Necesitaba descansar antes de llegar a Varnal y el capitán le había informado que las aguas embravecidas indicaban que ya se acercaban a la isla. Berot lo acompañaba para asegurarse de que estuviera a salvo.

En los pasillos, se tropezaron con Gasin. Cam lo vio nervioso e inquieto: no le dirigió la palabra ni hizo ninguna de sus exageradas reverencias. El comportamiento del enherino le resultó extraño, sin embargo, quién no actuaría extraño tras el encuentro con las bestias.

Al entrar al camarote, el guardia se sentó en la cama y apoyó su espalda contra la pared de placas de yeso.

Cam vio las marcas de quemaduras en sus brazos que se sumaban a la herida, ya cicatrizada, que le había dejado el volteón. Pensaba en cómo el muchacho lo protegió de los rayos eléctricos que desprendían las criaturas.

—Debe doler —dijo a Berot.

—¡Esas aves-bruma parecían irreales!

—Jamás imaginé que existieran, pero hay historias que las mencionan. Siempre pensé que eran criaturas míticas.

—El principito culto, siempre me contabas las historias que leías —dijo el guardia con una sonrisa, seguida por una mueca de dolor cuando intentó cambiar la posición del brazo.

—Hay una historia increíble que habla del origen del volteón e incluye a las aves-brumas. Una aventura de héroes y leyendas, de la época en la que los terros habitaban Mirina, la isla única del mundo primigenio.

—¿Podrías contarme más, Cam? Tengo que esperar a que los ungüentos hagan efecto y escuchar tu relato sería un gran plan.

Cam le sonrió, le gustaba ese plan.

Carraspeó e hizo unos gestos dignos de Gasin, lo que hizo reír y doler a Berot.

—Esta es la leyenda de Barácletes, un joven que descubrió que era hijo del gran Fiter y de una mujer terra llamada Misasini. Como toda historia de semidioses, el destino del muchacho era el de convertirse en un héroe. Pero primero debía montar un ave-bruma y transportarse al oscuro cielo, para buscar un manto tejido por las diosas de las lunas, y con él cubrir a su madre. Así evitaría que Artrea, la diosa madre, la asesinara al enterarse de la infidelidad de Fiter. —Cambió el tono de su voz—. Sin embargo, todo salió mal, ya que Artrea envió a otro bastardo de Fiter, Herodonte, a enfrentarse a una bestia a cambio de una recompensa que no podía dejar pasar: el perdón para su propia madre.

»Herodonte fue en busca de la bestia, una mujer serpiente, hasta que finalmente la encontró. Pero Artrea había confundido su mente: Herodonte se enfrentó a al monstruo y venció cortándole la cabeza, sin saber que en realidad había matado a la mujer que quería proteger. Cuando Herodonte tuvo la cabeza del *monstruo* en sus manos, el embrujo de Artrea se desvaneció y descubrió lo que realmente había hecho. El hombre, cegado por su dolor, intentó suicidarse lanzándose al mar, justo en el momento que por allí pasaba Barácletes, que lo rescató con la ayuda de su ave-bruma. Luego de regresar a la isla, Herodonte le contó de su terrible equivocación y los dos se propusieron vengarse de la Diosa.

—Y ahora viene la mejor parte —exclamó Berot entusiasmado. Claro que el príncipe usaba sus manos para recrear los eventos y, de vez en cuando, las posaba sobre las piernas de Berot.

VARNAL

—¡Así es! —respondió Cam y continuó—. Los hermanos utilizaron el manto del cielo para esconderse y, montando sobre el ave-bruma, llegaron hasta el palacio de los dioses. Allí, quisieron enfrentarse a Artrea, pero Fiter los encontró y evitó que consumaran su venganza. Como castigo, transformó a Herodonte en una criatura marina, sentenciándolo a padecer una sed de venganza insaciable contra todos los seres vivos, así nació el furioso volteón. Sin embargo, el gran dios se arrepintió de inmediato y no fue capaz de dictar un juicio igual de monstruoso para Barácletes. Por eso lo transformó en una estrella errante de los cielos, que brillaría a cada atardecer, precediendo a la oscuridad de las noches y anteponiéndose a la presencia de las mismas lunas, como luz de ofrenda a lo divino.

—¡Bravo! —festejó Berot. Aunque no podía aplaudir—. No recordaba la leyenda, EL nombre de Barácletes me resultaba familiar, por la estrella, pero no sabía que era un hijo de Fiter.

—¡Sí! Casi toda su descendencia se transformó en los astros que conocemos. —Cam bostezó.

—Déjame hacerte un lugar —dijo el guardia y se corrió al borde de la cama—. Parece que los dos necesitamos descansar.

—Gracias, Berot.

Camet se acomodó en el camastro al lado de Berot, su cuerpo estaba más templado que el suyo. A su lado, no pudo evitar pensar que la vida de su amigo había sido dura y esforzada. Podía notar sus firmes músculos, din duda fruto de su instrucción como soldado, aunque en ese momento estuviera relajado.

Llegar a ser parte de la guardia real era una tarea ardua. Ahora que lo pensaba, era inusual que alguien tan joven como él ocupara esos puestos.

Podrían haber enviado a personas más experimentadas, como los que acompañaban al comandante, pero Berot era tenía su misma edad, apenas diecisiete años, y ya había alcanzado aquel honor.

Cam lo miró con curiosidad y un poco de orgullo, al pensar que se había destacado en sus estudios y labores para ganarse ese lugar a su lado.

Se recostó un poco más cerca de él, casi en contacto con su brazo. Nuevamente sintió un cosquilleo que le recorrió el cuerpo. «Demasiado cerca», pensó. Intentó separarse, pero el oleaje sacudió el barco y, cuando intentó bajar de la cama, terminó tropezando casi arriba del guardia.

Berot se sobresaltó, sujetó a Cam del brazo y evitó que cayera.

—¡Cuidado, mi príncipe!

—Sí, perdón. Las olas de la costa... —Balbuceó sin saber qué responder, tan cerca de su amigo.

—Déjame ayudarte. —Berot lo sostuvo mientras lo ayudaba a levantarse.

—Gracias, ya estoy bien. —El movimiento de las olas continuaba incrementándose y a Cam le costaba mantenerse en pie.

—¿Otra vez bebiendo jugo de algas fermentado? —La risa de Berot era vibrante y alegre.

El guardia se puso de pie con un poco de dolor, pero parecía repuesto y afianzó su postura con las piernas abiertas.

—¡Eso lo dices porque pesas cien kilos! —Cam se sostenía con una mano en la cama.

Los dos muchachos habían quedado frente a frente, el guardia le sacaba media cabeza. Cam lo miró a los ojos, eran de un precioso azul, oscuro y profundo. El rubor volvió a subir por su cuerpo.

—Tendríamos que salir de aquí —dijo, intentando evadir su propia incomodidad.

—Sí, pero recuerda que el comandante Selfut me ordenó que no permita que bajes de la Mardesal.

—¿Y qué voy a hacer arriba del barco?

—Estar conmigo, supongo. ¡No creo ser tan mala compañía! —Otra vez esa sonrisa.

Cam no pudo evitarlo y las olas le dieron la excusa perfecta. Se dejó caer a los brazos del guardia y lo beso en los labios.

Berot quedó enmudecido, su sonrisa se borró y lo alejó velozmente de sí. Sus preciosos ojos lo miraban confundidos.

Camet también lo miró, pero no pudo pronunciar una palabra.

—Lo siento, Cam. —Berot salió rápidamente del camarote.

El príncipe quedó solo. Un poco confundido, y otro poco sorprendido, de finalmente descubrir que Berot le gustaba.

Sin embargo, la expresión del guardia lo había dejado afligido.

Afuera, Berot salió a tomar aire a cubierta. Necesitaba pensar en lo que había ocurrido.

Unas luces le anunciaron que ya se aproximaban a los muelles de Varnal. El sol se ocultaba en el horizonte. Ya Barácletes brillaba en el cielo despejado y sin tormentas.

El guardia la reconoció y sonrió.

Gasin caminaba inquieto mientras el barco se acercaba y lanzaba sus amarras al muelle próximo. Repasaba mentalmente su nueva tarea: la princesa esperaría en el camarote mientras él arreglaba los detalles de su regreso a Joler.

Si bien Gasin tenía sus métodos para moverse por cualquier ambiente, la gente con la que debería tratar no se lo pondría fácil. De cualquier modo, confiaba en que su astucia sería mejor que la de cualquier charlatán. Después de todo, él también era un gran embaucador.

Un sacudón movió toda la Mardesal cuando al fin atracaron. Gasin vio como el capitán disponía que bajase un grupo reducido de marinos junto al alférez. Seguramente irían a adquirir las piezas necesarias para reparar la nave y restaurar los suministros y armas perdidas.

También noto que un reducido grupo de guardias, vestidos con ropas comunes, se sumó a la comitiva, y a ellos se les unió la cristalera Cariat.

El mensajero desconfiaba de las cristaleras. Había observado los ritos extraños que realizaron con los cuerpos de los muertos y no le agradaron.

En su isla despedían a los difuntos entregándolos al fuego de los volcanes, para que su espíritu se uniera con el llameante Fiter. La diosa reina Charos despedía con un beso a los nobles del reino y luego ordenaba la fundición de los cuerpos con la lava. No había cantos ni plegarias extrañas, tan solo melodías de flautas que acompañaban la despedida de este mundo y la bienvenida a la vida eterna y al renacimiento.

Esa era la manera correcta de terminar la existencia de los enherinos: consumidos por el fuego. Si alguien moría en alta mar, tan solo se cuidaba el cuerpo amortajado cubriéndolo con sal, para que se conservase hasta la ceremonia del fuego.

La noche había caído sobre el muelle. Los barcos crujían y se balanceaban a oscuras.

Gasin llevaba unas ropas de color marrón, para pasar desapercibido. Había dejado a Tonanzitlan, su pequeño lagarto, con la princesa escondida.

Tomó una bolsa con monedas reales de Tides y la guardó en un cinturón. Se armó con un par de cuchillos cánex, por si acaso se topase con algún peligro. Se acercó a la cubierta y saltó deslizándose hábilmente por las sogas de amarre.

Aterrizó afirmándose en la pasarela, lo que llamó la atención del vigía.

—¡Oye, tú! ¿Por qué has bajado del barco? —Comenzó a desenvainar su espada.

—Soy yo, el mensajero de Enher. Realmente necesito pisar tierra firme un momento y quizás buscar un par de piernas calientes para olvidar a esas horribles criaturas. Además, las muchachas de Varnal tienen fama de ser muy bondadosas con los viajeros.

—Ha sido un viaje intenso, ya lo creo —dijo el guardia, envainando su espada—. Pero tenemos órdenes, nadie baja del barco sin permiso.

—No te preocupes, llegaré a tiempo, nadie notará mi ausencia. —Gasin sacó un puñado de monedas y le hizo un guiño al guardia.

—Estaremos un par de horas aquí, pero no más de eso —advirtió el guardia, mientras tomaba las monedas.

Gasin asintió y continuó su camino.

El empedrado del muelle estaba mojado y resbaloso. El aire mezclaba el olor de ropas viejas y cuerdas mojadas con el del agua contaminada que arrojaban los desagües de la ciudad.

Algunas personas se asomaban a curiosear el dañado barco que había anclado. También habían aparecido guardias acorazados con armaduras de crustáceos. Dos de ellos se acercaron al vigía, que esperaba en la rampa de la Mardesal, para pedir explicaciones y cobrar los permisos de desembarco.

Gasin se internó en un callejón. Las construcciones tenían un basamento de piedra, por en el centro del sendero el agua corría en un fino hilo hacia el muelle.

Llegó a un edificio con un cartel que indicaba que era un bar para marineros. Al abrir la puerta, un borracho lo atropelló, casi haciéndolo caer.

«Demasiado ebrio para ser tan temprano», pensó, pero recordó que había llovido y supuso que el encierro había acelerado las rondas de tragos.

El bar apestaba a humedad y hombres transpirados. La escaza luz provenía de unos candelabros metálicos que pendían del cielorraso, pintado con mujeres semidesnudas o en posiciones sugerentes. El sórdido ambiente se completaba con el humo de cigarros de algas que flotaba en el centro del techo.

Gasin sacó un pañuelo amarillo de un bolsillo y cubrió su nariz, no estaba habituado a los *aromas* de esos lugares. Se acercó a la barra, aguzando los oídos a las conversaciones cercanas, quizás alguno de los presentes pudiera servir a sus propósitos.

Se sentó sobre un taburete alto y miró a sus alrededores. Por su izquierda, un hombre macizo levantaba a una mujer sobre su brazo y la sentaba en la mesa, otros dos que estaban frente a él reían. Un poco más allá, un hombre dormía con su cabeza apoyada sobre la mesa. A su derecha, un par de jovencitos arrojaban monedas a un tercero que bailaba en cuclillas. Una mesera mostraba su relleno escote al servir los tragos. Cerca de la puerta dos hombres hacían negocios, uno de ellos se hamacaba en la silla, sobre la mesa tenían algo que Gasin no pudo identificar.

El viejo que atendía la barra se acercó a él.

—Extranjero, ¿qué vas a pedirte? —El hombre era tuerto.

—Quiero un Rapa con hielo, viejo —Sabía que ese trago era la especialidad de la isla.

—Son tres roblacs —dijo al estampar el trago sobre la barra.

—Cantinero. —Gasin le dio el dinero—. ¿Con quién tengo que hablar si necesito a alguien para un trabajo? —preguntó con una mirada pícara e indicó su bolsa con monedas.

—Depende del tipo de trabajo, por supuesto.

—¿Y si es un trabajo que requiere de riesgos y discreción?

—¿Buscas a alguien de la Orden de los Sambucadores? —Gasin no estaba seguro, pero imaginó que ese era el término que usaban en Varnal para los mercenarios.

—Sí, claro, al mejor sambucador del puerto medio. —Se hizo el gracioso, haciendo gala de su sonrisa fácil.

—Yo le preguntaría a Tirol, es uno de los más frecuentes de la casa. Él llegará en un rato, siempre viene a ver a Matral, la mujer aquella de caderas anchas —dijo, y señaló a la mesera, que volvía a la barra cargando una bandeja con tres jarras vacías.

—¡Muchas gracias! —Otra vez la sonrisa y una moneda, que rodó sobre la mesa hasta caer cerca de su mano.

—Cuidado con el sambucador, haz que pronuncie su juramento a los dioses oscuros o no cumplirá su palabra —advirtió el cantinero al tomar la moneda.

Gasin miraba hacia la puerta, esperando la llegada del hombre. No quería dilatar tanto el trato, debía regresar pronto a la Mardesal; el barco no lo esperaría para partir.

Cuando se estaba por quedar sin paciencia, la moza pasó a su lado. Por lo que decidió preguntarle directamente a ella.

—Disculpe, bella muchacha —llamó con su sonrisa—. ¿Puedo hacerle una pregunta personal? —La mujer primero le sonrió, pero después lo miró con seriedad.

—Sepa disculpar, señor tatuado, no soy esa clase de muchachas.

—¡No! ¡Perdone usted! ¡Me he explicado mal! —Fingió un poco de vergüenza—. Lo que quiero de sus labios solo son palabras, bella dama. —La mujer le dedicó una sonrisita y volteó para verlo de frente.

—Entonces puedo ser la persona que necesita, si es que esa bolsa con dinero es generosa. —Al parecer la mujer estaba atenta a todo.

—Lo es si las palabras fluyen —Sacó una moneda y la depositó en la barra—. Necesito encontrarme con tu amante.

—Bueno, bueno, veo que ya has conseguido algo de información. Pocos saben a quién frecuentan mis besos. Si no ha sido el viejo Will ¡me cortaría un pecho! —Dibujó una sonrisa mientras cabeceaba a la barra.

—Simple curiosidad, dulce muchacha.

—Sígueme por aquí, mantén tus manos lejos de mis caderas. —Apoyó la bandeja en la barra y tomó la moneda.

Matral había hecho esto antes, eso estaba claro. Lo llevó hacia una puerta lateral de la taberna y lo condujo por un pasillo con varias puertas. Abrió la segunda, que daba a una habitación pequeña.

Un hombre dormía, recostado con la cara frente a la pared de piedra. La mujer encendió una lámpara.

—¡Queridito mío! —llamó con una caricia sobre su hombro.

El hombre saltó de la cama y se puso en guardia, sostenía un pequeño puñal en la mano que había sacado de algún lado.

—¡Calma! ¡Calma! Soy yo, corazón. Por eso lo dejo durmiendo solo —dijo a Gasin con una risita. Sostuvo la mano del hombre y tomó el puñal.

—¿Qué quieres, redonda? —Miró a Gasin primero, luego a la mujer—. ¿Quién es éste que me traes? Espero que valga la pena, ¡hace dos días que no podía pegar un ojo!

—¡Oh, corazón! ¡Seguro que lo vale! —Le hizo seña al mensajero para que se aproximase hasta ella—. Aquí tienes a tu hombre, su nombre es Tirol.

Era un hombre adulto, de cabello corto, facciones marcadas y una cicatriz en la frente que le llegaba hasta el ojo. Vestía un chaleco negro sobre una camisa gris. Recogió su cinturón del piso y se lo colocó mientras Gasin se presentaba.

—Mi nombre es Gasin y me han dicho que eres un sambucador, uno de los mejores. —El hombre también se puso una capa que estaba en el piso y apartó un calzón de mujer que había arriba.

—Esto es tuyo —dijo a Matral—. Vamos al grano. ¿Qué es lo que quieres de mí?

—Bien, sin tantos preámbulos te diré lo que necesito. —Sacó su bolsa con dinero, Tirol y Matral, que lo miraban atentos, se apartaron y se pusieron en guardia—. Tranquilos. Solo es dinero. —Les sonrió seductoramente.

—Dinos qué quieres —dijo la mujer.

—Tengo una polizona en el barco que acaba de atracar en el muelle. Venimos de Tides, pero esta muchacha tiene que volver a Joler rápidamente. —Gasin omitió que se trataba de la princesa.

—El barco es de Tides —dijo la mujer al sambucador—, ¿pero ella quiere ir a Joler?

—Sí. ¡La muy tonta se metió al barco equivocado! Hay detalles que no es necesario que sepan. —Gasin había pensado en la manera de hacer creíble su coartada—. Quizás ustedes dos sean los adecuados para el trabajo.

—Quinientos roblacs y pagas el barco que nos lleva —respondió Tirol.

—Un precio un poco elevado. ¿Podrías darme alguna garantía de que cumplirás con la tarea? —Continuaba con su mirada pícara.

—El precio es el que te he dado. Si no te parece bien, búscate otro que te haga tus labores, enherino. —Tirol lo miraba seriamente, se había percatado de su acento mucho más rápido de lo que Gasin creía.

—Bien, bien, el precio es justo si también sabes guardar secretos.

—Es parte del trabajo —concluyó. Era un hombre de pocas palabras.

—Mi nombre es Matral y el de él es Tirol —respondió la mujer, tomando las monedas que Gasin sacaba de su bolsa—. Puedes usar nuestros nombres.

—No sé por qué mencionaste que el trabajo es para los dos. La mujer no es ninguna sambucadora, ella no irá a ningún lado. —Tirol se había puesto de pie frente a Gasin.

—Perdón, pensé que trabajaban juntos. —Puso la mejor de sus caras de inocente—. Quizás podrían tomarlo como un viaje de enamorados. —Gasin notaba que en los ojos de la mujer se dibujaba el entusiasmo por escapar de esa taberna y vivir una aventura—. Creo que le gustaría acompañarte.

—No, señor Gasin —el sambucador hablaba con decisión—. Tomaré a la muchacha y la llevaré a su destino, pero haré el trabajo solo.

—En fin, así se hará —dijo Gasin. Notó resignación en la mirada de la mujer—. En cuanto al tema de la garantía...

Tirol tomó dos pequeñas piedras y las golpeó con un ritmo deliberado: dos, tres más rápido, una pausa, dos y una, luego las dejó en la mesa. Gasin reconoció el cifrado roks, aunque no sabía qué significaba. Los varnalenses lo usaban para comunicarse entre ellos, como un segundo lenguaje. Matral tiró el puñal de Tirol sobre la cama y salió cerrando la puerta.

—¿Qué ocurre?

—Si quieres un contrato solemne de la Orden de los Sambucadores, deberás cumplir con el rito. Necesitaré un poco de tu sangre, enherino. —Tomó su cuchillo—. Con una gota es suficiente.

Gasin agarró el puñal, era más elegante de lo que había notado, casi no tenía grosor. Apoyó la punta en su dedo y una gota de sangre quedó suspendida en ella.

Tirol sacó una moneda negra, la colocó entre los dos y sobre ella dejó caer la sangre del enherino. Luego tomó el cuchillo e hizo lo mismo, pero su sangre era oscura y la gota efervesció al contacto con la otra. Un hálito de humo fino se elevó en línea recta.

—El trato se ha sellado. Verás que cumpliré mi palabra, y tú pagarás el precio.

—Es justo —concluyó Gasin. Miró su dedo y al puntito rojo que le había quedado.

Gasin acompañó a Tirol hasta el barco. Al llegar al muelle vio dos vigías. Estaban vestidos de marineros, pero el enherino reconoció que eran soldados.

Le indicó a Tirol que lo esperase allí mientras buscaba a la muchacha. Saludó al guardia al que había pagado y subió a la Mardesal.

Llegó rápidamente al camarote. Adentro, la princesa Catara lo esperaba impaciente.

—Gasin, ¿qué ha pasado? —Estaba apoyada en la pared—. ¡No nos movemos! ¿Acaso hemos llegado a Enher?

—No, su alteza. Hemos atracado en Varnal para hacer reparaciones. Desde aquí volverás a Joler, pero recuerda: quedarás en deuda conmigo y cuando volvamos a vernos no podrás oponerte a lo que pida.

—Sí, Gasin, me comprometo a pagarte lo que me pidas. —Catara sabía que el hombre tenía sus propios planes, solo esperaba que el precio no fuese demasiado alto.

—Vamos, ahora bajaremos de la Mardesal para que vuelvas con tu nueva compañía.

—¿Quién es?

—Un sambucador. Ya le he pagado para que te acompañe a Joler.

—Entonces vamos pronto, Gasin. Te agradezco lo que has hecho por mí. A partir de este momento llámame Lapreat. —El mensajero asintió, era un buen alias.

Catara tomó el bolso con las pocas pertenencias que había llevado y siguió a Gasin hasta a la borda, esquivando a marineros y guardias. Por fortuna, la mayoría dormía, aprovechando la tranquilidad del puerto- El capitán Somorte estaba entre ellos, deambulaba con una gran jarra de cerveza.

Los dos pasaron sin ser notados y saltaron a la pasarela, Gasin iba delante, Catara se mantenía a su sombra.

Necesitaban sobrepasar a los guardias. Gasin pensó en crear una distracción para que Catara pudiera escabullirse sin que la vieran. Se tapó con su capa, se acercó con pasos errantes a uno de los hombres, intentó esquivarlo y salió corriendo. Ambos guardias corrieron detrás de él, pero uno de ellos alcanzó a ver a la muchacha y se volvió para detenerle el paso.

—¡Detente ahí! ¡Nadie puede bajar! —ordenó. Miró hacia atrás para ver a su compañero y al fugitivo.

Al ver que alguien más se acercaba, Catara llamó la atención del guardia.

—Yo... ¡soy una simple servidora! Solo quería... —Catara no alcanzó a terminar su mentira.

La sombra que se aproximaba se abalanzó hacia el soldado. De un salto se aferró a su cuello y con un brillante cuchillo le cortó la garganta, salpicando son sangre el rostro de Catara.

Gasin volvió desde el otro lado del muelle. Viendo la escena, se interpuso entre el guardia y la princesa, que había quedado horrorizada y enmudecida.

El mensajero reconoció al sambucador casi al instante. Tirol limpiaba su cuchillo con calma. Miró al guardia en el piso, que se sostenía la garganta ensangrentada, y lo empujó al mar de una patada. El peso de la armadura lo hundiría en el profundo muelle de Varnal y terminaría lo que había empezado el sambucador.

—Muy bien, enherino, así que esta es la muchacha. ¡Sígueme, jovencita, nos vamos de aquí! —dijo tomándole la mano.

Catara estaba pálida, intentaba limpiar las manchas de sangre de su ropa. No quería ir con él. No permitiría que ese asesino siquiera la tocase.

Miró a Gasin con terror en los ojos.

—Está bien, Lapreat, ve con él. Te llevará a Joler —dijo—. No te olvides lo que hablamos. Mucha suerte, pequeña.

Gasin quedó solo en el húmedo muelle. Con su pie, limpió como pudo la mancha de sangre que el guardia había dejado tras de sí. El sambucador era un asesino implacable, esperaba que cumpliera su palabra.

Oyó que el otro guardia regresaba.

Gasin subió rápidamente a la Mardesal con una preocupación menos y con la esperanza de que la princesa volviera pronto a su hogar sana y salva. Pronto llegaría el momento en el que cobraría su favor, multiplicando las ganancias de su pequeña inversión.

Ahora solo faltaba regresar a Enher y contarle lo sucedido a su Diosa Reina para recibir sus bendiciones.

Cariat caminaba por los callejones oscuros del puerto de Varnal. La acompañaban algunos guardias y la mano derecha del capitán Somorte, el alférez Junip Al. En el muelle se había sumado otro hombre, de aspecto recio y vestimentas oscuras.

Tenían mucho que hacer y poco tiempo: debían reponer la mercadería perdida, como ojunes, oniones o lo que consiguiesen a esas horas de la noche; conseguir repuestos para arreglar lo que el volteón y las avesbruma destrozaron; reabastecer las provisiones, y contratar hombres que ocuparan los puestos de quienes habían muerto en los ataques.

El hombre de negro había hecho algunas preguntas y, según su informe, tenían la buena fortuna de que esa misma noche se realizaría un mercado gris detrás de la casa de apuestas.

Cariat no sabía a qué se refería, pero imaginó que no le agradaría.

Llegaron a una edificación amplia y arruinada, cubierta por la oscuridad de la noche. Sin embargo, se oía el murmullo de una pequeña multitud desde dentro.

Al ingresar, Cariat se encontró con un amasijo de mercaderes y compradores regateando toda clase de productos.

Primero vio a los comerciantes de armas, exhibiendo sus cuchillos y espadas sobre mantas de cuero. Un poco más allá una mujer hurgaba en un arcón repleto de frascos, llenos de sustancias coloridas, ante la mirada impaciente de un comprador que se ocultaba bajo una lujosa capa; «venenos» pensó Cariat.

Se internaron un poco más entre el gentío. La cristalera vio vendedores de telas y tejidos, de especias exóticas y comidas que llenaban el ambiente de un aroma fuerte y rico, casi abrumador.

Le dio la impresión de que era adrede, ya que no solo despertaba el hambre en los compradores, sino que también cubría el hedor que provenía de varias jaulas con personas encerradas, semidesnudas y famélicas.

Aquellos desdichados se babeaban, como míseros animales, implorando que les arrojasen los restos de alguna comida. Cariat se sintió mareada y tuvo que apoyarse en uno de los guardias para no caer.

En Tides no existía la esclavitud, pero esas prácticas eran comunes en las islas salvajes del norte y, Por algún motivo, el Concilio de las Ocho no había erradicado completamente aquel flagelo.

Cariat recordó las grutas y minas de sal de su familia, hermosas, llenas de brillantes cristales de colores. Pero su padre jamás le había permitido entrar a explorarlas, «demasiado peligroso para una niña» sentenciaba.

Un día, cuando ya era una joven adolescente, se escabulló en una de las minas, quería descubrir cuál era el secreto de su padre.

Entonces los vio: decenas de hombres y mujeres que golpeaban una y otra vez las paredes de sal, sosteniendo los picos romos con manos ensangrentadas; también vio a los trabajadores de su familia, con quienes había compartido juegos y comidas, lacerando las espaldas de los esclavos con látigos cubiertos en cristales de sal.

Fue por el salvajismo de su padre que, apenas cumplió los quince años, escapó a Tides para unirse a las cristaleras. En la orden de mujeres encontró la paz que necesitaba. Pero ahora volvía a encontrarse con aquella bajeza.

Algunas de esas personas eran de escamas oscuras, con seguridad provenientes del norte salvaje, y otras eran muy blancas, Cariat no pudo reconocer su procedencia. Sin embargo, todos se comportaban de la misma forma: suplicaban por agua o comida, otros hasta conservaban la esperanza de rogar libertad.

El espanto de Cariat se transformó en compasión. Vio a dos niños abrazados a la pierna de una mujer muy delgada, que tenía los brazos caídos y sin fuerzas para levantarlos.

Cariat debía hacer algo al respecto.

—Junip —llamó al alférez—. ¿Cuántas personas necesitas para recuperar los tripulantes perdidos?

—Con cinco esclavos fornidos será suficiente, señora. Pero a esos los venden en subasta más adelante.

Cariat se detuvo frente a una de las jaulas.

—Compra estos —ordenó.

Junip vio al triste grupo, dos niños pequeños, una mujer demasiado flaca, otra muy vieja, una muchacha joven que parecía ser ciega y un hombre al que le faltaba un brazo.

—Estos no sirven. —Junip quiso avanzar, pero Cariat lo frenó con su bastón.

—Yo pagaré. —Lo miró a los ojos mientras le lanzaba una bolsa de monedas—. Estarán a mi servicio. Después de todo, yo también perdí parte de mi compañía. Lo que sobre de este dinero lo usaremos para comprar más alimentos.

Cariat necesitaba convencerlo, después de todo Junip no estaba bajo sus órdenes, pensó que el recuerdo de Naminet y el dinero extra sería suficiente para el trabajo. No se permitiría dejar a esas personas allí.

Junip hizo señas a uno de los vendedores y se retiraron a un lado. Al regresar, el vendedor abrió la celda y sacó a los esclavos a golpes.

El comerciante colocó un cinturón cirulino en cada uno de ellos, los cerró con la misma llave y entregó la llave a Junip. Cariat reconoció el poder de atadura invisible. La blasfemia de utilizar la ciencia de los dioses de esa manera le dio nauseas.

—¡Vamos! —indicó Junip, luego le pasó la llave con una pequeña cadena a Cariat—. Su ama es la cristalera Cariat, se referirán a ella siempre como Señora Salvadora.

—*Chac Latat Mac.* —respondió la más viejita con gestos de gratitud, colocó las manos en alto e hizo una leve reverencia.

Los demás la imitaron, excepto los niños que lloraban. Cariat miraba a la anciana intentando descifrar el significado de sus palabras.

—«¡Gracias, Señora Salvadora!» Eso es lo que acaba de decir mi abuela en nuestro dialecto. —dijo la más flaca de las tres mujeres.

Los guardias que los acompañaban se repartían unos delante de la comitiva y dos atrás. El hombre vestido de negro se acercó a Junip y le dijo algo al oído. El alférez asintió con un gesto y el desconocido desapareció de la vista de Cariat.

Luego se dirigieron a otro sector donde compraron cajas con alimentos. Hicieron que el hombre manco y las dos mujeres jóvenes ayudaran a cargar la mercadería. El cinturón cirulino relucía en las caderas de cada uno de ellos y los forzaba a mantenerse unidos al grupo.

El hombre de negro apareció de nuevo, acercándose sigilosamente hasta el alférez. Tras intercambiar unas palabras, Junip se dirigió a la cristalera.

—Señora Cariat, le voy a pedir que regrese al muelle junto a uno de los guardias y al grupo que ha comprado. Una vez allí, espérenos para embarcar la mercadería. Tengo un asunto al que dedicar atención, además de buscar el resto de los esclavos que necesitamos para los remeros perdidos.

—Está bien, alférez, solo le pido que no sea cruel con los esclavos. Ellos también son terros —dijo la mujer y le hizo señas al guardia para que regresaran.

Mientras caminaban, oyó un clamor a lo lejos y vio a varias personas que corrían hacia la plaza del mercado. La llave en su mano daba leves tirones, como si estuviese unida a los esclavos por hilos invisibles.

Un grupo estaba reunido al final del callejón por el que iban, un par de soldados con capas se les acerco y el grupo huyó ante su presencia. Los militares de Varnal desenvainaron unas espadas, relucientes con encastres de corales, y corrieron tras ellos.

Cariat y su compañía se apretaron contra una pared, el guardia cubrió su rostro y alzó a uno de los niños para evitar que lo vieran.

—*Rebelaris* —gritó una de las mujeres que huía, mientras golpeaba dos piedras entre sí. Los soldados fueron tras ella.

En un instante, todo perdió sentido. La gente gritaba y vociferaba, algunos atacaban a los soldados, mientras que otros escapaban de ellos. Había comerciantes guardando objetos en carros, mujeres arengando a hombres que pateaban las puertas de las casas y comercios. Las calles se colmaron de personas que corrían a toda prisa de un lado a otro.

Más soldados varnalenses llegaban por todos lados. Portaban armaduras acorazadas de crustáceos, que reflejaban brillos lunares, y golpeaban a todos los que encontraban en su avance.

Cariat intentaba mantener la calma. Sostenía la llave con ambas manos y sentía los movimientos de sus esclavos tironeando.

—¡Rápido, al muelle! —ordenó al guardia.

El hombre se adelantó y Cariat lo siguió. Fuese lo que fuese que estaba sucediendo, no tenía que ver con ellos. Alcanzar la Mardesal era su prioridad.

Por detrás del callejón que habían recorrido los gritos seguían aumentando. Les llegó el estruendo de una explosión en algún lugar de la ciudad, las calles se iluminaban del amarillo y rojo de los incendios y el olor acre del humo les dificultaba la respiración.

Apuraron el paso, esquivando alborotadores y soldados por igual. Al llegar hasta el muelle, vieron a uno de los barcos zarpando y otro, más alejado, que ardía en llamas.

La Mardesal aún se encontraba a una distancia considerable y seguramente ya la estarían preparando para partir.

Cariat piso un charco de algo pegajoso, al bajar la vista vio que era sangre mezclada con el salitre del muelle. Un nudo de angustia se formó en su pecho. Debían darse prisa si querían alcanzar la embarcación y cargar los suministros. Rogaba que el alférez y el resto de la comitiva llegaran pronto.

De la nada, una chica harapienta y descalza corrió hacia donde estaba Cariat. Tenía un vestido elegante, pero lleno de arañazos. Se lanzó llorando a los brazos de la cristalera como si la conociera. Cariat se sobresaltó y temió un ataque, pero al ver a la chica tan desprotegida la abrazó.

—¡Gracias a las diosas que estás aquí! —lloró la joven, levantando su rostro manchado de sangre y lágrimas.

Cariat la miró y el terror se reflejó en sus ojos al reconocer a la joven lastimada y temblorosa que sostenía en sus brazos.

—¡Princesa Catara!

"¹²*Erin era el preferido de los dioses de las profundidades. De niño, Lobreg lo marcó con fuego en su brazo y se le aparecía frecuentemente en pesadillas. ¹³Pero Erin creció en un hombre bueno y justo. Su vida se convirtió en un ejemplo de lucha y constancia frente a los deseos impuros. ¹⁴Imitamos a Erin cada vez que nuestras pesadillas nos invaden. Ellas provienen de Lobreg y no son reales, a menos que dejemos que el señor del inframundo nos domine. ¹⁵Cuando el odio o los deseos de venganza nos atrapen, acudiremos al templo de Lobreg para entregarnos a los monjes oscuros. ¹⁶Ellos pueden servir con virtud al gran Lobreg y así mantener a la oscuridad en su lugar.".*

Versículos finales del libro Los mensajeros de Lobreg, *incluido en el* Gran Libro de Absuar.

VII

La princesa temblaba como una gota de lluvia a punto de caer. Catara estaba aterrada, se aferró fuerte a la vestimenta de Cariat, por fin había encontrado un poco de calor y seguridad en esa noche larga y fría.

—Yo... —Intentó explicarse, pero las lágrimas brotaron de sus ojos y no pudo contener el llanto.

—Tranquila, chiquilla, todo estará bien —respondió Cariat, sosteniéndola más fuerte.

Todo a su alrededor era un caos de gritos y corridas. Mientras ella intentaba calmar sus sollozos, Cariat la condujo con pasos firmes hacia el barco.

Catara observó a las otras personas que seguían a la cristalera, no reconocía a ninguna de ellas, aunque uno de los hombres parecía ser uno de los guardias de la Mardesal. Los demás eran una vieja de rostro cansado, pero movimientos ágiles; una mujer flaca con un niño en brazos; un hombre de la mano con una joven, que iban cerca de la orilla del muelle, y un niño que les señalaba cosas. El hombre manco miraba hacia la ciudad, al igual que el guardia. Se veían preocupados y nerviosos.

Un hombre, un varnalense, se les acercó corriendo. El guardia se llevó la lanza al pecho.

—¡Abandonen el puerto! —gritó el hombre.

—¿Qué es lo que pasa? —preguntó el guardia, alzando la voz para hacerse escuchar sobre el clamor.

—¡Es una rebelión! Es más seguro que abandonen el muelle —respondió y continuó corriendo.

El guardia se giró hacia Cariat.

—¿No deberíamos buscar al resto? Podrían ayudarnos. Este lugar está muy expuesto y esta gente apenas puede defenderse —dijo, señalando a la princesa y al grupo de esclavos.

—¡De ninguna manera! Debemos llegar a la embarcación cuanto antes. El resto de la comitiva nos encontrará allí. —El rostro de Cariat se había endurecido.

Mientras continuaban avanzando, Catara se ubicó al lado de Cariat y, mirándola, intentó explicarle lo sucedido.

—Señora Cariat —comenzó a decirle, apenada—, vine en el barco con ustedes, quise volver a Joler, pero estaba atrapada.

El rostro de Cariat solo mostraba seriedad. Catara no sabía si estaba enojada o decepcionada por sus actos.

—Le pedí al mensajero de Enher que me ayudase. Debe entenderme, no era feliz en Tides, quería regresar a mi hogar. El mensajero debía ayudarme en secreto. Todo bien hasta que me entregó a un hombre en este mismo muelle. Hace una hora, creo, no estoy segura.

—Continúa —inquirió Cariat, mirándola a los ojos y apoyando una mano sobre la suya.

—¡Todo ocurrió muy rápido! —Catara despejó el cabello de su rostro—. El hombre misterioso asesinó a sangre fría al guardia y después me llevó a la fuerza hacia el pueblo. Yo no quería ir, pero no podía resistirme. Es la primera vez que veo morir a alguien...

»El hombre se llamaba Tirol, dijo que era un sambucador. Me llevó a una taberna, en donde habló con una mujer gorda. Me dijo que saldríamos inmediatamente, que algo ocurría en la ciudad y no quería perder tiempo. Salimos por una pequeña puerta lateral que daba a un callejón. Entonces dos mujeres pasaron frente a nosotros, golpeando unas piedras y gritando.

»Corrimos, pero unos soldados nos detuvieron. Tirol me empujó a un lado y caí sobre unos alambres que me enredaron y me rompieron la ropa. Intentaba zafarme cuando vi que el sambucador peleaba con uno de los soldados, el otro estaba en el piso, tiritando. Yo no sabía qué hacer.

»Entonces, una lluvia de rocas cayó sobre los soldados. Corrimos hasta que unas mujeres de aspecto rudo aparecieron, llevaban brazaletes de corales. Gritaron «rebelaris» y una de ellas se lanzó contra el sambucador.

»Yo hui entre el humo y la multitud. No sé cómo, pero gracias a las diosas pude llegar al puerto, casi guiada por la mano de las tres.

—Princesa, tú no deberías estar aquí —dijo Cariat con seriedad, se le notaba la preocupación.

—Ya lo sé —Catara estaba avergonzada, su miedo había disminuido, aunque sus lágrimas caían por sus mejillas—. Nunca tendría que haber subido a ese barco.

Cariat apuró el paso. La Mardesal ya se encontraba cada vez más cerca.

—Lo importante, princesa, es que regreses a Tides. El rey y el príncipe te estarán buscando desesperados. —La mujer sabía tomar decisiones con presteza—. ¿Cómo pensaba llevarte el mercenario ese?

—No lo sé, mencionó un barco que partiría, pero no dijo su nombre.

Cariat se detuvo un momento y los demás hicieron lo mismo. La mujer miró hacia todos lados.

—Si iba a llevarte en un barco, ese sambucador podría estar cerca. Presta atención, niña. He oído historias de esos hombres, son implacables.

La ciudad ardía en manifestaciones y enfrentamientos. Catara temblaba, apenas podía contener su llanto. Debían escapar de allí lo más rápido posible.

—Señora Cariat, debemos continuar —dijo el guardia.

Detrás de ellas un grupo de soldados de Varnal perseguían a unas mujeres. Cuando una tropezó, los hombres con armaduras de caparazones la alcanzaron y comenzaron a golpearla, las otras les arrojaban piedras, enfurecidas.

Una invocó una bola de fuego que encendió la capa de uno de los soldados. La mujer que había caído escapó y alcanzó a las otras, hasta que lograron huir por uno de los callejones.

Ya estaban cerca de la Mardesal.

Catara vio a Cariat evaluar la situación del barco. Aún había cajas de mercancías por subir y los marineros se apresuraban cuanto podían.

Cariat hurgó en sus bolsillos, sacó una pequeña llave y la partió al medio. Los cinturones de las personas que las seguían titilaron. Con un fragmento de la llave, la cristalera señalo al hombre manco y a la muchacha que parecía ciega, le dio el fragmento a Catara y las dos personas se acercaron a ella, como jalonadas por él.

—Princesa, sube a bordo de la Mardesal y llévalos contigo. Ordénales que te ayuden a cargar alguna de las cajas. Pónganse a resguardo —indicó Cariat.

Entonces Catara comprendió porque habían brillado los cinturones, estaban cautivos.

—¡Cristalera! ¿Estas personas son esclavos?

—Los compré para liberarlos, pero primero debemos salir de esta ciudad.

—¡Esto es inaceptable! ¡Estas personas merecen ser libres ahora mismo! —berrinchó, luego arrojó la llave con fuerzas al agua.

—¡No! —gritó Cariat, pero no alcanzó a frenarla.

Mientras la llave volaba al mar, el hombre y la muchacha parecieron correr hacia el borde del muelle con un gesto de desesperación.

Catara no comprendía qué hacían cuando los vio caer al agua tras la llave.

—¡Qué has hecho! —dijo Cariat corriendo hasta el borde de piedra—. ¡Los has matado!

—¿Qué...? —balbuceó Catara, pero los gritos de dolor de los otros esclavos la enmudecieron—. Tal vez... si encuentran pronto la llave...

Cariat la miró con tanta furia que la rebelión de la ciudad pareció calmarse.

—¡Este muelle es el más profundo de todas las islas, niña estúpida! No pueden romper el vínculo ni mover la llave. Se hundirán hasta el fondo y los devorarán los peces.

La cristalera dio un paso y le dio una bofetada.

Las esclavas cayeron de rodillas, llorando. La anciana lloraba con los puños a los lados, rígidos de impotencia.

Entonces Catara comprendió que acababa de matar a dos personas. No sintió la cachetada. Solo se quedó allí, quieta.

La anciana se agachó con dificultad y tomó dos rocas. Se acercó al borde de piedra, tanto como el hechizo de la llave le permitía. Alzó las manos e hizo sonar las rocas antes de arrojarlas. Sus piernas le temblaron al levantarse, estaba conmocionada, envuelta en su pena.

Catara lloraba en silencio, no se atrevía a acercarse a la mujer y tampoco quería admitir su nueva equivocación ante Cariat. Se sentía doblemente avergonzada. Un grupo de hombres se acercó a ellas corriendo.

—¡Tomen lo que puedan y suban! —gritó el hombre que venía al mando.

Alzaron las cajas del piso, se apresuraron hacia la pasarela que unía el muelle con el barco y abordaron la Mardesal.

El capitán Somorte gritaba órdenes de levar ancla y zarpar, los guardias ya habían soltado las amarras.

Catara dejaba atrás una ciudad enardecida, los cadáveres de dos esclavos y una extraña revolución que no alcanzaba a comprender.

Cam despertó con el movimiento del barco. La tripulación que descendió ya habría conseguido los recursos que necesitaban y al fin partirían hacia Enher.

El príncipe sonreía. A su lado, Berot estaba tapado por una fina tela de algas, que se movía al compás de su respiración. Se acercó a despertarlo, pero se detuvo para apreciar el perfil de su amigo, iluminado con la tenue luz del mar.

Luego del beso que le había robado, creyó que Berot se alejaría para siempre. Sin embargo, unos golpes en la puerta le demostraron que se equivocaba.

Repasaba la noche en su mente, una y otra vez, asegurándose de que sí había sucedido.

Al abrir la puerta del camarote allí estaba, con esa sonrisa suya. Su pecho se inundó de un mar de emociones que arrastraron sus temores. Berot tenía la fuerza de una tormenta y Cam se dejó llevar por su pasión atropellada...

Ahora descansaba plácidamente, la luz del puerto reflejada en sus hombros. Berot abrió los ojos suavemente y, al ver a su príncipe, le dedicó una sonrisa.

—Me quedé dormido.

—Sí, ya empezamos a movernos —respondió Cam, señalando hacia la ventana —. Parece que todo salió bien en Varnal.

—¡Tengo que presentarme ante el comandante! —Se percató Berot, levantándose rápidamente.

Se vistió, casi sin decir palabras. Cam lo miraba mientras se colocaba cada prenda. Sus movimientos eran suaves y deliberados, pero necesitaba espacio, era una persona grande en un camarote pequeño. Con cada prenda que se colocaba, Cam sentía el perfume de su amigo.

—Gracias por volver —pudo pronunciar, embriagado.

Berot se volvió hacia él y le dio un beso, sosteniéndole la cara entre sus manos.

—Siempre estaré a tu lado, mi principito. —Le sonrió nuevamente.

Cam no tuvo tiempo de responder, el guardia ya se había retirado, dejando la puerta abierta tras de sí.

Aunque fue solo una noche, el tiempo que la Mardesal estuvo en el muelle le pareció eterno. No podía dejar de sonreír, su corazón se había agrandado en esas horas y estaba seguro de que Berot lo sentía igual.

Afuera oyó el movimiento de personas que iban y venían, gritos y órdenes, que no alcanzó a discernir, pero que estaban cargados de urgencia. Algo había sucedido y no sonaba nada bien.

El príncipe se vistió y se aprestó a salir.

Antes de llegar a la cubierta vio el reflejo del fuego en las nubes, temió que las aves-bruma hubiesen vuelto, pero no sentía a la tormenta que anunciaba su presencia.

Los marineros estaban agitados y alistados en sus posiciones para escapar del muelle. Otros barcos cerca de ellos ya se movían. El sigilo con el que habían llegado había terminado.

Un hombre de negro pasó cerca de Cam, mirándolo de reojo, pero no le prestó atención. Los marineros, que subían apresurados se acercaban al mástil principal y tocaban la figura de la diosa Apreia, acariciando sus pechos o su rostro con tentáculos.

Cam buscó a Berot con la mirada, sin suerte.

Observó los reflejos vivos de las explosiones en el mar y en las nubes. Mientras la Mardesal se alejaba, el ambiente se colmó de colores cálidos y destellos hermosos, llenos de una trágica belleza.

—¡Prínshipe! ¿Qué hashe en la cubierta? —La voz del capitán Somorte lo devolvió a la realidad.

—Capitán, el movimiento me despertó, ¿qué ha ocurrido?

—¡Tantash coshash que no shé por dónde empeshar! —respondió el viejo señalando hacia la costa—. El pueblo eshtá en llamash, pareshe que hay una rebelión y ¡caímosh en medio de eshto! ¡Menosh mal que pudimosh traer algunosh hombresh! y la cristalesha loca ha traído másh bocash para alimentar... ¡No shé qué le pasha!

El capitán miró hacia otro lado y empezó a los gritos. Se fue apresurado, dejando a Cam solo.

El hombre de negro se acercó haciendo un gesto de saludo.

—La princesa Zutel ha organizado un golpe de estado esta noche. Espero que esto no perjudique al reino de Tides, mi príncipe.

Cam se volvió para hacerle preguntas, pero el hombre siguió al capitán antes de que pudiera decir nada. Era la primera vez que notaba a ese misterioso sujeto. Sus palabras quedaron resonando en su cabeza.

¿Sería posible que la Zutel se enfrentase a su padre de esa manera? ¿Qué la habría llevado a tomar esa decisión?

La Mardesal continuaba alejándose de la isla y Cam miraba las nubes aclararse, prestas a lloviznar. Quizás eso ayudase a extinguir los fuegos en la ciudad. La penumbra remitía. En el horizonte, una de las lunas se asomaba, dando fin a la noche.

Caminó un poco por la cubierta y vio a la gente que todavía se movía apresurada. Había algunos tripulantes nuevos, un guardia dirigió a un pequeño grupo a la cocina y al resto a los remos. También notó que Gasin se acercó a los hombres que habían subido en el muelle y habló con uno de los nuevos, con menos gestos de lo usual. ¿Acaso se conocían?

El mensajero se alejó de cubierta y comenzó a caminar entre los esclavos nuevos, los inspeccionaba uno a uno para evitar encontrarse con la princesa. No podía creer que el sambucador fuese tan inútil.

Se había puesto su capa de colores y sujetaba un sombrero verde en sus manos, adoptando un andar danzarín entre los nuevos pasajeros y el cargamento.

Gasin escuchó que alguien le chistaba desde un costado.

—¿Quién me llama?

—Shhh. —El sonido provenía de uno de los hombres con capucha.

—¿Quién eres?

El hombre mostró su rostro, tenía el rostro manchado y el cabello sucio. Parecía otra persona, pero Gasin se sorprendió al reconocer a Tirol.

—¡Ven aquí! —ordenó Gasin en voz baja, tomándolo del brazo y llevándolo hacia un lado. La cadena que llevaba solo le permitía llegar un poco más adelante de los otros esclavos—. ¿Qué pasó con el encargo? ¿Por qué la chica está otra vez en cubierta?

—Primero que nada, aún cumpliré mi parte del trato, no pienses que estoy aquí por nada. —El hombre se soltó de la mano de Gasin, adoptando una postura más firme—. No necesitas saber los detalles, solo que la muchacha se escapó y luego se encontró con gente del barco que la ayudó. Lo que importa es que me enteré de que esa chica es una princesita, no una cualquiera como quisiste venderme.

—Eso no importaba, el encargo era que llevaras a esa chica a la isla. ¡Tu trabajo ya se pagó!

—Así es, señor, y por eso estoy aquí. Un sambucador cumple su contrato.

—Eso espero.

—La otra mujer, la cristalera. —Hizo un gesto hacia la cubierta, en donde estaba Cariat—. A ella tienes que convencer de enviar a la princesa a la otra isla. Pídele que la lleven dos esclavos, a partir de allí podré cumplir mi parte.

—Parece un plan sencillo.

—Por eso lo dejo en tus manos. —El hombre le guiñó un ojo y volvió a colocarse la capucha.

A Gasin no le agradaba el sambucador, pero supuso que una vez se comprometía con una misión, estaba obligado a cumplirla. Después de eso, no volvería a saber de él.

Era cierto que el plan era simple. Sin embargo, convencer a la cristalera para que enviara a la princesa de regreso no lo era. Le exigiría que se justifique por haber ocultado la identidad de Catara.

Sí, una disculpa sincera. Esa sería una buena manera de iniciar el diálogo.

Caminó por la cubierta, dirigiéndose a popa. Tonanzitlan había salido de su bolsillo y ahora caminaba por su hombro. Gasin lo miró.

—Así es, amigo, estamos en problemas —dijo, mientras se sentaba en una de las cajas mirando el puerto de Varnal transformarse en una línea.

Comenzaba a lloviznar, pero eso no le importaba demasiado. Se colocó su estrafalario sombrero para no mojarse y continuó sumergido en sus pensamientos. Su mascota atrapó un mosquito naranja con la lengua y lo masticaba, haciéndolo crujir cerca del oído de Gasin.

La Mardesal se movía bastante en ese sector del mar, la partida de los muelles solía agitarse donde las corrientes insulares y las marinas se encontraban. En el aire, unas gotitas de lluvia que caían dispersas y pequeños haces de colores refractados coloreaban ambiente. Nadie se percataba de esos pequeños detalles que sucedían cada mañana. Solo las pequeñas criaturas eran sensibles a estos cambios, como la mascota de Gasin, que digería a su presa mientras miraba el ambiente cambiar a su alrededor.

Gasin pensaba que lo único bueno de todo esto era que finalmente se dirigían a Enher. Una vez en su hogar, todo sería más simple. Lo esperarían su familia y su compañía, además su diosa reina lo recompensaría por haber cumplido su misión.

Llevaría a un miembro de la familia real y, en ese momento, terminaría su papel en la trama que urdía la reina para conseguir el dominio de las ocho islas. Y es que Gasin estaba seguro de que los sacerdotes no le habían contado toda la verdad. Eso de que la princesa Jafeht hubiese sido poseída por une aireus y luego desapareciera era demasiado conveniente. Sin duda todo era parte de un plan que su Diosa tenía preparado, pero que no le había develado.

Devolver a la princesa Catara a su hogar, sin que nadie se enterase, era la mejor manera de evitar meterse en mayores problemas. Después de todo, que la muchacha le debiese un favor sería un importante recurso, por si algún difícil porvenir se le presentaba, aunque primero debía hacerla regresar.

Aún tenía el contrato del sambucador a su favor. Ahora solo debía convencer a la cristalera con sus mentiras, para que enviara a Catara a Tides o Joler, no importaba dónde, siempre y cuando la princesa viajara con los esclavos, como lo había planeado Tirol.

Se levantó decidido, se acomodó la capa, dio un par de pasos para afirmarse contra el movimiento del barco en el mar bravío y, pensando en su siguiente jugada, se dirigió hacia los camarotes.

Ya sabía dónde golpear.

«Apartado 50 – De los reinados y su sucesión.

1. En las ocho islas la sucesión del trono se regirá por linaje sanguíneo hasta el segundo grado de parentesco.

2. Si no existieren sucesores aptos, la regencia y elección de un nuevo monarca recaerá en el Consejo Real.

3. Las islas restantes formaran una Delegación de Regencia Provisoria con poderes de intervención y guerra, para mantener la paz, garantizar la pronta elección del monarca y evitar que usurpadores tomen el trono vacante.

4. Así lo han decidido y afirmado los ocho reyes en el Concilio de las Ocho bajo la mirada de los dioses y la protección de las lunas».

Apartado sobre los reinados y su sucesión del
Libro Mayor del Concilio de las Ocho.

VIII

Cariat aún miraba la delgada línea en llamas sobre el horizonte, desde la ventana circular de su pequeño camarote. Afuera, la llovizna desaparecía mientras se adentraban al mar. Había dejado a la princesa con Solitut y Delicet, ellas se encargarían de atenderla. Al fin estaba sola después de una larga jornada.

El viaje se había convertido en un cúmulo de peligros y ella era responsable de conseguir el éxito de esa misión. Su trabajo se dificultaba con cada jornada.

Tomó asiento y se quitó el velo con el que había cubierto su cabeza mientras estuvo en el puerto. Pasó sus manos sobre su cabello corto y lo acomodó, luego descansó sus manos sobre las piernas. Temblaba un poco, se estregó las rodillas y respiró. Se miró la muñeca, donde tenía el pequeño dibujo escondido y se lo tocó, recitando una plegaria silenciosa.

La Mardesal se mecía con violencia, pero Cariat permanecía sentada, buscando un poco de paz.

Oró a la Diosa Oculta por protección y calma. No era la plegaria que las cristaleras proclamaban a las tres lunas, sino a una sola, superior a ellas. Decir esa plegaria en voz alta era una herejía y, si alguien la escuchaba, sería expulsada de la Orden.

Pero ella creía en un poder superior que estaba allí para protegerla, a su orden y a todos los terros de Arca.

Numerosos eran los dioses que habían surgido en la historia, pero incluso las tres solo eran una separación de los roles de a la que ella adoraba. Era una diosa olvidada hacía mucho tiempo y moraba en los cielos a la par de Artrea, la madre.

Su nombre quedó borrado de la historia, pero aún había sectas que la mantenían viva en la memoria. La llamaban Telasina, la que teje la noche, madre de las lunas. Su símbolo era en un círculo cruzado por dos anillos; el mismo que estaba grabado en la muñeca de Cariat.

La mujer se levantó de la cama. Debía decidir qué hacer a continuación para llevar adelante su misión.

Pensó en la joven Catara y su historia. Realmente la chica sabía meterse en problemas y tenerla allí era uno grande. Debía enviarla de regreso a Tides cuanto antes. Sus padres ya estarían de camino a la isla y en pocos días se llevaría a cabo su matrimonio con el príncipe Set.

Buscó dentro de uno de sus pequeños cofres y sacó una carta náutica, que pertenecía a la Orden de las Cristaleras, con mapas de las islas.

Habían salido de Tides hacía dos jornadas, contando la noche que acababa de transcurrir. En medio de ellos se encontraban las pequeñas islas Amixas. No estaban habitadas, pero se encontraban lo suficientemente cerca como para encontrar algún bote pesquero que los pudiese ayudar.

Aunque eso significaría perder un día de viaje regresando en dirección a Tides, y el tiempo para encontrar a Jafeht era muy limitado.

Otra opción era navegar hacia el Este, desviándose del camino directo a Enher, para poder llegar hasta Los Cañadones de Orix, unas formaciones geológicas que surgían como mástiles desde el mar. Estaban habitadas por algunos pescadores de algas verticales y lánguidas y tentaculares estilas.

Cariat cerró la guía de viajes y salió de su camarote. Había definido sus alternativas y sabía lo que debía hacer a continuación. Se dirigió a la cabina del capitán Somorte, pero al pasar delante de la puerta de las otras cristaleras, escuchó gritos, por lo que se detuvo.

—¡Nos engañaste! —Oyó a Delicet enojada.

—Lo lamento mucho —respondió Catara—. Nunca fue mi intención, simplemente buscaba ocultar mi identidad.

—¿Para qué? ¡Podríamos haberte ayudado!

—Se suponía que no tendría que estar aquí, yo solo quería vivir una aventura antes de mi matrimonio. —Catara les contaba parte de su verdad—. Un matrimonio que no quiero. ¡Quiero volver a ser libre!

—Con más razón podríamos haberte ayudado —Solitut respondió—. Nosotras sabemos de libertad y de encontrar nuestra vocación en la Orden de las Cristaleras, pero antes de ingresar también estuvimos sujetas a los deseos de nuestros padres.

—De todas maneras, ¿por qué motivo decidiste confiar en un sambucador antes que en nosotras? —dijo Delicet en voz alta.

—Delicet, no seas dura con ella, ¿no ves que ha sufrido? —La voz de Solitut interrumpió—. Toma, princesa, deja a un lado las lágrimas y pruébate este vestido. Es de duralgas.

—Muchas gracias, Solitut. Yo... lamento mucho no haber confiado en ustedes. Sé que perdieron a una de sus amigas, lo siento mucho.

—Ella sabía que era su último viaje. Nadie quiere dejar este plano, pero las diosas nos reclaman cuando menos lo esperamos y siempre tenemos que estar listas para unirnos a los dioses.

—Naminet fue una idiota al no protegerse del ataque de las aves. —El dolor brotaba de la voz de Delicet—. ¡Yo debería haberla defendido!

Cariat abrió la puerta e ingresó al camarote.

—Nadie hubiera podido cambiar su destino, ella lo había visto antes de embarcar. Ustedes deben tener fe, más que ninguna otra persona en este barco.

Solitut y Naminet se pusieron de pie.

Catara se volvió, tenía puesto un vestido de dos cuerpos, con la parte superior parecida a una pechera de escote recto, con sectores anudados a los lados, algunas de las cuerdas aún estaban sueltas. La falda le llegaba recta hasta las rodilla, con piezas de tela que caían cubriendo sus piernas.

—Discúlpanos, Madre. —Delicet se mostraba apenada.

Cariat se acercó a ellas y les colocó las manos en los hombros.

—La muerte es como ustedes han dicho —dijo con dulzura—: un paso de dolor por el que alcanzamos la unión con los dioses.

Las dos mujeres se relajaron y volvieron a atender a Catara, para terminar de acomodarle la ropa.

—Señora Cariat. —Catara se acercó a la puerta—. No le he dado oportunamente las gracias por todo.

—No lo hagas. —Cariat recobró la severidad de sus palabras—. Apenas termines vendrás conmigo al camarote del capitán.

—Sí, señora.

Cariat se volvió al pasillo y cerró la puerta. Estaba enojada con la muchacha, por su temeridad e ingenuidad. Había obrado con imprudencia, eso la irritaba. Quizás porque, en algún momento, ella también lo hizo.

Cuando había escapado de su casa lo había hecho movida por sus impulsos. Descubrió los valores que fomentaba la Orden de las Cristaleras y se unió sin pensarlo. Dentro de la orden comenzó a escalar posiciones casi sin pretenderlo. Gracias a eso, se vio envuelta en la secta de la Diosa Oculta y descubrió nuevas verdades. Incluso tuvo sus momentos de flaqueza: al acercarse al rey Noah se permitió sentimientos que él correspondió, un momento de debilidad en el que exploró el amor. Pero aprendió su lección, terminó su relación y decidió que su vocación era servir a las cristaleras. No era necesario perderlo todo al seguir el destino marcado.

Y el destino de la princesa era aceptar su matrimonio y ser reina de Tides, lo podía ver claramente. De la misma manera en que veía que el suyo era llevar al príncipe Camet a Enher, a recuperar a su hermana Jafeht.

Cariat estaba dispuesta a hacer todo para cumplir con su deber.

En ese momento el pasillo pareció retorcerse, su cabeza le vibraba y dolía. Quiso pedir ayuda, pero las palabras no salieron de su boca. Cariat parpadeó repetidamente para aclarar sus ojos, pero su mirada se llenó de una oscuridad enmarcada de rojo. Perdió el equilibrio y cayó en la negrura.

En medio de la penumbra, alcanzó a ver una pequeña fogata. Por un segundo logro orientarse, hasta que el dolor cruzó su cerebro como un rayo. Cerró los ojos para mantener su cordura, pero las imágenes estaban en su mente.

La fuerte respiración de unos hombres-lagarto llegaba a sus oídos y el suave aroma de insectos asados llenaba el aire. Varias personas se congregaban alrededor de la hoguera, entre ellas reconoció a algunos guardias y al príncipe Camet.

Oyó los gritos de una mujer detrás de ella. Se giró y la vio salir de entre dos irregulares columnas de roca. La mujer era Delicet y llevaba su lanza-luz.

Detrás de ella, con un estruendo, surgió una mole de fuego y piedras, despidiendo rocas fundidas desde sus fauces.

El ataque alcanzó a Delicet, envolviéndola en llamas. El dolor golpeó a Cariat como si el fuego la consumiese a ella.

Todo se ennegreció. Cariat cayó al piso de roca y perdió el sentido, o eso creyó.

Abrió los ojos, estaba en el pasillo de la Mardesal.

No entendía cómo, pero supo que el poder de las oráculos se había manifestado en ella. Y auguraba muerte.

La marca en su muñeca le quemaba como una braza, pero no tenía señas de ninguna herida; el costado de su cabeza aún le pulsaba con

un dolor opresivo y el terror de una tragedia inminente le arrobaba el corazón, se sentía abatida.

Unas lágrimas huérfanas recorrieron sus mejillas mientras intentaba enderezarse.

Se levantó lentamente y miró a todos lados. «¿Por qué me das esta visión?» preguntó en su mente, tocando la marca de su muñeca.

Maldijo enojada y respiró agitadamente. Necesitaba calmarse, recuperar su compostura. Debía tomar valor para recordar lo visto y evitarlo. No perdería a otra de sus cristaleras.

Había creído tener las soluciones a sus dilemas y la determinación de ayudar a los príncipes para cumplir sus destinos, pero esa visión socavó su confianza y seguridad.

¿Acaso los dioses se burlaban de ella? Buscaba respuestas, y solo hallaba más preocupaciones.

A Catara la atribulaba una mezcla de emociones. El dolor que había provocado la seguía como una sombra de la que no podía desprenderse. Dos personas habían muerto por su impulsividad e imprudencia, como si las hubiese matado con sus propias manos y había engañado a las mujeres que la estaban terminando de vestir. No se reconocía en sus actos, se sentía sucia. Y todo por escapar de sus obligaciones y responsabilidades.

Al menos había escapado de los peligros que la amenazaban. Además, ella quería una aventura, la necesitaba. Necesitaba escapar de Tides para recuperar su libertad, sin importar cómo.

La princesa quería regresar a su casa. A Joler, su isla, su hogar. Allí ya estarían terminando los preparativos para el viaje a su boda. Podía imaginarse a su padre, el rey Moura, eligiendo las mejores prendas, y a su madre, que solo llevaría unas pocas. Su hermano aprovecharía a sacar lo que pudiera para venderlo.

Esperaba que Amara, su hermana del corazón, pudiera colarse con la corte. Quería verla y contarle todas las maravillas que había vivido mientras estaba fugitiva en medio del mar.

Quizás pudiera hablar con el príncipe Camet, después de todo, él era la única persona de la familia real con la que había empatizado. Posiblemente la entendería y la ayudaría. No veía felicidad alguna en su matrimonio arreglado, solo una vida de miseria. Debía al menos intentarlo.

Mientras estaba inmersa en sus pensamientos, las cristaleras terminaron de prepararla. Su vestido parecía incómodo, pero no lo era realmente. Los recortes sobre las piernas le permitían caminar con comodidad y, aunque la pechera era ajustada, no era una molestia tan grave.

—Te esperan en el camarote —dijo a secas Delicet.

—Gracias por todo esto —respondió.

Se dirigió al pasillo. Ni bien cerró la puerta detrás de sí, Gasin se acercó a ella, tomándola por sorpresa. El mensajero la estuvo esperando.

—¡Vaya, princesa! Al fin vistes como te corresponde. —Sobre su hombro el pequeño lagarto se aferraba y cambiaba de color.

—¡No me toques! —Aquel hombre la asustaba.

—Tranquila. Prometí ayudarte y la oferta sigue en pie. —Gasin se sacudía las manos, mostrándolas delante de la muchacha—. Quizás no entiendan lo que pasó en el muelle si lo cuentas mal. Debes recordar que tú me pediste ayuda.

Catara no olvidaba que su plan para *ayudarla* había sido llevarla con ese otro hombre, el asesino. Recordó la sangre del guardia y la imagen de las dos personas arrastradas hacia la llave y su respiración comenzó a agitarse.

—¿Qué pasa, muchacha? —Gasin se acercó, tomándola de los brazos—. ¿Tienes miedo? ¡No voy a hacerte nada!

—¡No es eso! Yo... —Se apartó de esas manos calientes. En un momento sintió un arrebato de furia y se largó contra el mensajero—. Me trataste como una miserable basura. No sé qué pretendías conseguir de mí, pero te ha salido mal. ¡Soy una princesa de Joler! ¡No puedes manipularme como a una cualquiera! ¡No quiero verte nunca más en mi vida!

Alzó la mano y lo abofeteó, el sonido del golpe resonó seco en el interior del pasillo.

Catara ya no quería sentirse como una niña indefensa, debía convencerse de que era una joven fuerte y así lo demostraría. Era el momento de expresar que era fiel a sus convicciones, de mostrarles a todos que era una princesa. Se haría oír y exigiría que sus pedidos se cumplan.

Caminó hacia el camarote del capitán, alejándose del hombre que se sobaba la mejilla enrojecida. Giró por el pasillo y se encontró con un guardia que la dejó pasar. La estaban esperando.

Era la primera vez que ingresaba a la cabina del capitán, la luz de la mañana se escurría por una ventana horizontal con bordes redondeados. En el medio de la sala había una mesa de vidrio rectangular con bandejas de bocadillos. Hojas de algas de colores adornaban el centro.

La gente se distribuía por los rincones del camarote, algunos estaban sentados a la mesa y comían los bocadillos o tomaban unas bebidas que emitían un hilo de vapor hacia el techo. Todos tenían algo que decir.

—¡Ir por Los Cañadones de Orix es la respuesta! —Anunciaba la cristalera.

—¡Tendríamosh que deshviarnosh y ni shiquera tenemosh shufishiente alimento para llegar a Enher! —El capitán Somorte se mostraba harto de tantas desviaciones.

—Opino que no nos desviemos más. —El comandante alzó la voz—. ¡Lleguemos a esa maldita isla de Enher de una vez!

—Insisto. Solamente por los Cañadones podremos conseguir una embarcación para enviar a la princesa de regreso a Tides. —Cariat parecía decidida.

—Conshiderando que sholo tenemosh unas horash para cambiar de ruta, creo que lo mejor esh pashar los Cañadonesh. ¡Y ruegen que conshigamosh peshcar algo!

—Creo que debo expresar mi opinión. —La voz del príncipe Camet sonaba pequeña comparada al resto, pero fue ganando presencia a medida que hablaba—. ¿Por qué fui el último en enterarse de que la princesa Catara estaba con nosotros? —Parecía molesto—. Ella debería estar preparándose para su matrimonio. Tiene que regresar a Tides cuanto antes. Pasaremos por los Cañadones y luego seguiremos camino a Enher.

Todos asintieron. La princesa se acercó a la mesa y vio a Camet con el rostro cambiado, más serio que antes, más dispuesto a liderar. La tensión que percibía en el grupo se había disipado.

Sin embargo, ella estaba allí. Todos comían o bebían y decidían qué hacer con ella sin siquiera consultarle lo que pensaba.

—¡Un momento! —Catara interrumpió. Las miradas se dirigieron a ella—. Primero, quiero pedir disculpas a todos por los inconvenientes que les he generado. No era mi intención demorarlos en su misión en Enher. Sea cual sea.

»Tengo la culpa de ser una aventurera de corazón y mi curiosidad me hizo embarcarme en la Mardesal. Pero no es solo eso, sino que descubrí que no quiero regresar a Tides. —Todos la miraron incrédulos—. No obstante, entiendo mis responsabilidades y debo hacerme cargo de mis actos. Por lo tanto, cumpliré mi rol como princesa comprometida, por lo que volveré y concretaré mi matrimonio. —La tensión se disipó visiblemente—. Puedo esperar a llegar a Enher para regresar, no hace falta que se desvíen. Llegaré a tiempo para la boda.

—Ella tiene razón, no nos demoremos más —afirmó el comandante, el capitán Somorte asentía con énfasis.

—Princesa Catara —dijo el príncipe, volvía a ser ese joven amable que se levantaba para cederle su silla—. Acércate a la mesa, desayuna con nosotros.

Catara hizo una reverencia y se aproximó. Tras tomar asiento un sirviente de la cocina se acercó con una jarra de té de algas tibio. Ella bebía mientras los demás hablaban sobre los pros y contras de llevarla a Enher. Veía que la posición de Cariat y el príncipe había perdido peso después de sus palabras.

Catara observó a una persona que no había hablado, un hombre vestido de negro, de pie detrás del comandante.

—De acuerdo entonces —dijo Cariat—. Iremos directo a Enher, ¿Algún otro asunto? —preguntó, aunque su tono dejó en claro que no esperaba respuestas.

Cam alejó la mirada de su desayuno, no había tocado los bocadillos de su plato, no tenía hambre.

Notaba que todos estaban cansados. Pero él repartía sus pensamientos entre Berot y lo ocurrido en el puerto.

El príncipe acariciaba sus brazaletes, mientras veía al resto desayunar. Casi todo lo que había pasado hasta el momento eran complicaciones. Ni siquiera habían comenzado a buscar a su hermana y ahora se sumaba el riesgo de llevar a Catara hasta Enher.

Aunque no todo era malo, esa noche con Berot... Quizás los dioses querían que todo ocurriese de ese modo. Aun así, Cam esperaba que la misión no tuviera más sobresaltos.

Últimamente, las antiguas enseñanzas religiosas acudían a su mente con mayor regularidad, especialmente después de haber hablado con el calar de tres cuernos. Esa criatura era casi mítica y descubrir que se trataba de un ser pensante había trastocado todo lo que creía.

«¿Acaso los terros no dialogan con sus dioses?», le había preguntado el gran animal. La pregunta era certera. Incluso Cariat, la autoridad religiosa de la mesa, no había propuesto hacer ritos de oración o rogar intervención divina.

Miró a la cristalera y la vio preocupada: frotaba sus manos entre sí y bebía el té, pero tampoco había probado alimento. Su actitud también era diferente, ensombrecida.

Cam buscó a Berot entre los guardias, pero su amigo no estaba allí.

Sin embargo, le llamó la atención ver al hombre de negro que había embarcado en Varnal. Estaba de pie detrás del comandante y parecía acercarse a su oído cada vez que expresaba su opinión. Era un hombre alto y delgado, de movimientos suaves, pero con rasgos afilados. Demasiado pálido para ser de esas islas.

La princesa Catara se veía más tranquila mientras comía. A pesar de todo, se mostraba mucho más animada que en sus días en el palacio.

En ese momento la puerta se abrió de súbito a sus espaldas, el alférez entró corriendo.

—¡Capitán! —dijo agitado—. ¡Todos! ¡Tienen que venir a ver esto! ¡Es maravilloso!

El comandante Selfut fue el primero en levantarse, parecía entusiasmarse con cada aventura.

Una vez en la cubierta, Cam miró hacia el cielo. Un gran cardumen de aves-peces volaba detrás de ellos como si las olas del mar se hubiesen elevado. Las escamas y las alas trasparentes de las criaturas jugaban con la luz, llenando el cielo de pinceladas multicolores.

La brisa del mar era fresca y despeinaba a todos, trayéndoles el aroma del océano mientras veían el espectáculo silencioso.

Luego de unos minutos en los que todos parecieron contener la respiración, el capitán y los marineros comenzaron a mostrarse nerviosos. Cam se aproximó hasta donde estaba el capitán.

—¡Arriar velash! —ordenó a sus hombres— Las avesh-peshesh she ashercan.

—¿Por qué hacen eso? —preguntó ingenuamente Cam.

—Misha bien shu vuelo —respondió señalando a las bandadas.

Cam fijó la vista en las aves-peces. Vio que se movían en arcos sinuosos, remontando el viento hasta más arriba que el mástil mayor, y luego se precipitaban con velocidad hasta zambullirse en el mar. Las líneas que trazaban se alternaban en curvas que daban la sensación de que caerían cerca del barco. Incluso parecía que algunas golpearían la Mardesal.

—Son más veloces que nosotros —observó Cam.

—Y she eshtrellaran shobre la Mardeshal —confirmó el capitán.

El príncipe miró a sus alrededores buscando a Berot, pero no pudo encontrarlo entre los guardias que se habían apostado en alrededor del comandante.

Cerca de él estaba la princesa, aún embelesada por el vuelo de las aves-peces. Se acercó hasta ella.

—Catara, vamos a los camarotes.

—¡Deja de decirme a dónde debo ir! —le respondió ofendida, ajena a lo que estaba por suceder.

—¡Catara, tenemos que bajar!

—¡No tengo por qué seguir tus órdenes! —Cam no entendía por qué se enfadaba— ¡Ve tú sólo!

—¡No lo entiendes! ¡Las aves-peces se acercan, van a impactar directo en el barco! —Cam le extendió la mano.

Los ojos de Catara se abrieron grandes y miraron al cardumen que se aproximaba. Un segundo después sonó el estruendo de las criaturas al estrellarse contra el mar, como un rugido que venía a su encuentro.

Catara tomó la mano de Cam y bajó con él.

Bajo cubierta, los golpes de las aves-peces retumbaban contra las placas de chapa y yeso aireado del exterior.

Era la primera vez que los príncipes estaban solos desde que habían dejado Tides. Cam no podía decir que la echara de menos, pero sentía aprecio y curiosidad por ella. Podrían haber sido amigos de haber compartido más tiempo juntos.

—Catara, ¿por qué nos acompañaste?

—¿A ti qué te interesa?

—Si no quieres hablar está bien por mí, pero quiero que sepas que tienes que volver a Tides. El futuro de nuestras islas depende también de ti.

—¡Yo no quiero eso!

—¿Y qué es lo que quieres?

—Yo... —Los ojos de la princesa se llenaron de lágrimas. De repente, su comportamiento y sus decisiones parecieron completamente infantiles.

—Yo no quería hacer este viaje —le confesó Cam—. Es una misión para buscar a mi hermana y tampoco tiene nada que ver con lo que quiero.

—Para ti es fácil: vas a Enher, buscas a Jafeth y regresas a tu hogar, donde serás feliz por siempre. En cambio, a mí me espera un matrimonio que no elegí en un lugar al que no pertenezco.

—Algún día también yo tendré que casarme con alguien que no elija. La política es así. —Cam pensaba que su futuro sería similar al de la muchacha—. Nosotros no podemos elegir nuestro destino.

Catara lo miraba con interés. Él veía la curiosidad en su rostro, como siempre lo hacía cuando hablaban de libros en la biblioteca.

—Mi hermana está en Enher, posiblemente herida. Hemos venido a rescatarla de un destino que tampoco ha elegido.

—¿Y todo lo otro? —preguntó ella— ¿El ataque del volteón, el calar, lo que ocurrió en el puerto de Varnal?

—Han sido solo contratiempos. Parte del viaje es superar los desafíos que aparecen. Pero tú subiste al barco como una polizona. ¿Qué pretendías? ¿Escapar?

—¡No entiendes nada! —profirió Catara—. Solo quiero regresar a mi casa.

—Irás a Tides. Si después quieres hacer otra cosa, no es mi problema. Tendrás que hablar con mi hermano, mi padre y con tus padres. El casamiento, más allá de lo que quieras, es por cuestiones políticas. Ellos entenderán tus motivos.

—¿Acaso alguien me preguntó si quería hacerlo? En tu palacio ni siquiera me preguntaron si estaba cómoda. ¿Cómo podría convertirme en una reina si soy ignorada? ¡Las mujeres sobramos en ese palacio!

—¡Eso no es cierto! La nana Arteret es casi una madre para mí y la cristalera Cariat es parte del Concejo Real. Mi padre consulta siempre con ella las decisiones importantes del Reino. —Cam sabía que Catara, en parte, tenía razón, pero no era el momento de indagar en las falencias de su familia y las costumbres tidesias.

—¡Ellas no importan! ¿Acaso sabes qué pasó con tu madre?

—No te atrevas a mencionarla.

—La asesinaron, lo saben todos los reinos.

—Eso es una mentira.

—Es lo que tu padre les hizo creer.

—¡Ella murió en un accidente! —Catara se cubrió con sus brazos. Cam pudo ver el miedo en su rostro—. Todo lo que dicen es mentira. —Ya no había ira en su voz, solo tristeza.

Cam era muy pequeño cuando su madre murió. Él solo recordaba lo que le habían contado su padre y sus hermanos. Él defendía a su padre, no importaban las mentiras que sembraran los opositores de la familia real.

—Al final, todo se sabrá, la verdad siempre se revela. —Catara continuaba intransigente.

—¡Haz lo que quieras! —gritó Cam y entró a su camarote golpeando la puerta.

El joven se sentó en su cama y dejó que el estruendo de las aves-peces enmudezca sus pensamientos. Miró por el portillo, apenas divisaba la línea que separaba el mar del cielo.

Los peces tenían dos a tres brazos de largo y sus aletas eran rígidas. El golpeteo y los arañazos hacían eco en todo el techo de placas, pero poco a poco fueron disminuyendo.

Oyó un llamado desde la cubierta. Cam salió apresurado para ver el daño que pudiera haber sufrido la Mardesal, pero se sorprendió al encontrarse a los hombres vitoreando, mientras arponeaban a las aves-peces.

—¡Ya no hay nesheshidad de bushcar alimento! —gritaba el capitán.

«*La niña metió la cabeza en el agua, abrió los ojos y giró para cada lado, pero no vio nada. Sacó la cabeza e inspiró con fuerza, quitándose los cabellos de la cara con la mano.*

—*¡No veo nada!* —*gritó la pequeña.*

—*Entonces no estás buscando donde deberías. Puedo sentir que el canci está muy cerca de nosotros* —*respondió el calar, con la paciencia de siempre.*

—*No sé dónde está.*

—*Fíjate de nuevo. Ven aquí, detrás de mi aleta. A mi derecha.*

La niña se deslizó con cuidado por el lomo del gran animal, no quería caerse de nuevo. Se acercó a la orilla del agua y el calar se quedó quieto.

Ella se arrodilló y nuevamente sumergió la cabeza bajo el agua fría.

Entonces, encontró al canci que la saludaba con la mano».

Fragmento de La niña de las olas, *cuento popular Tidesio.*

Gasin se escondía en su camarote. Tonanzitlan, había bajado de su hombro y se había pegado a la ventana de bordes redondeados, cazaba unos insectos de patas largas y alas trasparentes con su lengua. Gasin lo miraba, perdido en sus pensamientos sobre lo que pasaba afuera en cubierta.

Siempre le habían resultado curiosas las aves-peces, por su extraña necesidad de moverse fuera de su ambiente natural. Volar, planear sobre los vientos marinos y zambullirse bajo la superficie del agua salada que les oponía resistencia. Algunas incluso morían al impactar con el mar. Sin duda, era una manera extraña de comportarse, hasta para los peces.

Las escamas residuales de los golpes dejaban franjas plateadas entre las olas. Sabía que tardarían varias horas en dispersarse por las corrientes. A veces, los hilos plateados alcanzaban a verse desde las zonas más altas de las costas de Enher.

Gasin estaba preocupado, no debería haber contratado al sambucador, tal vez debería eliminarlo del barco antes de terminar el viaje. Su plan se había frustrado y había vuelto al punto de partida, pero ahora el mercenario insistía en cumplir su parte de un trato que ya no era necesario. Quitárselo de encima parecía la mejor solución a su problema, aunque era un gran riesgo. Necesitaba comunicarse con la Diosa Reina de manera urgente.

Abrió una pequeña alforja que llevaba colgada de su cinto y sacó un paño que envolvía tres objetos: un disco plano rodeado por dos anillos concéntricos, uno más pequeño que el otro.

Se puso de rodillas sobre la placa de yeso gris del camarote. Ordenó las tres figuras en una línea sobre el paño de algas y comenzó a cantar.

Entre letra y letra de cada verso, emitía un zumbido murmurante que parecía emanar desde su nuca, deambulando de tonos agudos a graves.

—¡Mi diosa y reina, a ti te invoco e imploro tu auxilio en este momento de dudas! —La voz de Gasin parecía elevarse sobre los sonidos que reverberaban de su nuca —. ¡Oh, mi diosa Charos! A ti me dirijo pidiendo asistencia. A ti me dedico en cuerpo y alma. Ante ti me arrodillo suplicando tu auxilio.

Mientras repetía sus súplicas, movía las piezas, rotando los anillos alrededor del disco, hasta que, al rozarlo, comenzaron a vibrar en armonía con los sonidos que emitía Gasin.

El círculo se transformó en una esfera que levitó en el aire con uno de los anillos flotando a su alrededor, como en una órbita. El anillo más grande se elevó horizontal hasta estar frente a sus ojos, por sobre la conjunción de los otros objetos.

Una tenue columna de luz celeste brotaba desde el centro de la esfera, iluminaba el rostro de Gasin y se erguía como un eje sobre el que las tres piezas rotaban. El anillo superior se irguió de manera vertical y en su interior la luz comenzó a formar ondas concéntricas. El color se había intensificado oscureciéndose al azul y vibraba en las tres formas. El halo no estaba en las piezas metálicas, sino que se suspendía con la frecuencia del sonido que brotaba de la nuca del mensajero.

—*Querido Gasin, eres escuchado y estás en mis pensamientos.* —La voz de la diosa reina Charos resonaba en los oídos de Gasin, o en su mente, ya que no había otro sonido que el zumbido de su nuca. El hombre llevó su cabeza hacia el suelo.

—¿Qué debo hacer? —cantó con la voz más clara y aguda.

—*Trae al príncipe a Enher. Todo saldrá bien si lo haces* —La respuesta bramó y se repitió en ecos graves.

Las figuras se desplomaron con un tintineo, volvían a ser grises y planas.

—¡Gracias, mi Diosa Reina! —cantó levantando las manos, con los dedos doblados hacia adelante.

Cesó el sonido de su nuca, aunque persistió con una leve vibración en el ambiente y una resonancia que se replicaba en los muebles metálicos.

Gasin se puso de pie, guardó los elementos en el pequeño bolso y lo guardó en un gabinete. Agarró una pequeña daga que tenía guardada entre sus pertenencias y la acomodó en el interior de su manga. Se puso un sombrero rojo con flecos y tomó una pandereta plana que llevaba a todos lados. Era hora de subir a cubierta y retomar su papel de bufón.

Tonanzitlan saltó y se encaramó en su hombro para acompañarlo.

—Está bien, amiguito, ¡vamos!

Se dirigió hacia el pasillo. Hablar con su diosa le había aclarado la mente, no supo lo mucho que la necesitaba hasta ese momento. Estaba renovado.

Su misión continuaba sin cambios. Solo debía encontrar la forma de deshacerse del sambucador sin interrumpirla, por lo que fue al sector de los esclavos.

En el camino se encontró con la cristalera Cariat, quien parecía estar esperándolo.

—Escúcheme, señor mensajero —dijo poniéndose frente a él—. No sé cuál es su juego, pero sepa que lo estoy vigilando.

—Mi señora —respondió con una leve reverencia—. Debe saber que me apena que sospeche de mis intenciones. Tan solo ayudaba a la joven princesa en sus propios intereses.

—¿Acaso fue idea de ella buscar un sambucador?

—No, eso fue un error de mi parte —dijo, manifestando una culpa exagerada—. Fue lo que me ofrecieron en el puerto de Varnal. Por poco no me obligan a entregarle a la princesa a esa gente de mala fe.

—No creo tus palabras. Deberías haber buscado a cualquiera de nosotros si en verdad quisieras ayudarla. Que ella esté aquí representa un peligro, tanto para ella como para el futuro de mi reino, y tú lo sabes.

—¡Pero pronto regresará!

—¡Eres un crédulo si piensas que no habrá consecuencias!

—Perdón, mi señora —respondió con un nuevo gesto. Era difícil embaucar a la mujer con sus mentiras.

—Te advierto que vigilaré tus pasos. ¡No te acerques a mi gente! —concluyó, pasando por su lado.

Gasin la vio alejarse y se dirigió al exterior, donde se encontró con un paisaje muy poco habitual. La tripulación estaba encendida en una fiesta desorganizada, en la que cazaban aves-peces con arpones y las mataban para colocarlas en cofres metálicos. Otros tripulantes resbalaban en la misma cubierta de pizarra tratando de juntar escamas plateadas.

El cocinero dirigía con gritos a los marineros que atrapaban las criaturas, que aún se sacudían tratando de regresar al mar.

Algunos jóvenes ayudantes y los esclavos que había traído Cariat también estaban allí. Habían empezado a limpiar los peces de los cofres, abrían sus estómagos y arrojaban las entrañas al mar revuelto.

Gasin recorrió la cubierta hasta la entrada del sector inferior. El alférez Junip vigilaba a los esclavos en la zona de remos. El mensajero bajó bailando y saltando por la pequeña escalera; cantaba una canción sobre la abundancia de los dioses al compás de su pandereta. Nadie obstaculizaba el paso de las buenas noticias.

Recorrió el chapón perforado que servía de puente entre los dos cubículos de remeros, donde los hombres descansaban cuando no los requerían.

Muchos de ellos empezaron a aplaudir a Gasin mientras bailaba y cantaba, el ánimo se esparció velozmente. El mensajero encontró a un lado a la persona que buscaba y se acercó, cantaba el estribillo de la canción, animando a que todos repitiesen a coro. Allí estaba el sambucador, interpretando su rol de marinero. El resto continuó cantando libremente, mientras Gasin los acompañaba con la melodía de su pandereta.

—Luego de llegar a Enher podrás escapar de este barco y volver a Varnal —le dijo al *esclavo*, mostrándole la punta de su puñal desde el bolsillo.

—Tengo un trabajo por hacer —respondió sin hacer caso a la amenaza.

—¡No me importa tu trabajo! —Gasin levantó la voz, pero se dio cuenta que podía llamar la atención—. Ya no necesito que la princesa viaje a Joler. ¡Quedas despedido!

—Mi trabajo fue pagado y los dioses saben que siempre cumplo mi labor. Llevaré la chica a la otra isla.

—¡Malditas lagartijas! —El mensajero no sabía cómo desprenderse del sambucador. Le volvieron a la mente las palabras de la cristalera: «te estaré vigilando»—. Quiero que desaparezcas.

Estiró su mano y apuntó al vientre del sambucador con el puñal. Sin embargo, Tirol lo desarmó con habilidad, golpeando su muñeca con su rodilla; sus movimientos parecieron acompañar el vaivén de la Mardesal. El arma cayó al piso de placas con un tintineo. El sambucador se apresuró y la retuvo con su pie.

—Los votos realizados deben honrarse, imbécil ¡No puedo abandonar mi trabajo! ¿Qué clase de sambucador sería? —Lo miró amenazante—. Lo mejor será que no te interpongas en mi camino.

Se agachó para recoger el puñal y lo escondió a sus espaldas.

—¡Maldito seas! —respondió Gasin, pero no podía lograr que el sambucador cambiara de idea y ahora, además, había cometido el error de darle un arma—. Cuidado con lo que haces con eso.

Gasin dejó al mercenario con los demás esclavos, esperando que cometiera alguna equivocación, entonces la guardia de Tides se encargaría de eliminarlo por él.

Volvió a unirse a los cantos al llegar a la borda y luego desapareció en los camarotes.

La tarde había llegado, Cariat subió a la cubierta desde donde podía ver el atardecer, el primero tranquilo en todo el viaje. Navegaban desde la madrugada y el tiempo se había dilatado luego de la pesca de las avespeces. Se notaba una calma alegría en la tripulación y también en el capitán Somorte, que pasaba cerca de ella.

—Lash dioshash nosh han oído.

—Ya lo creo, Mortish. —Cariat no tenía ganas de conversar. Las preocupaciones del día, con la visión y el encuentro reciente con el mensajero la habían agotado.

Siguió caminando hasta al otro lado de la Mardesal. Finalmente irían a Enher y eso era una excelente noticia, pero la visión aún pesaba en su conciencia. ¿Significaba realmente que el destino estaba escrito? Creía que no. Esperaba que no.

Cariat siempre había cuestionado todo, desde pequeña. Fue gracias a su carácter y decisiones que había cambiado su propio destino, más de una vez. La duda era su eterna compañera.

La tarde se acercaba a su fin y la más deforme de las tres lunas ya se encontraba próxima a ser engullida por el mar.

Una de las historias de las cristaleras contaba que las tres lunas eran hermanas: Eurilea era la mayor, hermosa, rubia y de tez clara, la luna de les aireus; Miyana, la hermana del medio, la luna de los cancis, con sus tonos verdes y azulados, era la más misteriosa, y Tiracia la menor, la última en salir por las mañanas y la primera en ocultarse en los atardeceres, la luna incompleta, la luna de los terros, era de colores ocres y de forma ovoidal, con partes de ella flotando cual aves a su alrededor.

Se decía que el gran señor Fiter la había castigado por enamorarse de los seres vivos, por eso envió su fuego a destruirla. Sin embargo, gracias al sacrificio del gran árbol, que una vez existió en la superficie, el fuego no pudo matarla. Pero la dejó deforme, con fragmentos de piedra acompañándola eternamente en su giro por el cielo arcano.

A pesar de que Tiracia quedó dañada y deforme, jamás volvería a sentirse sola, ya que siempre tendría el recuerdo del único ser que la amó: el único árbol que nació y creció en la superficie de Arca, y que dio su vida para protegerla.

Los mitos relatados por las voces de las cristaleras eran más románticos que los narrados por los libros. Sus vidas eran una ofrenda a los dioses, su sustento eran la fe y el amor divino. Aunque el amor no se prohibía, en la orden mantenían una conducta casta, ya que primero estaba la obediencia, luego el trabajo y, subordinada al final, la pasión.

Era una regla no escrita que todas debían mantener a las pasiones subyugadas. Se decía que, si no las controlaban, los dioses oscuros se apoderaban de ellas y las hacían perder sus dones. Solo las oráculos podían liberar sus pasiones en las celebraciones de iniciación, cuando se les manifestaba el dios Lobreg y las poseía.

Cariat miraba el atardecer, pero no vio a las otras lunas, entonces comprendió: Eurilea y Miyana se encontraban en sus fases ocultas. Era la noche que se dedicaba a Lobreg, quizás por eso se le había manifestado una visión. Después de todo, no hallaba otra explicación a que los dioses la hubieran elegido para mostrarle el futuro, para ser una oráculo.

Caminaba por la cubierta, faltaba poco para llegar a Enher. Pasó su mano por la marca en su muñeca y se dirigió a los camarotes. Allí, vio al príncipe salir de su habitación con prisa.

—Príncipe Camet, ¿estás bien?

—Estoy un poco alterado ahora mismo. —La mirada del joven se notaba dubitativa, inspeccionando por sobre el hombro de Cariat.

—Déjame ayudarte.

—Yo... —empezó a decir, pero luego calló. La miró a los ojos. Hasta ese momento, Cariat no había notado que tenía la mirada de su padre, dura y misteriosa—. No creo que puedas ayudarme.

Se apartó excusándose. Cariat estaba sorprendida por su brusquedad, él siempre se comportaba de una manera suave y afable. Algo había cambiado en él.

Volvió a la salida de los camarotes y lo vio dirigirse a donde estaban los guardias. Cariat pensó que podría tener algún problema con la seguridad o quizás miedo por lo ocurrido en Varnal, por la revolución que habían dejado atrás, incluso preocupación por el futuro de su hermano con la princesa Catara.

El alférez Junip se aproximó por el pasillo y le pidió permiso, estaba bloqueando el paso sin darse cuenta.

Ella les tenía mucho afecto a los tres hijos del rey. De pequeños, luego de perder a su madre, los veía correr y jugar por el palacio; usualmente a la princesa Jafeht y a Camet, el príncipe Set ya estaba a cargo de sus formadores reales.

Cuando Cariat se acercó a consolar al rey, los niños no lo supieron. Su romance oculto duró poco más de un año, tiempo suficiente para encariñarse con ellos. Se encargó de ordenar sus aprendizajes a cargo de las monásticas, que ella misma se aseguró de supervisar.

El príncipe Camet siempre había sido un niño muy dulce y solitario, por lo que le resultaba extraño verlo ahora tan crecido, casi un adulto. Tan similar a su padre de joven, aunque más delgado y alto.

Seguía siendo delicado, pero en este viaje había conocido un poco más al hombre en el que se estaba convirtiendo y el buen rey que seguramente sería, si creía en la profecía del encuentro con el calar de tres cuernos.

Su destino le tenía preparado un largo trayecto. «Pero ¿qué pasará con Set?» pensó Cariat. Otra duda para sumar a sus preocupaciones.

Cariat volvió a adentrarse al pasillo. «Maldito sea el destino infalible», pensó al entrar en su camarote.

Sacó una manta de oraciones del pequeño baúl de láminas opacas y la arrojó al suelo. Se arrodilló sobre ella y se quitó la túnica que cubría sus brazos. Levantó las manos y dibujó con ellas círculos en el aire. Comenzó a cantar una melodía que elevaba su espíritu. Necesitaba despejar su mente por un momento, la oración tenía el poder curativo que necesitaba.

Sus hermanas estaban en el camarote contiguo y podía escuchar sus rezos a los dioses, sus espíritus también se elevaban con sutiles canciones. Cariat conocía sus cantos: pedían por ellas, por la misión y por regresar a Tides. La madre cristalera se conmovió por saber el destino de una de ellas.

No pudo rezar más. Se levantó y fue al camarote contiguo.

—Madre Cariat, ¿necesita algo? —preguntó Delicet al verla entrar.

—Deseo unirme a sus oraciones —respondió. Las vio sentadas frente a un paño con figuras que representaban a las diosas, el nudo amargo se deslizó por su garganta—. Pero antes necesito contarles algo.

Solitut y Delicet la miraron preocupadas. Habían hecho espacio para que tomase asiento en una de las pequeñas camas.

—Una de ustedes no regresará a Tides, morirá en Enher —escupió sin preámbulos—. He tenido una visión.

—¡Pero eso es un don de las oráculos! ¿Cómo es posible que vieras el futuro? —preguntó Delicet. Solitut miraba el paño con las formas plateadas.

—¡Es una bendición! —dijo la monástica con delicadeza.

—¿Cómo dices eso, Solitut? ¡Es una advertencia para evitarlo!

—Madre, la visión te ha dado una ventaja, te ha mostrado algo que no entendemos, pero confío en que es un plan de las diosas, debes preparar tu espíritu.

La monástica se levantó, se acercó a Cariat y la abrazó.

—¿No creen que debo decirles quién va a morir? —Cariat estaba conmovida y sorprendida a la vez.

—No nos digas. Deja que nuestros caminos estén en manos de las diosas —afirmó Solitut.

Delicet apretaba los puños con impotencia, pero luego miró a las dos mujeres abrazadas y se unió a su fraterna unión. Cariat se sintió contenida y la carga del futuro se disipó, su peso compartido con sus hermanas.

Sabía que su voluntad no alcanzaría a cambiar la de los dioses y lloró sobre los hombros de sus hermanas.

De a poco, sus fuerzas volvieron renovadas. Sus hermanas la ayudarían, aunque eso significara perder sus vidas. Llegarían a Enher y regresarían a Tides con la princesa Jafeth. Protegerían a los príncipes y cumplirían su labor.

Camet estaba preocupado, no había visto a Berot en todo el día. Luego de la salida apresurada de Varnal y de la reunión en la mañana, esperaba reencontrarse con él.

Pensó que quizás se hubiese asustado por lo ocurrido entre ambos y lo estaba evitando. Lo cierto era que sus ideas le daban vueltas aceleradamente, no tenía claridad para pensar en nada más. Ni siquiera encontrarse con Catara le había ayudado, más bien lo contrario: la chica estaba enfadada y sus comentarios lo habían hecho enojar, ninguno era buena compañía para el otro en ese momento. Hablar y estar junto a Berot parecía su única solución.

Se encontró a Cariat, no quería responder a sus preguntas por lo que la evadió. Caminó hacia donde estaban los soldados, pero Berot tampoco estaba allí. Escucho cantar a los remeros abajo. Por lo general, le parecían un grupo de gente que trabajaba sin hablar, así que le resultó extraño ver en ellos ese ánimo tan jovial.

Miró hacia abajo entre las rendijas del suelo y, para su sorpresa, vio a Gasin bailando entre los tablones, animando a los remeros. Él era la razón de todo ese alboroto.

El atardecer teñía la Mardesal de tonos ocres y violáceos que se reflejaban en las placas. Cam se dirigió al sector de carga, pero se encontró de frente con el hombre de negro que había subido en Varnal.

—¡Hasta que apareció el príncipe de Tides! —dijo con un poco de gracia y una suave reverencia.

—¿Quién se supone que eres? —Cam estaba malhumorado y la interrupción del desconocido no ayudaba.

—Me llamo Arstant y soy una persona importante para tu padre, creo que eso debería ser una presentación suficiente.

—¿Eres uno de sus espías?

—Es una manera de decirlo, digamos que soy parte de los planes a futuro, no sólo de Tides, sino de todo Arca. —El hombre se le acercó, Cam sintió el aroma de algas frescas.

—¿Y esos planes me involucran?

—No por el momento, quizás más adelante. —Arstant se acercó y le apoyó una mano en el pecho—. Aunque tu corazón me dice que lo estarás. Tendremos que conversar antes de arribar a Enher.

Cam quería encontrar a su amigo, pero ese extraño y sus palabras crípticas lo invitaban a descubrir sus misterios y los de su padre.

Miró a su alrededor, Berot seguía sin aparecer. El espía seguía allí, apoyado en unas cajas de chapa opaca, despreocupado. Tomó una daga aguja y comenzó a raspar una piedra que había sacado de uno de sus bolsillos.

—Hablemos ahora —dijo Cam, acercándose a él nuevamente.

—Bien, vamos a tu camarote —Se puso en marcha, adelantándose al príncipe.

Cam se apresuró, el espía tenía pasos rápidos. Desde atrás podía ver que su andar era diferente al resto: movía la cadera de una forma sutil e hipnótica. Comenzaba en sus pies y recorría sus piernas, cadera y espalda como una ondulación armónica, como el vaivén de las olas en el mar sereno.

Entraron al camarote, el príncipe se sentó en la litera y Arstant quedó de pie al lado de la puerta. Por la pequeña ventanilla circular ingresaba una luz opalina. Cam podía observar que el espía tenía unos profundos ojos verdes oscuros, la piel pálida y los labios casi inexistentes.

—Puedes comenzar a contarme tu historia.

—Primero que nada, no vayas a asustarte.

Al momento, sacó un par de cuchillos de la espalda y los levantó girándolos en sus manos, sus filos brillaron con el reflejo. Cam se sobresaltó, pero Arstant los clavó en el suelo del camarote. Después comenzó a quitarse la chaqueta negra y continuó desnudando su torso.

Unas gotitas de agua cayeron del traje.

—No te hagas ilusiones, principito —dijo con una sonrisa.

Cam estaba sorprendido, pero todo cobró sentido cuando terminó de desvestirse.

Sus escamas eran más blanquecinas que la de su rostro y manos, que parecían bronceadas en comparación. Desde el costado de sus abdominales, unas estrías se despegaron, abriéndose hasta el centro del esternón, eran tres de cada lado. Con un sacudón de sus brazos, desprendió una especie de aletas que envolvían sus antebrazos.

Arstant era un Canci, uno de los seres marinos de las profundidades de Arca.

Cam rebuscó en su memoria todo lo que había leído sobre los Cancis. Sabía que eran una de las tres razas sintientes de Arca, los habitantes del mar, donde residían los dioses. Se los conocía por ser reservados y esquivos. Las historias de Tides apenas los mencionaban y, si lo hacían, siempre era luego de catástrofes o grandes tormentas. Los registros nunca los mencionaban interactuando con los terros a excepción, recordó, del cuento de *La niña de las olas*.

Su pálida piel se veía levemente brillante. En sus brazos, las aletas se desplegaban con movimiento propio. El cabello del canci era negro, parecía mojado y estaba peinado hacia atrás. Tenía un aspecto serio y fascinante.

—Sí, soy un espía de tu padre, pero también soy un enviado de Orimar, uno de los reinos de los Cancis. —Su voz sonaba más clara.

—¿Desde cuándo? ¿Por qué?

—Te contaré lo que necesitas saber…

En ese momento, se abrió la puerta detrás del canci.

—¿Camet? Te vi entrar, quería… —La voz de Berot se interrumpió.

El espía se escondió rápidamente tras la abertura de la puerta, pero el guardia notó que había alguien más allí. Tras poner un pie adentro, tardó un segundo en ver la ropa en el suelo y a Cam frente a él, sentado en la cama.

—¿Trajiste a alguien más al camarote? —dijo con la voz quebrada. Cam vio el brillo de sus ojos apagarse cuando su amigo abandonó la habitación.

—¡Berot! ¡Espera!

El guardia cerró la puerta de un golpe y se fue. Cam saltó de la cama tras él, pero el brazo de Arstant lo frenó.

—Debes escucharme primero. —El canci tenía una manera directa de enfrentarlo—. Todos los reinos caerán. Hay planes ocultos en marcha. Varnal fue solo el comienzo.

«¡Qué ardan todas las islas!» pensó Cam, que no podía dejar de pensar en la decepción que vio en el rostro de Berot.

—Después, Arstant.

—Cuando vuelvas ya no estaré aquí. Volveré a Tides.

Cam se detuvo y dejó escapar un suspiro, su deber se imponía.

—¿Podrías irte luego de que lleguemos a Enher? De esa manera escoltarías a la princesa Catara. Mi padre no te envió en esta misión por casualidad.

—Reconozco que la princesa tiene que regresar, pero no me convertiré en su nana.

—Estoy seguro de que mi padre te pediría lo mismo, el futuro de Tides depende de que esa boda se realice.

—De acuerdo, acompañaré a la princesa —respondió y le colocó una mano en el hombro, firme pero también con afecto—. Por cierto, no debes contarle a nadie lo que soy.

—Por supuesto. —Cam vio su camino libre y salió a toda prisa.

Llegó a la cubierta y, junto a los guardias, vio finalmente a Berot. Se dirigió hasta él recuperando el aliento. Los demás hablaban y reían.

—¡Berot! —Le dijo en voz alta, el guardia lo miró al escucharlo, tenía sus ojos tristes.

—Su alteza —dijo con un gesto de reverencia.

—Unas palabras —respondió Cam, sin romper la formalidad delante de los otros hombres, y señaló hacia la popa de la Mardesal.

El guardia lo siguió hasta ponerse a su lado.

—No hacía falta que interrumpieras tus *labores* —El guardia se sentía herido.

—No es lo que piensas. Él solo estaba haciendo su trabajo.

—¿Su trabajo es satisfacer al príncipe? ¡Vaya que se vive bien en la realeza!

—¡No! ¡Berot! —dijo, volviéndose para verlo de frente—. Te estuve buscando por toda la cubierta, no logré encontrarte. ¡Quería verte!

—¿Por eso buscaste un reemplazo? ¿Para satisfacer tus deseos?

—No digas eso, Berot. Recién nos hemos encontrado y no quiero perderte por esta estupidez. Ese hombre trabaja para mi padre.

—¿Por eso se desnudaba en tu cuarto? —Berot estaba enfurecido.

—¡No es lo que parece!

—¡Bien! ¡Explícame entonces!

—Él tiene... —No sabía cómo explicarlo sin faltar a su palabra. La mente de Cam dudó un segundo.

—¿Qué vas a inventar?

—Berot... Solo puedo decirte que él cumple una misión más importante que la que tenemos en este barco. Me estaba mostrando unas marcas que validaban sus palabras. Marcas que solo yo reconocería.

—¿Y esperas que te crea?

—Sí, lo espero —dijo acongojado—. Berot, nos hemos encontrado después de tanto tiempo y no quiero arruinarlo por nada —Cam hablaba con seriedad, tratando de contener el dolor que le oprimía el corazón—. Yo te quiero.

El guardia lo miró a los ojos. Sus gestos se ablandaron y una leve sonrisa se dibujó en su rostro.

—¿Me quieres?

—Claro que te quiero, y solo a ti.

—¡Oh, Cam!, pensé que enloquecería cuando me diste aquel beso. Es lindo escuchar que me quieres pronunciado por tus hermosos labios.

—Entonces... ¿Estamos bien?

—¡Claro que estamos bien! ¡Yo también te quiero! —dijo efusivamente y lo abrazó. Luego le dijo al oído—. Pero si hombre de negro hace algo así otra vez, no sé cómo voy a reaccionar.

—No, no ocurrirá —rio Cam—. Realmente no es lo que parecía. —Lo llevó hacia un rincón más apartado de la cubierta y se besaron—. Lo mejor por el momento es mantener lo nuestro en secreto.

—Claro que sí. Esta noche me toca hacer guardia; si no, me quedaría contigo.

—Lo entiendo, es tu trabajo.

Volvieron a besarse y mantuvieron su abrazo hasta que el deber los obligó a separarse.

La noche cayó pesada; las nubes volvían a formarse en el cielo, como un manto plomizo que oscurecía el cielo y ocultaba las estrellas.

El mar se tiñó de negro. El viento se mantuvo firme y constante, al fin la Mardesal se acercaba a su destino.

«¹⁸*Cuando el mundo se quebró, las diosas lloraron.* ¹⁹*Aquella se conoce como La Noche Sangrienta. El fuego cayó del cielo y brotó de las profundidades.* ²⁰*Los habitantes de Mirina habían pensado que adorar a otros dioses sería la respuesta a sus plegarias, pero fue su gran condena.* ²¹*El gran señor Fiter despertó de su letargo y emergió de las profundidades del océano envuelto en llamas, de las lunas llovieron lágrimas de sal.* ²²*Al alzarse, el gran señor Fiter creó un gran volcán y marcó la tierra, quebrando la corteza del continente, de las grietas se elevó su fuego.* ²³*Nuestro gran dios extendió sus brazos y destrozó el continente único*».

Versículos finales del Libro de Nairda: profeta de los terros, *incluido en el* Gran Libro de Absuar.

Estaban cerca de Enher y Catara caminaba por la cubierta del barco, una molestia la había despertado en medio de la noche. Luego de calmarse, recuperó el sueño, pero optó por desayunar a solas antes que encontrarse con el resto de la tripulación.

Se desplazaba por la tambaleante superficie de la Mardesal, contemplando el paisaje. Las olas golpeaban las placas del casco con suavidad. Cerca de ella, un par de guardias la observaban.

La princesa se afirmó en la borda. Los marineros habían hecho reparaciones, pero notó que allí había atacado el volteón. Entre las rasgaduras visibles aún quedaban despojos de la aves-peces. El hedor a descomposición le dio náuseas.

Respiró con fuerzas para cambiar el aire y se apartó de ese lugar.

A Catara la brisa húmeda le hacía bien, le traía recuerdos de otros barcos y otras épocas en su querida Joler. Estaba completamente sola. Allí seguía siendo una extranjera, como lo era en Tides.

Fue a buscar a los esclavos que Cariat había comprado, intentaría hablar sobre lo ocurrido en Varnal.

Llegó a la puerta de la bodega, que estaba junto a la cocina, justo en el momento en que salía la mujer delgada que había subido en el puerto, seguida por uno de los niños. Al verla, emitió unos castañeteos y la miró con un odio ardiente.

Era el dialecto de los isleños del norte de Varnal. Adaptaban el código roks a chasquidos de la lengua. La princesa no supo lo que significaba, aunque no le costó entender su intención.

—Yo... Discúlpeme, no quise hacer lo que hice —Catara respondió apenada. La mujer pasó sin volver a mirarla.

—Ella espera que te maldigan las lunas —le dijo el niño con una sonrisa maliciosa.

Catara se quedó inmóvil. Sabía que no sería fácil hablar con ellos. Quizás en otra oportunidad tendría más suerte, cuando sus ánimos se hubiesen calmado.

El viento comenzó a soplar con algo más de fuerzas, levantando algunas olas y salpicando agua salada sobre la cubierta. Uno de los marineros izó una banderilla cuadrada roja en uno de los mástiles, señal que no era seguro permanecer en el exterior. La princesa conocía el lenguaje de la tripulación, ya que era igual al que usaban en su isla. En Joler había grandes comerciantes y los principios básicos de la navegación eran temas esenciales en la Corte.

El movimiento empeoró su dolor estomacal, por lo que se dirigió a su camarote, cuidándose de no resbalar por el piso mojado. Al llegar, se sentó en su litera y perdió la mirada por el portillo, recordando una de sus aventuras de niña.

Su isla era un lugar cálido la mayor parte del tiempo, la estación fría llegaba con las tormentas que traían las corrientes del norte hasta la ciudad, bañando los dos muelles importantes y las plazas de los mercados.

En una de aquellas tormentas ella se perdió en uno de los bosques de sal. Los cristales creaban formaciones arbóreas de grandes dimensiones y solo las carijas podían deslizarse de rama filosa a rama filosa, atrapando el agua mientras pulían las caras de los cristales, transformándolos de opacos a transparentes. Por contemplarlas, Catara se había separado de sus hermanos.

Estaba a la entrada del bosque. En ese momento, una gran ola obligó a todos a buscar refugio, detrás de la muralla blanca de la ciudad. Pero ella se encontraba demasiado lejos, por lo que se internó en el bosque para resguardarse de las fuertes marejadas.

Adentro del bosque, los colores hipnotizaban a la pequeña princesa. La luz variaba a medida que ella se movía y formaban arcoíris a cada paso que daba. Las pequeñas carijas parecían cantar con sus silbidos al fluir por los filos.

La joven Catara miraba a los curiosos animalitos, triangulares y de patas planas, cuando se encontró con una curiosa cueva.

A medida que se internaba en ella, notó cómo el suelo blando se volvía más firme y el agua de la lluvia se desviaba por los bordes. Allí encontró semienterrados, como si se tratase de rocas, a tres enormes huevos irregulares. La cáscara era escamada y sus colores oscuros contrastaban con la blancura de la sal, pero, al mismo tiempo, el reflejo de los colores del bosque jugaba a ocultarlos de la vista. Catara se acercó hacia ellos y los tocó. Para su sorpresa, estaban secos y tibios.

El nido resultó más grande de lo que creyó en un principio, sintió miedo y comenzó a subir, pero escuchó un sonido detrás, un crujido.

Al girar, vio que uno de los huevos estaba eclosionando. Primero vio una uña, luego dos, y el crujido continuaba. Era un cachorro de hombre-lagarto que estaba naciendo. La niña, aterrada, se apresuró a salir de la cueva. Conocía los reptiles adultos y sabía que podían devorar a una persona.

Sin embargo, resbaló y cayó, terminando al lado del recién nacido. El animal saltó sobre ella, más agresivo de lo que Catara esperaba.

Ella gritó al sentir el contacto frío del reptil, que era apenas más pequeño que ella. El animal abrió las fauces y con su lengua inspeccionó el rostro de la niña, que continuaba gritando.

La chica intentó escapar empujando al animal. Intentó subir hacia el borde del nido, pero la criatura la aferraba, arañando sus piernas.

—¡Aquí está la niña! —gritó alguien que se lanzaba para ayudarla.

Catara se aferró a esos brazos firmes y reconoció que era uno de los guardias reales. Aunque ya no recordaba su rostro, siempre le agradecería por haberla ayudado.

Al momento, llegaron un par de guardias más que atraparon al reptil y tomaron los dos huevos que aún no habían eclosionado. La llevaron al palacio, donde la regañaron por separarse de sus hermanos, pero también agradecieron que descubriera a las criaturas. Su padre estaba feliz por los nuevos hombres-lagarto, esas bestias incluso le hicieron olvidar que se había perdido.

Al poco tiempo, los tres pequeños hombres-lagarto pasaron a ser usados por los guardias reales, quienes los entrenaron para defender el palacio. El comercio de esa especie de animales era algo escaso y cada criatura valía su peso en telas. Esos tres fueron una pequeña fortuna que Catara había ganado sin proponérselo, el premio de su primera aventura.

Era una ingenua por haber creído que por subir a ese barco encontraría nuevamente la libertad que anhelaba. Solo había postergado el momento en que su vida acabaría.

Catara se recostó, el movimiento del barco solo empeoraba su malestar. La joven se dejaba llevar por la desdicha, mientras que afuera las olas y el viento impulsaban a la Mardesal más rápido hacia su destino.

Gasin intentaba mantener el equilibrio al ordenar su equipaje. Conocía al mar embravecido cerca de Enher; atravesaban un sector llamado La Olla de Corales, que era un terraplén alto entre dos grandes profundidades del océano. Funcionaba como barrera natural contra los grandes reptiles cerca de los puertos de la isla. Más allá de ese tramo, ya entrarían a las aguas tranquilas que bañaban las costas de Enher.

Una campana tañó en la cubierta y resonó en toda la Mardesal, era el aviso del capitán Somorte de que había avistado tierra. Finalmente, su misión concluía. Había logrado lo que su diosa y reina le había encomendado; traía consigo a una parte de la familia real de Tides.

Tonanzitlan saltó y se puso a perseguir a un negro insecto cuadrado. Alguien golpeó la puerta, pero habló sin esperar a que le respondiera.

—Señor Gasin, lo esperan en el camarote del capitán.

Gasin salió y fue hacia donde le indicaron. Detrás caminaba la princesa, pudo notar la angustia en su rostro.

—¡Princesa Catara! ¿Qué la aflige?

—No te incumbe —respondió a secas, pasando de largo con una mano apoyada en la pared y la otra en su estómago.

El barco seguía sacudiéndose. Gasin, con dos trancos rápidos, se puso a su lado y le ofreció sostén.

—Déjame ayudarte, al menos. —Se puso delante de ella para servirle de apoyo.

La princesa lo miró con mal gesto, pero no le dijo nada.

—En breve llegaremos a la maravillosa ciudad de Enher, quedarás encantada con los colores de la vestimenta.

—No creo que vaya a bajar de este barco.

—Yo creo que sí. Mi Diosa Reina lo ve todo y te espera en su palacio.

La muchacha no alcanzó a responder, ya habían llegado a la puerta abierta del camarote del capitán.

—¡Dishculpen el exabrupto! —El capitán Somorte los recibió con alegría—. En un par de horash pisharemosh tierra enherina, por esho la reunión.

—Tomen asiento, por favor —pidió Cariat, que los esperaba en un extremo del mesón de placas.

Alrededor de la mesa se sentaban el capitán, el príncipe Camet, el comandante Selfut, el alférez Junip y la cristalera Cariat. Detrás de ella estaban de pie las dos mujeres que la acompañaban y, cerca del comandante y el príncipe, dos guardias junto al hombre de negro. Gasin y la princesa se acomodaron en las sillas libres.

—Señor Gasin, queríamos saber si hay algún procedimiento específico para el desembarco —continuó la cristalera.

El mensajero levantó las manos para que sus mangas cayeran sobre sus codos y las bajó dibujando curvas con los dedos, luego aclaró su garganta de tenor y habló como si diese un anuncio oficial.

—Al atracar, la guardia real nos estará esperando junto a un emisario de la diosa reina Charos, posiblemente junto a sacerdotes de la Orden de Nuestra Diosa de las Tres Lunas y quizás alguna de las adoradoras de la Tríada, que aquí son las equivalentes a las cristaleras de Tides —explicó—. Una vez recibidos, y luego de la bienvenida, el príncipe y la princesa serán guiados ante la presencia de la Diosa Reina, mientras que los demás se alojarán en las dependencias que les tengan destinadas.

—La princesa no irá a ningún lado —dijo Cariat, cruzando sus manos sobre la mesa.

—Ya veo, ¿entonces cómo regresará antes de que terminen su misión? —Gasin señalaba a la princesa con la mano—. Puedo solicitar una embarcación a la diosa reina Charos en vuestro nombre, mis amigos.

—Debo coincidir con el mensajero. —El comandante también se cruzó de brazos.

La tensión era palpable en el interior de la cabina, que aún se movía rítmicamente con la fuerza de las olas.

—Enviaremos a la princesa Catara de regreso a Tides sin exponerla a nuevos riesgos, eso incluye llevarla al palacio de la reina Charos. —La cristalera era terminante.

—Cariat —dijo el príncipe con tono conciliador—. Si no podemos evitar que la princesa vaya al palacio, podría acompañarnos a cenar. De ese modo cumpliríamos con las formalidades rápidamente y así podrá zarpar a tiempo.

Cariat solo afirmó con un gesto. Luego se levantó de la mesa y se retiró, seguida por sus dos acompañantes y el príncipe.

El comandante Selfut miró a Catara.

—¡Vaya situación en la que nos has metido, princesa!

El hombre de negro se acercó al hombre y le dijo unas palabras al oído. El comandante asintió.

—Regresarás a Tides con un par de nuestros guardias de confianza. En ningún momento te dejaremos sola en Enher. Tu visita a la isla será fugaz, parece que ya saben de tu presencia por aquí —dijo, fulminando a Gasin con la mirada.

—¡Pero si yo no he dicho nada! —Gasin no se esforzó demasiado en su defensa.

—Ailot y Berot, ustedes acompañarán a la princesa y no se despegarán de su lado —ordenó Selfut, mirando a los dos hombres que estaban detrás de él.

—Señor —Berot interrumpió y se acercó al comandante—, quisiera hacerle un pedido especial.

—Luego, Berot. Por favor —dijo tomando un sorbo de su copa.

Los guardias se acomodaron al lado de Catara y la ayudaron a levantarse. Ella había permanecido en silencio y seguía manifestando un malestar en su rostro.

Gasin intentó acercársele, pero el guardia que había hablado lo apartó.

—Aléjese —dijo secamente.

Gasin obedeció, aunque miró al comandante Selfut con indignación.

—Te quedarás a mi lado en todo momento, mensajero. No confío en ti —dijo el comandante.

—¡Oh! ¡No, señor! —Gasin estaba preparado para cualquier afrenta—. Mi trabajo era llevar un mensaje y regresar a mi pueblo. Además, yo no tengo por qué obedecerlo.

—Entonces encontrarás a alguien que nos acompañe y en quien *yo* decida confiar. Sabemos que lo que ocurrió en Varnal fue tu culpa —sentenció—. Piensa: un mensajero real de Enher provocó la muerte de un miembro de la Guardia Real del príncipe Camet y, además, estuvo involucrado en el intento de rapto de la princesa de Joler y futura reina de Tides... ¿Cómo reaccionaría tu querida reina si le traes una guerra con Tides y Joler a su puerta? —Gasin se quedó pálido y no pudo pronunciar palabra—. Cumplirás lo que ordene o lo que yo te haga será el menor de tus problemas.

—¡Sí! ¡Claro que sí! —respondió Gasin al comandante y se levantó, excusándose—. Si no requieren nada más de mí, me retiro. Pensaré en alguien que pueda ayudar, como alguna adoradora o un sacerdote de Enher, gente en la que quizás pueda confiar.

Caminó hasta la puerta. Al salir se encontró al hombre de negro que lo frenó, ¿en qué momento había abandonado la habitación?

—El juego que juegas es muy peligroso, mensajero. Yo que tú, me manejaría con cautela —le susurró al oído con un aliento frío.

Gasin se sintió un poco asqueado por el aroma del hombre. Lo miró sonriente y le agradeció el consejo con una pequeña reverencia.

Mientras caminaba a su habitación se preguntó si ese desconocido sabía de sus tratos con el sambucador. «Tengo que deshacerme de él», pensó, y se encerró para terminar de acomodar su equipaje y sus sombreros.

El príncipe estaba en la cubierta de la Mardesal viendo cómo colocaban la bandera naranja junto a la bandera dorada de Tides. Con su mano tocaba el collar que le había dado su padre. ¿Acaso no era un buen momento para contarle los sucesos del viaje?

No, aún no había encontrado a Jafeht. Debía esperar.

Cerca de él, Berot traía unas cajas a cubierta, posiblemente armas y equipo para bajar a Enher. Cam ya había ordenado sus pertenencias, hasta logró meter todo lo necesario en una mochila. Tuvo que dejar de usar su capa para poder cargarla, pero conservaba sus pulseras y cinturones.

Berot se acercó a él, se lo veía fatigado. Cam le ofreció un poco de agua, el guardia le agradeció con una sonrisa.

—Parece que esta aventura está por terminar —dijo Berot.

—Solo la primera parte. Ahora debemos hallar a mi hermana.

—Cam —se puso frente a él—, el comandante Selfut me pidió acompañar a la princesa Catara a Tides...

El rostro de Cam se transformó en un instante. Por su mente atravesaron mil escenarios. Su misión, su hogar, nada de eso importaba. Estaba por perder lo único bueno que había sucedido en ese viaje.

—Pero... te necesito aquí, Berot. No confío en nadie más para que me proteja. ¡No lo permitiré! Hablaré con el comandante, ¡tienes que quedarte a mi lado! —Le tomó el brazo mientras hablaba, el brazalete del guardia y las pulseras del príncipe tintinearon al encontrarse.

—¡Calma, mi querido Cam! Déjame terminar —dijo Berot con una sonrisa—. Ya hice el trabajo de convencer al comandante. Le expliqué que somos viejos amigos y que tengo mucho afecto por ti, le dije que nadie te protegerá como lo haré yo. Entendió y me permitió quedarme contigo. —Miró para todos lados y le dio un beso en su mejilla—. Ven, creo que puedo tomar un breve descanso.

Tiró de su brazo hasta el camarote de Cam. Tras cerrar la puerta se abrazaron fuertemente.

—Mírame —pidió el guardia—. Esto que hemos empezado no termina aquí.

Cam sentía su corazón latir con fuerza. Por un momento creyó que se separarían, pero nada de eso ocurriría Se sentó en el camastro y Berot se acomodó a su lado.

—Mírame, Cam —repitió, los ojos claros del guardia brillaban buscando que confiara en él—. Nadie podrá evitar que estemos juntos.

—¡Oh, Berot! ¡Eres maravilloso!

—¡Los dioses están a nuestro favor! ¿Acaso no nos alejamos de niños y ahora volvimos a encontrarnos? —Berot sonrió—. Siempre estaré a tu lado. Como las lunas en el cielo, alumbrando el mismo camino.

—¡Deberías haber sido poeta! —Cam rio, su ansiedad terminó de disiparse—. Siempre estaremos juntos. —Se largó a sus brazos.

El guardia lo aferró contra su pecho y un tibio beso desencadenó a una cascada de caricias.

El príncipe se entregó a su afecto e hicieron el amor. Cam se entregó al placer de Berot. No alcanzaron a desvestirse completamente, ni fue necesario. Sin embargo, ese encuentro fue más íntimo y afectuoso de lo que había imaginado. Era lo que realmente necesitaba.

Cam sentía que el tiempo se detenía entre cada palpitar. El corazón del guardia latía fuerte contra su pecho y su calor lo invadía.

Se recostaron, enlazados en un abrazo. Una lágrima de alegría rodó por el rostro de Cam y se perdió en la comisura de sus labios.

Salieron del camarote y, de regreso en cubierta, vieron unas intrusas aves elípticas que intentaban robar algunos de los restos de ave-pez que quedaban entre las astillas de estribor.

—¿Quieres ver algo divertido? —preguntó Berot con una sonrisa.

—¿Qué vas a hacer, Berot?

—¡Vamos!, ¡relájate un poco!

—Está bien, muéstrame.

Berot pasó cerca de las aves y rebuscó algo una de las cajas. Sacó una honda y un par de bolitas plateadas. Se preparó abriendo sus piernas en posición de ataque, apuntando a una de las aves. Cuando estuvo seguro, tensionó una cuerda y sus músculos se marcaron en sus brazos. Cam sonreía sonrojado. El guardia liberó el proyectil y le dio a una de las aves.

El impacto provocó un chispazo sonoro con destellos de colores y plumas por todos lados. El ave había desaparecido, dejando un polvo colorido que flotaba en el aire. Gotitas de colores caían al mar.

—¡Eso es increíble! ¡Casi un milagro de los dioses!

El guardia sonrió orgulloso y se apuró a guardar la honda.

—Me encanta estar a tu lado, Berot —dijo Cam, acariciando su rostro, sus músculos. El guardia sonrió.

—Voy a seguir ayudando. Nos vemos luego, mi principito.

Cam lo saludó con la mano hasta verlo perderse entre los cajones y arcones que se apilaban sobre cubierta. Luego subió para contemplar el nuevo paisaje.

Las olas se habían aplacado y el mar era de un azul oscuro, daban un pequeño rodeo, observando la isla a lo lejos hasta llegar al puerto. Uno de los volcanes apagados dominaba el paisaje, junto con algunos cerros de menor altura.

—Ese de allí es el cerro Pon y, a su lado, el pequeño Vilcón, aún activo en la temporada de fuego. Del otro lado, se encuentra el cerro Cascal, que es hacia donde nos dirigimos. —Gasin estaba arriba también—. Es lindo regresar a casa.

—Sí, ya lo creo. —Cam no sentía mucha simpatía por el mensajero.

—¿Te conté lo que le ocurrió a tu hermana?

Cam sabía lo que su padre le había contado, pero no había escuchado la historia de los labios del mensajero.

—¡Cuéntame qué sabes!... por favor. —No advirtió que estaba siendo imperativo hasta que terminó la oración, y pensó que sería bueno concluir su frase con el pedido. Quizás así podría sacarle más información al mensajero.

El mensajero se acomodó el sombrero con flecos a uno de sus lados y comenzó.

—La princesa arribó al palacio conducida por un volcariano, así se llaman los terros que viven cerca de los volcanes. Trabajan extrayendo carbones de las fisuras de la tierra, por lo que su aspecto no es el más limpio del reino. Tu hermana llegó herida, con costras en su rostro y en su cuerpo, casi desmayada. Fue llevada a la enfermería y el volcariano no se despegaba de ella. Allí, fue atendida por los sacerdotes de la Orden de Nuestra Diosa de las Tres Lunas. Pero la joven no respondía y su fiebre no cedía.

»Durante la recuperación, en la segunda noche, recobró la conciencia y pidió hablar con la diosa reina Charos. Al verla, la Diosa Reina la reconoció como a la princesa.

»Una vez que habló con la Diosa Reina, esta se retiró. Suponemos que la joven se levantó e intentó escapar con la ayuda del volcariano. Sin embargo, esa misma noche, una luz iluminó los pasillos de la enfermería y dejó la celda, con el volcariano tendido en el suelo. Al llegar, los guardias encontraron las paredes quemadas y todo el interior consumido por el fuego.

»Al otro día comenzamos a buscarla por todos lados, pero la princesa había desaparecido. Todos suponemos que fue obra de les aireus.

Gasin concluyó, aplaudiéndose a sí mismo.

Cam lo miró preocupado, había quedado con más dudas que respuestas, aunque ya sabía lo que le preguntaría a la reina Charos. El príncipe metió su mano en uno de sus bolsillos y acarició el collar de su padre.

ENHER

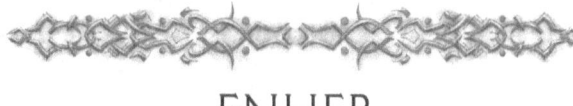

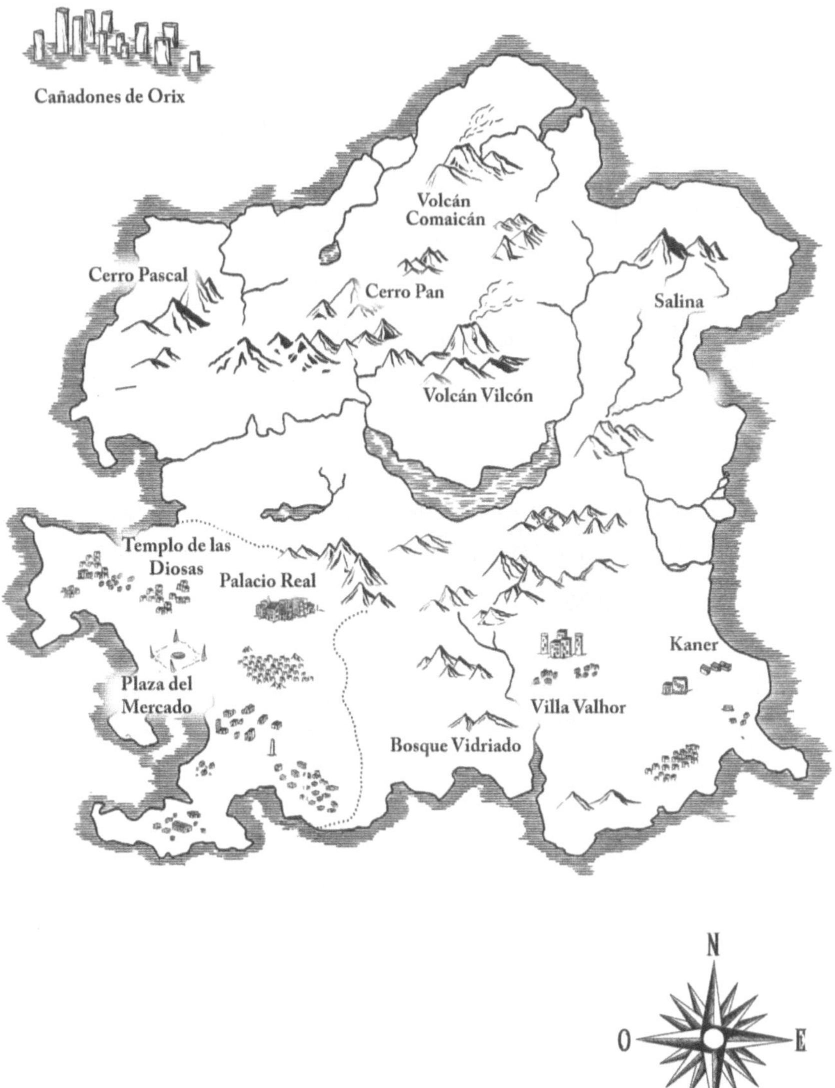
Cañadones de Orix
Volcán
Comaicán
Cerro Pascal
Cerro Pan
Salina
Volcán Vilcón
Templo de las
Diosas
Palacio Real
Kaner
Plaza del
Mercado
Villa Valhor
Bosque Vidriado
N
O
E
S

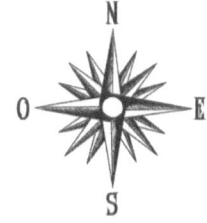

Encima de ellos, las aves seguían volando, nuevas especies de diferentes tamaños se sumaban. El atardecer se aproximaba, habían llegado justo a tiempo para pasar la noche en el palacio. Al otro día iniciarían la búsqueda.

La isla cambiaba su imagen a medida que se acercaban. El volcán seguía dominando el paisaje, pero ahora podía ver las costas elevadas en barrancos de color blanco, con formas geométricas anguladas y sin muchas playas. A lo lejos, se divisaban las torres de la ciudad y los techos de las viviendas asentadas en los márgenes de las montañas, que resaltaban con el terreno veteado de negro y blanco.

Cam había leído que la capital de Enher era una de las más pobladas de las ocho islas y su extensión lo demostraba.

El puerto principal se alzaba imponente, con sus escaleras majestuosas que descendían por los barrancos de piedras calizas. Había, al menos, un centenar de barcos con las velas anaranjadas envueltas en los mástiles, algunos navegantes terminaban de ordenar sus redes.

La Mardesal se desplazaba lentamente hacia los muelles de placas grises que se internaban en el mar. Finalmente habían llegado a su destino.

«Apartado 51 - Del nombramiento divino.

1. El nombramiento de reyes o reinas puede darse por medios divinos. La autoridad religiosa de la isla verificará y afirmará la validez del milagro.

2. Cuando los dioses se manifiesten, el Concilio celebrará una reunión extraordinaria para convalidar el nombramiento y rendir alabanzas a la deidad.

3. En caso de sentenciarse un falso milagro, el responsable será condenado a muerte».

Apartado sobre el nombramiento divino del
Libro Mayor del Concilio de las Ocho.

XI

Cariat y sus compañeras habían preparado todo para el desembarco. La mujer miraba a sus discípulas, que indicaban a los marineros qué cajones contenían materiales delicados y les pedían especial cuidado con las lanzas-luz.

Cariat aún sentía el peso de su visión, no sabía qué hacer, si permitir que la acompañen o enviarlas de regreso a Tides para escoltar a la princesa.

—A veces, los dioses dan las tareas más difíciles a quienes más fe tienen, hermana de las lunas —susurró un hombre vestido de negro que se había acercado a su lado.

—¿Tú qué sabrás al respecto?

—Te aseguro que sé más de lo que supones. —La miró con sus ojos verdes oscuros—. Soy un súbdito de los dioses del mar, como tú lo eres de las lunas.

El hombre tenía una posición extraña, relajado y rígido a la vez, como si estuviese a punto de saltar al mar. Cariat, además, percibía una especie de aura que la atraía en ese hombre. Se preguntó qué podría ser, pero él se giró para hablarle de frente, provocándole confusión y un súbito rubor.

—Veo que percibes algo inusual en mí, hermana —dijo el hombre, sonriéndole—. Mi nombre es Arstant, soy amigo del rey Noahrot. Conozco tu historia, aunque no nos habíamos encontrado nunca hasta ahora.

Cariat se puso seria, no apreciaba que nadie hablara de su relación con el rey. Sin embargo, no recordaba haber visto a ese hombre en el palacio y ella conocía a todos los miembros de la Corte.

—¿Y cómo sabes tanto de mí?

—Es parte de mi trabajo, hermana. Además, puedo ver que cargas con una gran preocupación. ¿Será que has tenido la visión de la oráculo que, me contaron, falleció?

—¿Cómo puedes saber eso? —Cariat palideció, miraba con miedo y asombro al hombre.

—Conozco las intenciones de los terros. Para mí, son transparentes con sus sentimientos. Quiero que sepas que regresaré a Tides con la princesa, no tendrás que enviar a ninguna de tus acompañantes. Será tu labor protegerlos a todos.

Cariat se había quedado sin palabras. Sus preocupaciones no hacían más que aumentar. ¿Acaso ese ser era uno de los dioses?

Miraba cómo la Mardesal se dirigía a la orilla, el desembarco estaba próximo.

—¡Madre Cariat! —escuchó detrás de ella. Era la voz de Delicet—. La necesitamos con urgencia.

Se apresuró a ingresar a los camarotes. Siguió a la talleriza hasta la habitación de la princesa Catara. Un guardia custodiaba el ingreso al pasillo.

—¿Qué ha ocurrido? —preguntó Cariat, preocupada.

—La princesa pidió ayuda y se desplomó en el pasillo. Uno de los guardias nos llamó —respondió Delicet al cerrar la puerta.

—Le he aplicado una cataplasma de algas secas y jugo de gambi. Al parecer, tiene un poco de fiebre y está descompuesta —informó Solitut.

—Déjame verla —pidió Cariat, acercándose.

Se inclinó para inspeccionar a la princesa, que estaba postrada en la cama de placas del camarote, sus piernas dobladas de lado. Se sujetaba donde tenía el ungüento que la monástica le había colocado. Cariat miró sus ojos y le pidió que abriese la boca para sentir su aliento. Al parecer, había vomitado recientemente. Palpó las partes del cuerpo de la chica, observando su reacción junto a Solitut. Apoyó levemente y presionó con las yemas de los dedos en varios puntos. Luego tomó su mano y la colocó de manera idéntica sobre la de ella.

—¡Oh, diosas que nos miran! ¡Oh, diosas que nos cuidan! Atiendan la súplica de sus hijas.

—¡Alabadas sean las tres! —dijeron a coro las otras dos mujeres.

—Ayuda a tu hija Catara a recorrer este malestar que es pasajero, pero que trae la alegría de la vida.

—¡Alabadas sean las tres!

—¿Qué me ocurre? —La voz de Catara sonaba débil, aunque había despertado al escuchar a las mujeres.

—Princesa, deberías saber que tus dolores se calmarán, aunque tendrás que andar con el máximo cuidado posible. Estás esperando un bebé.

—¿Qué? ¿Cómo? —Su voz recuperaba fuerza y mostraba asombro.

—Tú sabrás cómo —respondió Delicet con picardía.

—Tranquila, princesa, no es momento de agitarte —dijo Cariat—. Tendrás tiempo para pensar como recibir esta buena nueva. Estás esperando a un príncipe.

Catara se quedó en silencio. Se tocaba el vientre y sacó la cataplasma que le habían colocado.

—Escúchame, princesa —insistió Cariat—. Este es un mensaje de las diosas. Debes regresar y cumplir con tus obligaciones. No solamente tendrás tu casamiento, sino que, además, serás la madre del futuro heredero de Tides.

«¿Acaso el Calar se equivocó en designar a Camet como rey?» pensó Cariat y dio un paso hacia atrás.

Junto a sus dudas, pensaba en cómo ayudar a la chica. Lo mejor sería que la princesa regresase cuanto antes a la isla, por lo que no debía llegar a la corte de la reina Charos, donde probablemente la demorarían. Veía que se recuperaba de sus dolencias, pero tenía que resolver cómo lograr que escapase de allí. Entonces recordó a los esclavos que había comprado en Varnal, ellos podrían ayudarla.

—Delicet, ve a buscar al comandante. Lo necesito en este momento.

Un plan se dibujaba en su mente mientras acariciaba su tatuaje. Solitut era un poco más adulta que la princesa, pero de tamaño eran similares. Podría usarla.

—Solitut, voy a necesitar que ocupes un rol diferente para lograr que la princesa escape.

—Sabes que cuentas conmigo para lo que necesites, madre —respondió la monástica.

—Trae con cuidado el espejoluz que tenemos con nuestras armas.

Solitut se levantó y salió con diligencia. La princesa se incorporó un poco para mirarla.

—¿Qué es lo que vas a hacer?

—Escúchame bien, princesa, vas a volver a Tides sin pisar esta isla. Mi instinto me dice que corres peligro aquí. Te ayudaré a huir, pero deberás colaborar. Necesitaré tus prendas y pertenencias.

Catara tenía intriga por lo que le pedía Cariat, temía, pero también quería confiar en sus planes.

Por primera vez podía notar la entereza y capacidad de mando de la cristalera. Además, no quería arriesgarse a desobedecerla. La veía tomar cada una de sus prendas con cuidado y firmeza, a la vez que ordenaba sus pocos objetos de valor.

Su dolor había remitido, aunque la noticia de que estaba embarazada cambiaba todos sus planes, cambiaba toda su vida. Se llevó las manos al vientre, aún húmedo por el ungüento. Ahora sabía que gestaba una vida allí.

El comandante Selfut llegó al poco tiempo, junto con uno de los guardias y Delicet que había salido. El guardia se quedó en el pasillo.

—Comandante, qué bueno que has llegado rápido. Necesito que todos actuemos de manera ágil. —La cristalera anunció su plan sin lugar a cuestionamientos. Pero ocultó inteligentemente el estado de Catara—. La princesa no puede pisar tierra enherina, no confío en ellos. Comandante, necesito que busques entre los esclavos comprados en Varnal a los que sean nativos de Enher y los reúnas. Ellos deberán hallar un barco veloz, en el que viajará la princesa junto a los guardias que le encomiendes. Una de las mías tomará el lugar de Catara, por lo que necesito que nuestro plan sea secreto.

—Cuanto antes, señora. Enviaré dos guardias para que la custodien y a Arstant, el hombre que subió conmigo en Varnal. —El comandante captó la urgencia y no opuso resistencia.

—¿Ese hombre es confiable?

—Sí, es un aliado del rey. Lo conozco hace muchos años, pero actúa en las sombras.

Cuando el comandante salió, la cristalera y la monástica acercaron un objeto plano con forma circular, enmarcado en un anillo metálico. Lo colocaron con suavidad en el suelo, sobre una manta de pieles en la que venía cubierto. Cariat cerró la puerta y le indicó a Solitut que se desvistiera. La monástico obedeció, quedando solo con sus prendas íntimas, que parecían vendas que rodeaban su cuerpo. Era sumamente delgada debajo de sus túnicas, su cabello era castaño y no muy largo.

Luego, le pidió a Catara que se parase sobre el espejoluz.

—Este artefacto es único en las islas, nos permitirá perpetrar nuestro engaño —explicó Cariat—. El espejoluz tiene la habilidad de copiar el aspecto de una persona. Sin embargo, solo dura un día, por lo que debemos actuar con presteza. No temas, no te hará daño.

—Princesa, extienda su mano —dijo Delicet.

Catara lo hizo. La cristalera pinchó su meñique con una aguja y dejó caer una gota de su sangre sobre el espejo. Luego se acercó a Solitut y realizó lo mismo. Las dos gotas se fundieron en la materia del espejo.

Al terminar, las dos cristaleras levantaron el marco del espejo que ella estaba pisando. En lugar de romperse, una membrana plateada la atravesó. Era una película fría y espesa. Parecía líquida, incluso sentía que la mojaba, pero no caían gotas de ella.

Las cristaleras seguían subiendo el anillo alrededor de su cuerpo. La materia plateada la envolvía completamente, acariciaba su piel y le provocaba escalofríos.

Antes de pasar por su rostro, Cariat le pidió que mantuviese la respiración. Luego le sostuvo el cabello para que el objeto tomara la forma de su cabeza. Al llegar hasta arriba, Catara oyó un sonido, como el de una burbuja al reventar.

—Princesa, ya puedes cubrirte. Es el turno de Solitut —dijo Cariat.

Catara abrió los ojos y vio que la sustancia plateada ya no la cubría.

La otra mujer esperaba sentada, mientras oraba en silencio. Intercambió lugares con ella, que se colocó debajo del objeto, donde antes había estado la princesa.

Las cristaleras repitieron el proceso, aunque a la inversa. Al descender el anillo, la película plateada se adhería al cuerpo de Solitut.

Catara observó que la sustancia había rellenado la carne de la monástica allí donde ella era más abundante: en sus pechos y caderas. El aspecto del rostro también había cambiado. Cuando llegaron a sus pies y depositaron el espejo en el suelo, Cariat le pidió que diera unos pasos. Su cuerpo se había transformado.

La princesa abrió mucho sus ojos, sorprendida. Era como si estuviese mirándose frente a un espejo. La mujer era una copia perfecta de ella, aunque con el cabello más corto. Catara se paró y la miró, llevando una mano al rostro de la monástica.

—¡No! No me toques —retrocedió temblando—. Solo los dioses y mis hermanas pueden hacer eso.

La esencia reservada de la mujer no había cambiado. El efecto del espejoluz era impresionante, Catara no había visto nunca nada similar. Comenzó a vestirse con las prendas de la monástica, ayudada por las otras mujeres. Terminaron recogiendo su cabello y luego le colocaron una capucha. El resultado final era sorprendente.

Cariat había salido mientras las mujeres terminaban de vestirse y prepararse. Luego de unos minutos, la cristalera regresó y quedó asombrada por el resultado. Unos segundos después les comentó las buenas noticias.

—Uno de los hombres ha conseguido un pequeño barco mercante que se dirige a pescar a las Amixas. Por un buen precio, ha permitido que seis personas embarquen con ellos. Zarpará en media hora.

—¿Quiénes irán conmigo? —preguntó Catara.

—Irán dos guardias, dos de los esclavos que contactaron el barco y el hombre de negro que subió en Varnal. Puedes confiar en él, trabaja para el rey Noahrot. —Lo cierto es que Cariat apenas conocía a ese hombre, pero algo en él le inspiraba seguridad y el comandante lo había avalado.

—¿No vendrá ninguna de ustedes? —Catara esperaba que alguna pudiese estar a su lado, había aprendido a confiar en ellas. Más ahora que sabían que esperaba un bebé.

—Nuestro camino será más difícil de transitar, princesa —Cariat se veía preocupada, pero expresaba sus decisiones con firmeza—. Tenemos una reina que engañar y debemos ayudar al príncipe a encontrar a su hermana. No podemos abandonar la misión que hemos emprendido. Es nuestra responsabilidad y deber.

—Entonces supongo que es una despedida —dijo la princesa con tristeza.

—¡No lo creo, princesa! Será un ¡*Hasta que las lunas nos vuelvan a reencontrar!*

Catara se lanzó a los brazos de Cariat, había empezado a sentir apego por ella y ahora tenía que despedirse. Aunque tenía razón en algo; cuando regresaran a Tides, podría ser su amiga y confidente. Se despidió también con un abrazo de Delicet, pero a Solitut le estrechó las manos, con la extrañeza de ver su cuerpo fuera de sus pensamientos.

—Nosotras nos retiramos, princesa, pronto vendrá un guardia a buscarte. ¡Que las lunas te acompañen! —dijo Cariat.

Las tres recogieron sus pertenencias; la mochila de Catara; el espejoluz, que había quedado opaco y vacío, y salieron.

La princesa se afirmó contra la puerta del camarote. Se sentía inquieta, preocupada. La noticia de su embarazo la llenaba de alegría. Sin duda era la noticia que necesitaba para confirmar que debía casarse y convertirse en reina; por ella, por su pueblo y también por el futuro heredero que esperaba.

Aunque había algo en esa noticia que no terminaba de llenarla de felicidad. Ese bebe no era buscado, ni deseado en ese momento, ¿sería igual de bien recibido por el príncipe Set? Ella no sabía cómo reaccionaría su futuro marido. Después de todo, ella había escapado de su lado.

No importaba, tendría tiempo en el viaje de regreso para pensar en ello, ahora debía preocuparse por cuidarse más que nunca y dejar de lado su idea de regresar a Joler.

Las mujeres le habían dejado un pequeño paquete sobre la cama junto a una gruesa capa de piel de reptil marino. Los abrió y encontró una carta cerrada, un par de panes de algas, unas hojas secas de una especie de alga roja que no conocía, una daga, una piedra negra vidriada y, para su sorpresa, la pequeña alforja con sus gemas.

Entonces oyó un golpe en el pasillo.

Abrió la puerta con sigilo y vio a uno de los guardias hablando con el príncipe Camet. Estuvo a punto de salir, pero se quedó petrificada al ver que ambos se besaban. Ellos se despidieron con un abrazo y el príncipe se fue con un grupo de personas que lo llamaban. Comenzaban el desembarco.

El guardia volvió al pasillo y Catara cerró la puerta. Un momento después, alguien llamaba a ella.

—¿Princesa Catara? —Era otro de los guardias, que se mostró sorprendido de verla vestida como una monástica, pero pudo reconocer su rostro envuelto en el velo—. En breve bajaremos para volver a Tides.

Catara guardó todo dentro del paquete y salió.

—Mi nombre es Ailot. Yo te acompañaré junto a Mariot, otro de los guardias, y Arstant, que posiblemente lo hayas visto vestido de negro.

—Ailot, quizás conviene que ocultemos mi identidad. Una de las cristaleras ha desembarcado portando mi rostro y ahora ella es la princesa a ojos de todos.

—¿Cómo es eso posible?

—Al parecer, las cristaleras tienen habilidades que desconocemos —respondió la princesa.

—Está bien, haremos como pides, ¿cómo debemos llamarte?

—Lapreat. —Era el nombre que había inventado antes y podría recordarlo fácilmente.

—Un nombre tidesio, suena bien. Lapreat, pronto partiremos —dijo con una leve sonrisa.

Catara dejaba atrás el barco y a los que quedaban en Enher. Pero la imagen que había visto permanecía en su mente. ¡El príncipe Camet besando a uno de los guardias! Era algo que no esperaba encontrarse.

Sonrió al recordar su conversación con él sobre el matrimonio. Ahora entendía a qué se refería el principito.

El mensajero estaba feliz de pisar nuevamente su tierra. Había transcurrido casi una semana desde que partió a Tides para llevar sus noticias y ahora regresaba con éxito. Lo acompañaba el príncipe y algunas de las personas más importantes de la corte tidesia.

Veía a los guardias descargar cofres. Los seguían el comandante Selfut; el príncipe Camet; las cristaleras y la princesa Catara, y el resto que los acompañaba.

Arriba del barco, junto con el capitán Somorte, se quedarían algunos guardias y los marineros que ayudaban a bajar otros cajones. Habían anclado y amarrado la Mardesal en el muelle, por lo que supuso que se quedarían allí hasta el fin de la misión de la compañía.

Gasin estaba sentado sobre un cofre, miraba a todos pasar junto a él, les daba la bienvenida a cada uno y les invitaba a ingresar a la ciudad. Saludó especialmente a la princesa cuando pasó, pero la muchacha no le prestó atención. Gasin supuso que se lo merecía, después de haber intentado llevarla por la fuerza con el sambucador.

En el extremo del muelle se encontraba la base de una gran escalera que llevaba a la plaza del mercado, de la que nacían las Vías de las Lunas: una tríada de avenidas que conducían a los tres puntos principales de la ciudad. La Vía Mayor llevaba al Palacio Real de la diosa reina Charos; la Vía de la Meditación conducía al Templo de las Diosas, el centro religioso de Enher, y la tercera vía, que llamaban la Vía del Dolor, aunque su nombre verdadero era la Vía de la Justicia, conectaba con la Fortaleza Negra, el lugar donde se concentraba el ejército de Enher.

En la entrada a la plaza, dos pilares enmarcaban el fin de la ancha escalinata blanca, contenida por una muralla baja de placas grises. Los escalones estaban pulidos y desgastados por el uso.

Al llegar a la plaza del mercado, los esperaba la comitiva de recepción, mientras la tarde caía sobre Enher.

Había tres sacerdotes con atuendos de color azul oscuro, que contrastaban con el blanco de la plaza y con los estandartes anaranjados, de forma triangular con tres círculos blancos bordados cada uno.

Los escoltaban seis guardias y, en el centro del grupo, sobresalía una sacerdotisa con un vestido verde claro y un sombrero adornado con triángulos de vidrio enhebrados en metales. Llevaba unos zapatos altos, por lo que su altura sobrepasaba al resto.

Desde atrás del colorido séquito, un segundo grupo se acercó y rodeó a los recién llegados. Eran de la servidumbre, tenían prendas simples y su piel era oscura. Pasaron entre la gente para cargar el equipaje de los visitantes.

—¡Sean bienvenidos, visitantes de Tides! —dijo uno de los sacerdotes.

A su alrededor se formó un círculo de curiosos. Gasin se deleitó al ver su gente, con sus vistosas ropas y accesorios, y sombreros adornados con cristales. Oyó la leve música, proveniente de unos instrumentos de viento, que brindaba una ambientación agradable al evento.

Gasin esperaba esa muestra de ostentación y le alegró que su pueblo cumpliera con sus expectativas. Se adelantó con dos alegres saltos para presentar a sus invitados.

—Mi señora adoradora Desan —llamó por su nombre a la sacerdotisa, haciendo un gran gesto.

—Gasin —respondió a secas la dama. Luego lo hizo a un lado y se dirigió al príncipe—. Tú debes ser el príncipe Camet de Tides. Eres bienvenido a nuestro reino.

—Muchas gracias, señora —respondió Cam al saludo de la mujer, con una reverencia.

—Acompáñenme al palacio. ¡Se los espera! —anunció la adoradora con un gran gesto de su brazo, las incrustaciones de cristales de colores relucieron en las anchas mangas de su vestido—. Señor Gasin, usted puede acompañarnos para informar de su desempeño.

El mensajero dejó avanzar al resto, quedándose detrás junto a la adoradora.

En comparación a ellos, la gente de Tides resaltaban por sus vestimentas sosas, ni siquiera el atuendo del príncipe, con sus pulseras y collares, podía compararse con la luz que irradiaban los enherinos. Gasin se sentía en casa. Se acomodó su sombrero y empezó a caminar junto a la adoradora, que emanaba un sutil perfume dulzón.

—¿Por qué demoraron un día más de lo esperado?

—Tuvimos un viaje accidentado, señora —Gasin tenía que mirar hacia arriba para verle el rostro—. Apenas salimos de Tides nos atacó un volteón. Luego tuvimos un incidente con unas aves-brumas, por lo que tuvimos que dirigirnos a Varnal para abastecernos por las pérdidas. ¿Escucharon lo que sucedió allí?

—No. Cuéntame.

—Ha habido disturbios, quizás hasta una rebelión. Según lo que contó uno de los esclavos que subieron al barco, la princesa Zutel se ha alzado contra su padre y ha iniciado una guerra civil. Creo que deberían mandar a alguien.

—Sabes que son nuestros enemigos, cuanto antes eliminen al rey Farel mejor. No nos importa que sea su hija, seguro será mejor para todos.

Gasin no sabía hasta dónde tenía que acompañarlos. Quería regresar a su casa y ver a sus amigos. Tonanzitlan saltaba en su hombro, reconocía el ambiente de su hogar.

—¿Es necesario que los acompañe hasta el palacio? —preguntó—. Tengo asuntos que atender.

Uno de esos asuntos era ver dónde se encontraba el sambucador. No lo había encontrado durante el desembarco y no los acompañaba en el grupo que se dirigía al Palacio Real.

La adoradora de la Tríada lo miró.

—Sí, es necesario. Nuestra Diosa Reina te espera y la información que me has dado será bien recibida. Quizás hasta aumente la recompensa que te prometió.

—¡Entonces no hay tiempo que perder! —Elevó sus manos, fingiendo una alegría que no sentía.

Caminaban por la Vía Mayor, la más ancha de las avenidas, vibrante de comercios y actividades públicas. En los callejones perpendiculares, se veían carteles de tabernas y prostíbulos que Gasin reconocía. Esperaba hallar a alguno de sus amigos entre los transeúntes, pero con tanta gente no pudo identificar a nadie.

La música de flautas y oboes los precedía en el trayecto. Él sabía que esa melodía tenía un mensaje oculto; en este caso, anunciaba que todos debían mantenerse alejados de los recién llegados, que eran invitados especiales de la Diosa Reina y cualquier agresión significaría una condena a muerte. En Enher siempre había música, y toda música tenía significados secretos.

Luego de recorrer la larga estrada, adoquinada con pulidas piedras blancas, acompañados siempre por las melodías de los músicos, alcanzaron el Palacio Real.

Una adornada plaza con una fuente precedía a la muralla exterior del palacio. El gran portal de vidrios de colores se abrió a medida que se aproximaban. Los músicos se ubicaron a cada lado de la puerta, junto con los portaestandartes y sus banderines coloridos.

Atravesaron el portal, adentrándose en los terrenos del palacio. Se vieron rodeados de lujosas viviendas, con ventanas de colores y grandes placas de vidrilava en sus paredes.

La vidrilava se extraía de la roca fundida y materiales extraídos de los volcanes. Era un material resistente e ignífugo, por lo que era valiosísimo para las embarcaciones. Que estuviese allí, cubriendo paredes tierra adentro, era una muestra de la riqueza de Enher.

La avenida se volvió más ancha y empinada, lo que forzó a los visitantes a ver desde abajo el fastuoso palacio de la diosa reina Charos, cuya imponencia dominaba todo.

Era un edificio simétrico, enmarcado por dos grandes torres que se aferraban a la ladera de una escarpada montaña. En el centro, tres grandes puertas invitaban a entrar, con sus enormes estandartes naranjas cayendo rectos entre los portales. El palacio tenía tres niveles, reconocibles por las ventanas, agrupadas de tres en tres y unidas con arcos ojivales.

Subieron unos escalones en la entrada y la melodía de la música que los acompañaba cambió. Los guardias abrieron las puertas y todos esperaron la indicación de la adoradora.

La mujer se adelantó al grupo y se ubicó frente a la puerta central.

—Nuestra Diosa Reina, la magnífica Charos, les da la Bienvenida a su hogar.

Detrás de ella, salió un grupo de niños disfrazados de insectos alados, lanzando pétalos de vidrios que volaban y se suspendían en el aire. Por las puertas laterales, salieron numerosos artistas; unos bailaban sobre sancos, otros malabareaban anillos y uno escupió un fuego que, al caer, estallaba en chispas que hacían refulgir en llamas los pétalos flotantes.

Gasin aplaudía entusiasmado y todos los visitantes lo imitaron. El antiguo mensajero reconoció a varios integrantes de su elenco entre los artistas.

Una vez concluido el espectáculo, salieron las doncellas del palacio.

Eran tres mujeres con vestidos blancos iguales que les dejaba un brazo al descubierto, con unos largos aros de vidrios rojos y sombreros tubulares con incrustaciones. Se ubicaron a un lado de la puerta central y miraron hacia adentro del palacio.

La diosa reina Charos se presentó regia. Lucía un vestido rojo, de cuello alto y armado que bajaba delineando su cuerpo, y una intrincada corona negra enjoyada.

Los aplausos se incrementaron hasta que ella alzó una mano. Luego la bajo y juntó las manos delante de sí.

—¡Sean bienvenidos! —dijo con su voz dulce y grave.

Los recién llegados solo podían sonreír, cautivados ante la maravilla.

Incluso Gasin había olvidado por qué se resistía a ir al palacio. Allí, de nuevo ante la presencia de su diosa, se sentía pleno y lleno de felicidad, todos sus problemas y preocupaciones se esfumaron.

La música se elevó triunfal en el colorido ambiente del Palacio Real.

«Había una vez, en el reino de Tides, una niña intrépida y aventurera. Era la princesa Learat, la única hija del rey, a quien habían educado para ser una niña buena, obediente y correcta. Sin embargo, ella se metía en problemas con más frecuencia de la que se esperaba.

Esta es parte de su historia, cuando descubrió que Arca era mucho más grande que su isla y que los terros no eran los únicos habitantes de este maravilloso mundo.

Todo comenzó con un terrible maremoto que sacudió los mares.

Fue una mañana fresca, la niña juntaba caracolas en la playa de arena amarilla, cerca del Palacio Real. Allí, varios barcos pesqueros volvían al puerto luego de su trabajo matutino. Se oyó un terrible ruido, como el rugir de las nubes, y el mar mostró el fondo de las playas, tanto que se vieron los brillantes corales. La niña se acercó, atraída por la hermosura que observaba, y no escuchó los gritos la llamaban asustados desde las murallas.

Entonces el mar regresó, más rápido de lo que imaginaba, y por mucho que la niña corrió, el agua la atrapó y la llevó lejos de su familia, a vivir una aventura única».

Comienzo de La niña de las olas, *cuento popular Tidesio.*

El príncipe estaba maravillado por el recibimiento que la reina había desplegado. Le impactaron la alegría que veía en todos y la música que acentuaba la atmósfera de júbilo.

Sin embargo, no alcanzó a aplacar su ansiedad por comenzar la búsqueda de Jafeth cuanto antes.

—¡príncipe Camet de Tides! ¡Sean usted y su compañía bienvenidos! —exclamó sonriente la reina—. Pueden ingresar al comedor real, donde los espera el banquete que les he preparado —continuó, señalando al interior.

La reina tenía un aspecto impresionante. Toda de rojo, con un vestido hecho de una especie de escamas que se aferraban a su cuerpo. Sobre su cabeza portaba la corona más hermosa que Cam había visto. Forjada con una estructura de metales negros e incrustaciones de joyas de colores que terminaba en picos, que apuntaban al cielo en forma curva.

El rostro de la reina era anguloso y simétrico, con unos ojos pequeños y pestañas largas y curvas. Sus escamas eran broncíneas, como si el sol la bañase suavemente con frecuencia. Tenía los labios finos, pero los resaltaba con un carmín oscuro.

Cam siguió a la comitiva e ingresó al comedor, quería saber los detalles de la desaparición de su hermana.

—Tomen asiento —pidió la reina con su voz clara, sentándose en el extremo de la mesa.

A su izquierda, un hombre de unos cincuenta años, con canas en sus sienes y una pequeña corona, se había ubicado sin dirigirle la mirada a nadie. Del otro lado, se encontraban las tres doncellas de blanco.

Las mujeres captaron la atención de Cam; eran diferentes, pero similares entre sí. La más cercana a la reina tenía el rostro arrugado y el cabello cubierto con un velo que envolvía en su cuello, miraba sus manos que apenas apoyaba sobre mesa. La siguiente era una mujer adulta casi sin arrugas, tenía el rostro rozagante, aunque sus carnes lucían hinchadas, como si hubiese dado a luz recientemente. La tercera de las doncellas era la más joven, casi una niña, de aspecto fresco y mirada activa, parecía no perderse ningún detalle ni movimiento, tenía el cabello recogido con unas cintas y sonreía.

El salón del banquete colindaba con el ingreso principal. Detrás de la Diosa Reina había una gran chimenea con dos estandartes colgados a sus lados. Había galerías a doble altura que conectaban a otras habitaciones y una escalera que unía los niveles. Los sirvientes subían la comida desde el subsuelo y en la balaustrada de la planta alta se asomaban niños y nobles curiosos de la corte.

Había una gran bandeja en el centro de la mesa de vidrio, opaca y sin brillos. Cada comensal tenía delante una vasija de cerámica y una copa metálica, también habían dispersado panes de algas muy blancos.

Los sirvientes se acercaron y llenaron las copas con vino de mar o agua desalinizada, según el gusto.

La adoradora Desan, sentada al lado del rey, tomó la palabra.

—¡En este momento, brindamos por tan nobles visitas! Cuenten con nuestra colaboración para asegurar el éxito de su misión. ¡Salud de parte de todo el pueblo enherino!

—¡Salud! —respondieron a coro.

—*No bebas.* —Una voz femenina sonó en la mente de Cam.

El príncipe casi salta de su silla, todos lo miraron. Al parecer, nadie más había escuchado esa voz.

Cam se puso de pie. Alzó su copa e inventó un nuevo brindis para salvar el bochorno.

—Me honra enormemente esta recepción y agradezco la cooperación de todos para encontrar a mi hermana, la princesa Jafeht. —A su lado, el comandante Selfut afirmó con un gruñido, Cam lo miró extrañado mientras tomaba asiento.

—¡Así será! —respondió la adoradora, quien hacía de vocera de la reina.

—¡No tomes la bebida! —Otra vez la voz sonaba en su mente, le generaba un malestar, como un dolor que le recorría el interior de los oídos.

—¿Quién eres? —pensó con fuerzas.

—¡Haz lo que te digo! Luego te daré indicaciones —dijo la voz.

Cam miró a todos los presentes, la doncella anciana lo miraba fijamente, estaba al lado de la princesa y parecía no probar bocado. Él le hizo una pequeña mueca de sonrisa y la mujer dejó de mirarlo.

—Disculpen que interrumpa. —Cam se dirigía a la adoradora—. Quisiera saber, ¿por qué motivo no pudieron buscar ustedes a mi hermana?

—Creía que el mensajero se los había dicho...

—Déjame que lo explique —interrumpió la reina—. La princesa estaba herida cuando la encontramos. Cuidamos de ella, pero luego desapareció. Solo alcanzó a decirme que su familia era la única que podía salvarla —concluyó con un tono condescendiente.

—Pero ¡Jafeht es una princesa! —exclamó Cam—. ¡Deberían haber hecho más por ella!

—Nuestros recursos son limitados. Sin embargo, existe una manera de restaurar su salud. Necesitamos realizar una oración, príncipe Camet.

Solo con la sangre de su familia podemos obtener el favor de las diosas —respondió la reina, realizando un gesto para que le rellenaran la copa.

—Disculpe, reina Charos. ¿Le está pidiendo al príncipe que le entregue su sangre? —cuestionó Cariat.

—Solo sería necesario extraer unas gotas. El príncipe no sufrirá ningún daño. Recuerden que la sangre es nuestro vínculo principal con los dioses.

—Si es lo que necesitaba, ¿no habría sido suficiente con haberles enviado un poco con su mensajero? —indagó Cariat.

—La sangre la debe entregar el portador como ofrenda. Además, eso no habría dejado tranquila a la familia real de Tides. Y la princesa Jafeht ya había rechazado nuestra ayuda.

—Tiene razón, Cariat, los asuntos con los dioses merecen tomarse con delicadeza —dijo Cam a la cristalera, recordando las palabras del calar.

Mientras charlaban, comían algunos bocados del pan de algas de la mesa. La atención de la adoradora se había concentrado en la princesa Catara. Aprovechó la pausa para hablar.

—Perdón la intromisión, mi señora —se disculpó la adoradora ante su Diosa Reina—. Tengo curiosidad por saber a qué se debe la presencia de la joven princesa Catara entre nosotros.

—La princesa nos suplicó que le permitiéramos realizar un último viaje antes de su boda. Ella sabía que vendríamos a Enher, una isla que siempre quiso conocer. El príncipe Set accedió mientras no bajara del barco y estuviera siempre bajo nuestra protección —respondió Cariat, con la excusa que habían ensayado.

—Sin embargo, aquí está con nosotros —dijo la doncella joven casi en un tono de burla.

—Como les decía, ella deseaba mucho conocer Enher y temía no tener otra oportunidad luego de su boda —dijo Cariat, sentada al lado de la princesa Catara.

—Pero el barco fue atacado dos veces por criaturas feroces, poniendo en riesgo su vida. Sin duda fue un viaje demasiado peligroso para una princesa. El príncipe Set debería ser más cuidadoso con su futura reina. ¿Acaso en Tides no hay embarcaciones más seguras? —cuestionó la más rolliza de las doncellas.

—La Mardesal ya estaba aprestada para viajar a Enher. Además, los peligros han sido extraordinarios y completamente imprevisibles —dijo el comandante, masticando la tenaza de una langosta—. Les aseguro que la princesa siempre estuvo oculta y protegida durante los ataques.

—Sin lugar a duda, el rey Noahrot no conoce el riesgo en el que estuvo la princesa. De otro modo, jamás le habría permitido este capricho —continuó la anciana, como si fuera una sucesión de regaños a los invitados.

—Mis señoras, en Tides somos muy capaces de cuidar a nuestra familia —intervino Cam—. Al fin y al cabo, luego de un difícil viaje en altamar y el ataque de temibles criaturas, aquí estamos, sanos y salvos. A diferencia de mi hermana, que desapareció de su palacio estando herida, y encima, no han podido recuperarla. Eso es por lo que nos llamaron, para encontrarla.

Todos guardaron silencio. Cariat lo miró con orgullo, mientras el resto atendía sus platillos.

Cam intentó calmarse y guardar silencio, no era el momento ni el lugar para provocar rivalidades.

La comida seguía llegando: bandejas de frutos de mar; ensaladas de algas y aliño de sangre de aves, y todo tipo de animales cocidos. En el centro de la mesa habían colocado un gran casuar de las islas, estaba relleno con verduras de mar y huevos cocidos. Lo habían adornado con un abanico verde y marrón, hecho con sus propias plumas.

Comió un poco de la carne de la gran ave, estaba sazonada con algo dulce y picante, pero era muy sabroso. Se sirvió un poco de caldo de ojunes, que había en una cacerola, para evitar tomar el vino que tenía en la copa, siguiendo la advertencia de la voz en su cabeza. Luego probó un par de pinzas de cangrejo cocidas.

La música de fondo continuaba sonando con una melodía suave. Cariat alternaba su mirada entre Catara y él. Algo le preocupaba.

Se aproximó un poco hacia el centro de la mesa, para acercarse a ella.

—¿Tú también escuchaste?

—Sí. La reina parece manejar la fe de esta isla y desconozco el tipo de oraciones que utilizan aquí. Pero no confío en ellos.

—¡No! —Cam se exaltó un poco—. Me refiero a la voz.

—¿Qué quieres decir?

—*Solo tú puedes escucharme.* —La voz resonó en su mente.

«Maldición», pensó Cam y se acomodó en su asiento.

—*Eso también lo he oído.*

Cam no sabía qué hacer, alguien hurgaba en sus pensamientos y espiaba lo que pasaba por su mente.

—*No me gusta nada esto. ¡Si al menos me dijeras quién eres!* —pensó con la intención de ser escuchado.

—*Soy una amiga* —respondió la voz, luego calló.

Cam sintió disiparse la molestia que sufría al estar *en contacto* con la voz.

Al terminar de comer, la reina y sus doncellas fueron las primeras en retirarse. La adoradora Desan se acercó hasta la silla de la princesa Catara. Cariat se apresuró a interponerse entre ellas.

—Disculpe —interrumpió Cariat—. La princesa Catara ya debería regresar a la Mardesal.

—¡La princesa no ha dicho una sola palabra en toda la noche! —remarcó la adoradora—. No sabemos cuál es su opinión.

—Es que se encuentra muy cansada. Ha sido un viaje largo y difícil —continuó Cariat, a lo que Catara hizo un gesto con la cabeza afirmando sus palabras—. Lo mejor será que regrese a dormir al barco.

—¿Por qué al barco? —exclamó la adoradora—. Será mejor que tomen una de las habitaciones de invitados. Por aquí por favor, princesa y cristaleras —dijo, empujando cortésmente a Cariat a un lado y moviendo la silla para que la princesa pudiera levantarse.

—Gracias, pero es demasiada molestia —refutó Cariat.

—¡Nada de eso! Seguro la princesa dormirá mejor en una cama de su categoría que en la litera de un camarote ajustado —concluyó la adoradora con una falsa sonrisa.

Cariat se vio obligada a ceder. Las mujeres se despidieron de Cam y siguieron a la adoradora. Unos sirvientes encendieron unas lámparas a carbón que colgaban de las paredes de piedra.

Al comandante y los guardias los guiaron al sector donde habitaban los sacerdotes en el palacio.

Un sacerdote se acercó al príncipe Cam y lo invitó a pasar al salón real para tener una entrevista con la reina.

—Debería esperar a Cariat —dijo el príncipe, preocupado.

—El mandato divino exige que venga usted solo, príncipe —dijo el sacerdote.

Cam miró a los demás retirarse. Buscó a Berot, sin encontrarlo.

La puerta del salón estaba flanqueada por dos guardias y un hombre-lagarto, más pequeño y gris que los de Tides. Apenas la cruzó, el dolor y la voz volvieron.

—*Adelante, príncipe Camet de Tides.*

Frente a él, en el centro la sala del trono, se encontraba la diosa reina Charos de pie, rodeada por las tres doncellas. La más joven se acercó a él.

—¡Pensé que eras más adulto!

—Perdón, príncipe, olvido los modales —dijo la mujer anciana—. Ya estamos solos y no hace falta hablar directo a tu mente. Sonaba igual a la voz que escuchaba antes.

—Reina Charos, ¿qué es lo que sucede? ¿Qué es lo que hacen?

—Deberás disculparme. Para mí, esta manera de hablar es natural —Esta vez, la que hablaba con la misma voz era la mujer de mediana edad.

Cam quiso adelantarse y ponerse frente a la Diosa Reina, pero la doncella más joven se interpuso.

—Es conmigo con quien quieres hablar. La mujer de rojo solo es mi caparazón. —Sonrió juguetona.

—Soy una sola entidad, dividida en tres cuerpos. —La más rolliza se acercó a Cam y acarició su pecho mordiéndose el labio.

—La mayor manifestación de las diosas —dijo la mayor y señaló a cada una de las otras doncellas—: la niña, la madre y la anciana —concluyó, poniendo las manos en su propio pecho—. Mi poder es divino, como puedes apreciar.

—¡Eres realmente una diosa!

—Así es, pequeño.

—Hay fuerzas que superan el entendimiento de lo terros. Las piezas ya están en el tablero; tu hermana Jafeht es una de ellas —dijo la madre.

—¿Qué es lo que necesito saber? —Cam recuperaba su temple luego de la sorpresa inicial.

—Les aireus están involucrades.

«¿Acaso Jafeht estaba con ellos? ¿Era eso posible?», pensó Cam.

—Eso lo descubrirás tú —respondió la anciana a sus cuestionamientos internos.

—*¡De rodillas!* —La voz estalló en su cabeza. Cam no pudo oponerse al ataque mental, intentó combatirlas, pero lo doblegaron a cumplir su voluntad.

Las tres mujeres se le acercaron y pusieron sus manos sobre su cabeza.

—*¡Extiende tu mano izquierda!*

Cam obedeció.

—Aunque no lo creas, quiero ayudarte. Para poder rescatar a tu hermana, necesitaras una porción de mi divinidad manifestada en ti. Por eso te dije que no tomaras, quería evitar que las bebidas fermentadas afectaran tu mente para lo que te voy a entregar.

La niña sacó una aguja de metal blanco y pinchó la mano del príncipe, su sangre comenzó a gotear. La madre se agachó, apoyó su mano en la sangre, haciéndola brillar, y luego pasó su lengua por su palma manchada. La anciana tomó la mano de la madre y la apretó con fuerzas. Una gota se escurrió por sus arrugas y cayó sobre la cabeza de Cam.

Un calor emanaba de las manos de las mujeres. Sentía que una de ellas hacía rulos en su cabello; la otra entrelazaba sus dedos, hundiéndolos en el cuero cabelludo, y la otra lo acariciaba. La sangre se desvanecía, mientras entonaban una melodía que parecía envolverlas en un trance.

—Recibe esta bendición divina. Mañana no serás el mismo hombre que eres hoy. Podrás rastrear tu misma sangre.

Cam sintió que una fuerza penetraba su cuerpo, su piel se erizó. Entonces una euforia repentina tiñó su mirada de colores y de éxtasis su mente. Se desmayó y cayó al piso.

Las doncellas sonrieron, los eventos se alineaban con sus deseos. Ahora el príncipe sería capaz de hallar a su hermana.

—¡Guardias! —llamó la mujer de rojo—. Lleven al príncipe a sus aposentos. Se ha quedado dormido.

Conducían con el debido recaudo a la *princesa* hacia las habitaciones. Cariat caminaba detrás de ella junto a Delicet. Luego de unos pasos por un pasillo angosto, la adoradora que las guiaba se detuvo.

—Princesa, por aquí. Espero que esta humilde recámara sea de sus refinados gustos.

—Disculpe, señora adoradora. Últimamente la princesa ha manifestado unos malestares y tenemos que estar con ella en todo momento —dijo Cariat intentando alejar las atenciones brindadas por la servidumbre.

—Sí —dijo Solitut, con una débil voz—. Necesito que las cristaleras me acompañen y atiendan mis necesidades.

—¡Tendremos que adaptar la habitación! —La mujer no se molestó en ocultar su fastidio, pero asintió.

—Le agradezco —dijo Cariat.

La adoradora salió y llamó a los sirvientes. Adentro de la habitación, el rostro de Solitut parecía palpitar, el hechizo del espejoluz se agotaba rápidamente.

—¡Rápido, Solitut! Métete en la cama —ordenó Cariat—. Esto nos dará problemas.

La mujer se desvistió y acostó. Habían dejado los cofres en el pasillo, Delicet y Cariat empujaron uno adentro, el que tenía sus artículos y artefactos, luego guardaron las lanzas-luz.

Cerraron la puerta detrás de ellas, pero unos sirvientes golpearon, venían con acolchados de plumas y pieles.

—La adoradora Desan pidió que les dejemos esto —anunció uno de los hombres.

—Gracias. —respondió Delicet, recibiendo todo en el umbral de la puerta—. Nos encargaremos nosotras de terminar de acomodarnos.

Los sirvientes dejaron los objetos, mirándose entre sí, pero al final se retiraron por el pasillo. Solitut se asomó debajo de las sábanas de delgadalgas, ya había recuperado su aspecto por completo.

Al parecer, había fuerzas ocultas que interferían con el hechizo de luz. Cariat estaba preocupada e indecisa.

—Necesito sus consejos, ¿qué nos conviene hacer?

—Quizás lo mejor sea que me quede escondida aquí —La monástica hablaba en voz baja—. Así ustedes podrán partir mañana en busca de la princesa Jafeht con los demás. Le diré a la adoradora y a los sirvientes que me encuentro indispuesta.

—¡No podemos dejarte aquí!

—No deberían preocuparse, mantendré una oración a las tres lunas para que tengan éxito.

Cariat tomó asiento sobre las colchas de telas y cueros, al extremo de la cama metálica, se frotó la muñeca con un gesto mecánico y luego la miró.

—Así será. —Cariat le dedicó una leve sonrisa—. Lo mejor es que ahora descansemos, nos espera un largo viaje. —Confiaba en que el engaño durase lo suficiente para que pudieran emprender su búsqueda sin inconvenientes.

La monástica salió de la cama y ayudó a acomodar las mantas cerca de la cama de Cariat. Las otras dos mujeres se tendieron abrazadas en un sillón que juntaron a sus pies.

Solitut lloraba en silencio y Delicet la consolaba, aunque fue la primera en dormirse.

Cariat no podía conciliar el sueño, temía por ella y por sus hermanas. Recordaba su visión, que pendía sobre ellas como una sentencia de muerte. Ella quería evitar ese destino, pero lo que las visiones mostraban dictaba sus propias reglas.

Las mujeres sobre la manta daban la imagen de unión y hermandad de la Orden de las Cristaleras que tanto amaba. Por más que fuesen de distintas ramas eran hermanas en vocación. Le había dolido ver partir a la oráculo, con una vida tan breve, y le dolería ver morir a cualquiera de ellas. Debía al menos intentar prevenir aquel destino de alguna manera.

La habitación estaba a oscuras, pero los reflejos de las lanzas-luz parpadeaban y hacían bailar las sombras. Se sentía bien dejar atrás el movimiento del barco. Finalmente, la comodidad de la cama la atrapó y Cariat se durmió.

La madre cristalera soñó con unas risitas, que la hicieron despertar en el gran salón donde habían cenado. Estaba de pie atrás de la mesa, que ahora era un gran bloque negro de mármol. Una cabecita rubia asomaba entre las sillas, riendo.

—¡Te atrapé! —dijo Cariat.

La cabecita rio más fuerte y salió corriendo hacia la escalera, donde había otro niño, también rubio, escondido allí. Los dos gritaron de alegría al encontrarse, Cariat corría detrás de ellos para atraparlos.

Arriba, en la galería, otra cabecita se asomó y le arrojó una bola de ámbar que estalló en su vestido, llenándolo de un olor fétido, seguido por risas. Los niños estaban todos en el balcón, la miraban y señalaban, burlándose de ella.

—¡Ya los voy a agarrar! —les gritó.

—¿Qué es este desorden? —exclamó la doncella adulta en el sueño, al lado de Cariat— ¡Váyanse a dormir, pillos!

Los niños huyeron por el balcón riendo. La mujer se volvió hacia Cariat.

—Disculpa, los niños a veces hacen eso —dijo e intentó limpiarle la mancha de ámbar en del hombro, pero detuvo su mano unos centímetros antes—. Esto es extraño. —expresó, tomando distancia de ella.

—¿A qué te refieres? ¿Y esos niños?, ¿quiénes son? —preguntó la cristalera.

—¡Los niños son los hijos de la Diosa Reina! —La miró sorprendida que no los hubiese reconocido—. ¿Quién más puede tener el poder de meterse en los sueños de otros más que los dioses?

La doncella puso sus ojos del color de la plata e hizo que Cariat se perdiera nuevamente en la oscuridad onírica.

Cariat despertó, recordando el sueño como una experiencia vívida. Incluso olía el hedor en sus prendas, aunque no encontró nada en ellas.

Evocó el momento en el que la doncella intentó tocarla, algo había ocurrido en ese instante. Un leve hormigueo recorrió su piel y ahora podía sentirlo como una suave descarga que descendía desde su hombro hasta la marca de su muñeca.

El poder oculto de su protectora parecía haber reaccionado a la doncella.

Apenas estaba amaneciendo, veía el reflejo del alba colarse debajo de la puerta de placas. Sus hermanas seguían durmiendo, por lo que se quedó en la cama pensando, mientras las tonalidades de claridad cambiaban en el vitral de la habitación.

Luego de la cena, Gasin quería volver cuanto antes a su casa. Fue a la sala de recepción y salió a la plaza del palacio. Los guardias lo miraban sin prestarle atención porque ya lo conocían.

«Recibiré al príncipe y luego vendrás a verme», le había dicho la voz de la Diosa Reina en su mente. Ahora esperaba a que lo convocase.

Había visto algunos de sus amigos de la compañía de actores en la presentación, sin embargo, les había perdido el rastro. Quizás necesitase su ayuda para lo que tenía que hacer con la princesa Catara. También esperaba ver al sambucador cerca del palacio, pero no halló rastros de él.

Tomó a Tonanzitlan en la mano. El animalito realmente se veía reanimado y feliz de regresar a su hogar. Habían dejado su equipaje a un lado de la puerta. Se cambió el sombrero que tenía por uno naranja, que se elevaba como una llama de fieltro de algas. Cerró el cofre y se sentó sobre él.

Afuera, la noche ya había caído. La luz de una de las lunas iluminaba llena y clara. Tonanzitlan se acomodó en un bolsillo, cerca de su corazón. Gasin se levantó, casi no se escuchaba música. Al parecer, ya se habían retirado todos a sus aposentos.

Adentro vio pasar al comandante Selfut y sus hombres acompañados por los Sacerdotes de la Orden de Nuestra Diosa de las Tres Lunas. Se dirigían al pasillo de la servidumbre, que se internaba adentro de la montaña. Seguro que les darían las habitaciones más modestas.

—*Gasin, ven a la sala real.* —La voz de la diosa reina Charos le llegó clara y contundente.

Oyó el resoplido de los hombres-lagartos, que adoptaban posturas de descanso, acostados con la cabeza sobre sus patas delanteras y la cola enroscada sobre las traseras.

Ingresó por el portal y se apresuró hacia la sala real, la Diosa Reina estaba sentada en el trono. A su lado, las tres doncellas también habían adoptado una posición relajada: la más anciana con sus manos sobre las piernas; la otra con una mano en el apoyabrazos y acariciando su cabello con la otra, y la más joven moviendo los dedos entre sus piernas, como si llevase una melodía en su mente y la siguiese con las manos.

La sala estaba fría, alumbrada por unas lámparas de sal detrás del trono y una gran araña de hierro con gotas de luz en el techo.

La Diosa Reina se veía radiante, en su vestido rojo sobre el trono plateado y anguloso.

—Adelante, Gasin. Te felicito por el éxito de tu misión. —Comenzó diciendo la Diosa Reina —. La adoradora Desan me adelantó los detalles de lo que sucede en Varnal, esto me preocupa. Enviaré espías para averiguar si esta nueva reina se aliará de Enher o mantendrá la enemistad. Creo que podemos lograr que confíe en nosotros.

—Mi Diosa, no pretenderá que me vaya nuevamente de viaje. Necesito continuar con mi vida —interrumpió Gasin.

—Silencio. No pedí tu opinión —ordenó. La Diosa se levantó de la silla y caminó hacia Gasin. El mensajero hincó una rodilla en el suelo—. ¿Acaso no sabes que tu vida me pertenece? —La Diosa Reina le acarició el rostro.

Gasin tenía miedo, su Diosa Reina nunca lo había tocado antes. A su lado, las doncellas miraban la escena, interesadas por lo que pasaba. Charos se veía radiante, no solo por el vestido, que parecía moverse como su piel, sino por su rostro. Era perfecto, con ojos grandes color cielo y pupilas dilatadas, las pestañas oscuras y largas, los labios finos y oscuros. Su cabello se encontraba oculto en su gran sombrero. Sus manos eran tan suaves y frías.

—No temas, pequeño. —Ella leía sus pensamientos—. Me has servido con lealtad. Por eso continuarás sirviendo.

—¡Pero, señora! ¡Merezco un descanso! —Gasin imploró, moviendo sus manos en señal de clemencia—. ¡Sabe todo el trabajo que he hecho por usted!

—Un descanso... Tendrás tu descanso en el calabozo hasta que recuerdes tu lugar. —Giró su cuerpo de manera rígida y regresó al trono.

—¡Señora mía! —imploró—. ¿Por qué me lleva prisionero?

—Tú sabes que no me puedes esconder secretos. ¡Sé que has contratado un sambucador para tus propios fines! ¿Creíste que no sabría que la princesa Catara nunca llegó al Palacio?

—¡Pero! ¡Yo la he visto sentada en tu mesa!

—Esa chica era una burda ilusión. La princesa ha partido, acompañada por el hombre que contrataste. ¿Por qué no me la trajiste, Gasin?

—¡Yo no lo sabía!

—Te daré unos días para reflexionar. Entonces podrás descansar —dijo sonriendo y alzó una mano.

Dos guardias salieron de las sombras y apresaron al mensajero tomándolo de cada brazo. La doncella más joven aplaudía entusiasmada.

Lo llevaron hasta el calabozo, Gasin no opuso resistencia. Lo arrastraron por largos pasillos, que se angostaban y oscurecían a medida que avanzaban, hasta que alcanzaron una puerta. La traspasaron y entraron a una sala circular con puertas de reja en las paredes. Abrieron una para él y lo arrojaron adentro de la celda húmeda y fría.

Allí quedó solo, abrazado a su sombrero, que por poco no se había perdido en el camino.

Allí, en la oscuridad, solo le quedaba pensar en sus alternativas: someterse al encargo de la Diosa Reina o permanecer en ese agujero, tal vez para siempre.

«³¹El profeta elegido por Artrea había encomendado su vida a su misión, llevaba la sangre de la diosa en su collar. ³²La montaña se veía solitaria y la vista de Enher era increíble, pero sabía que estaba cerca de ver el reino de les aireus, ya que el aire comenzaba a faltarle. ³³Etraur tenía miedo, no sabía con certeza si era el lugar correcto, había perdido el mapa y dejado de escuchar la voz de la diosa. Estaba solo.

³⁴Pero debía tener fe, sabía que la promesa de encontrar a los seres de luz se cumpliría. Acariciaba el collar cuando escuchó un bramido y el suelo se sacudió.³⁵Las piedras comenzaron a caer por todos lados. Etraur estaba aterrado, tropezó y casi cayó por un precipicio, pero otra roca lo sostuvo y lo ayudó a subir. Les aireus estaban allí».

Versículos del Libro de Etraur: el profeta de les aireus.
Incluido en el Gran Libro de Absuar.

Cariat miró a la compañía reunida en aquella sala, faltaban algunos, pero allí estaban el comandante Selfut con los guardias Berot, Renat, Juset y Somantat, y Camet, que se veía preocupado, parecía haber tenido una noche tan mala como la de ella.

Delicet la acompañaba, les habían dicho a todos que la princesa partiría a Tides apenas hubiese un barco disponible, por lo que ya había salido hacia el muelle.

La adoradora Desan estaba acompañada por otras dos mujeres. Se llamaban Acaas y Laklas. También eran adoradoras, por lo que delegó en ellas la responsabilidad de mantener contacto con la diosa reina Charos. Se sumaban dos sacerdotes, diferentes de quienes los habían acompañado en la cena, Cariat no alcanzó a escuchar sus nombres.

Además, se habían incorporado al grupo tres guardias enherinos, vestidos con trajes con caparazones que les cubrían el pecho, los brazos y las piernas. También llevaban una malla de escamas en las articulaciones. Aunque tenían el rostro cubierto por unos cascos de láminas de vidrios, contaban con una especie de artefacto que les permitía respirar.

Todos llevaban el rostro cubierto por máscaras que cubrían sus narices y bocas.

—¿Son tan necesarias estas máscaras? —preguntó Camet, acercándose a Cariat.

—Sí, príncipe Camet —explicó—. Tú no habías nacido cuando los piperleones aparecieron, eran unos seres casi desconocidos, pero son una plaga mortal.

—¿Nunca llegaron a Tides?

—¡No, gracias a las diosas! —dijo la cristalera—. Los piperleones son asesinos silenciosos que se mezclan con el aire brumoso en los pulmones. Afecta las vías respiratorias y matan a sus víctimas lentamente.

—¿Y por qué no se los elimina con algún brebaje apenas los aspiran?

—Cam lidiaba con acomodarse su máscara. Uno de los guardias se acercó y lo ayudó.

—Esa era la peor solución. Los cadáveres de los piperleones dentro del cuerpo se adhieren a los pulmones y los desgarran si se intenta eliminarlos, por una reacción de sus químicos.

—Eso suena más doloroso que morir ahogado.

—¡Y lo es! Por fortuna, cuando yo era joven, recién ingresada a la Orden de las Cristaleras, encontramos una manera de evitar su avance en las ciudades. Después de varios experimentos creamos una sustancia que, al mezclarla con polvo de sílice y agua salada, crea una fina red de telas que atrae y atrapa a los piperleones.

—Así los mantienen a raya, ingenioso.

—Tuvimos una iluminación divina. Aunque perdimos a algunas de las tallerizas en los experimentos, fue un éxito loable.

—Pero los piperleones siguen existiendo.

—Así es, pero fuera de las murallas de las ciudades de Enher, donde son contenidos por las redes y su población limitada por los lagartos de fuego, su depredador natural.

Cariat terminó su explicación y se colocó un máscara larga, que pendía como una larga bufanda sobre sus hombros. Era una indumentaria que aferraban a sus capuchas con facilidad y la accionaban al girar unos pequeños broches de cápsulas, que tenían en los bordes, para activar el dispositivo protector.

Desan se acercó a Cariat, quería hablar con ella.

—Nuestra diosa reina Charos sabe de su engaño.

—¿De qué está hablando, señora? —respondió Cariat sin mostrarse afectada.

—La mujer que quedó en la habitación no es la princesa Catara —dijo la adoradora mordiendo las palabras, le apoyó una mano fría sobre su hombro—. Por el momento no le haremos daño.

—Yo... Lo siento, ella debía regresar a Tides con urgencia. —Cariat no tenía manera de negar la verdad revelada.

—A nuestra Diosa Reina no le gusta que la engañen. Sabemos que la princesa Catara partió en un barco pesquero. Deberán pagar un precio por lo que hicieron. —La mujer se retiró de su lado sin decirle más palabras.

Los pensamientos de Cariat se dividían nuevamente. Por un lado, sabía que estaban partiendo a realizar su verdadera misión y, gracias a las palabras de la adoradora, sabía que Catara iba camino a Tides. Por otro, se sentía intranquila por el peso del castigo que le darían a Solitut por el engaño. Sentía que era su culpa.

Debía contarle lo sucedido al príncipe Camet. Lo que había ocurrido iba a repercutir de alguna manera que no podía prever; no conocía los métodos de la reina Charos, solo sabía lo que se decía de ella.

Charos era la nieta de un longevo rey y tomó el poder luego de la muerte de su abuelo, salteando a sus padres por una designación milagrosa. En la imposición de la corona hubo una especie de manifestación que la ungió como diosa y reina, y así era conocida. Cariat admitía que su aspecto era impactante, pero no había vislumbrado la divinidad de la que hacía alarde, aunque sí notaba que todo el pueblo la adoraba, incluso parecían temerle.

Cariat estaba intranquila. Antes de partir miró a todos, inspeccionando el rostro de sus compañeros.

El comandante se veía preocupado por contar con tan pocos guardias de su grupo, pero se mostraba firme dando órdenes, incluso a los guardias enherinos. Delicet se erguía preparada con dos lanzas-luz, llevaba un vestido que cubría sus piernas independientemente. El príncipe Camet estudiaba el mapa en el piso.

Luego de unas palabras, Cariat lo vio retroceder para buscar un asiento, el guardia Berot estaba a su lado, sosteniéndolo. Cariat se acercó hasta él.

Camet tenía la mirada perdida frente a ella, sus ojos se movían erráticos. Sus pupilas se sacudían y dilataban. Por un segundo Cariat creyó ver que las pupilas crecían y se dividían dentro del mismo ojo.

Cuando Cam fijó su vista en ella, una mota plateada brilló en su ojo izquierdo. Algo le estaba ocurriendo al príncipe y Cariat sintió culpa por no haberle prestado más atención.

Se acercó a inspeccionar al muchacho, le hizo unas preguntas, pero no detectó nada malo. Lo que creyó haber visto había pasado fugazmente, algún tipo de ilusión.

«Debe haber sido mi cansancio», pensó.

El príncipe Cam notaba que la mañana en Enher era diferente a las que transcurrían en Tides. Una brisa fría se levantaba y corría con una velocidad creciente por toda la zona costera. El aire tenía un aroma ácido, quizás por las emanaciones invisibles de los volcanes, mezcladas con el olor de la sal fresca. Observó que la gente salía de sus casas a partir de la media mañana, luego de que el viento amainara.

Adentro del palacio terminaban los preparativos. Se habían reunido alrededor de un gran mapa en el suelo, con la isla entera dibujada en grises y rojos, marcando los caminos y ciudades, los pequeños poblados de las afueras y los puertos.

Con una roca blanca, indicaron el lugar adonde se dirigiría el grupo de búsqueda. Demorarían medio día para llegar al primer pueblo de volcarianos. Una vez allí, deberían alcanzar el pueblo de Krokos, el volcariano que encontró a la princesa y la acompañó hasta el palacio. Aunque les advirtieron que ese pueblo podría ser hostil, era la única pista que tenían.

Cam miró al grupo. Berot estaba a su lado. Las adoradoras y los sacerdotes que los acompañarían, junto a tres guardias de la reina, habían cambiado sus vestimentas. Tenían pantalones y correas que sujetaban las prendas a su cuerpo. Llevaban una tela escamada que se enroscaban en la cabeza, cubriéndoles la boca y nariz. El sector infestado de piperleones se encontraba en el camino entre la ciudad y el poblado de los volcarianos.

—Deberán mantener su rostro protegido —dijo la adoradora.

Todos estaban preparados. Cam tenía su máscara que había guardado con sus pertenencias y se la colocó, con ayuda de Berot, mientras charlaba con Cariat acerca de los piperleones.

El príncipe sentía una pesadumbre anormal en su mente, como si le costase formar ideas propias. Seguía los pasos que le sugerían de manera automática. Cariat se apartó para hablar con la adoradora que los había recibido y luego volvió a su lado.

—La princesa ya está de camino a Tides —le dijo en secreto.

—¡Gracias a las diosas! —respondió sin pensar, su mente vagabundeaba por los sucesos de la noche anterior.

Luego de que las doncellas, o la Diosa según ellas, le pusieron las manos sobre la cabeza algo había cambiado en él.

Se había retirado a su habitación acompañado por un sacerdote. Cam caminaba desorientado y se acostó ayudado por el otro hombre, que también lo desvistió. El príncipe se recordaba acostado, casi desnudo, durmiendo y despertando a intervalos irregulares.

Cuando conseguía dormir, lo asaltaban alucinaciones de figuras geométricas blancas que cruzaban el espacio infinito que había entre sus ojos y sus párpados cerrados. El sacerdote estaba a su lado y lo calmaba, hasta que despertó y vio la claridad de la mañana por una ventana de vidrios de colores. Un par de sirvientes lo ayudaron a bañarse y cambiarse.

Al salir del cuarto se encontró con Berot, lo había esperado afuera de su habitación. No se separaba de su lado y le rozaba el brazo disimuladamente cada vez que podía. Cam sonreía, aunque no quería revelar nada delante de los enherinos.

De allí se dirigieron a la sala del mapa. Todos hablaban mientras señalaban puntos de la isla, pero él estaba concentrado en lo que pasaba con su memoria.

De a poco, recuperaba su conciencia y el control de sus pensamientos. Sin embargo, había algo más allí. intuía que se había abierto un nuevo espacio en su mente, como una ventana en un muro que antes siempre fue sólido. Intentó mirar qué había allí, tras esa ventana. Comenzó a marearse.

—¡príncipe Camet! ¿Te encuentras bien? —le pregunto la voz de Cariat.

—*Sí, estoy bien, solo necesito sentarme un segundo* —respondió, pero su voz sonó lejana, como si no hubiese sido él quien hablaba.

Su mente continuaba al borde de esa luz en su mente, que lo incitaba a atravesarla. Sus deseos lo impulsaban a buscar en ese nuevo lugar.

Imaginó su cuerpo apoyado en ese muro negro, y la ventana que se abría en un círculo transparente. Se asomó a ese espacio irreal y vio cientos, miles de puentes de luz blanca que brotaban en todas direcciones. Uno de ellos llevaba a otra ventana iluminada, donde vio a una de las lunas sobre el cielo azul.

Se acercó un poco más. Atravesó el muro y caminó por el puente blanco hasta la otra ventana. Allí el aire golpeó su rostro.

«Jafeht»

El muro se cerró inmediatamente, no podía alcanzarla. Caminó hacia otra pared, que se abría en una ventana clara y pudo ver el cielo «Catara debería estar regresando a Tides». Esta vez su mente lo empujó dentro de la abertura.

Ahora veía, desde lo alto, un pequeño barco que navegaba en un gran mar azul. Y sobre la cubierta, vio a Catara.

La joven no vestía como princesa. Aun así, pudo reconocerla ataviada con las prendas de una monástica. A su lado, uno de los guardias estaba sentado junto a ella y conversaban.

El barco tenía una cubierta de placas grises, lo que hacía que las personas resaltaran en contraste. Las velas eran anaranjadas, pero desteñidas.

El viento despeinaba a Cam, sentía el aire fluir en todo su cuerpo. Giró y movió músculos que no eran suyos. Tenía alas y estaba volando.

De alguna manera, se encontraba dentro de un ave, compartiendo su mirada. Impulsó sus pensamientos para ver hacia todos lados y el ave giraba la cabeza. Había tomado el dominio de la criatura.

La sensación lo asustó y perdió el equilibrio. Se afirmó en la silla en la que estaba sentado, al lado de Cariat. Había dejado al ave y regresado su propio cuerpo.

Cam respiraba agitado, Berot le tocaba los hombros. Había experimentado algo maravilloso y estaba seguro de que era por acción del *don* que de la diosa. Su conciencia se había dividido hasta alcanzar otro ser, era increíble.

El príncipe parpadeó varias veces, para comprobar que se encontraba aún en el palacio. Cariat lo miraba preocupada. Le pidió un poco de espacio al guardia que no se quitaba de su lado.

—¿Qué es lo que te ha ocurrido?

—Solo un pequeño mareo.

—¡No ha sido solo eso! Has hecho algo extraño, por decirlo de alguna manera. —La cristalera se arrodilló frente a él para inspeccionarlo—. Déjame verte los ojos.

La mujer le pidió a la talleriza que le pasara una lenteluz portátil que tenía en una de las mochilas y le alumbró los ojos.

—Mira fijamente la luz —le pidió y Cam siguió la lucecita que Cariat movía en todas direcciones—. Parece estar todo normal, ¿cómo te sientes?

—En este momento, estoy muy bien. —Realmente así se sentía, incluso mejor que antes, el malestar se había disipado—. ¿Ya es hora de partir?

—Sí, estamos listos, pero deberías mantenerte alerta por si algo ocurre. No dudes en decirme si sucede algo extraño. —La cristalera estaba preocupada.

Se levantaron y Cariat le ayudó a colocarse la mochila donde guardaba sus cuchillos cánex, las sogas de alambre y los elementos que portaba para la misión, había guardado en sus bolsillos algunos de sus anillos, pero llevaba el collar con la piedra verde al cuello.

Cam miraba a su nueva compañía, los guardias de la Diosa Reina eran más bajos que los de Tides, pero se los veía más fornidos, sus cuerpos eran rectos y sus rostros irreconocibles por las máscaras vidriadas que portaban. Tenían los ojos de un color plateado y brillaban debajo de las máscaras, lo que le pareció extraño.

La adoradora Desan les dio las bendiciones de la Diosa Reina y les deseó éxito en su viaje.

Desde uno de los balcones, las doncellas estaban con tres niños y miraban la escena.

—*Estás empezando a comprender, príncipe Camet. Y cuando encuentres a tu hermana, comprenderás mucho más.* — Escuchó en su mente. Dirigió la vista hacia las mujeres. La más joven lo saludó.

Salieron del palacio, los dos últimos guardias llevaban un par de hombres-lagarto encadenados con bozales.

Se les unió un nuevo acompañante, que llevaba una capa unida con hebillas plateadas, su rostro estaba cubierto con una capucha y tapaba su rostro con una máscara de la que salían tres tubos curvos hasta un objeto que se inflaba en su pecho. A los lados de su cuerpo, se veían varias válvulas, que se abrían y cerraban produciendo una melodía extraña.

Caminaron, precedidos por el extraño músico, hasta llegar a la plaza con la fuente. Desde allí, los caminos se bifurcaban en dirección a los volcanes, pasando por uno de los otros palacios importantes en su camino, la Torre Negra.

Caminaban a buen ritmo, animados por la música. Un par de jóvenes con banderines también se agregaron a la procesión.

Luego de llegar al palacio negro, que parecía un castillo por sus almenas y torres sin aberturas, lo rodearon por el frente, a través de una pequeña plaza. Estaba resguardada por numerosos guardias y soldados en formación, que los miraban pasar en posición de firmes. La compañía tomó el sendero que conducía al límite de la ciudad, hasta la puerta de los volcanes.

En ese lugar, los jóvenes de los banderines se detuvieron y los dejaron en dos portaestandartes ubicados a cada lado de la puerta. Una decena de guardias se hizo a un lado para dejarlos pasar.

El músico detuvo su melodía alegre, recuperó energías y empezó nuevamente con otro tipo de composición. Los guardias saludaron y tocaron el símbolo del casilar encerrado en tres círculos que estaba grabado en la piedra.

—Príncipe Camet, lo invitamos a tocar el símbolo que augura un pronto regreso a la ciudad —dijo el sacerdote que los acompañaba—. ¡Y también a todos los viajeros! —concluyó haciendo un alegre ademán con sus manos, que le hizo recordar a Gasin.

El príncipe apoyó sus dedos sobre los tentáculos del casilar. La piedra vibró bajo sus dedos y lo invadieron sentimientos de dolor y tristeza desde la fría roca.

Retiró la mano con velocidad. Otro de los *dones* de la Diosa Reina, estaba seguro.

—¿Camet, estás bien? —Berot se acercó a su lado.

—Sí, Berot, solo fue una sensación en la roca.

—Yo no sentí nada. —El guardia lo miró con preocupación—. Desde anoche parece que algo te ocurre. Si necesitas ayuda o algo te preocupa, estoy a tu lado. —Apoyó su mano en el hombro de Cam.

—Estoy bien —mintió—. Cuesta adaptarse a las costumbres de este pueblo, es diferente a casa.

—Es cierto, pero pronto encontremos a la princesa y podremos regresar a Tides.

—Así será, Berot. —Por un momento sus preocupaciones se disiparon, pero no podía dejar de sentir que algo había cambiado en su interior.

Atravesó el portal. Decidido a completar su misión.

Confiaba en que encontraría a su hermana, pero le preocupaban los extraños dones de la Diosa Reina; no estaba seguro de las intenciones que se ocultaban detrás de su generoso regalo.

La noche había pasado muy lenta para Gasin. El piso era frío y los muros desprendían humedad.

Al menos, el líquido que fluía de los muros se juntaba a los costados y se perdía por una pequeña canaleta al fondo de las celdas, arrastrando los desperdicios.

Gasin se había envuelto en su capa, pensando en sus nuevos problemas. Debería aceptar el mandato de la Diosa Reina. Negarse significaba pasar más tiempo en esa horrible celda. También podría tratar de evadirse, solicitando una indulgencia por sus servicios, pero la Diosa Reina parecía confiar en él y él esperaba continuar a su lado.

Él la amaba y soñaba que, en algún momento de su historia, algo de su poder divino lo tocara. Además, negarse a ella le traería consecuencias que irían más allá de permanecer unos días en esa celda: podría perder su puesto de trabajo y hasta podría haber represalias contra su familia.

Gasin había visto lo duros que podían ser los sacerdotes de la Orden con quienes ofendían a la Diosa Reina; desde destierros hasta entregarlos a los volcarianos, para que sirvan de ofrenda al gran Fiter. Había escuchado que los salvajes tenían ritos en donde asesinaban a los condenados en los corazones de las montañas.

Siempre tenía la opción de intentar huir, aunque no le veía el sentido, pues su Diosa Reina siempre lo encontraría.

Tonanzitlan había salido de su bolsillo y había salido de la celda, quizás en busca del calor de una lámpara o algún insecto que comer. Gasin escuchaba los pasos de guardias fuera de las celdas. Vio un par de prisioneros que se refugiaban contra los muros, tratando de moverse lo menos posible.

Desde las rejas, se veía la lóbrega prisión, pero no había ninguna abertura al exterior, por lo que no sabía realmente si era de día o aún era de noche. Algo le decía que ya había amanecido, principalmente porque el movimiento de los guardias era mayor.

—¡No! ¡Por las diosas! ¡No me toquen!

La voz provenía desde el exterior de la prisión. Algunos de los otros cautivos se arrimaron a las rejas, uno se puso de pie, pero los otros dos se arrastraron hacia la orilla de las puertas. Gasin se acercó lo más que pudo.

La puerta de la prisión era una pesada placa gris que estaba manchada con la humedad del lugar. Cuando la abrieron, la luz se coló por toda la prisión.

Un guardia y una de las adoradoras entraron con una mujer oculta en su capucha. El guardia empujó a la mujer adentro de una celda y cerró la reja.

—¿Por qué me traen aquí? —lloró la mujer.

—Tú sabes por qué —contestó la adoradora—. A nuestra Diosa Reina no le gustan los engaños.

La mujer se arrodilló y luego se volvió hacia el pasillo.

—¡Por favor! ¡Este no es lugar para una cristalera! —Su capucha se había caído sobre sus hombros.

El guardia y la adoradora salieron, cerrando la puerta tras de sí. Poco a poco, la visión de Gasin se adaptó a la oscuridad. Se acercó cuanto pudo para ver a la mujer, tratando de identificarla. Se había llamado *cristalera*, pero ¿cuál de ellas sería? Estudió su tamaño y la manera en la que lloraba hasta darse cuenta.

—¡Eres la monástica!

—¿Eres tú, mensajero? —La mujer buscaba con su mirada, mientras se limpiaba el rostro lleno de lágrimas.

—Sí. Lamentablemente, tendré que pasar un leve castigo por mis decisiones. Pero ¿por qué te encuentras tú aquí?

—Yo... solo seguía órdenes —la mujer hablaba apenada.

—Quizás recuperes pronto la libertad —dijo el mensajero para confortarla.

—Ruego a las diosas para que así sea.

—Si estás aquí, has de ser valiosa —dijo alguien. Su voz era ronca, pero parecía ser una mujer— ¡Espero que no tengas altas tus esperanzas! —dijo con sorna y comenzó a reír.

—¡Cállate! —increpó Gasin.

—Ilusos. Si la Diosa Reina los ha enviado aquí es porque ¡pasarán un largo tiempo con nosotros!¡Quizás todas sus miserables vidas! —La mujer seguía riendo.

Gasin se acercó a la reja hasta poder verla. Tenía una larga cabellera, manchada y sucia. Estaba vestida con harapos, y tosía y escupía al reír. Parecía ser una persona pequeña, pero la edad le había aflojado la piel.

—¿Quién eres? —preguntó Gasin, con curiosidad.

—No importa quién soy. ¡Nunca fui nadie! Tan solo una donante... una herramienta de los dioses. O de las diosas...

—¿Qué quieres decir?

—Debería haber sido alguien —dijo de repente la mujer, escupiendo al pasillo—. Pero me lo robaron todo, ¡todo!

—¿Quién deberías haber sido? —preguntó Gasin.

—¡La Diosa Reina, obviamente! —respondió, lanzando otra carcajada.

Algunos de los otros prisioneros gruñeron, otro le gritó que se callase, que era una hereje demente. Gasin consideraba lo que la vieja había dicho.

¿Sería verdad que era la madre de su Diosa Reina? La historia contaba que sus padres desaparecieron cuando los dioses llegaron para otorgarle el trono y el poder divino.

Pero Gasin pensaba que algo más había ocurrido; algo que la historia y su Diosa Reina se habían encargado de esconder. Algo que casualmente se encontraba encerrado con él y la cristalera.

Algo que podría ser la llave para conseguir su libertad.

«*Apartado 100 - De los reinos ocultos de los cancis y les aireus.*

1. El Concilio manifiesta y proclama el respeto por las otras razas pensantes de Arca y los dominios ocultos que pudieran poseer.

2. El Concilio acuerda y dispone no interferir con las organizaciones políticas y sociales conformadas por los cancis y aireus.

3. Los reinos ocultos se encuentran en lugares inaccesibles: los cancis en el fondo de los océanos; les aireus en sitios invisibles de los cielos. Esto es designio divino y, por lo tanto, ese Concilio ordena y manda que ningún terro invadirá aquellos reinos.

4. Este Concilio se desentiende de cualquier terro que, por intervención divina, fuese capaz de violar esta ley; lo deja a su merced y a la voluntad de lo que las otras razas quieran hacer con él».

Apartado final del Libro Mayor del Concilio de las Ocho.

XIV

Catara se había acomodado en uno de los bordes de la Ojosdeladiosa, el pequeño barco que los transportaba. La tripulación navegó durante toda la noche, viendo las lunas pasear por el cielo hasta perderse a medianoche. Tras pasar la Olla de Corales, en donde se esforzaron por controlar la embarcación durante algunas horas, alcanzaron aguas más calmas. Lo que implicaba que el viento no los impulsaba con velocidad.

El pequeño barco pesquero se dedicaba a pescar ojunes frescos y las islas Amixas eran el mejor lugar para ello. Si bien eran distantes, obtenían suficientes ganancias como para justificar los viajes. Además, el capitán decía contar con la bendición de Apreia, la diosa del mar y de las criaturas marinas, representada por la mujer desnuda con su barba ondulada.

La Ojosdeladiosa era veloz: tenía un casco con forma de gota de agua, construido con placas de un metal alivianado. La aleación, forjada por los sacerdotes de Enher, era económica para los enherinos, pero muy cara para el resto de las islas. El barco contaba con un mástil metálico, con una gran vela, y uno secundario con una más pequeña en el sector de popa. Tenía pintados dos ojos verdes en el pequeño mascarón de proa.

El capitán se llamaba Torcan, un hombre delgado y de pocas palabras. Lo acompañaban su mujer y cuatro marineros que se dedicaban a las labores náuticas.

Mientras los dos esclavos que habían subido con Catara ayudaban con esas actividades, ella notó que uno evitaba mirarla y siempre llevaba una capucha que oscurecía su rostro, lo que le resultó extraño.

Cerca de ella, el hombre de negro caminaba intranquilo. Los guardias estaban en la popa, al otro lado del barco. La mujer del capitán preparaba algo con el contenido de unas conchas y luego dejaba los caparazones vacíos a un lado.

Se veían algunas aves revolotear sobre ellos, una incluso parecía seguirlos.

A Catara le gustaba sentir el viento en su rostro. Había pasado la mañana con incomodidades: dormir en la cubierta, tapada sin más que una tela de piel de reptiles, no era un buen descanso; además, la despertó una descompostura que se resistía a dejarla. Sin embargo, ya se sentía mejor, de manera que pudo disfrutar del paisaje unos momentos, sin preocuparse por nada más que su futuro.

La muchacha regresaba a una nueva realidad. Podía verse a sí misma con su marido y su bebé, en un reino que no era el suyo, pero reinando, al fin y al cabo.

Algún día su hermano se transformaría en el nuevo rey de Joler, una vez que el rey Moura, su padre, entregase su espíritu al fondo del mar. Con ella portando la corona de Tides, se crearía una fuerte alianza entre los dos pueblos. La esperanza de un porvenir de paz y prosperidad entre los reinos la llenaba de alegría, todo parecía encaminarse a un destino favorable.

En el cielo, las aves volvían a sus islas. En el horizonte, la luna Tirasia se erguía ovalada, ocre y deforme, con sus fragmentos en suspensión brillando con diferentes intensidades a medida que el sol los alumbraba. Unas nubes se acumulaban rápidamente bajo la luna, el viento aumentaba su intensidad, empujando al cúmulo gris sobre ellos. Una tormenta se acercaba.

El capitán observaba todo desde su timón elevado. Levantó una mano para medir el viento con una pequeña brújula de aire que sostenía en su palma. Hizo un gesto con la nariz y se pasó la lengua por los finos labios.

—¡Lancen las redes por babor! —ordenó.

Los marineros obedecieron. Arrojaron una fina red de alambres por babor y las arrastraron durante el resto de la mañana.

Los dos guardias se habían apostado a un costado, conocían de embarcaciones, pero no querían interferir en el funcionamiento de la Ojosdeladiosa. Los dos esclavos estaban acostumbrados a seguir el movimiento de los otros marineros, ya solo se los diferenciaba por su vestimenta: unos chalecos con capuchas que protegían su cabeza del fuerte sol.

Catara llevaba el incómodo vestido de la cristalera monástica, que le cubría todo el cuerpo y la cabeza con una túnica doble. Por un lado, sentía que las prendas sueltas la protegían, por otro, que era prisionera de ellas.

Estaba acostumbrada a la moda jolereña, con vestidos con sujetadores, cinturones y piezas de cuero aferradas al cuerpo. Catara no comprendía cómo otras mujeres optaban por llevar aquellos atuendos durante toda la vida. Quizás no conocían otras modas o, tal vez, ocultar su piel era considerado un acto generoso de fe y caridad.

El hombre de negro parecía estar pasándolo peor que ella. Caminaba ansioso por toda la cubierta y pasaba frecuentemente a su lado, haciendo ruidos extraños al respirar. Tosía, como si estuviese ahogado, y tomaba abundante agua. Catara podía percibir un hedor emanando de él.

En ese momento, se acercó hasta donde ella estaba.

—Creo que deberías quedarte en la parte central del barco, lejos de borda—dijo, luego se alejó.

Ella miró hacia el agua, solo la espuma de las olas interrumpía el oscuro y profundo azul. El movimiento la mareó un poco, pero no sintió nauseas ni ganas de vomitar, tampoco los dolores estomacales que tuvo el día anterior en el otro barco.

De pronto, oyó un rasguido en la embarcación, como si hubiesen encallado con en una piedra.

—¿Qué ocurre? —preguntó, acercándose al mástil con miedo.

—¡Maldición! —gritó el capitán Torcan—. ¡Recojan las redes! Estamos en la zona de los altos corales. Mantengan la calma —ordenó a los viajeros.

—Señora cristalera, conviene que se aferre a estas sogas—le dijo la mujer del capitán.

La mujer tenía unos cinturones con presillas que se abrían para aferrarse a las cuerdas de alambre trenzado, que atravesaban la cubierta en zigzag y se unían a los mástiles. Catara no tenía cinturones ni precintos en su vestimenta, por lo que buscaba la manera de agarrarse con sus manos, mientras los sacudones se repetían.

Los dos guardias llegaron a su lado y la ayudaron a aferrarse. Incluso uno de ellos le sujetó una especie de arnés, cruzándoselo bajo las axilas. Era Mariot, el más fornido de los dos.

—¡Parece que te tienen mucho aprecio esos dos! —remarcó la mujer del capitán.

—Sí, me cuidan porque tengo una misión especial. —Había practicado la manera de ocultar su verdad ante ese tipo de preguntas.

—Entonces conviene que llegues bien a tu destino.

—Con la bendición de las tres diosas, lo lograremos —concluyó con una frase que había escuchado decir a las cristaleras de Tides.

—¡Lo conseguiremos con la bendición de nuestra diosa Apreia! —refutó la mujer—. Este es su dominio. Importa más su bendición que la de las tres, ¿no lo crees?

Catara no esperaba un debate religioso. Miró a uno y otro lado buscando ayuda, alguna salida, pero los guardias la habían dejado sola. La diosa Apreia era casi una desconocida para ella. Sabía que era protectora de las criaturas y seres marinos, mas no sabía siquiera que tuviera un culto entre los terros o que la considerasen como la máxima deidad.

Un nuevo golpe levantó al barco desde estribor, lo que hizo que todos se movieran hacia el otro lado.

Catara agradeció la interrupción que acabó con el debate, pero sintió una fuerte nausea y se sujetó el vientre con las dos manos.

Otro golpe, esta vez desde proa provocó que escoraran con fuerza.

Se escucharon nuevos gritos de la tripulación y Catara se sorprendió cuando vio a uno de los hombres caer al agua. Mariot, Ailot y el hombre de negro se acercaron para socorrerlo. También fue otro de los hombres, uno de los esclavos, con una soga en las manos.

Un nuevo golpe en el mismo lugar y un crujido hicieron que el hombre de negro mirase hacia donde se había producido el impacto.

Entonces, el esclavo con las sogas empujó a Ailot al agua, quien trató de sujetarse del otro guardia, arrastrándolo consigo al agua. Catara no sabía qué era lo que ocurría.

El hombre de negro tomó las sogas del esclavo y se las arrojó a los guardias. Uno de ellos ya se había sumergido.

Otro impacto hizo que la Ojosdeladiosa virase y quedara del otro lado, mientras que las olas alejaban a los hombres que estaban en el agua.

Los golpes seguían, el barco intentaba esquivar unas columnas que surgían del agua, como estalagmitas de corales que crecían en el medio del océano. Atrás de ellos, los guardias desaparecían, aunque se los veía intentando nadar hacia una de las formaciones coralinas. El viento continuaba arreciando y alejó rápidamente al barco de aquel lugar.

El agua salpicaba con fuerzas y la cubierta se había vuelto resbaladiza. Catara intentó ponerse de pie y la otra mujer la ayudó a sostenerse hasta que el mar al fin se calmó.

—¡La ofrenda a la Diosa fue recibida! —exclamó alegremente la mujer al capitán—. ¡Ya podemos dirigirnos a las Amixas, mi amor!

—¿Acaso pasar por este terrible lugar era un plan de ustedes? —El hombre de negro estaba enfurecido y caminó con paso firme hacia el capitán—. ¡Esos hombres que perdimos eran nuestros guardias!

—¡Lo siento, paliducho! —El capitán lo miraba, pero dirigía la embarcación con alegría— ¡Es una ley de mi barco: siempre que reciba encargos extras tendré que pagar una ofrenda a la diosa Apreia!

—¡Maldito seas! ¡Lo pagarás! —dijo, sacando un cuchillo de debajo de sus prendas.

—¡Sujétenlo! —gritó el capitán a sus marinos, que ya estaban tratando de dominarlo.

Él hombre de negro se debatía contra los seis tripulantes a la vez, arrojó al agua a uno de ellos y otro cayó en la cubierta con un corte en el pecho, salpicando con sangre las placas grises.

Dos marinos lo tomaron de los brazos, mientras los otros dos evitaban las patadas. Entonces el esclavo que había estado en la Mardesal se acercó por detrás y le dio un golpe en la cabeza con un pesado gancho metálico.

El hombre de negro cayó al piso, la sangre oscura le corría por la frente.

—¡No! —gritó Catara.

Entonces el esclavo que lo había derribado giró al verla gritar. Catara lo reconoció. Era Tirol, el sambucador, que le sonreía.

—Tranquila, princesa —dijo el hombre—. Mientras yo esté contigo no te sucederá nada malo, tengo una misión que cumplir.

Catara se giró aterrorizada, creía haber olvidado el pánico que había sentido en el puerto de Varnal, pero ahora se encontraba nuevamente con él.

Se acercó como pudo hasta donde estaba el hombre de negro, inconsciente. Solo quedaba él para protegerla de ese asesino.

Arstant conocía el salvajismo de los terros. Al ver que arrojaban a los guardias al mar, supo que esa tripulación era un grupo de salvajes.

Intentó defenderse, pero eran muchos y no tardaron en someterlo. El golpe en su cabeza lo había aturdido, aunque poco a poco recobraba la consciencia.

La princesa se acercó a él, se veía aterrada. El capitán fue hasta ellos.

—No intenten nada extraño ustedes dos, sean inteligentes. Aún los dejaremos en Tides —les advirtió y se retiró.

La muchacha limpió la sangre de su rostro.

—¡Estás despertando! —dijo ella y le corrió la capucha. Las manos de la princesa se detuvieron al notar que las orejas diferentes de Arstant.

El canci se apresuró a taparse nuevamente.

—Soy un canci, princesa —susurró. La muchacha lo miró con asombro, pero sin temor. Se sentó a su lado, limpiando la sangre oscura—. No quiero que ellos lo descubran.

—Creía que habíamos pagado nuestro viaje, pero nos hemos vuelto rehenes de esta mala gente.

—He visto más terros traicioneros de los que debiera en la superficie de las islas.

—Pensé que los cancis no estaban en la superficie.

—Es una larga historia.

—No creo que podamos ocupar nuestro tiempo para mucho más. —Catara no dejaba de mirarlo con detenimiento—. Desde cerca se puede notar que tus escamas son más pálidas y los ojos más oscuros de lo normal, ¡no tienes ni una pestaña!

—No hay cancis en la superficie. Solo algún que otro explorador entrenado.

Arstant recordaba su historia con los terros, que se remontaba decenas de años atrás, cuando era solo un joven explorador. Llegar a los lugares más lejanos era parte de la formación militar que recibía en Orimar, el más austral de los reinos de los cancis.

El fondo de los océanos era tan cambiante e inconmensurable que los cancis, aunque se dispersaran en todas las direcciones, solo abarcarían una pizca de la totalidad de Arca. Por eso la misión de los exploradores los enviaba a recorrer el mundo, durante al menos dos años de sus extensas vidas. Al regresar, podían solicitar cambiar de misión; formar familias, si es que no lo habían hecho aún, o volver a explorar.

—Cuéntame de los exploradores —pidió Catara.

—Siempre me han atraído las historias de los lugares lejanos, los misteriosos reinos de los terros que habían visto nacer a los dioses. Quería descubrir qué eran las islas que se mencionaban y cómo era el cielo, que imaginaba como una gran superficie ondulante que cambiaba la intensidad de la luz.

—No imagino una noche sin las lunas —interrumpió Catara—. Parece algo inconcebible.

—Como lo es para nosotros la superficie. —Arstant le pidió agua, la princesa le acercó un recipiente y lo ayudó a beber, luego de tomar un sorbo, se sentó contra la borda y continuó su relato.

»Durante los primeros dos años de formación, estuve acompañado por una canci joven llamada Parlant, de cabellos del color de la arena. En el tiempo que compartimos me enseñó algunos trucos útiles. Ella era bastante más temerosa del mundo exterior, provenía de una familia de bolsios, que eran los encargados de aprender los milagros ancestrales. Ella me explicó que el milagro de respirar aire fue bastante complejo de aprender, pero lo lograron gracias al desarrollo de las telas de cuero pulidas, que permite filtrar y humidificar el aire, para luego tomarlo por las branquias. Así es como podemos respirar en la superficie exterior, fuera del agua.

—¡Increíble! ¡Deberían compartir sus conocimientos con el Concilio de las Ocho Islas!

—Nuestro conocimiento no es algo que podamos compartir. Es un designio divino, ellos nos dirán cuándo compartirlo.

—Eso me excede —dijo Catara, tocándose la frente—. Mejor cuéntame de tu compañera, ¿ocurrió algo entre ustedes?

—Parlant era una gran pareja. Sí, fuimos amantes ocasionales durante algunos meses, pero terminamos nadando mares distintos. A veces nos encontramos, ya que la amistad permanece.

—¿Y cómo fue llegar a la superficie?

—La primera vez que subimos a la superficie del mar fue una tarde, luego de haber nadado durante catorce días, acostumbrándonos de a poco a los cambios de presión en nuestros cuerpos. El cambio de presión es el gran enemigo de los cancis. En lo profundo utilizamos párpados dobles. Mira. —El canci parpadeó, cerrando unos primero y luego otros más gruesos que ponían sus ojos grises, sin ocultarlos completamente. Catara contuvo una exclamación—. Aprendí poco a poco a levantar las membranas oculares, fue laborioso. Algunos cancis son incapaces de hacerlo, por lo que desisten de conocer la *superficie seca*, como la llamamos.

—Por eso no hay cancis en la superficie.

—Así es...

Catara parecía agotada y Arstant no quería revelar tantos secretos de su especie, por lo que guardó el otro impedimento que los separaba de los terros: plegar sus orejas al lado de sus cabezas debían pasar por un rito que requería quebrar un cartílago, y así poder liberarlas para doblarlas a voluntad. Las aletas debajo de sus brazos podían enroscarlas sobre sus extremidades y cubrirlas con cualquier cuero, eso era una nimiedad en comparación con las otras dolorosas adaptaciones.

El canci había dejado de hablar. Recordaba la tarde en la que emergió junto a Parlant, fue como un nuevo nacimiento ellos. Primero, la claridad era tan fuerte que debieron cubrirse con sus brazos para no quemarse con el calor y el brillo. Arstant, una vez se acostumbró, se asombró ante todo lo que había sobre ellos: la profundidad de los cielos, la lejanía de las lunas, el brillo de su cuerpo y el color blanquecino de sus brazos.

¡Los sonidos! Los maravillosos tonos de las olas rompiendo entre sí, la espuma burbujeando sobre su cuerpo. Todo era nuevo y podía ver cómo su amiga experimentaba las mismas sensaciones, aunque en su rostro se reflejaban la sorpresa y el miedo por igual.

Luego, llegaron los primeros sonidos que emitieron con sus bocas, se llenaron de alegría al poder *hablar* con cloqueos de su lengua y salpicar agua sobre sus cabezas al hacer gárgaras. Fueron momentos felices y lúdicos que siempre recordaría.

Cuando se acostumbraron a la luz, empezaron a saltar, impulsándose con la fuerza con la que el mar los empujaba, y reían al escucharse chapotear contra la superficie marina.

También pudieron ver la tierra de una de las islas a lo lejos. Hacia allí se dirigieron.

Antes de llegar se encontraron con un barco, como eran llamados en las historias. En él había varios hombres terros, la más escaza de las razas pensantes que habitaban Arca. Era inusual encontrarlos, pero eran temidos por ser beligerantes y salvajes. Sus sociedades eran retrógradas, aunque parecía que de a poco alcanzaban cierta civilización.

Los jóvenes cancis eran curiosos y se acercaron al barco. Arriba, los terros vieron a Parlant y comenzaron a emitir fuertes sonidos que parecían entender entre ellos, también señalaban en su dirección. No tardaron en comenzar a lanzar arpones. Uno de ellos alcanzó a la chica en un hombro, por lo que huyeron, sumergiéndose en las profundidades del mar.

Parlant se curó con uno de los milagros que conocía y pronunciaba con su mente, enviando oleadas de agua salina caliente sobre su herida. Pero la experiencia fue suficiente y renuncio a conocer a esos seres.

Para Arstant, en cambio, la curiosidad por esas extrañas criaturas aumentó aún más.

Una vez terminada su labor de dos años con Parlant, el muchacho se dedicó a investigar a los terros y aprendió la teoría sobre su *lenguaje*. Ensayaba sonidos en una cueva de aire que había cerca de su pueblo, allí también realizaba sus ejercicios de respiración de oxígeno.

Cuando se sintió lo suficientemente preparado, revisó los mapas de piedra que había en el sector de registros físicos e identificó que la isla que más cercana a su pueblo era llamada Tides. Hacia allí se dirigió.

Decidió ascender de noche, y llegó a un pequeño caserío de cosechadores de algas. Inventó una historia sobre un accidente, en el que había perdido el habla y la estaba recuperando poco a poco y, por fortuna, conoció a un anciano que le ayudó a hablar correctamente,

Con aquel terro aprendió a cazar algunos animales y a cocinarlos antes de comerlos. Eran sabores diferentes. Debajo del mar, la comida se encontraba al alcance de la mano, allí arriba debía *cazar* o *pescar* para conseguir alimentos. El anciano lo ayudó hasta que, durante una gran tormenta, su casa fue destruida por el mar. Arstant no sabía que el ambiente exterior pudiera ser tan inhóspito.

Luego de quedarse solo, comenzó a recorrer la isla, pero tenía un impedimento: no podía atravesar los desiertos de sal. Cada vez que se acercaba a las planicies blancas y secas, su piel ardía y perdía toda la humedad que lo mantenía vivo. Tuvo que aprender a identificar y leer los mapas en las placas de calizas y los papeles de algas prensadas.

Así fue como nadó hasta la ciudad de Tides y conoció al rey, cuando aún era un joven terro de increíble fortaleza. Pero su alianza, y los sucesos que ocurrirían durante dos generaciones, las recordaría en otro momento de su historia.

Debía concentrarse en lo que sucedía en el presente.

Había sido testigo de la naciente rebelión en Varnal y ahora regresaba a Tides resguardando su información, y a la joven que dormitaba a su lado.

Catara de Joler tenía un destino importante que cumplir. Al estar cerca de ella, pudo detectar un movimiento de aguas en su interior.

Agudizó sus oídos y confirmó lo que imaginaba. Dentro de la muchacha se movía una nueva vida. ¿Acaso ella lo sabía?

—¿Estás despierta, princesa? —preguntó.

—Sí —dijo, restregándose los ojos—. Pero no me llames princesa, no deben saber quién soy en realidad. Deberías llamarme Lapreat, es mi nombre falso.

—Yo me encargaré de llevarte a Tides, esos hombres no te tocarán. Por cierto, mi nombre es Arstant —respondió con una sonrisa.

La joven se acomodó en el centro de la embarcación, sacando un pan de algas que llevaba envuelto en un paquete, y se puso a comerlo a solas.

Atrás de ellos, dos de los marineros hablaban entre sí. Pero con intención de ser oídos.

—¡No sabía que los tidesios fuesen tan ingenuos!

—¡Y parece que no saben nadar!

—¿Deberían tener más respeto por los muertos? —exclamó Catara.

—¿Quieres unirte a ellos? —le preguntó uno riendo, acercándose a ella amenazadoramente.

El canci giró en el suelo, golpeó con su pierna a uno de los hombres, haciéndolo caer; luego saltó encima del otro, derribándolo y amenazando golpearlo con el puño, mientras que con su talón derecho le pegó en el estómago al otro, dejándolo sin aire.

—¿Es que acaso quieren meterse conmigo?

—No, no —dijo el que tenía el puño frente a su rostro— ¡Solo te preguntábamos!

—Dedíquense a llevarnos rápido a destino.

—Sí, señor —respondió.

El canci aflojó la presión, liberándolo. Los marineros se fueron maltrechos y los dejaron solos.

—¡Gracias, Arstant! —Sonrió luego de agradecer—. Ahora me siento más segura.

—Nos superan en número *Lapreat*, no debemos confiarnos demasiado. Yo podría sobrevivir en el mar, pero tú y lo que llevas —dijo mirando a su vientre—, no tardarían en entregar su espíritu a los dioses.

—¿Lo sabes? —Catara estaba sorprendida.

—Lo acabo de descubrir. Te protegeré, ya que eres parte de la familia real de Tides y mi promesa con su pueblo permanece. Pero debemos mantener un perfil bajo.

—Tenemos que cuidarnos del sambucador.

—¿Hay un sambucador?

—Sí —dijo, señalando a Tirol—. Ese de allí. Quiere llevarme a Joler.

—Tendremos que cuidarnos de todo, entonces. Y buscar la manera de deshacernos de él.

Arstant empezó a recordar las historias que mencionaban en Varnal de los sambucadores: tenían una orden sectaria religiosa, eran despiadados y cumplían sus encargos con devoción. Sería un contrincante difícil, pero había enfrentado seres más temibles. Comenzó a observarlo, estudiando sus movimientos, intentando descubrir sus debilidades.

El canci se acercó a la borda y miró las olas, se dejó salpicar por ellas, el agua siempre le daba claridad cada vez tenía que pensar sobre sus futuras acciones.

«La noche aterraba a la niña. El cielo estaba cubierto y solo el leve reflejo de la luna Eurilea traspasaba las nubes con un indicio de luz.

Las olas la mecieron y Learat se durmió.

La niña soñó con su futuro. Se encontraba de pie, delante de muchas personas que arrojaban partículas de vidrios que se evaporaban, elevándose. De un espejoluz brotó un rayo celeste hacia las lunas. Era un espectáculo luminoso que formó un colorido atardecer lleno de alegría.

Learat despertó con los movimientos de la placa agitada por el agua. Continuaba con miedo, pero el sueño le había mostrado un posible futuro en el que ella estaba feliz. Lo mejor era pensar en eso cada vez que sintiera la desesperación del infinito horizonte marino».

Fragmento de La niña de las olas, *cuento popular Tidesio.*

XV

Cariat caminaba al lado de Camet. Podía notar que algo le sucedía al príncipe, lo que había percibido al salir del palacio no tenía precedentes. Trataba de recordar alguno de los libros sagrados que mencionase algo similar, pero ninguno de los profetas, reyes o dioses había relatado que los ojos se separaran de esa manera.

Sin embargo, había sido solo un segundo. Se preguntó si quizás fuese ella la que había visto mal, quizás por el cansancio acumulado. Era la única explicación.

Si tuviese que describir al pueblo de Enher, Cariat diría que era ordenado y musical. El sendero que seguían era empedrado y, aunque los músicos no seguían con ellos, la brisa silbaba melodías aflautadas entre las rocas y estalactitas de sal.

A su derecha, el terreno descendía escarpado, con cristales salinos a medio formar, creciendo en formas geométricas y moldeados por el viento.

La sal formaba algunos cristales rectos y de líneas perfectas, otros eran polimórficos, mezclados con selenita y otros minerales. Se extendían hasta el horizonte donde el mar reflejaba colores azules y verdes.

A los lados de la pared de piedra, que se elevaba irregular a su izquierda, se hallaban las redes que atrapaban a los piperleones que se acercaban a los límites de la ciudad. Las redes caían como pequeñas cascadas y parecían ser efectivas, porque mantenían a la ciudad a salvo.

Una de las adoradoras se acercó hasta Cariat, deteniéndose a un costado del camino para dar paso a los demás.

—Disculpe, madre cristalera, ¿me permite unos momentos? —preguntó con timidez.

—Sí, claro. —Cariat necesitaba una distracción.

—Usted sabe que nosotras convivimos con la diosa reina Charos. ¿Es verdad que ustedes no tienen ningún dios vivo? —La mujer demostraba una curiosidad particular.

—Acaas, ¿cierto? —preguntó la cristalera, la mujer asintió—. Nosotras no convivimos con ningún dios, pero las oráculos tienen encuentros con Lobreg durante la fiesta de la luna mayor.

—Es decir que... ¿está con ellas? —preguntó ruborizándose.

—Sí, pasan una noche junto a Lobreg. —Cariat no quería contarle que era parte del rito de iniciación, a partir del cual podían invocar sus visiones del futuro.

—Interesante —dijo como tomando nota, y luego continuó—. ¿Alguna vez se han rebelado contra ese dios?

—No creo que sea posible hacer eso —respondió Cariat.

—No debería haber hecho esa pregunta. Mis disculpas, señora.

El comportamiento de la adoradora le resultó extraño, parecía temerle a la reina. Después de todo, ella no sabía mucho de esa orden femenina de adoración de las tres.

Se llamaban adoradoras de la Tríada, y la orden tenía casi la misma edad que la reina Charos en su trono. En cambio, los sacerdotes parecían continuar con la labor que llevaban ancestralmente, adorando a Artrea, la madre de las tres lunas.

—Antes de que la reina llegara al trono, ¿las mujeres no tenían opción de dedicarse a la fe? —Cariat retomaba el diálogo, intentando comprender mejor sus costumbres.

—Existía una secta que apareció antes del nacimiento de la Diosa, pero luego de su coronación, se hizo parte de la religión.

—Me da la impresión de que le temes, ¿me equivoco?

Acaas permaneció en silencio unos instantes, luego le respondió en voz baja.

—Últimamente ha estado actuando de una manera distinta.

—¿A qué te refieres?

—Tras la llegada de la muchacha tidesia, la Diosa ordenó un estudio riguroso sobre les aireus, además de investigar en los escritos en piedra sobre ritos y oraciones. Ustedes, las cristaleras, fueron un modelo a seguir, pero nosotras no somos tantas para dividirnos en tres ramas.

—Todas hacen todo.

—Así es. Antes de venir con ustedes, nosotras estábamos en la sala de traducciones.

—¿Acaas? —La otra adoradora la llamó.

—Creo que he hablado de más, señora. Me disculpo.

La Orden de las Cristaleras era una organización antigua entre las islas. Cariat, al ser la autoridad máxima, conocía lo que pasaba con cada una de sus ramas, aún en momentos de crisis. Si bien cada rama era diferente, mantenían una imagen de unidad hacia el exterior.

Las tallerizas solían ser siempre las más preparadas para el combate, por su entrenamiento físico y preparación en defensa militar, pero además llevaban a cabo importantes avances científicos y armamentísticos. Las oráculos, de menor cantidad, daban las pautas del futuro y eran excelentes consejeras. Las monásticas, las más numerosas, estaban a cargo de la adoración, la medicina y la alimentación; se movían como un grupo compacto, silencioso y riguroso, con jerarquías internas y un control minucioso de sus actividades, gastos y ganancias monetarias; eran el sostén de toda la orden.

En cambio, esta orden de adoradoras parecía tener una sola variante, se las veía decididas, devotas y fuertes. Por momentos, había visto en la adoradora Desan a una equivalente en cuanto a jerarquía; notaba que su figura inspiraba respeto, miedo y rigor. Sin embargo, era curioso ver dudas en las otras muchachas.

El conocimiento generaba dudas. Ella lo sabía.

Al quedar sola apresuró su paso para acercarse al príncipe, caminaba inseguro, dubitativo.

—Camet... ¿Estás bien? —dijo, ofreciéndole el brazo.

—Yo... necesito sentarme un momento —respondió con la voz quebrada.

Cariat veía que unas gotas de sudor corrían por su frente. Llamó al comandante y le informó que tomarían una breve pausa. Acompañó al príncipe hacia unas rocas planas. Delicet se acercó hasta ella y afirmó las lanzas-luz contra un gran cristal, unas chispas saltaron al contacto entre los minerales. Las adoradoras también se sentaron, frente a ellos.

—¿Qué es lo que te ocurre? —preguntó Cariat.

—La Diosa Reina me ha hecho algo, ellas me impusieron las manos en la cabeza dándome un don divino.

—¿Ellas?

—Ellas... las doncellas. —Cam sentía la presión en su mente, cada vez que intentaba hallar las palabras la tensión aumentaba—. Ellas son la voz de la Diosa —completó con un dolor que lo obligó a callar.

La cristalera lo miró con preocupación. Sabía que las doncellas acompañaban en todo momento a la reina y que hablaban por ella, pero no había manera de detectar si algo divino se había manifestado.

El estudio de milagros no había sido del interés de Cariat. Para ella, solo los dioses podían realizar los milagros o dar el poder para que alguien más los haga, al menos así lo era en Tides. Que la reina Charos manifestase poderes divinos era poco creíble, pero si tenía la devoción de todo un pueblo, algo más podría estar actuando.

—¿Acaso la reina es realmente una diosa? —se preguntó Cariat, dándole voz a sus pensamientos y preocupaciones. Esperaba que la

Diosa Oculta la escuchase y le diera respuestas. Cariat se tocó la muñeca de manera instintiva, como cada vez que pensaba en Telasina.

—No lo sé, creo que sí. Ellas son las diosas —dijo el príncipe e inmediatamente se agarró la cabeza. Luego de una pausa en la que aclaró sus pensamientos, continuó—. Cada vez que quiero hablar sobre lo que ocurrió con esas mujeres, el dolor aparece.

—Entonces no las menciones.

—Lo intentaré. —quitó sus manos de su cabeza y la miró—. Siento que estamos cerca de mi hermana. Posiblemente a una jornada de viaje.

—¿Cómo lo sabes?

—La he visto. —Su mirada se enfocaba en Cariat, un nuevo lunar plateado había aparecido—. Está herida, pero sigue viva. Debemos apurarnos.

—¿Cómo es posible que la hayas visto?

—Es complicado de explicar, es una especie de visión. No del futuro, sino del presente —respondió, mirándola con sus ojos claros—. ¿Continuamos?

—¿Seguro que ya te sientes mejor?

—Sí, avancemos.

—¡En marcha! —anunció Cariat a todos.

Ayudó al príncipe a levantarse, notando que ciertamente ya se encontraba bien, incluso repentinamente más animado.

De alguna manera había visto a su hermana, o quizás era la ilusión por estar cerca de ella. Cariat no lo sabía con certeza, pero estaba decidida en permanecer a su lado.

Delante de ellos, una especie de niebla se levantaba. Estaban llegando a la zona de los piperleones.

Lo distinto del paisaje de Enher sorprendía a Cam. Las montañas cubiertas de cristales eran hermosas y peligrosas por igual. Los colores se reflejaban sobre el camino, creando complejas tramas de finas líneas sobre la superficie.

A su izquierda, el terreno se elevaba en forma abrupta, las laderas crecían con minerales opacos, aunque algunas puntas sobresalían transparentes del más puro cristal.

Sobre ellos vio carijas, una especie de pequeños reptiles, con largas colas de colores cambiantes y dos patas curvas características. También había otros animalillos desconocidos, de menor tamaño, que saltaban como gotas desde un cristal a otro. Eran muchos y a veces se enrojecían en los extremos, antes de impactar y pegarse sobre la superficie, en donde recuperaban sus formas y volvían a saltar.

—Esos son los lagartos de fuego —señaló sonriendo uno de los sacerdotes que lo acompañaban—. Uno se imagina que son grandes reptiles, pero son esos seres del tamaño de gotas los que devoran a los piperleones en sus saltos.

Una bandada de aves con dos pares de largas alas los sobrevoló y se internó entre las sombras de las montañas.

Cam quiso registrar las criaturas, de dibujarlas en sus vuelos, y los diminutos halos de vapor que desprendían, delineando curvas que se cruzaban y enroscaban hasta desaparecer en el aire.

—¡Esas criaturas son increíbles! —Berot lo había alcanzado y caminaba a su lado.

—No las había visto nunca —respondió el príncipe, viendo caer piedritas por uno de los muros.

—Te noto distinto, Camet. ¿Estás bien?

—Sí, no... —Cam respondió, mirando al guardia—. Pronto encontraremos a Jafeht. Espero que ella esté bien.

—Ella siempre ha sido una muchacha independiente y aventurera.

—¿La conoces?

—Creo que todos los guardias la conocemos. —Berot achicó los ojos, sonreía debajo de su máscara—. Más de una vez nos pedían escoltar a la princesa y ella siempre nos las hacía muy difícil. Se escondía, se escapaba, se perdía... ¡nadie quería ser custodio de la princesa!

—Suena muy a Jafeht, la rebelde. Ella nunca fue una princesa que siguiera las reglas que se esperan de la realeza.

—A eso se le sumaba que siempre tenía un corte de cabello distinto, costaba reconocerla.

—Es cierto, le gustaba innovar con sus peinados y cortes. La última vez, antes de su viaje, tenía el cabello corto con varias trenzas pequeñas que caían hasta sus hombros...

»Mi padre no quería dejarla partir, ¿sabes? Pero ella prometió regresar y adaptarse al modelo de princesa que él esperaba. —Cam bajó la mirada—. La extraño, Berot, ella es una de las pocas personas en las que confío.

—Ella es tu hermana. —Berot le acarició el brazo—. Está bien sentir afecto por la familia.

—Algo le ha ocurrido, puedo presentirlo. Si los enherinos nos hubiesen dado más información...

Berot lo detuvo con un suave gesto.

—Todo saldrá bien, mi principito —dijo.

Vio que otros guardias adelantaban sus pasos, por lo que saludó a Cam y lo dejó solo.

Cariat se acercaba por detrás, había estado hablando con una de las adoradoras. Ella comenzó a hablarle, pero el dolor de cabeza atacó a Cam nuevamente.

Intentó concentrarse, las palabras de Cariat eran ecos incomprensibles. Él respondió vagamente, hasta que una punzada se disparó.

El príncipe detuvo su marcha y se llevó una mano a la cabeza, su visión se tornó borrosa. Necesitaba sentarse y *ver* lo que su mente quería mostrarle.

Se dirigió a un costado, Cariat continuaba hablando, pero Cam había dejado de escucharla, el dolor captaba toda su atención. Viendo que no se sentía bien, Cariat lo ayudó a tomar asiento sobre unas piedras.

Nuevamente el muro negro se desplegaba en su mente y en él, las mismas aberturas. Escuchó voces a su alrededor, pero mantuvo su concentración en lo que pasaba dentro de sus pensamientos.

Atravesó el muro y vio los puentes de luz blanca. Algunos más cortos, otros lejanos e infinitos.

La luz se filtraba por el espacio en potentes haces que brotaban entre rendijas. Sus últimos pensamientos habían sido sobre su hermana, así que decidió concentrarse nuevamente en ellos, entonces uno de los puentes vibró e intensificó su luz interna.

Cam comenzó a recorrerlo. Al llegar al final del puente, halló una nueva ventana.

Se asomó un poco, con precaución.

Vio un leve vapor que provenía del suelo. Los aromas a metales y sudor eran fuertes, pero no le molestaban. Había muros a su alrededor, de piedra rústica sin pulir. Parecía encontrarse en una caverna. Miraba desde el piso, a través de los ojos de una criatura que se arrastraba.

El frío lo impulsaba hacia a los muros irregulares, desde donde provenía calor. Allí se encaramó a una roca y alcanzó una mejor perspectiva del lugar.

Oyó voces de terros, pero no pudo discernir sus palabras. La cueva estaba adaptada para vivir: una serie de ventanas, labradas en uno de los muros, dejaban entrar la luz del exterior y había una cama sobre una roca, justo al lado de donde *él* estaba.

En la cama yacía boca arriba una joven, tenía el rostro febril y húmedo, una persona le retiraba un paño de la frente. La muchacha estaba cubierta por una manta gruesa de piel de lagartos, Cam pudo identificar su rostro de perfil.

Jafeht.

La felicidad lo inundó. ¡Su hermana estaba viva y alguien la cuidaba! Eran maravillosas noticias.

Volvió veloz por el puente de luz, pero un dolor le sacudió la cabeza.

La voz de las diosas lo alcanzaba hasta ese lugar y se dibujaba en el espacio entre los puentes.

—*No abuses de nuestra gracia príncipe, puede agotarse.*

Retomó el control de su consciencia. Cariat estaba a su lado, haciéndole preguntas. Cam pensó en la Diosa Reina, su voz había llegado hasta su mente, por el espacio oscuro entre los puentes. Ella sabía lo que sucedía, tal vez cuando él utilizaba la habilidad que le había otorgado.

—La Diosa Reina me ha hecho algo —le dijo a Cariat, interrumpiéndola.

Su dolor de cabeza continuaba palpitando con sus pensamientos, no podía expresarse sin sentir las punzadas atormentándolo. No podía contar lo que podía hacer, ni lo que había ocurrido con la Diosa Reina, pero sí que había visto a Jafeht.

Tenían que llegar hasta ella lo antes posible.

Respondió a las preguntas de Cariat como pudo, pero no logró darle demasiados detalles sin que los dolores regresaran.

—¿Seguro que ya te sientes mejor? —preguntó Cariat.

—Sí, avancemos.

—¡En marcha! —ordenó Cariat a todos.

Cam se había recuperado y haber *visto* a su hermana lo animaba.

Uno de los sacerdotes se acercó hasta ellos.

—Al llegar al pueblo de los volcarianos, sería imprudente decirles que eres un príncipe. Es un pueblo complicado.

—No conozco mucho sobre ellos... —Cam dejó la frase sin terminar, para no ofender al hombre.

—Pacran, soy alun Pacran —completó el sacerdote, llevando una mano a su pecho.

—Mucho gusto, ¿cómo debo llamarte? —El doble nombre le parecía una excentricidad extraordinaria.

—Ah, lo siento, mi nombre es Pacran. Alun es mi posición dentro de la Orden de Nuestra Señora de las Tres Lunas —explicó, gesticulando exageradamente y enumerando con sus dedos—: Los alores son la máxima eminencia, el alor Zeguin los acompañó en la recepción. Seguimos los alunes, que somos nueve, luego los arleos, que son los soldados, con sus categorías numéricas. Los aunires son los aprendices.

—No imaginaba que pudieran tener tantos nombres diferentes en su orden.

—¡Realmente no son tantos! —respondió con una sonrisa.

—Entonces, los volcarianos, ¿cómo son? —Cam intentaba retomar el hilo de conversación.

—Ellos son raros, hasta para nosotros. —Al hablar se expresaba con las manos de la misma manera que Gasin—. Viven en casas excavadas en las piedras de la montaña, organizados en diferentes niveles según la cantidad de personas que sean. Hay dos pueblos grandes. Uno está cerca de este camino, entre la ciudad capital y Villa Valhor, a media jornada de camino. El otro es más pequeño y se encuentra en el sendero de los volcanes, rumbo al Comaicán. Estos casi no tienen contacto con el resto de Enher. Muchas veces hemos enviado profetas de la diosa reina Charos. No todos han regresado.

—Suenan peligrosos.

—Sí, lo son. Pero si no nos metemos en sus asuntos, ellos no nos harán daño.

El Sacerdote se quedó callado unos momentos, miró hacia arriba y adelante. Se acomodó la máscara para respirar.

—Hemos llegado a la zona de los piperleones —dijo, y se fue corriendo hacia donde estaba su compañero.

Se alzó una leve brisa, los lagartos de fuego brillaban sobre los cristales a ambos lados del sendero, pero en el camino no había cristales, solo el polvo gris volcánico.

—¡Debemos apurar el paso en este sector! —anunció el comandante Selfut, luego de hablar con uno de los guardias enherinos.

Todos apresuraron la marcha.

Cam buscó a Berot, quería ir a su lado, pero el polvo no le permitía diferenciar quién era cada uno.

Cariat se colocó a su lado nuevamente, Delicet iba detrás de ella. A las cristaleras era fácil reconocerlas.

Unos extraños sonidos les llegaron desde arriba. Todos miraron, tratando de identificar qué había a lo alto de las rocas.

—¡Es un trepador! —identificó uno de los guardias de Enher.

—No —dijo uno de los sacerdotes que iba con ellos—. ¡Son muchos!

Los trepadores eran lagartos de las montañas con un cuerpo alargado y seis piernas esbeltas. Enterraban sus poderosas garras en la roca, de manera que podían trepar sobre casi cualquier superficie. Eran criaturas enormes, que llegaban a medir casi dos hombres, pero tenían cuerpos estilizados y se movían con una gracia feroz.

El problema con los trepadores era que, allí por donde pasaban, dejaban rocas sueltas que causaban derrumbes descontrolados.

Los trepadores se movían.

—¡Corramos! —gritó Acaas.

Pequeños fragmentos comenzaron a llover sobre ellos. Las piedras sacudían el polvo del sendero al caer y golpeaban en distintos lugares.

Alguien gritó. El polvo se elevaba, Cam no podía ver claramente.

Una luz se encendió cerca de Cam. Una de las cristaleras llevaba la lanza-luz como un faro en aquel manto de incertidumbre.

—¿Berot? —gritó Cam. Pero no podía distinguir nada—. ¡Berot! ¿Dónde estás?

—¡Cuidado con el borde, príncipe! —Delicet lo tomó del brazo justo a tiempo.

Más rocas caían, llenando todo de polvo y confusión. Cam seguía la luz de la cristalera, pero tropezó con algo y cayó al suelo.

Uno de los sacerdotes estaba tirado allí, se revolcaba adolorido y tenía sangre en su cabeza. Las rocas continuaban cayendo, algunas golpearon sobre la mochila de Cam, lo que evitó que le hicieran daño.

Dos guardias se acercaron para ayudar al príncipe que trataba de arrastrarse desesperado por el piso. Una roca rodó sobre sus piernas, haciéndolo gritar de dolor.

—¡Cam! —Era Berot, que tiró de él para sacarlo de debajo de las piedras.

—¡Salgamos de aquí! —gritó el otro, alzando al sacerdote que estaba en el piso.

Cam se puso de pie, ayudado por Berot.

—No sabía dónde estabas, pensé que te había perdido en el derrumbe. —Caminaba abrazado a Berot, le dolía una de las piernas.

Pasaron unos minutos de confusión hasta que llegaron a una zona sin tanto polvo en el aire, a todos parecía faltarles el aire.

El resto salía de uno en uno de la nube de polvo y se limpiaban las máscaras y el rostro para poder ver. Cariat fue corriendo a su encuentro con la lanza-luz encendida. Atrás de él llegó Delicet, que se mostraba preocupada.

—¡Eso fue un desastre! —dijo agitada—. Por un momento te perdí, príncipe. Pensé lo peor.

—Estoy bien —respondió.

Berot inspeccionaba la herida de su pierna, la limpió con un poco de agua y vio que no era grave, apenas unos raspones y unas escamas menos.

Las dos adoradoras estaban cerca de ellos, junto a uno de los sacerdotes, un guardia de Tides y un par de los enherinos.

Aún faltaba gente por salir de la nube de polvo y escombros.

—¿Dónde está el comandante Selfut? —dijo Cariat.

—No lo sé —respondió Berot.

—¡Tranquilos que aquí vengo! —El terro surgió de la nube de polvo. Traía consigo a uno de los sacerdotes de Enher—. ¡Aún no existe la roca que pueda matarme! ¡Ja!

—¡Gracias a las diosas! —exclamó Cariat, aliviada.

Otro de los guardias tidesios salió detrás de él y se tumbó en el piso, con las manos en la garganta. Tenía la máscara rasgada. Los piperleones estaban terminando lo que las rocas habían empezado.

La sonrisa de Selfut desapareció de su rostro. Dejó al sacerdote y se apresuró a arrodillarse al lado del guardia, sujetándolo.

—Tranquilo, haz hecho un buen trabajo soldado. Tu misión está cumplida. —Lo miraba con resignación, sabía que una vez que la víctima tragaba los piperleones, su muerte era segura.

El sacerdote que venía con Selfut también se arrojó al piso, su sangre corría por su frente, era el mismo que había hablado antes con Cam, el alun Pacran.

Otro sacerdote y las adoradoras se acercaron a él, tomándolo de las manos mientras empezaba a ahogarse, los piperleones también lo habían encontrado.

Berot se había parado detrás de Cam. Lo abrazó mientras ambos veían, impotentes, morir a los hombres.

—Si te hubiese perdido de esa manera... —comenzó a decir.

Cam le agarró las manos. Temblaba.

—No me perderás —respondió y apoyó su cabeza sobre sus brazos.

Los demás alejaron los cuerpos con pesar de la nube de polvo que había quedado en el camino. Acaas, de las adoradoras de la Tríada, tomó la palabra.

—Haremos el rito breve para las almas. —Instó a los demás a acercarse.

El grupo formó un semicírculo atrás de ella. Los guardias enherinos tomaron el cuerpo del tidesio y lo colocaron junto con los otros caídos.

—¡Oh, señora, que cuidas a tus hijos! ¡Oh, diosa reina Charos! —cantaba—. Escucha la plegaria de tus hijos. ¡Bendícenos con tus favores y lleva las almas de los caídos con tu corazón!

Se arrodillaron al lado del sacerdote, un fuego se encendió en el centro de su cuerpo. Era una llama azul que provenía de un cristal que llevaba como botón sobre su pecho. El fuego se extendió hacia el cuerpo del guardia tidesio.

Las almas de los terros se alzaron de los cuerpos, transformadas en pequeñas aves de luz. Desde adentro de la nube de polvo, otra ave surgió para unirse al resto. Las tres sobrevolaron sus cabezas, para elevarse al cielo y perderse en dirección al mar.

Cam veía como las mujeres se abrazaban y lloraban. A Selfut también lo vio angustiado.

Cariat se acercó a él y le cruzó un brazo sobre sus hombros.

—Veo que estás herido, príncipe. Lo lamento.

—Estoy bien, solo son raspones —respondió, Cam.

—Es difícil ver partir a tanta gente, hombres de confianza —dijo Selfut en voz alta, secando una lágrima que se deslizaba silenciosa por su mejilla. Fueron sus únicas palabras.

—Pero los dioses no nos dejan solos —respondió Cariat intentando animar al grupo—. ¡Alabadas sean las tres!

—¡Alabadas sean! —respondió Delicet atrás de ellos.

Continuaron el camino en silencio, dejando detrás de ellos a los cuerpos que se consumían lentamente en el fuego azul.

Había pasado algo más de una hora cuando llegaron a la primera aldea de los volcarianos.

Sobre las paredes de piedra colgaban, como en cascadas, las redes de trampas para piperleones. Hasta allí llegaba la amenaza de las criaturas.

El grupo se apresuró hacia el portal, formado por un arco de piedra, que daba la bienvenida al pueblo.

Las casas no estaban separadas. Solo se veían las aberturas, escaleras y terrazas, todas unidas entre sí.

Cuatro personas sin máscaras ni respiradores se acercaron a ellos, como si los hubiesen estado esperando. Llevaban el cabello recogido en una trenza que nacía en sus frentes y se soltaba por detrás de sus cabezas. Tenían aros en sus cejas y rostros duros, con callosidades en sus mejillas. Parecía que la luz molestaba a sus ojos acuosos, entrecerrados.

El más anciano, que debía de ser el líder, se adelantó para hablar.

—¡Bienvenidos al pueblo de los volcarianos! —dijo alegremente, aunque su sonrisa parecía forzada. Se dirigía a las adoradoras—. Mi nombre es Vorkon, soy el primero del pueblo.

—¡Muchas gracias, Primero! —respondió Acaas, la adoradora—. La diosa reina Charos trae su bendición.

De su bolso sacó una esfera blanca, opaca. El Primero la recibió con una alegría genuina y les indicó un sendero que conducía hacia adentro de una de las casas.

Los viajeros se sacudieron las prendas y lo siguieron.

Poco más de medio día había transcurrido desde que habían arrojado a la monástica adentro de la celda, que no paraba de llorar y suplicar a las diosas. A Gasin le parecía un desperdicio de tiempo hacer eso, él sabía que su fe estaba puesta en su Diosa Reina, y que si ella lo había sentenciado era para aprender que no debía ofenderla con sus dudas.

Gasin había tenido tiempo para inspeccionar a sus compañeros de celda. A su lado, estaba la mujer que decía ser la madre de la Diosa Reina. Luego había una celda vacía; a continuación, alguien que dormía, roncaba y respiraba mal. Después, otra persona que se había pegado a la reja y cantaba para sí una melodía. Y frente a él, la cristalera sollozando.

Su mascota no había regresado. Gasin tenía hambre, comenzó a buscar en sus bolsillos y tuvo suerte, ya que descubrió algunas cáscaras de pan de algas y unas pequeñas conchas cerradas que siempre llevaba para emergencias; ésta parecía ser una.

Tomó una de las conchas y comenzó a rasparla contra uno de los muros; no el que estaba húmedo, sino el otro, en el que estaba la puerta de placas. A los pocos minutos escuchó un pequeño crac y la acercó a sus ojos, parecía haber abierto un pedazo. Trato de enterrar sus uñas, pero era demasiado pequeño. La metió en su boca y la presionó entre los dientes, un líquido amargo se filtró por su lengua. Gasin escupió. Sin embargo, el sorbo que tragó le generó una carraspera.

Continuó partiendo la dura concha hasta que le despegó una tapa. Sorbió su contenido, rascando lo que quedaba con los dientes. Aunque sabía amarga y era viscosa, calmó un poco su apetito.

Algo crujió entre sus dientes, aparentemente un grano de arena se había filtrado dentro del animalito. Dejó las dos tapas de la concha en sus bolsillos, Gasin acostumbraba a guardar todo lo que podría serle útil.

—¡Eh! ¡Psh! Tatuado. —La vieja se acercó hasta su lado de la celda—. Convídame eso que estás comiendo.

Gasin se hizo el desentendido, no sabía cómo había podido identificar lo que hacía en esa oscuridad. Estaba de espaldas a ella, pero la mujer insistió.

—¿Cómo supo lo que hacía? —le preguntó, acercándose.

—No puedo verte con claridad, pero mis oídos siempre fueron buenos, muchachito tatuado.

—Toma —dijo, alcanzándole una concha.

—¡Está cerrada! ¿Te piensas que tengo dientes para abrirla? ¡Pártela para mí! —demandó, devolviéndosela.

Gasin sintió las largas uñas pasar por su mano al dejar la concha y se puso a raspar, al parecer la vieja mantenía su *espíritu real*. La historia de Enher contaba la asunción de la diosa reina Charos como una verdad teológica, pero poco se mencionaba de sus padres. En cambio, sí se hablaba de su abuelo, el antiguo rey Janos.

El rey había mantenido un régimen con orden y justicia, no admitía que nadie se apartara de los designios divinos. La palabra del rey era la única verdadera, porque él hablaba con los dioses. Sus dos hijos, en cambio, eran unos herejes que desperdiciaban las riquezas en vicios.

El mayor de ellos murió durante una riña callejera a las afueras de un prostíbulo, por lo que el rey los prohibió y mandó a asesinar a todas las mujeres que así se ganaban la vida. Pero el hijo menor estaba enamorado de una de ellas, por lo que la escondió en el Castillo Negro, en donde vivían los príncipes. Más tarde, ese lugar pasaría a ser dominio de los Sacerdotes de la Orden de Nuestra Diosa de las Tres Lunas, pero en esa época la gente comenzó a llamarla la Torre Negra, ya que el príncipe se mantuvo refugiado allí durante dos años, asediado por su padre.

El príncipe evitaba que nadie más que él ingresara, había estudiado la adoración de las diosas de las lunas y, según la historia, entregó su vida para proteger la de su mujer, que estaba embarazada.

Cuando los soldados del rey pudieron entrar al castillo, la mujer estaba por dar a luz. Esa noche, los sorprendió un eclipse de las tres lunas y la niña nació rodeada por un halo celeste. El rito del príncipe había funcionado. Los hombres intentaron matar a su madre y a ella, pero fueron ellos quienes murieron.

El rey Janos no tuvo más opción que aceptar a su nieta. Sin embargo, la mujer quedó perdida para la historia y nunca se mencionó siquiera su nombre. La niña creció y manifestó su divinidad con milagros que el rey no podía negar.

Una vez que la niña tuvo edad suficiente, Janos abdicó su trono y ella tomó el lugar que le correspondía.

La diosa reina Charos sentó las nuevas bases de una sociedad más equitativa, creó las órdenes de los sacerdotes para mantener la justicia y el poder militar, y puso las adoradoras a cargo de la administración y el control del Reino.

Los hombres la respetaban y las mujeres la idolatraban. Se casó con un gran noble del pueblo de Kaner. Gracias a esa unión consiguió la unificación de los dos grandes pueblos de Enher.

La vieja a su lado chupaba los caparazones y hacía ruido, volteándolos con la lengua en su boca. A Gasin le parecía imposible que esa mujer fuese quien decía ser.

De todas maneras, no cambiaba mucho su pensamiento y fe hacia su diosa y reina. Después de todo, ella no conocía a su madre. Seguramente la debió haber enviado al calabozo el mismo rey Janos hacía muchos años.

Tampoco podía identificar cuántos años podría tener, pero parecía ser muy vieja. Gasin se preguntó si fuese una inmortal, como la misma Diosa.

—¿Cuál es tu nombre, mujer?

—Laethian o Cincuan... durante un tiempo también fue Arihas, pero nada de eso importa... ¡Déjame comer! —respondió y se dio vuelta.

Era una mujer extraña, parecía perdida en su propia miseria. Gasin sabía que él no terminaría igual. Su Diosa Reina lo había enviado allí para reflexionar. Él tenía una salida: ir a Varnal.

De todas maneras, guardaba sus dudas, acerca de ella... acerca de las intenciones que tendría para él.

—¿Mensajero, te queda otra de esas para mí? —La voz era de la cristalera. Ya no sollozaba y había escuchado su conversación con la vieja.

—Toma, es la última —respondió, arrojándole una concha a la mujer. No era la última, pero no pensaba malgastar su único alimento en esas dos mujeres.

—Oh, gracias —dijo, encomendándose en la tarea de abrirla.

En un momento, vio que sacaba algo de sus bolsillos, una hoja alargada que reflejaba la luz al girarla. Uso la fina navaja para abrir la concha, que cedió sin inconvenientes, pronunció una pequeña oración y se comió el contenido de la concha con delicadeza.

—¿Qué es esa arma que tienes? ¡Con eso podemos escapar! —dijo Gasin, interesado.

—No creo que sea bueno hacer eso —respondió apenada la cristalera, que no quería mostrar su daga sagrada.

—¿Creías que no la vería en esta oscuridad? Deberías saber que soy un hombre con muchas habilidades. Por eso te digo que con eso podría abrir las celdas y escapar de aquí.

—¿Y de qué nos sirve escapar?

—¡Te podría ayudar a salir de esta isla! —Gasin buscaba la manera de tentar a la monástica—. ¿Quieres que los guardias te torturen y mutilen?

—¡No! ¡No harían eso!

—¡Sí que lo harían! Si la Diosa Reina se quiere deshacer de ti, alimentará a los hombres-lagarto con tus pedazos.

—¡No lo harían! ¡Mi cuerpo es sagrado!

—Pues más sabroso para los animales —concluyó Gasin. Esperaba haber presionado lo suficiente a la mujer y que le entregara su arma.

Gasin no soportaba el encierro, le parecía una recompensa inadecuada para su logro. ¿Qué más quería la reina de él? ¿Por qué no se había encargado de buscar a esa princesita tidesia por su cuenta? ¿Acaso no era tan grande su poder como decía serlo? Sus instintos le decían que debía escapar antes de tomar una decisión con respecto a su misión en Varnal.

La cristalera comenzó a sollozar contra el fondo de la celda, donde la humedad descendía y se llevaba los desperdicios de los prisioneros. Gasin se compadeció de ella, a veces largaba sus palabras para conseguir sus deseos y olvidaba que podían lastimar.

—Perdóname, estoy seguro de que la Diosa Reina tiene planes para todos, y no creo que tu destino sea convertirte en alimento de los hombres-lagarto. —Movía las manos de manera exagerada, pero recordó que ella no podía verlo—. Prometo ayudarte si me pasas tu arma. Intentaré escapar y conseguir ayuda para ti. Nadie te tocará, mira esta vieja demente que dice ser la madre de la Diosa, lleva años pudriéndose aquí. ¡Y nadie la ha lastimado!

La vieja gruñó y le arrojó un puñado del barro de la canaleta en señal de protesta. Gasin sintió el impacto en la pierna, era una bola de excrementos y piedras que olía terrible.

—Toma —dijo la cristalera en voz baja—. Promete que me llevarás contigo.

—Sí, lo haré —respondió Gasin.

La monástica le arrojó la navaja por el piso con fuerzas, pero rebotó entre las piedras de manera irregular, saltó en un ángulo equivocado y se detuvo cerca de la otra celda. La vieja se lanzó y tomó la navaja con sus manos sucias.

—¡Vaya, vaya! ¡Qué cosita linda me han dado!

—¡No! —gritaron Gasin y la cristalera casi a la vez.

La mujer se había puesto de pie. Delgada como era parecía que podría escurrirse entre las rejas.

Comenzó a forzar la cerradura, maldiciendo en vos baja. Gasin le decía que dejara de hacer tonterías y le pasara el objeto, pero la vieja le escupía. Luego de varios intentos en los que se arañaba las manos con la punta del objeto, la cerradura emitió un chasquido.

—¿Y ahora quién es la vieja demente? —dijo con alegría, y se dirigió hasta la puerta del calabozo.

Se movía reptando con las manos y las rodillas, como si usar las piernas fueran demasiado esfuerzo. Primero tiró de la puerta de placas, pero no logró moverla. Cuando pudo agarrar uno de los bordes tiró nuevamente, enganchó las uñas con fuerzas, clavó la navaja en el borde y utilizó las conchas que aún tenía para hacer palanca.

Cedió un poco y la luz entró encandilándola. La vieja se restregó los ojos y se escapó por allí, dejando la puerta entreabierta.

Afuera se escucharon gritos, una persecución y algunos golpes.

—¡Está armada! —exclamó algún guardia. Las voces se perdieron por el pasillo.

La puerta no tardó en abrirse con un golpe. Era la adoradora Desan con unos guardias.

—La vieja ha escapado. Espero que estén felices. Todos ustedes serán sentenciados a morir por liberar a una enemiga de la diosa reina Charos.

—¡No! ¡Nosotros no hicimos nada! —Gasin inventó lo primero que se le ocurrió— ¡Ella encontró algo en la acequia del borde y con eso escapó!

—¡Qué casualidad que ustedes estaban aquí! Gasin y la cristalera. Cualquiera pensaría que formaron parte de este altercado. Especialmente tú, Gasin. Sé lo rastrero que puedes llegar a ser. Pero no importa, ya explicarás esto a la Diosa Reina. Si mientes, morirás. —Luego miró a la cristalera—. A ti tampoco te favorecerá en absoluto esta situación, muchacha.

La adoradora giró y pidió que cerraran la puerta detrás, dejándolos nuevamente en la oscuridad de la celda. Al parecer, Gasin había asustado a la cristalera con una muerte inventada que se había convertido en un presagio para él.

—¡Todo es tu culpa! ¡Que las diosas te maldigan, mensajero! —La monástica hablaba en voz alta. Tenía un espíritu combativo después de todo.

—Tranquila, la Diosa Reina puede verlo todo y sabrá que nuestra intención no fue liberar a esa mujer. —Trataba de enmendar su culpa.

—Igualmente somos culpables de intentar escapar y, al hacerlo, le dimos la herramienta a la vieja.

—Hablaré con la Diosa Reina, le explicaré todo. Saldremos de este problema y, posiblemente, de estas celdas hediondas.

—Tengo miedo —dijo la mujer para sí, colocando sus manos en el pecho. Comenzó a rezar con una triste melodía.

Gasin pensaba que, a pesar de haber perdido la oportunidad de escapar, tendría la posibilidad de volver a hablar con su Diosa Reina y aceptaría la misión que le había encomendado. No sería libre en Enher, pero quizás cumplir una misión en el horrendo Varnal le daría la única libertad a la que podía aspirar.

«⁴²Etraur estaba de rodillas, no sabía ante quién, pero una fuerza implacable lo presionaba hacia el suelo. Sentía el peso del mundo en sus hombros. ⁴³La luz era tan intensa que apenas podía mantener los ojos entreabiertos y tenía que protegerse con las manos. Las palabras llegaban calientes a sus oídos.

⁴⁴—Les aireus te conocen y saben que tu corazón es puro, pero tus intenciones no. Deberás regresar a tu pueblo y olvidar que nos has hallado. —⁴⁵Pero Etraur sabía que no regresaría hasta completar su cometido. Su misión era ser escuchado.

⁴⁶—Los terros les tememos, grandes seres de luz. ¡Escuchen mi pedido! —reclamó, e intentó ponerse de pie desafiando la aplastante fuerza.

⁴⁷El profeta empujó su cuerpo al máximo. Cuando estaba por desfallecer, la presión disminuyó. Pudo ponerse de pie y habló:

⁴⁸—Por favor, maestres del aire y de la luz, nuestro cielo es inmenso, pero nuestra luz es escasa. Permitan que el día se alargue. Ayúdennos, no podemos vivir bajo un cielo cubierto de nubes. Los terros les tememos, grandes seres de luz. ¡Escuchen mi pedido!

⁴⁹Entonces el pedido fue escuchado, los cielos se limpiarían cada día de las oscuras nubes que los velaban y así la vida florecería en las áridas islas».

Versículos del Libro de Etraur, el profeta de les aireus.
Incluido en el Gran Libro de Absuar.

XVI

La villa de los volcarianos se organizaba de forma vertical, sobre las paredes onduladas de un cañadón con barrancos. El lugar de reunión era una plaza circular, un espacio que se había abierto con el tiempo y la erosión, con una fuente contenida entre muros de piedra.

Al acercarse, Cam pudo ver que los dinteles de las casas eran de mármol sin pulir y las escaleras de placas se encontraban bien terminadas, con cantos redondeados. Los puentes estaban sostenidos por cables de acero, fijados a los muros superiores con unas incrustaciones calcáreas de color rojizo que no conocía.

Para llegar a la vivienda del primero Vorkon, pasaron por un puente que cruzaba el majestuoso paisaje rodeado de cristales.

—Antes de entrar deberán purificar sus sentidos —dijo el Primero, a lo que la adoradora asintió. Sacó una flautilla de sus bolsillos y tocó. La melodía llenó sus oídos, señal que pareció satisfacer al Primero—. ¡Adelante! —indicó.

—Príncipe, déjame ayudarte. —Berot se adelantó para ponerse al lado del príncipe, que cojeaba con su pierna herida.

—¡No! —interrumpió Vorkon—. Los guardias permanecerán en la plaza de la fuente.

—Estaré bien —dijo Cam a Berot, aferrándose a las barandas que sostenían los escalones y puentes.

Una melodía grave zumbaba en el ambiente, como dos grandes piedras raspando entre sí muy lentamente.

Vorkon indicó la entrada a su hogar, una cortina de hilos metálicos protegía el ingreso de insectos y otras criaturas.

Ingresaron a la montaña, el aroma a carbón llenaba el ambiente. Luego de unos segundos de oscuridad, los ojos de Cam se adaptaron al cambio. Estaban en una sala con paredes de mármol y granito pulidos, que le otorgaban una belleza rústica. Unas lámparas con formas de gotas colgaban de los muros sin un orden aparente.

En el centro de la sala, Vorkon dejó la esfera que le habían dado las adoradoras, que empezó a brillar con poca intensidad, luego se sentó en el piso y los invitó a acomodarse en círculo alrededor de la esfera. El suelo parecía ser de piedra, pero tenía una superficie mullida cuando se apoyaban suavemente, y se endurecía al contacto de las pisadas.

Cam se colocó entre Acaas y Cariat, que no se despegaba de su lado.

Las muertes en el camino parecían haber afectado al comandante Selfut, quien se había alejado del grupo y se mantenía de pie cerca de la puerta. Luego de un momento, tras ver que estaba todo en orden, se retiró de la reunión.

Los enherinos, en cambio, tomaron con mucha naturalidad la pérdida sus compañeros.

El príncipe lo lamentaba por el muchacho que había servido de guardia y sentía lástima por el sacerdote con quien había hablado unos minutos. Las muertes por los piperleones le parecieron mucho más violentas de lo que esperaba, lo que sabían de ellos era erróneo.

Al menos vieron sus espíritus elevarse para alcanzar el descanso eterno.

Su pierna le dolió al sentarse, pero ya no sangraba, esperaba recuperarse pronto, para continuar el camino sin dificultades.

Lo que sí le afectaba era el zumbido grave que continuaba invadiendo el aire, aunque no parecía molestar a nadie más que él.

Se acercó a Cariat para preguntarle si lo percibía, pero en ese momento Vorkon se puso de rodillas. Sus ojos brillaban con la luz de la esfera y colocó sus manos frente a su rostro.

De una puerta detrás de él salieron tres personas, portando bandejas con copas de cerámica y unos canapés de pequeños animales crujientes. Les ofrecieron una a cada uno. Las copas contenían un líquido espeso y los bocados parecían estar asados.

La esfera brilló un poco más.

A Cam comenzó a dolerle la cabeza y ya sabía lo que eso significaba.

—*Ya estás aprendiendo a usar el don, ahora te pido que hagas algo por mí.*

Al príncipe le molestaba sentirse observado y no estaba dispuesto a ser un sirviente de nadie. Con furia repelió a la voz de la Diosa Reina.

—*No soy tu siervo, no haré nada por ti.*

—¡Muchas gracias por la recepción! —dijo la adoradora Laklas, que había tomado el rol de moderadora—. Hemos venido para saber si de tu pueblo proviene un volcariano llamado Krokos.

Vorkon se puso en pie y llamó a otros hombres. Unos segundos después, siete volcarianos irrumpieron en la sala y se colocaron atrás de ellos, rodeándolos.

A una seña, una sirvienta levantó la brillante esfera. La superficie donde estaban sentados se endureció al instante. Los visitantes comenzaron a ponerse en pie apresuradamente.

En la puerta, el comandante Selfut había desaparecido.

Delicet tomó su lanza en sus manos.

—*¡Debes dominar a ese hombre! ¡Somételo a tu voluntad!* —la voz insistía con más fuerzas.

—*No lo haré* —respondió en sus pensamientos.

Los volcarianos parecían tensos.

—*Debes someterlo. ¡Domínalo y detenlo!*

Cam estaba espantado con lo que le pedía la Diosa Reina; una cosa era mirar a través de los ojos de otros seres, pero lo que exigía era imposible. No controlaría a nadie y tampoco sabría cómo hacerlo. El dolor poco a poco se disipó.

—¡Así es que vienen buscando a ese espía! —exclamó el Primero, fingiendo sorpresa. Los hombres les apuntaron con unas hachas de piedra—. Si están con él, ¡entonces son nuestros enemigos!

Delicet se colocó delante de Cam. Afuera se oyeron gritos y sonidos de movimientos, pero la música que reverberaba los apagaba.

—¡No! ¡No estamos con él! —gritó la adoradora, colocándose frente al Primero —. Si así fuese, ¿por qué habríamos devuelto la gema que él les robó? —El anciano la miró con atención—. Solo necesitamos información sobre su paso y compañía.

A un gesto del Primero, el grupo de guardias volcarianos bajó las armas.

—Ya veo. Disculparán la confusión. ¡Pueden continuar sentados!

El hombre hizo un gesto sobre el suelo, la sirvienta colocó la esfera en su lugar y el piso se ablandó, aunque luego de la amenaza nadie parecía relajado.

La adoradora sí se sentó, pero Cariat tocó a Cam en el hombro. El Primero adoptó una pose cómoda y continuó comiendo como si nada hubiera ocurrido.

—Será mejor que esperemos fuera mientras solucionan sus problemas —dijo la cristalera. Cam asintió.

—Con su permiso, primero Vorkon —dijo al retirarse. Mantenía frescas las palabras de la Diosa Reina en su mente. Lo que le había pedido guardaba intenciones ocultas y parecían estar relacionadas con lo que ocurría allí.

No les interrumpieron el paso y la adoradora Acaas los siguió, junto con Delicet.

Afuera, Selfut estaba sentado en el piso de una pequeña terraza, al lado de un hombre desmayado y otro bastante golpeado.

—¡Vaya que necesitaba esto! —El comandante se veía feliz de haber descargado sus energías en la fugaz pelea.

—¿Qué cree que estás haciendo? —preguntó Cariat furiosa, no esperó una respuesta—. ¡No puede bajar la guardia, Selfut! Mientras tú te divertías con estos hombres, allí dentro podrían habernos matado. Tu trabajo es protegernos siempre, no solo cuando se te ocurra.

Selfut bajó la mirada y guardó, se lo notaba apenado y furioso al mismo tiempo. Cariat comprendió lo que su mirada expresaba.

—Vamos, bajemos de aquí —le dijo.

Los cinco comenzaron a descender por las escaleras y puentes. Cam pudo ver que tras las aberturas de las casas algunas personas los miraban, en su mayoría mujeres ancianas y niños. Los pequeños se escapaban y escondían si ellos se acercaban.

Abajo, en la plaza, Berot, Renat y Somantat tomaban algo junto a los guardias enherinos. Se acercaron apenas vieron que el comandante estaba golpeado.

—¡Deberían haber visto cómo quedaron los otros dos! —dijo sonriendo.

Justo delante de ellos, en uno de los lados de la montaña y apenas terminaban las entradas de las viviendas, se abrían unas grietas en la roca. Cam oyó más fuerte el sonido de las piedras raspando.

Avisó al grupo que iría a ver qué había allí, Cariat pidió a dos guardias que lo acompañasen. Berot fue el primero en acercarse a él.

—¿Qué ocurrió allí arriba? —preguntó.

—No estoy seguro. Al parecer, los volcarianos viven separados de la ciudad y no tienen buenas relaciones.

—No es como en Tides.

—Un reino con más aristas de las que esperaba.

Dieron unos pasos, la poca gente que había no los detuvo, solo los miraban pasar. Al llegar, Cam vio de dónde provenía el zumbido. Una descomunal rueda dentada de piedra giraba sobre un eje.

—¡Esa roca es como un gran engranaje! Mira, Berot, se conecta con otras piedras menores en movimiento.

—¡Increíble! Pero... —Berot le tomó el hombro a Cam—. Mira quién empuja el movimiento...

Cam siguió el mecanismo hasta unas ruedas horizontales, provistas de palancas metálicas, que eran empujadas por mujeres y niños.

La gran roca movía hierros que entraban a la montaña. Desde otro lado, salían unos tubos, por los que decantaba muy lentamente un espeso fluido bermellón.

—¿Qué es eso? —preguntó Berot a una de las mujeres.

La mujer lo miró sorprendida y dio vuelta su rostro. Uno de los niños le respondió.

—Ustedes son terros extraños. ¡Es sangre de los dioses, el jugo de la montaña! —Luego salió corriendo para cambiarle el lugar a una niña que se veía agotada.

—Cam, este aparato es increíble.

—Parece que todos trabajan en esto, pero no se ven hombres.

—Ellos están dentro de la montaña —dijo otro de los niños que estaba escuchándolos atentamente.

Cam les indicó a los guardias que regresaran. Algo de ese pueblo le erizaba la piel, y claramente su hermana no estaba allí. Era muy diferente al que había descubierto en su visión y el hombre que la había acompañado no era bienvenido.

Al volver con el resto del grupo, vio que Cariat y Delicet estaban hablando de la arquitectura, pero fueron interrumpidas por un grito que provenía desde arriba.

—¡Váyanse! —Era la adoradora Laklas, que gritaba desesperada desde la casa del Primero, aferrada a la baranda—. ¡Sigan el sendero de piedras hasta Villa Valhor!

Los volcarianos tironearon a la mujer y la arrastraron dentro. Los guardias de Enher no supieron cómo reaccionar. La adoradora Acaas, que estaba con ellos, también dudó un segundo y luego miro a Cam.

—¡Escapemos de aquí! ¡Guardias, protéjannos!

Los hombres de Enher sacaron sus espadas y todos corrieron

Los gritos llegaban agudos desde lo alto, mientras ellos huían apresurados.

Los guardias cruzaron armas con unos volcarianos que quisieron detenerlos con hachas y mazas de piedras, pero los derrotaron con facilidad. El entrenamiento de los enherinos era similar al de los tidesios, por lo que esa gente sin disciplina no era amenaza para ellos.

Mientras escapaban, un dolor se disparó por la cabeza de Cam con un mensaje de la Diosa Reina.

—*Ya ves lo que ocurre cuando no me obedeces.*

Cam no respondió, siguió corriendo al ritmo de los demás.

—¿Qué era esa esfera? —preguntó Cariat a la adoradora Acaas.

—La Diosa Reina nos ordenó devolverla a los volcarianos. Nos dijo que así podríamos pasar sin problemas... pero... —Sus palabras salieron quebradas, su voz se volvió débil y comenzó a sollozar.

Salieron por el portal del otro extremo del pueblo. Se acomodaron las máscaras antes de dejar atrás las protecciones de los piperleones, que terminaban allí.

Continuaron a paso rápido por una cuesta que descendía hasta una zona costera, atravesando un bosquecillo de cristales bajos y un árido sector de piedras de sal.

El mediodía había pasado y la tarde se acercaba, debían apurarse si querían pasar la noche en algún lugar seguro.

La diosa reina Charos estaba sentada en su trono, las tres doncellas a uno de los lados, ocupando la misma posición en la que siempre se colocaban para las audiencias Reales. El consejero real también estaba allí, curiosamente.

La Diosa Reina tenía un vestido de cuero verde oscuro, pegado al cuerpo, que hacía resaltar sus curvas. Portaba una corona con puntas redondeadas que se alzaban como llamas. A Gasin le parecía un juicio, más que una audiencia al atardecer en Palacio Real de Enher.

La adoradora Desan lo trasladaba, sin esposas ni cadenas. Había una fila de guardias detrás de ellos y un hombre-lagarto que respiraba con fuerza. La Diosa Reina se puso de pie, las doncellas imitaron el gesto, mirando al prisionero.

—¡Mi diosa y señora! —habló la adoradora—. Le traigo a este prisionero para que su justicia divina recaiga sobre él por su irresponsabilidad. Él es el culpable de provocar el escape de la anciana hereje, con la ayuda de la cristalera.

A Gasin le extrañó la denominación con la que se referían a la vieja. Después de todo, ¿no era la madre de la diosa reina Charos?

Se preguntó si su señora estaba al tanto de quién era la anciana realmente, o quizás era una mentira que se había inventado y él le había creído. Gasin sonrió por ser tan estúpido y crédulo.

—¡Esa mujer debería estar muerta! —dijo el consejero real.

—Sabes que no puede morir —afirmó la Diosa Reina, e hizo un gesto con la mano para que dejara la sala—. Ve a ocuparte de las finanzas o algo, y llévate a los guardias. Yo me encargo de esto.

El consejero real rezongó y estuvo a punto de decir algo, pero se retiró revoleando su capa detrás de él dramáticamente. El hombre-lagarto bufó cuando movieron sus cadenas. Los guardias también se alejaron hasta la puerta.

La adoradora guio a Gasin más cerca de la Diosa Reina.

Gasin sintió una presión en su cabeza.

—*Entonces aceptarás mi pedido.*

Él afirmó con un gesto.

—*Sí, mi Diosa Reina* —respondió en su mente.

La Diosa se sentó en el trono.

—Te harás cargo de una misión de vital importancia para el Reino. No será solo llevar un mensaje, como lo hiciste en Tides.

—Estoy para servirle, mi Diosa Reina —respondió con un ademán de reverencia. Resignado a su situación, no tenía sentido intentar escapar.

—Quiero que te encuentres con la que será la nueva reina de Varnal.

—¿Ya tomó la corona la hija del rey? —Gasin estaba sorprendido.

—Aún no. Pero lo hará cuando le lleves lo que voy a ofrecerle.

—Necesitaré ayuda.

—Así es; la adoradora Desan te acompañará. Ella te dará los recursos que necesites.

La mujer a su lado tenía un aspecto serio, no demostraba nada de alegría por acompañarlo. De pronto, Gasin recordó la situación de la cristalera, dio un paso adelante y preguntó.

—Su majestad, la cristalera no tuvo nada que ver con esta triste situación. Imploro su clemencia.

—Su destino no te incumbe. La cristalera cumplirá su sentencia.

Escucharon un sonido desde uno de los pasillos, algo ocurría. Se giraron hacia la puerta abierta. Vieron al hombre-lagarto caer al piso y a los guardias abatidos por una fuerza desconocida.

En ese momento, la vieja apareció con la navaja en sus manos y caminando en cuatro patas. Tenía manchas de sangre y un insólito halo plateado la cubría.

—¡Hola, mi niña! —dijo a la Diosa Reina, moviendo la cabeza de lado. El cabello que le cubría el rostro caía pesado, mojado y sucio. Se movía muy rápido.

Las doncellas gritaron, poniéndose de pie y señalando a la vieja. La adoradora avanzó para detenerla. Gasin se escabulló hacia uno de los costados.

Desan se colocó firme para enfrentarla y trató de agarrarla. Físicamente era superior; pero la velocidad le daba la ventaja a la vieja, que la esquivaba en cada embate.

En una finta, apuñaló a la adoradora en su pierna derecha. La mujer gritó de dolor, y las doncellas reaccionaron a la vez tocándose sus piernas.

—¿No piensas saludar a tu madre? —La vieja dejó atrás a la adoradora, postrada en el suelo.

La Diosa Reina se puso de pie. El halo que brillaba alrededor de la anciana era fino, su intensidad disminuía a medida que utilizaba sus fuerzas.

Las doncellas señalaron de nuevo a la adoradora, quien se incorporó alzándose recta y corrió a atacar a la mujer, arrojándola contra el piso.

La navaja fina y alargada voló por los aires, cayendo cerca de una columna. Las mujeres forcejeaban, la vieja mordió a Desan en un brazo y le arañó la espalda. La adoradora la sujetó por los hombros y la afirmó al suelo apoyándole las piernas en el estómago.

—¡Maldita seas! —gritó a la vieja, escupiendo a Desan—. ¡Malnacida! ¡Suéltame!

Pero la adoradora no la soltaba. Entonces algo comenzó a ocurrirle a la mujer; parte del halo le subía por los brazos, como si el poder de la vieja reptara sobre ella. Gasin corrió y despegó a Desan de la mujer. La adoradora gritó de dolor y se desmayó. La vieja se escurrió y corrió hacia la Diosa Reina.

—¡Déjame abrazarte, mi niña! —dijo, saltando hasta donde ella estaba.

La Diosa Reina permaneció de pie y levantó los brazos para protegerse. Las doncellas imitaron sus movimientos. La vieja la alcanzó y comenzó a arañarla, desgarrando el vestido y arrojando la corona contra el piso.

Gasin estaba horrorizado por lo que sucedía, tomó un estandarte con la bandera de Enher de uno de los muros y cargó contra la anciana.

La vieja seguía lanzando su furia y las lastimaduras de la reina eran evidentes. Gasin le dio un golpe en la nuca con el estandarte. La bandera siseó por el aire y descendió lentamente junto al cuerpo de la vieja, que cayó inconsciente a los pies de la Diosa Reina.

Las doncellas corrieron a atenderla. La Diosa Reina había caído desmayada sobre el trono. Tenía el rostro, el cuerpo y los brazos llenos de sangre.

La vieja quedó en el piso y se enrolló como un animal dormido que busca abrigarse entre sus piernas. El halo que antes tenía había desaparecido.

—¿Está...? ¿Está muerta? —preguntó Gasin, el único testigo consciente.

Las mujeres no le respondieron, estaban concentradas en su labor. Una de ellas tomó a la Diosa Reina por los hombros y las otras dos la agarraron de los lados.

Comenzaron a cantar, armonizando la melodía a tres voces. La sangre cambiaba de color, pasando de rojo oscuro al negro. Entonces, un brillo las cubrió a las cuatro, Charos en el centro era la que más refulgía. Gasin tuvo que cubrirse los ojos.

En el piso, la adoradora parecía reaccionar con unas leves convulsiones y brotaban lágrimas plateadas de su rostro. El mensajero no sabía qué hacer.

La luz y la melodía continuaron durante unos segundos hasta que comenzaron a disminuir. La diosa reina Charos se había puesto de pie y sus doncellas a su alrededor se separaron de ella.

Gasin vio que a su cuerpo no le faltaba ni una escama tras el ataque que había recibido, aunque su vestido estaba destrozado. Gasin se ruborizó al ver descubierto el seno perfecto de su Diosa. Una de las doncellas recogió la corona y se la entregó a la Diosa Reina, quien dio unos pasos adelante.

Gasin no podía hablar, había presenciado un milagro. La diosa reina Charos y sus doncellas parecían ser una misma persona, realmente manifestaron sus poderes frente a él. Aparentemente, las doncellas habían tomado el control de la adoradora para enfrentarse a la anciana. La dominaron como si fuera su propio cuerpo y él había sido el único testigo de todo.

Unos guardias llegaron con espadas en sus manos. La Diosa Reina les indicó a la vieja dormida a sus pies.

—Llévenla a su celda. Que no vuelva a escapar. —Las doncellas parecían agotadas, sentadas en sus asientos de placas, aunque miraban con intensidad a la Diosa.

—Sí, su majestad —respondió uno de los guardias.

Otro ayudó a levantar a la adoradora, que recuperaba la consciencia.

—¿Qué ha pasado? —preguntó desorientada.

—Fuimos atacados, pero ya todo acabó —sintetizó Gasin.

—Y a él —la Diosa Reina lo señaló—, condúzcanlo a una habitación. Volveré a verlo por la mañana.

—Mi señora, así se hará —contestó la adoradora, que ya había recuperado su semblante y actitud, aunque se sostenía la pierna herida.

Los dos caminaron por los pasillos. Afuera del recinto real, algunos guardias despertaban y se levantaban, el hombre-lagarto seguía inconsciente. La vieja había resultado ser más peligrosa de lo que suponían.

Gasin daba gracias por haber atestiguado el milagro. Su fe en su Diosa Reina creció esa noche en el palacio.

Ella era única y él sentía su fe renovada, para adorarla y seguirla fielmente en todo lo que ella le ordenase.

Cariat tenía prisa por llegar hasta Villa Valhor. El recuerdo de su visión se había disipado, pero sabía que ocurriría durante la noche, delante de una fogata y cerca de las montañas, en un lugar similar al que transitaban. Tenía miedo de ser atacada por esos seres que vio asesinar a Delicet. No estaba preparada para perder a otra de sus amigas.

—¿Falta mucho para llegar a la Villa? La tarde ya está cayendo —preguntó a la adoradora Acaas.

—No deberíamos estar muy lejos. ¿Alguno ve humo? —preguntó a los guardias—. El humo que aparece en esta zona montañosa se eleva con finas líneas grises, producto de los pozos de calor —explicó la adoradora.

Uno de los guardias enherinos se trepó a uno los de cristales cuadrados que había al borde de la ladera. Haciendo equilibrio y luego de mirar a sus alrededores, señaló un punto.

—Puedo ver algo cerca de aquí, a una hora aproximadamente.

—Gracias, arleo Durcan —dijo Acaas y luego se dirigió a Cariat—. No entiendo lo que ocurrió allá atrás. Fue un espanto.

—Ojalá tu amiga esté bien. ¡Que las diosas la protejan!

—Los volcarianos no deberían ser violentos con los ciudadanos de la capital, ¡hay tratados que nos amparan!

El príncipe Camet las alcanzó y se unió a la conversación.

—¿Por qué crees que nos atacaron?

—No puedo imaginar el motivo. Los volcarianos subsisten de la minería y adoran al gran Fiter. Aunque son de naturaleza salvaje, hay reglas que la diosa reina Charos consiguió que cumplan, para mantener la paz.

—Ellos estaban trabajando en los muros de piedra y mencionaron algo al respecto, ¿qué es *la sangre de los dioses*? —preguntó Camet.

—Le llaman así a una sustancia tóxica que proviene de los volcanes extintos. Se utiliza para cortar cristales y darles formas manejables.

—¿Y por qué lo llaman jugo de la montaña? ¿Se puede beber? —El príncipe mostraba su curiosidad característica.

—¿Ellos te dijeron eso? —La mujer mostraba preocupada. Cam asintió con la cabeza—. Hace tiempo existió una secta que realizaba sacrificios a los dioses. La mezcla de sangre de terros con la sangre de los dioses crea el jugo de la montaña, dicen que tiene propiedades divinas. Pero se prohibió su uso, ya que es altamente nocivo y adictivo.

—Pues parece que ese pueblo de volcarianos tenía problemas de adicción. Temo por tus amigos —Cariat intervino en la conversación, sacando sus conclusiones.

La cristalera pensaba en lo difícil que sería regresar por ese lugar. Los volcarianos se habían mostrado afables al comienzo, pero con ese ataque inesperado revelaron sus verdaderos rostros. Traicioneros y adictos a una sustancia herética.

—¿Existe alguna manera de no pasar por ese pueblo al regreso?

—Por el otro lado de la isla, pero es un camino muy largo.

—¿Y por mar? —A Cariat le resultaba curioso que no mencionara esa posibilidad.

—Es peligroso. En este sector de la costa hay serpientes-dragón de sal, son terribles. Por eso no es una ruta comercial común.

—Pero es posible. No me gustaría volver a pasar por ese lugar —La cristalera demostraba su preocupación con cautela.

—Le pediremos a la diosa reina Charos que nos ilumine al regreso —respondió la mujer, sin mostrar más inquietudes.

Continuaron caminando por ese sendero. Cariat veía el paisaje mutar a medida que avanzaban; ahora se encontraban atravesando un pequeño desierto de sal contenido en un valle de montañas afiladas.

La luz de las lunas brillaba con fuerzas mientras el sol se ocultaba. El sendero se bifurcaba en dos caminos: uno bajaba hacia la playa y el otro ascendía por unas piedras escarpadas. Los guardias enherinos subieron sin dudar. Allí, un pequeño bosque de cristales de sal precedía el portal de ingreso a Villa Valhor.

—Telasina ampáranos en este pueblo—rezó para sí.

En el portal había un sello similar al que había a la salida de la ciudad de Enher; el círculo conteniendo al pulpo casilar, aunque en este caso mostraba un rostro fiero, enfurecido.

Detrás del portal de piedra, un guardia los recibió con su espada en alto. No tenía máscara ni casco, parecía ser una zona libre de piperleones. La adoradora se adelantó.

—Venimos desde la ciudad capital, enviados por nuestra señora, la diosa reina Charos. Exigimos protección y hospitalidad. —De uno de sus bolsillos sacó una serie de flautines que colgaban en un anillo y buscó uno de color beige. Comenzó a hacerlo sonar con un pitido entrecortado y estridente.

—¡Sean bienvenidos bajo la protección de la diosa reina Charos!

Luego de ingresar, acompañados por el guardia, atravesaron dos murallas más con los portales dispuestos en diferentes partes, lo que obligaba a recorrer esa especie de laberinto exterior. Una vez adentro, la Villa era parecida a la ciudad capital, pero a menor escala. Cariat se relajó un poco y sintió el cansancio en sus músculos.

Llegaron a una plaza con una fuente adornada por una escultura hecha en sal, con forma de un hombre-lagarto con el hocico estirado hacia el cielo y una esfera de luz entre las manos. Su cola se enroscaba en un mástil que llegaba hasta el agua.

Los guardias enherinos se acercaron a beber.

—Aquí estaremos seguros —dijo Acaas.

—¡Al fin descansaremos! —expresó Delicet.

Todos se habían relajado. El comandante Selfut se sentó sobre una piedra, acompañado por el príncipe Camet. A su lado, Delicet fue a llenar una cantimplora con agua.

Se les acercó un sacerdote, llevaba una vestimenta simple: una túnica que cubría la parte superior de su cuerpo y pantalones de cuero cosidos a los lados.

Acaas habló con el hombre por un momento y luego se dirigió al grupo.

—Esta noche podremos dormir en la pequeña casa de oración de los sacerdotes.

Cariat le agradeció. Después de una larga jornada, merecían un buen descanso.

La noche comenzaba a oscurecer el cielo, dejando el protagonismo a la luz de las lunas, que se escondían entre nubes sobre el cielo de Villa Valhor.

«Apartado 34 - De la tierra y los alimentos.

1. Los terros no son dueños de la tierra, solo residen en las islas. Los reyes decidirán otorgar o quitar su posesión.

2. Todos son libres de sembrar algas en los puertos y usar lo producido en sus granjas. Pueden pescar todos los habitantes, como así también criar aves.

3. Toda producción de algas y pesca rendirá tributo a los reyes.

4. Los reptiles que habitan las islas solo pueden ser adoptados por las casas nobles y la realeza, que serán quienes dispongan de ellos para alimentación o protección.

5. Los grandes reptiles marinos no serán objeto de consumo, salvo última necesidad o que los reyes dispongan lo contrario con autorización de los dioses».

Apartado sobre la tierra y los alimentos del
Libro Mayor del Concilio de las Ocho.

XVII

Catara no pudo dormir en toda la noche, y ya amanecía en un nuevo día de viaje. A ella ya no la maltrataron y solo quería mantenerse cerca de Arstant. Aunque el canci era acosado por algunos de los marineros y por Tirol.

Pasaron Varnal lejos de su costa. El viento era favorable y las nubes cubrían el cielo completamente.

La tarde pasó rápido, pero Catara estaba preocupada. Sentía molestias en su vientre y solo pudo comer un poco de pan seco.

Arstant se acercó a ella.

—No falta mucho para llegar a Tides —dijo con voz suave y baja.

—Al fin una buena noticia.

—Tenemos que evitar que el sambucador esté con nosotros. Esperará el momento oportuno para llevarte con él. Estaré atento, pero es mejor si lo estamos los dos.

—El capitán dijo que va a llevarnos a Tides. A pesar de lo que hicieron, cumplirán su palabra. Temo por el sambucador, él también intentará cumplir la suya.

Estando al lado de Arstant podía ver sus diferencias con los terros. Le habían parecido sutiles al principio, pero a medida que pasaban tiempo juntos, notaba los detalles que ocultaba de su fisonomía canci. Tenía el rostro más alargado y sus escamas eran más blanquecinas que las terras.

Su traje negro cubría su cuerpo, pero la capucha no alcanzaba a ocultar todo. Sus orejas eran más grandes de lo usual, recordó el detalle que había mencionado sobre sus adaptaciones y sintió pena. Parecía que estar allí era un sacrificio para él.

—Arstant, ¿por qué estás en la superficie?

—Todos los mortales estamos atados por nuestras promesas y por el honor. —El canci se afirmó a la cubierta, le gustaba mirar el mar. Se dejaba salpicar por las olas—. El Tides fue el primer rey que conocí, su nobleza me impactó. Los reyes de los cancis no suelen estar atentos al pueblo como en la superficie.

—Pero... ¿por qué te quedaste a su servicio?

—Mucho tiempo atrás, el pueblo de los cancis se encontró con los terros. Ese encuentro marcó el inicio de una relación de intercambio entre el rey de Tides y nuestro reino de Orimar. Yo quedé al servicio del rey Noahrot.

—¿Por eso te sometes a sus pedidos?

—No son pedidos, son estrategias. La paz es una criatura delicada. Los eventos de Varnal son importantes.

—Yo en tu lugar habría vuelto a mi pueblo, ¿qué tanto puede inferir la acción de una persona en el destino de los pueblos?

—¿Y tú eres una princesa? —respondió el canci—. Deberías saber más de política.

—Esperaba aprender en Tides... —Catara se dio cuenta de la pobre educación que había recibido al respecto.

«Quizás si mis padres no se hubiesen ocupado tanto en sus propios intereses y me hubieran dado los mismos profesores que a mis hermanos...», pensó.

Ahora era ella la que miraba el horizonte.

La mujer del capitán se acercó hasta ellos con una vara metálica fina y golpeó el piso de placas, llamándoles la atención.

—¡Basta de tanto hablar! ¡Ustedes no harán nada! En unas horas llegaremos a Tides y se les acaba el pasaje.

Arstant se alejó en dirección contraria a mujer. Catara se levantó y se acercó a la borda del Ojosdeladiosa.

Recordó que cerca de esos mares se encontraba merodeando el temible volteón. Miró al agua, intentando divisar algo, pero el movimiento y las pequeñas olas que rompían contra la cubierta le provocaron náuseas. Se separó del borde con un poco de dificultad. El cielo se había cubierto de nuevo y algunas nubes cambiaban a un color oscuro.

—Parece que no te llevas bien con el mar, princesita —El sambucador estaba a su lado.

—¡Aléjate de mí! —Catara se apartó unos pasos.

—¿Y qué piensas hacer al respecto? Recuerda que tengo una tarea por la que se me pagó, y me tomo muy en serio mi trabajo.

—Ya te he dicho que ahora quiero ir a Tides, ¡no a Joler! —La princesa no temía manifestarle su enojo.

—Deberías haberlo pensado antes de pagar el encargo —respondió. El hombre giró al sentir que alguien se aproximaba.

Arstant no esperó a que se pusiera en guardia, y con un rápido movimiento le dio un golpe de puño en el estómago.

El sambucador reaccionó al segundo golpe que le estaba por propinar y pudo frenarlo con sus manos. El canci le dio un cabezazo, desestabilizando a Tirol, luego le pegó una patada. El sambucador cayó de espaldas contra la barandilla.

—Eso te lo debía por querer arrojarme al mar —dijo Arstant, mostrando sus dientes en punta por primera vez.

Catara se asustó al ver al pálido hombre con esa dentadura. El sambucador se arrastró, sujetándose el estomagó y con un hematoma que crecía en su frente.

—¡Maldito seas! Deberías haberte caído al mar con tus amigos —respondió riendo. Tirol se sujetaba a una cuerda de alambres trenzados mientras se incorporaba—. ¿Para qué me enfrentas? ¿Es que no quieres volver de una pieza a Tides?

—¡Eres tú el que no terminará su viaje! —rio Arstant.

—¡Basta de riñas! —La mujer del capitán había llegado al lugar y con la varilla apuntaba a los dos contendientes—. Pronto lloverá y los necesitaremos a los dos para mantener esta barcaza en una pieza.

Arstant miró al cielo y notó los cambios de colores de las nubes, la mujer tenía razón. Levantó unas mantas de cuero que había hechas un bollo dispuesto a ayudar.

El malestar de Catara continuaba, podía sentir que su descompostura física era acompañada por un sentimiento de tristeza. Todas sus malas decisiones invadían sus recuerdos y los teñían de malestar. Ni siquiera un simple viaje de dos días y medio parecía salirle bien.

Se sentó sobre uno de los bultos de mantas, cerca del mástil menor. Pasaba su mano por la cubierta. Estaba seca en algunas partes, con una áspera película de sal sobre las placas metálicas. Necesitaba regresar al palacio y dormir durante varios días seguidos para recuperarse.

Arstant se sentó a su lado y le pasó un poco de pescado crudo. Catara sintió asco y lo rechazó casi inmediatamente.

—Deberías comer.

—Gracias, pero no estoy acostumbrada al pescado crudo.

—¡Con lo delicioso que es!

Catara lo miró comer el pescado. Sin duda era de los que los habían capturado al alba.

—Arstant, gracias por defenderme.

—Es lo menos que puedo hacer. Después de todo, llevas contigo un heredero.

—¿Cómo lo supiste? Yo lo descubrí hace poco, por eso quiero volver a Tides. Quizás cumplir mi mandato ayude a instalarme en el palacio.

—Son dos temas diferentes. Pude sentir el cambio en tu cuerpo, es una habilidad que he desarrollado —respondió, terminó su comida y comenzó a devorar el que había llevado para ella—. Tu mandato es acompañar al príncipe Set y ser su reina cuando llegue el momento.

—No sé si el príncipe me quiere —confesó rápidamente Catara.

—El amor no es tan importante. Los afectos no deben influir en las decisiones cruciales. Para eso deberías aprender del rey Noahrot. Cada vez que su corona fue amenazada, no dudó en enfrentarse a sus seres queridos para asegurarse el éxito. Él se ocupa de su pueblo. Tú deberías aprender que la corona no solo te involucra a ti. Serás esclava de un pueblo que necesita ser protegido.

Los dos se miraron preocupados. Arstant se puso de pie y se alejó hacia debajo de la cubierta. Catara comprendía que el canci había vivido más experiencias que ella, quería confiar en ese hombre, pero parecía ocultar demasiados secretos.

Unas gotas comenzaron a caer. Catara se levantó, tomó las mantas y se cubrió. Unos minutos después, Arstant se acercó y le convidó un poco de pan de algas con carne de ojunes seca que había conseguido. Esta vez, Catara lo aceptó con gusto; la comida cocida sí era un alimento que podía tolerar.

El viento comenzó a soplar con mayor bravura, a lo que siempre lo acompañaba una agitación generalizada de la marea. Arstant estaba de cuclillas, se paró y fue a ayudar a mantener las velas elevadas. La velocidad de la embarcación se incrementaba. Por un momento, la princesa sintió miedo.

La lluvia se descargó violentamente. Otra vez la tormenta los alcanzaba y las olas crecían. Catara sentía que su vientre se revolucionaba. El recuerdo del aroma a pescado crudo volvía a su nariz. Intentó levantarse, pero cayó de rodillas y vomitó hacia un lado.

—¡Estás mal, muchacha! —gritó la mujer, que no le quitaba la vista de encima, pero un movimiento la obligó a retirarse cerca del capitán.

Catara intentaba sujetarse, así que se sentó nuevamente en el suelo. Un rugido la hizo mirar hacia el mar. A lo lejos, vio que una criatura emergía. Era un gran pulpo que levantaba sus tentáculos moviéndolos en todas direcciones. La bestia estaba siendo atacada por un volteón que rugía con ferocidad, y el Ojosdeladiosa se dirigía directo hacia ellos.

—¡Ayuden a girar la vela! —gritó el capitán Torcan.

—¡Sujétate lo mejor que puedas! —le gritó Arstant—. Esto se pondrá feo. —Luego saltó para ayudar a sostener la vela.

Catara podía ver cómo la ayuda de Arstant hacía la diferencia. Al aportar su fuerza a la de los demás, podían contener la presión del viento y evitar que el barco continuara en derrota hacia las criaturas, que batallaban en el mar revuelto.

Parecían trabajar todos juntos por sostener el curso, resistiendo los embates de las olas.

La princesa estaba empapada. Tiritaba mientras trataba de sostenerse del mástil, en el centro de la embarcación.

El ruido del viento, azotando sobre las telas de algas, solapaba los aullidos las criaturas que luchaban. El volteón volvió a rugir mientras se lanzaba hacia uno de los tentáculos, aferrándose con sus garras.

Catara escuchó una risa, provenía de Arstant. Parecía ser el único que disfrutaba de la tormenta.

—¿Qué ocurre contigo? —preguntó.

Pero Arstant no la escuchaba, se giró para mirarla y vio que se desprendía la parte superior de su traje, dejando su pálido cuerpo al desnudo. Parecía tener algo envuelto en sus brazos y en su espalda.

Entonces, se lanzó al mar.

Arstant se dejó caer de espaldas al mar, entró en el agua revuelta por la tormenta, feliz de poder disfrutar de respirar nuevamente su agua salada.

La sentía colarse por sus branquias y llenar sus pulmones de anfibio. Las escamas de su piel se despertaban tras de su letargo. Sentir la frescura de las burbujas reventar en su cuerpo le generaba un placer eufórico.

Estar en el agua era estimulante, sus aletas se desplegaron y movieron en armonía con las olas. Se hundió unos metros, buscando la calma del agua bajo de la superficie empujada por el viento. Brotaban burbujas desde abajo, era un sector de gran profundidad. Por el sabor del océano notaba que estaban relativamente cerca de las islas.

La fauna marina era numerosa. Arriba de él notaba la silueta del Ojosdeladiosa y más adelante batallaba el gran pulpo casilar contra el volteón que lo atacaba.

El canci, desde la profundidad, observaba todo el panorama con claridad, analizando cómo podría enfrentarse con el volteón para ahuyentarlo de ese sector.

Arstant advirtió que, en su euforia por regresar al mar, no había tomado ningún arma antes de arrojarse. No obstante, no estaba indefenso, podía contar con sus garras y con sus habilidades para defenderse de la criatura. Otra opción era intentar desviar al barco, empujando contra el calado de metal alivianado. De esa manera, no haría falta enfrentarse a las bestias.

Subió con velocidad y se dirigió hacia el ancla, que colgaba como un apéndice de la parte posterior, no estaba del todo elevada. Se aferró y comenzó a tirar de ella. Debajo del agua, su fuerza era superior y podía arrastrar cargas como la del pequeño barco. Además, la marea le ayudaba ya que empujaba lateralmente, a diferencia del viento en el exterior que empujaba en contra. Solo esperaba que arriba del Ojosdeladiosa los terros sostuvieran la vela.

Si lograban salir de esa, el capitán seguramente se consideraría un genio por sus habilidades con la embarcación. Eso no le importaba a Arstant mientras estuviesen a salvo. De cualquier forma, no podrían conseguirlo sin su ayuda.

Tiró un poco más del Ojosdeladiosa hasta asegurarse que su trayecto no la llevara hacia las criaturas enfrentadas. Los sonidos de los ataques entre ellas se escuchaban con diferentes frecuencias que sus chillidos y rugidos. Se habían acercado, pero rodeaban la pelea por el margen derecho. El canci los podía ver con claridad.

El pulpo era un casilar gigante, tenía diez tentáculos de diferentes tamaños y un pico que se abría en tres. Los brazos se extendían en todas direcciones tratando de atrapar al volteón, que se clavaba en ellos y mordía ferozmente para luego saltar hacia otro que emergía.

El casilar parecía desesperarse por no poder atrapar a la ágil criatura que, con sus tres brazos, se aferraba y saltaba en cualquier dirección, convirtiéndose en un impredecible cazador.

Arstant se compadecía del casilar, pero no podía hacer nada para ayudar. Se sumergió, disfrutando un último atisbo de libertad antes de subir de nuevo al barco.

Envolvió sus aletas mientras ascendía y se preparaba para colocarse la ropa que colgaba de su cintura. Apuntó hacia el Ojosdeladiosa y subió por el mismo lugar de donde se había lanzado.

La princesa lo vio salir del agua, su cuerpo aún brillaba revitalizado del chapuzón. Arstant terminó de vestirse y se acercó hasta ella.

—¡El capitán logró esquivar a los monstruos! —dijo Catara—. ¿Qué estabas haciendo?

—Conseguí que el capitán tuviera éxito —respondió con una sonrisa.

Catara no entendió a lo que se refería ni se alegró demasiado, la muchacha parecía continuar descompuesta y temblaba de frío.

Buscó sobre la cubierta, revisó el equipaje de los guardias y encontró un par de lanzas-luz. Se acercó hasta la muchacha y las frotó contra el aire para encenderlas. Le pasó las puntas brillantes y le dijo que las colocara una a cada lado de su cuerpo. Había cubierto las lanzas con la manta que tenía, dado que la luz no era necesaria, pero el leve calor que emitían la ayudaría a sobreponerse.

—Muchas gracias —dijo Catara—. ¿Qué vamos a hacer con el sambucador?

Arstant buscó en todas las direcciones. El sambucador era una persona peligrosa, ya había intentado deshacerse de él en una oportunidad y seguro estaba planeando la manera de quedarse solo con la princesa.

—Yo me encargaré de él cuando tenga oportunidad.

La tormenta disminuía su embate contra el barco, por lo que el movimiento era más calmo. Arstant podía ver cómo los marineros se relajaban.

—Princesa, necesito que te mantengas tranquila y en el centro del barco en todo momento. Nos encontraremos nuevamente en Tides.

—Pero ¿qué vas a hacer? —preguntó la muchacha.

—Me encargaré del sambucador, de una vez por todas —dijo y se fue.

Arstant caminó hasta donde estaba Tirol y lo agarró por los hombros, arrastrándolo. El sambucador no se esperaba el embate y perdió el equilibrio, sin embargo, sacó una afilada navaja y comenzó a lanzar ataques a sus espaldas.

El canci era hábil y lo esquivaba, mientras tironeaba del hombre hacia la borda del barco. Hasta que ambos cayeron al agua.

El terro tomó una buena bocanada de aire mientras caía.

Debajo del agua, Arstant se quitó la parte superior de su ropa y desplegó sus aletas. Su cuerpo brilló con los reflejos del mar y se lanzó hacia el sambucador, que intentaba nadar hacia el barco.

Lo agarró de uno de sus tobillos. El hombre se dobló y largó una puñalada, lastimando a Arstant en la mano y la muñeca.

Las burbujas brotaban a su alrededor con violencia.

Tirol nadó hasta la superficie, recuperó un poco de aire y siguió al barco que estaba cerca, pero el canci lo alcanzó y lo hundió otra vez, evitando que alcanzase las redes laterales de la embarcación.

Arstant sintió un rugido desde lo profundo del océano. Algo más los seguía.

El volteón.

El sambucador continuaba nadando para alcanzar la superficie. Se giró para ver por qué el canci lo había soltado y vio a la criatura frente a él.

Tirol lanzó un corte desesperado y enterró el puñal en el hocico del monstruo, pero la bestia continuó su ataque y lo despedazó con sus fauces.

Arstant nadó rápidamente hasta el Ojosdeladiosa. Desde el borde de babor pidió a gritos una de las lanzas. Catara estaba atenta a la situación y le arrojó una de las que tenía para calentarse.

El canci la atajó y volvió a sumergirse.

La luz debajo del agua brillaba deslumbrante. Podía ver los reflejos en cada burbuja.

El volteón estaba terminando de engullir al sambucador cuando giró su cuerpo, atraído por la sangre de Arstant.

El canci aguzó sus sentidos. La marea le trajo el aroma de la sangre del terro desde su derecha, y allí se giró para ver al volteón aproximarse.

Arstant lo estaba esperando, apuntó su lanza hacia la criatura, que traía sus fauces abiertas, con restos de carne entre sus hileras de dientes, y sus tres brazos estirados hacia adelante. El canci le arrojó la lanza-luz, haciéndola estallar, y luego nadó, hundiéndose en las profundidades. Sabía que el destello podía cegar temporalmente a los volteones, por lo que no podría encontrarlo con facilidad.

Nadó con toda la velocidad que pudo, impulsado por las corrientes y moviendo sus aletas con la gracia que caracterizaba a los cancis. Sabía que el animal lo seguiría, su mano continuaba sangrando con un pequeño hilo, y eso era suficiente para atraer a la bestia excitada.

Llegó hasta el fondo y levantó una polvareda llena de burbujas barriendo su pierna en forma circular. Encontró unas elevaciones de corales que le serían útiles. Cortó una de las ramas de una patada y le formó una punta con sus garras desplegadas.

Esperó unos segundos, oculto en la fisura de una vertiente del fondo.

El volteón llegó precipitado, presto a descargar su furia. El canci enterró su improvisada lanza de coral en una de las patas del animal, lo que lo enfureció aún más.

Luego Arstant se escondió en una vertiente y juntó sus manos, dirigiendo el chorro de agua hacia la bestia, a la que agregó unos pedazos de conchas que había en el fondo y que funcionaban como pequeños proyectiles. El canci conocía el mar y sabía lo rico que era en materiales para improvisar armas.

Nadó escapando hacia otras formaciones y encontró un caparazón de tortuga vacío. Lo abrió y limpió de corales para agarrarlo como escudo. El volteón llegó a atacarlo, pero el canci pudo detenerlo.

Agarró una pequeña placa fina que había cerca y la agitó contra la bestia. Tuvo la suerte de tuviera filo y tajeó parte de otro de los brazos del animal, que gritó lanzando una cascada de burbujas a su alrededor.

El volteón se retorció por el dolor y escapó de ese lugar. Tenía dos patas lastimadas, y con una sola de ellas no continuaría su enfrentamiento. El canci no esperó a ver si volvía y se perdió nuevamente entre los corales.

Arstant estaba agitado, pero vio al volteón alejarse. Había ganado.

Encontró unas babosas de mar dentro del caparazón que llevaba y las reventó, mezclándolas con unas hojas de algas de corales rosadas.

Luego, se envolvió la pasta en su herida de la mano y el brazo. Miró hacia los lados y encontró unos peces que no tardó en cazar para alimentarse. La pelea lo había agotado y necesitaba recuperar sus fuerzas.

Se mantuvo flotando cerca del fondo del mar, sintiendo los sonidos que lo rodeaban. La noche cubría la superficie, la tormenta exterior había terminado.

Arstant cerró los ojos, necesitaba un poco de la paz del océano, y ese lugar era tan bueno como cualquier otro.

Se sentó en la arena suave y abrió sus piernas, apoyó con calma sus manos en su pecho, con los codos elevados hasta sus hombros, y comenzó a meditar. Era un momento de compensación para su espíritu.

Rezó a su diosa Apreia, en su mente la imagen de la deidad se formaba con fuerzas.

Movió las manos siguiendo las corrientes marinas. La energía cinética del agua lo llenaba de energía, brotaba desde su interior y se manifestaba como pequeñas burbujas rojas, teñidas con la sangre que salía de sus heridas.

Pronto los cortes se cerraron y su piel sanó. Era el poder de mantener su espíritu puro y la gracia de la diosa del mar, que fluía fuerte por su sangre canci.

Abrió los ojos con su energía renovada, debía regresar a Tides y encontrar a Catara. La llevaría ante el rey Noahrot, para que presentara su versión de los acontecimientos. Además, tenía que contarle lo que sucedía en Varnal.

Sus obligaciones aún no terminaban.

«*Learat se había asustado al ver al canci. Su aspecto pálido y sus dientes en punta le causaban pánico, pero el hombre se comportaba con respeto hacia ella.*

—Pronto llegarás a tu casa, princesa —le dijo, moviéndose de manera extraña.

La niña se escondía detrás de uno de los cuernos del calar.

—No tengas miedo, no te haré daño.

El canci se hundió en el mar y con sus manos agarró un pequeño pez. Lo hizo crujir al quebrar su cabeza.

—Toma, come un poco —dijo alcanzándole el pez.

—¡Eso es un asco!

El canci la miró con asombro. Entonces lo levantó en sus manos y rezó.

—¡Oh, diosas lunares, pongan sus ojos en este pez y háganlo comestible para esta niña!

Volvió a ofrecerle el pez a la princesa y ella comió, sintiendo el sabor del pescado fresco, sabroso entre sus dientes. La niña comió y dio las gracias a las diosas que la habían bendecido».

Fragmento de La niña de las olas, *cuento popular Tidesio.*

XVIII

Cariat había dormido en una pequeña vivienda de placas finas de color gris. Estaba junto a Delicet y la adoradora Acaas. Los hombres se habían instalado en la vivienda enfrentada a la suya.

La pequeña ciudad de Villa Valhor era una fortaleza de avanzada militar, se encontraba protegida con una muralla y se conectaba con la segunda ciudad de Enher. Mantenía a raya el avance de los volcarianos del sur, por donde habían pasado, y de las tribus salvajes errantes que se perdían entre los cañadones de los volcanes.

La cristalera tenía los pies adoloridos, no estaba acostumbrada a jornadas tan intensas. Incluso su calzado parecía no ser el adecuado, sus sandalias apenas estaban adaptadas para proteger sus pies de las piedras quebradas que formaban la mayoría del camino. Delicet le había dicho que cubriera sus pies con piel de foca trenzada, y lo había hecho, pero ya estaban lastimados. El descanso no había sido suficiente.

Luego de ser encontrados por el guardia, los recibió una mujer que era la líder del pueblo. Ella les ofreció las pocas comodidades que poseían para que pudieran recuperar energías y continuar con su misión.

Les contó que el pueblo de volcarianos que atravesaron había cambiado recientemente, luego de que un llamado profeta llegara y les diera ideas radicales. El hombre parecía ser volcariano, de una de las tribus perdidas de los volcanes.

Cariat intentó recopilar más información. Aparentemente, este *profeta* era el mismo volcariano que había llevado a Jafeht a la ciudad de Enher: Krokos.

El príncipe preguntó por su hermana, quien al había pasado algunas jornadas con los aldeanos, pero no forjó ninguna amistad. Solo recordaban que era una muchacha curiosa, alta y delgada, con una belleza exótica.

Delicet se acercó a Cariat con un ungüento de minerales mezclados con una pulpa extraña.

—¿Qué es eso?

—Estuve hablando con la Acaas. Me ayudó a elaborar este remedio para los pies. Consiste en una pulpa de caracoles cocida con cal y sales ígneas. Tiene la propiedad de crear una capa protectora en la planta de los pies y permite aumentar la resistencia de las escamas. Se transforma en una dermis en un breve tiempo y luego se diluye con agua salada.

—Eso es excelente, todos deberíamos tener esta protección extra. La sabiduría popular enherina no es conocida por todos —Cariat observaba cómo sus pies cambiaban de color por el preparado. El efecto fue casi inmediato—. Preparen más y apliquensela a todos.

—Sí, Señora —respondió Delicet.

Cariat quedó sola nuevamente y observaba cómo la mezcla se adaptaba a sus pies, cubriéndolos completamente. Se colocó las sandalias y notaba que había disminuido su sensibilidad. Apretó las correas, pero no percibía que presionaran. Se pasó la mano y palpó la sustancia gelatinosa endureciéndose, intentó pellizcarse unas escamas sin éxito. Esa mezcla tenía un efecto interesante.

Salió de la pequeña vivienda y vio que todos estaban cerca de un fogón en el que se cocían unos peces. Tenían unas tinajas con aguas que usaban para asearse o beber, según el color de los cristales que colgaban de sus asas.

Cariat se lavó en una y luego vertió un poco de agua en una taza de barro cocido.

—¡Cariat! —La adoradora Acaas se acercaba a ella sonriendo—. Toma esto —dijo, ofreciéndole una taza con un líquido espeso y de color ámbar.

—¿Qué es?

—Es caldo de ojunes.

Cariat le agradeció y comenzó a beber, al fin podía alimentarse de algo conocido. El preparado era una comida que se había instalado en casi todas las islas. Los demás desayunaban animados. Cam se acercó hasta ella y la saludó.

—Estuve conversando con el comandante Selfut, tomaremos el camino de los volcanes. Creo que mi hermana está en algún lugar con los volcarianos de las tribus escondidas.

—Deberemos ir armados y listos para enfrentarlos. —El comandante se sumaba a la conversación.

—¡La Diosa nos proteja! —La adoradora Acaas también se acercó al grupo.

—Así sea. —Cariat empezaba a confiar en ella.

—Apenas terminemos el desayuno partiremos —informó Selfut.

—Da la orden, comandante, los guardias enherinos saben que deben obedecerte —dijo la adoradora.

—Gracias, Acaas.

El comandante Selfut se levantó y comenzó a pasar por los pequeños grupos de guardias. Los enherinos estaban con los terros del valle, debatiendo sobre la mejor manera de enfrentarse a los volcarianos.

Cariat vio que Delicet tomaba unas hondas de cuero de tortugas marinas y una pequeña alforja con proyectiles marrones. Los guardias de Enher enfundaron sus espadas y las lanzas-luz. Cam había dejado a mano unos cuchillos cánex que traía desde Tides. Parecían prepararse para una batalla.

Cariat acarició su muñeca con el sello de la Diosa Oculta, rezando para que eso que esperaban no se produjera.

—¡Nos vamos! —anunció el comandante.

Todos comenzaron a despedirse y luego salieron de la pequeña plaza del pueblo, en dirección al portal de la muralla.

El nuevo camino que emprendían ascendía por el borde de una montaña de color azul y luego conectaba con una escalinata de placas, que se encontraba bordeaba por dos laderas pronunciadas.

Al llegar a ellas, Cariat vio que a los lados había algunas formaciones de estalactitas grises, blancas y amarillas de origen volcánico, o producto de erupciones, que daban un aspecto diferente a las del paisaje anterior.

Sus pies se sentían fortalecidos y ya no le dolían, agradeció a la adoradora por compartir ese secreto con ellos. Continuaron durante un par de horas, viendo los cambios en el paisaje sin sobresaltos.

Llegaron a un valle, donde los cristales florecían en pétalos de láminas transparentes. Volvieron a encontrarse con carijas y otros pequeños seres que se pegaban a los cristales, junto con algunas aves que los tironeaban para comerlos.

Cariat pensaba en lo cerca que estaban de llegar a completar su misión. Aunque, por otro lado, la sombra de la profecía nefasta la perseguía y amenazaba con cumplirse.

Un crujido se oyó cerca de ellos, los guardias trataron de identificar el origen, pero no encontraron nada. Todos continuaron caminando, manteniéndose alerta.

Salieron del valle para tomar otro sendero escarpado, que ascendía por el margen de una de las montañas. Se acercaban al Comaicán, uno de los más grandes volcanes de la isla.

Se encontraba inactivo, pero la temperatura de las rocas era mayor que en otros lugares. Los colores de las superficies se habían oscurecido, algunos presentaban vetas rojizas. «Hierro», supuso Cariat. Un material al que como talleriza estaba familiarizada.

El ambiente se ensombreció poco a poco. El sendero se estrechaba. Las murallas ascendían formando un alto cañadón por donde la luz del sol no ingresaba.

Los guardias encendieron las lanzas-luz para iluminar el camino.

—Las criaturas son extrañas en esta parte de la isla, madre. ¿Ha visto hacia arriba? —preguntó Delicet, acercándose a su lado.

—¿Te refieres a las rocas? —Cariat no lograba diferenciar criaturas, solo algunas piedras que habían caído creando puentes.

—No son puentes —río uno de los guardias enherinos—. Son unos reptiles llamados lagartos de papel. Mira, en cada extremo se ven sus garras aferradas.

Delicet levantó la lanza-luz, alcanzando con sus reflejos a una de las bestias. Su cuerpo era plano y mantenía su largo hocico con las fauces abiertas. Su cola era pequeña y enrollada. Tenía unas alas extendidas en forma perpendicular, desde las que estiraba las garras para aferrarse a los bordes del precipicio. A sus movimientos suaves, se desprendía una fina capa de polvo que cubría el ambiente.

—Tienen un cuerno bajo su mandíbula, mira aquel —dijo el guardia, señalando uno más arriba que estaba pegado a uno de los lados—. Rascan con el cuerno y salen unos pequeños insectos que devoran.

—Jamás lo habría imaginado —comentó Delicet—. ¿Es decir que no son peligrosos para nosotros?

—Solo si desprenden rocas —concluyó el guardia.

Sobre sus cabezas el cielo se había oscurecido, las criaturas no permitían dejar pasar la claridad del día y la temperatura descendía.

El grupo aumentó el sigilo al atravesar el pasaje, que se volvía escarpado. Pasaban con miedo, atentos a cualquier desprendimiento de esos tenebrosos *puentes*.

—¡Miren arriba! —La voz del mismo guardia llegó con fuerzas.

En las alturas una gran ave abría sus alas y se agarraba en cada extremo del barranco. Estaba aferrándose, buscando la mejor ubicación. Hizo un chillido al que las otras criaturas replicaron.

—Cuanto antes salgamos de este pasaje, será mejor —dijo Cariat a Delicet, expresando el escalofrío que las criaturas le generaban.

Caminaron un poco más bordeando los extraños muros hasta que llegaron a un mirador, la pared de uno de los lados se había terminado.

Desde allí, se veía un sector calmo del mar de Enher y, más allá, una línea blanca ondulada que marcaba el inicio de la barrera de corales que protegía la costa de las mareas.

En uno de los costados, perdiéndose en el horizonte, se veían unas velas pequeñas que destacaban por su color naranja, iluminadas por el sol. En el otro extremo, un gran casilar emergía por el este.

—Estamos cerca de encontrarnos con los volcarianos —dijo el arleo Durcan, que estaba agachado y tocaba una marca en el suelo de piedra—. Estos rastros no tienen más de un día.

Los rastros que mencionaba el enherino eran unas horadaciones circulares en el suelo. Estaban cubiertos con rocas, pero aún emanaban hilillos de un humo gris oscuro, quizás por alguna combustión de metales.

—Los quiero ver a todos atentos y preparados. —El comandante daba órdenes de manera natural a sus guardias y a los enherinos. Curiosamente, todos respondían por igual.

Un sonido se escuchó delante de ellos.

De repente, un grupo de seis hombres se les interpuso en el sendero, llevaban armaduras de placas en su pecho y los brazos descubiertos. Tenían mazas y escudos como armas.

Lucían unos extraños sombreros con láminas que cubrían sus frentes, terminaban en punta y luego se apoyaban en sus hombros. Cariat observó que tenían marcas de quemaduras en partes de las armaduras y en sus brazos.

Un hombre de aspecto rudo avanzó hacia ellos.

—No teman. Ustedes han llegado a nuestra región. Pero no parecen un grupo invasor. Dejen sus armas y no serán heridos —Era el más fornido del grupo—. Mi nombre es Kartentos, soy el primero de esta tribu. ¿Qué es lo que buscan?

—Soy la adoradora Acaas, vengo en representación de la diosa reina Charos. Buscamos a una muchacha terra. —Acaas se adelantó—. Y a un volcariano llamado Krokos.

—¡Ese traidor de la tribu no ha regresado y esperamos no verlo nunca más! —dijo el Primero.

«Parece que la reputación de Krokos es compartida por todo su pueblo», pensó Cariat, que se adelantó y tomó la palabra.

—El volcariano no nos interesa. Lo que necesitamos es encontrar a la muchacha que estaba junto a él.

—¿Y para qué buscan a la bruja?

—Para llevarla de regreso a su hogar.

—¿Ustedes la tienen? —intervino el príncipe, poniéndose delante de todos.

—Sí, ella está con nosotros —respondió el volcariano. Hizo señas a sus hombres de abrir paso a los visitantes—. Síganme. Ya pueden retirarse las máscaras, aquí no hay piperleones, no llegan a esta altura.

—En este lugar está mi hermana. —Cam se había acercado hasta donde estaba Berot—. Lo he visto, en estos muros de piedra es donde viven.

—¿Cómo sabes eso? —preguntó intrigado el guardia.

—Apenas salimos del palacio tuve una visión.

—¿Desde cuándo puedes hacer eso? —La revelación lo tomó por sorpresa.

—No es algo que pueda hacer siempre. —Cam percibió la preocupación de Berot, por lo que decidió no revelarle lo que le ocurría en realidad. Además, ni él mismo terminaba de comprender lo que le sucedía.

—¿Tiene algo que ver con tu encuentro con el calar de tres cuernos?

—No, no es eso. —Cam sonrió ante la ocurrencia—. Lo importante es que aquí está mi hermana.

—Mantengamos la cautela, Cam. —Berot se notaba preocupado—. No me gustaría otro enfrentamiento como el ocurrido con los otros volcarianos. ¿Cómo está tu pierna?

—Apenas siento una molestia. Se ha curado rápido, ya me había olvidado de los raspones. —Miró alrededor y vio al hombre que los había recibido, tenía una actitud más relajada—. Este pueblo es diferente, se nota por su manera de tratarnos.

—Espero que tengas razón. —El guardia miró hacia arriba—. El ambiente se siente diferente, hay un aroma extraño y un poco de calor proviene del suelo.

—Estamos en zona de volcanes. —El arleo Durcan se acercó hasta ellos—. Los volcarianos viven protegidos por el calor de los volcanes.

El príncipe Camet podía sentir una leve emanación de gases y se agachó para palpar el suelo. Era de una arena blanca con presencia de caliza, pero mezclada con el granulado gris de la lava erosionada.

No había sentido más el ataque de la Diosa Reina intentando comunicarse en su mente, por lo que estaba confiado en sus pensamientos y con más energía. Esperaba seguir así.

El sendero estaba marcado por ese granulado bicolor y los llevaba directo hasta donde se había instalado el pueblo.

Las casas de estos volcarianos parecían más improvisadas que las del otro pueblo de esa gente peculiar. Eran una gran cueva y separada con cueros o placas cocidas entre sí, desplegadas como muros móviles. Algunas de las pequeñas habitaciones continuaban, horadadas en la roca, adentrándose en la montaña.

Los volcarianos se aproximaban a las entradas de sus casas, curiosos por ver a los recién llegados. Unos pequeños lagartos correteaban entre sus pies, probablemente eran sus mascotas.

Los guardias se quedaron en la parte exterior de la caverna, junto con los volcarianos que los escoltaban.

Kartentos se sacó el casco que se sujetaba en sus hombros y Cam se impresionó al ver el rostro del terro parcialmente quemado, tenía una gran costra desde su oído izquierdo hasta su boca.

—La bruja está aquí —dijo, señalando hacia una habitación excavada en la piedra.

El príncipe se encaminó hacia allí, seguido por Berot, hasta que Cariat lo detuvo, tomándolo del brazo.

—Vamos juntos —dijo, él asintió. Miró a Berot y él entendió que debía quedarse afuera por el momento.

Había una placa en el ingreso, colgada en la pared, la desplazaron y entraron.

Una simple gota de luz aferrada a la pared iluminaba la habitación. Una cama embutida en el muro tenía una figura acostada.

Cam se acercó.

Era ella.

Jafeht estaba tapada con una manta de pieles de lagartos que le llegaba hasta el cuello. Parecía dormida.

Trató de despertarla, pero fue en vano.

Unas lágrimas se derramaron por el rostro del príncipe.

—¡Alabadas sean las tres! —exclamó Cariat. Se acercó a la princesa, y la destapó un poco.

Aunque Jafeht estaba allí, su rostro se veía pacífico y ausente. Cariat le indicó algo extraño sobre su cuerpo, era como si tuviera grietas entre algunas escamas.

—¿Qué han hecho contigo, niña? —exclamó la cristalera.

—¡La hemos encontrado! —expresó Cam—. Busquemos la manera de llevarla con nosotros de regreso. Después veremos cómo la ayudamos a recuperarse.

—Camet. —Cariat se acercó hasta ella y tocó las grietas—. Creo que ella no está aquí.

Las piernas del príncipe se aflojaron.

El cuerpo de su hermana estaba allí, pero parecía un cascaron vacío. Como si su espíritu la hubiese abandonado. Se aproximó a ella mirando su rostro, se veía más en paz que nunca.

Se acercó un poco más y notó que apenas respiraba. ¡Pero respiraba!

—Ella sigue viva —dijo—. La llevaremos con nosotros y se recuperará en nuestro hogar.

Cam acarició el collar que llevaba. Creía que era el momento de enviar un mensaje a su padre.

—Cariat, necesito estar a solas con ella un momento.

—Yo... lo siento. Prepararé todo para transportarla. —La cristalera salió de la habitación.

El príncipe se colocó al lado de su hermana y observó su cuerpo. Las cicatrices que tenía eran extrañas, la destapó y vio que tenía el cuerpo desnudo. Cam no esperaba encontrarla así y la cubrió nuevamente, ruborizado.

Ella solo portaba un extraño colgante con una piedra negra.

Las marcas recorrían todo su cuerpo de forma simétrica. Una línea subía desde su vientre y se bifurcaba hacia las costillas, abriéndose a la altura de los pulmones. Le recordaron a las agallas que tenía Arstant, pero éstas estaban cerradas con costras.

Se acercó a mirarlas con más detenimiento y se percató de que no eran costras, sino quemaduras. La línea continuaba por el centro de su pecho, rodeaba su cuello y terminaba en sus labios.

Otras dos marcas nacían sobre sus ojos y subían hasta el centro de su cabeza, dejando un surco entre su cabello, que no estaba quemado.

Eran marcas demasiado extrañas para ser casuales, no habían sido provocadas por un accidente.

Tocó su collar acariciando la esmeralda verde y recordó que debía usarlo bajo la luz de las lunas. Todavía no habían salido en esa zona, aunque ya era pasado el mediodía y Eurilea debería verse.

Lo mejor sería regresar a Villa Valhor, allí se había sentido seguro y, aunque no esperaba tener problemas con este pueblo de volcarianos, le preocupaban las marcas en el cuerpo de su hermana.

Salió de la habitación. En el interior de la caverna había horadaciones en el piso, en las que se congregaban algunos a su alrededor. Los pequeños pozos emitían calor, un pequeño vapor se elevaba y una luminosidad rojiza brotaba de su interior.

Gracias a esa luz vio que la mayoría de las personas allí dentro tenía el cuerpo con quemaduras.

Le intrigaba saber qué les había ocurrido. Se acercó hasta un joven que llevaba unas rocas y lo detuvo.

—Disculpa, ¿puedes ayudarme? Necesito información. —El joven lo miró espantado, señaló con su cabeza hacia donde estaba su líder y continuó caminando. Berot se acercó hasta él.

—¿Qué ocurre Cam? ¿Cómo se encuentra la princesa?

—Ella está postrada en una cama, parece herida... solo duerme.

—No te preocupes, tu hermana siempre ha sido fuerte. Ella se recuperará. —Berot lo miró con sus ojos azules y pasó una mano por su espalda. Aunque Cam sabía ocultar sus expresiones, Berot encontró en su mirada tristeza y desasosiego.

—Eso espero... —Cam no quería quebrarse en ese momento, tener el apoyo de Berot le ayudaba, pero todo era demasiado. Decidió cambiar de tema y concentrarse en buscar respuestas—. Ese chico me indicó que debo hablar con el Primero, parece que aquí es muy importante el respeto del orden jerárquico.

—Vamos entonces —dijo el guardia, acompañándolo.

Encontraron a Kartentos junto a Acaas. Estaban sentados en unas grandes rocas alrededor de uno de los pozos de fuego, este se veía más encendido que los otros.

—Señor volcariano, ¿me permite unas preguntas?

—Nada de señor, soy el primero de esta tribu —corrigió el volcariano y le hizo señas para que tomara asiento junto a él.

Cam se sentó y vio que el fuego provenía de un pozo mucho más profundo de lo que parecía. Berot permaneció de pie atrás de él.

—Ah... El volcán nos da vida, nos da calor —dijo, indicando al fuego—. Nos da obediencia y respeto. —Tocó unas cicatrices de quemadura en su brazo y en su rostro.

—Con respecto a eso, ¿qué le ha ocurrido a la muchacha? —Cam procuró no revelar que era su hermana.

—Historia compleja. Historia pasada. —Kartentos lo miró preocupado—. Su historia está unida a uno de nosotros, el llamado Krokos... —Utilizó una varilla fina de hierro para atizar el fuego. Unas chispas volaron en el aire, tomando forma de pequeñas llamas que se disipaban en el cielo—. Una mañana la joven llegó con sus mochilas y una vara por el camino de las laderas. Ella tenía muchas inquietudes, así que aceptamos que pasara unos días con nosotros. Se hizo amiga de Krokos.

»Él era un miembro fundamental del pueblo y un gran creyente en nuestro señor Fiter. Él era nuestro sanador y ella estaba interesada en conocer los secretos de la medicina de los volcanes. La mujer, poco a poco, fue ganando la confianza de todos, entonces la invitamos a ser parte de la tribu. Ella aceptó y la llevamos durante la ceremonia de Fiter a la boca del volcán. Allí, una pequeña erupción se produjo inesperadamente y todos volvimos a las cuevas, pero ella y Krokos se quedaron arriba.

»Bajaron al día siguiente, Krokos traía a la chica herida con esas marcas en el cuerpo. Los dos tenían un halo brillante, aunque se apagó apenas entraron a la cueva. Traían unos talismanes en sus cuellos. La muchacha aún lo tiene. Krokos tenía los ojos cubiertos con marcas y sus manos quemadas. Nos dijo que habían abierto una puerta al reino de les aireus, pero que las criaturas etéreas no los recibieron bien y los habían expulsado abruptamente. Era una gran herejía. Todos comenzamos a pedir a los dioses que nos perdonasen. A les aireus les suplicábamos que no cobraran venganza por la ofensa. Sin embargo, dos criaturas de piedra bajaron y tuvimos que huir de nuestro hogar hasta esta cueva.

»Krokos pidió que cuidásemos a la bruja, nos dijo que extranjeros vendrían a buscarla para librarnos de su maldición. Él estuvo con ella toda la noche, luego desapareció, y aquí están ustedes ahora. Dudábamos de la palabra de Krokos, él traicionó la confianza de todos al exponer los secretos de les aireus a una extranjera. Cuando vimos las marcas en el cuerpo de la chica supimos la verdad. Eran símbolos de brujería. Finalmente, ha llegado la hora de que se lleven a esa mujer que solo ha traído desgracias a este pueblo.

El Primero se levantó. La tarde estaba llegando rápidamente a su fin y las sombras de las montañas se estiraban sobre ellos.

Cam había prestado atención a las palabras del volcariano, y encontró muchos cabos sueltos en su relato.

Era posible que su hermana se hubiese encontrado con un poder superior que no supiera controlar y que ese mismo poder la hubiera dejado en ese estado. Pero no eso no explicaba cómo había podido dar el mensaje a la diosa reina Charos.

Quizás esas respuestas las tuviera el llamado Krokos. O su propia hermana, si es que lograban despertarla.

Tocó su collar con la esmeralda de nuevo. Faltaba poco para la noche. Cam pensó en su don, quizás podría intentar entrar en su mente y tratar de ver qué ocurría dentro de Jafeht.

Se dirigió velozmente de nuevo a la habitación en el interior de la cueva.

—Cam, ¿qué vas a hacer? —preguntó Berot, corriendo detrás de él.

—Voy a intentar algo imposible. Necesito estar a solas con mi hermana.

—Escucha, Cam. No entiendo qué está pasando, pero quiero que sepas que puedes contar conmigo. No tienes que cargar con todo esto tú solo.

Cam se volvió hacia él y le dio un beso rápido que lo tomó por sorpresa.

—Contigo a mi lado jamás me sentiré solo —le susurró el príncipe al oído, luego lo miró a los ojos y le sonrió—. Estaré bien, confía en mí.

—Me quedaré aquí cerca, por si me necesitas —dijo Berot, devolviéndole la sonrisa.

Cam entró, estaba a solas con Jafeht. La vio durmiendo tan tranquila que tenía miedo de que despertarla le causara una conmoción.

Vio la roca que portaba en su cuello, el Primero la había llamado *talismán*.

La sujetó con su mano. Era una piedra redonda y negra, más pesada de lo que aparentaba. Se la quitó del cuello y la sostuvo sobre ella, entonces algo comenzó a ocurrir en el cuerpo de su hermana.

Las costras parecían ablandarse y supurar una sustancia brillante. La luz amarilla iluminaba todo su ser y que le obligó a apartar la mirada. La temperatura de Jafeht se elevó y comenzó a convulsionar.

Cam se asustó y le colocó el talismán. La luz se desvaneció, su temperatura bajó y las costras volvieron a sellarse. Jafeht pareció volver a dormir tranquila.

Si intentaba entrar en sus pensamientos podría dar con mejores resultados.

Se sentó junto a ella, en la misma cama de piedra, y apoyó su mano sobre la pierna de Jafeht. Pensando en ella cerró los ojos, buscaba la habitación oscura y ese lugar donde se encontraban los puentes.

Trató de enfocar sus pensamientos, pero el reflejo de la luz que había visto seguía titilando en sus retinas, como fruto de un encandilamiento.

Forzó su mente y hasta que sintió un frío en su frente. La oscuridad aparecía en sus pensamientos y, poco a poco, una pequeña ventana se abría. Se acercó y vio los puentes que llevaban hacia todas partes. Trató de guiarse hacia el de su hermana.

No quería poseer su cuerpo, como hizo con las criaturas en las otras ocasiones. Quería ver qué había ocurrido con ella y cómo podía ayudarla.

Uno de los puentes pareció reaccionar a sus deseos. Miró hacia el final, la ventana que había al final brillaba con la misma luz que vio en su hermana momentos antes: ese era.

Se paró sobre el puente y lo tocó con sus manos, era blanco y frío. Parecía estar formado por palabras. Se acercó para leer lo que decía, pero tenía símbolos ininteligibles.

Quizás habría otra manera de comprender lo que decía. Después de todo, eran palabras. Apoyó sus labios sobre el puente por un deseo instintivo y saboreó un gusto semiamargo. Pasó la lengua y las palabras caminaron por ella hasta entrar en su boca. Las masticó y un fragmento de memoria apareció en su mente.

Entonces pudo ver a Jafeht caminando junto a un volcariano por la boca del volcán. Supuso que era el famoso Krokos, pero el recuerdo se esfumó.

Se acercó de nuevo al puente y pasó la lengua a un buen grupo de letras, aunque no estaba seguro si los recuerdos desaparecerían del puente al hacerlo o si solamente los tomaría prestados.

Comenzaron a aparecer nuevos fragmentos: Jafeht y Krokos en la cima de un volcán. Ella lo besaba.

Jafeht tomaba un cuchillo cánex y se hacía cortes en su cuerpo, allí donde ahora tenía las marcas.

Krokos intentaba detenerla, pero ella lo alejaba y continuaba.

Estaba desnuda, sentía el calor en sus pies. Cantaba una oración que Cam desconocía, en un idioma que desconocía.

La lava brotaba del suelo y subía por sus heridas mientras una luz bajaba de los cielos. Ella gritaba en una mezcla de dolor y placer.

El recuerdo se esfumó y Cam escupió una bola que se había formado en su boca. Las palabras que los formaron cayeron al piso, recuperando su lugar en el puente.

Comenzó a caminar para regresar a su ventana, el puente vibraba mientras lo dejaba atrás.

Abrió los ojos en la habitación de piedra y notó algo extraño, un leve reflejo plateado que veía con su ojo izquierdo. Al parecer, el uso del don de la Diosa le dejaba secuelas.

Miró a su hermana, que permanecía inmóvil. Tenía que llevarla de regreso a Tides, quizás allí encontrarían la manera de ayudarla.

La secuencia de lo ocurrido empezaba a cobrar sentido. Jafeht había conseguido acceder al mundo de les aireus y Krokos había colaborado de alguna manera. Sin embargo, se arrepintió e intentó detenerla a último momento.

Ellos tenían alguna clase de relación y Jafeht había utilizado los poderes que tenía el volcariano en su provecho. Los dos tenían los mismos talismanes en su visión, eso los unía de alguna manera.

Krokos había llegado hasta la diosa reina Charos para pedir ayuda. Pero ella, en lugar de auxiliar por sus medios, pidió que la familia de Jafeht se hiciese cargo.

«Quizás por la implicancia política del trato con los volcarianos», pensó Cam.

Sin embargo, la Diosa Reina había mencionado un ritual de sangre, que solo un familiar directo podría realizar. ¿Qué significaría?

Mientras más pensaba en las intenciones de la diosa reina Charos, más enigmática le resultaba.

En la intimidad de su hogar, Gasin pensaba; sentado frente a su pequeña mesa mientras alimentaba a Tonanzitlan, su lagarto mascota.

Los recuerdos de lo ocurrido en el palacio aún estaban frescos en su mente. El ataque de la vieja le había parecido terrible, pero su diosa reina se había recuperado a una velocidad milagrosa.

De todo lo extraordinario que había presenciado, lo más sorpresivo fue que alguien pudiera dañarla.

En ese momento, sintió que su corazón se rompía. Nunca dudó de su divinidad o, al menos, no se atrevía a hacerlo. Pero ese pequeño momento de vulnerabilidad lo llenó de angustias y miedo. Él mismo tuvo que intervenir.

Al menos había tenido éxito.

De cualquier modo, el milagro de sanación le mostró que era inmortal además de divina. Su fe estaba completamente restaurada.

Ella le había pedido que sea parte de cuestiones políticas que no estaba seguro de poder manejar. Por otro lado, había tenido éxito en traer al príncipe de Tides.

No obstante, aún había detalles que se le escapaban: no sabía por qué era importante que estuviera en Enher, ella misma podría haber enviado un equipo en busca de la princesa Jafeht. Sin dudas, era todo parte de los designios misteriosos de su Diosa.

Gasin se sintió cansado. Cambió de lugar para posarse en su cama. Por un momento, se sintió tentado a acostarse y dormir, pero sabía que tendría tiempo para hacerlo durante el viaje, así que decidió lavarse y salir.

Quizás podría almorzar con la familia de Gefan, su hermano. Se dirigió hacia allí. No vivía lejos. Le llevaría a Tonanzitlan para que lo cuidase en su ausencia.

La ciudad se veía animada, no sabía explicar por qué. Quizás fuera la música, quizás los colores de las ropas o los reflejos de los cristales, que dotaban a todo de diferentes tonalidades. Cruzó la plaza del mercado. Notó un optimismo generalizado en la gente. Compró unos dulces de algas para sus sobrinos, lo atendieron con amabilidad y la gente le sonreía.

Sin embargo, algo no cuadraba, parecía un bienestar sobreactuado, completamente opuesto a la apatía y desconfianza que reinaban en los pueblos de Tides o Varnal.

De cualquier modo, pronto debería partir, sin poder descubrir a qué se debía esa algarabía.

La casa de Gefan estaba a unos doscientos pasos al este de la plaza, por un angosto callejón.

Apenas golpeó la puerta, una niña de unos seis años se acercó a la ventana de cristales y le sonrió. Una mujer joven abrió la puerta de placas y lo invitó a entrar. Una vez dentro, la niña de largos cabellos saltó a sus brazos, Gasin la atajó y la hizo girar en el aire. Luego la dejó en el piso realizando una reverencia.

—¡Buenas nuevas, estimada familia! —Gasin movía sus manos con gracia—. Les traigo novedades.

—A no ser que nos traigas algunas monedas de cambio o joyas, no sé qué podrías traer para alegrarnos. —La mujer lo saludó con mala cara.

—Pues les traigo noticias del mundo. ¡Y vengo a pasar un almuerzo con ustedes! ¿Qué más podrían necesitar para estar contentos?

La niña reía, los movimientos de Gasin le causaban gracia. Él movió las manos con velocidad y sacó una moneda de cambio de su oreja, la niña lanzó una risita.

Le dio uno de los dulces y se dirigió hasta la mesa, mirando a todos lados. La casa se veía más pobre de lo que recordaba.

—¿Dónde está Gefan? ¿Acaso ese flojo está durmiendo? —preguntó mientras se sentaba en una banqueta de hierro con cuero.

—Sabes que tu hermano a esta hora duerme. —Lo miró enfadada—. Lamin, ve a despertar a tu padre. Dile que Gasin ha venido a verlo.

—¡Oh, querida! ¡Vine a verlos a todos! —dijo, ofreciéndole dulces—. ¿Y el bebé de la casa? ¿Duerme?

—¡Gracias a la Diosa! El pequeño recién termina su jugo y duerme —respondió—. ¡Ni se te ocurra despertarlo!

La mujer se fue a un pequeño fogón y agregó agua en una cacerola, luego tomó unas algas de color rojo y las lanzó dentro. En una sartén se cosían unas gambas de cangrejos, a las que sumó dos piezas más para el nuevo *invitado*. La niña salió alegre desde la habitación.

—Dice papá que ya viene. —Se acercó hasta Gasin y con su dedo acariciaba el tatuaje con forma de serpiente en rostro del hombre—. ¿Dónde has estado, tío Gasin? ¿Has visto a la Diosa?

—Sí, tuve la bendición de estar con ella. Primero me mandó a llevar un mensaje a Tides. Ayer volví. Ahora me ha encomendado una nueva misión. Ella estaba radiante, tenía un vestido rojo, largo, un sombrero magnífico y unas joyas cuyo brillo podía verse a varios metros de distancia.

—Cuando sea grande me encantaría ser como ella.

—No creo, mi linda. Ella es una diosa, nosotros unos simples mortales. —La niña puso expresión triste—. Pero siempre podemos ser divertidos y alegrar a la Diosa.

La niña rio. Gasin ponía caras. De uno de sus bolsillos sacó unas pelusas que flotaron en el aire y luego desaparecieron en una nubecilla de chispas.

Desde arriba de su hombro tomó a su pequeña mascota y se la pasó a la niña.

—¿Te puedo encargar una misión importantísima para el Reino?

—¡Claro que sí, tío Gasin!

—Necesito que cuides a Tonanzitlan por mí. —Estiró el brazo en su dirección, el reptil corrió hasta llegar a la mano, se puso a lamer los restos de dulce que tenía en los dedos.

—¡Ah, me encanta! ¿Puedo, mamá? —preguntó, acercándose.

—Sí, cariño. ¡Esa criatura se alimenta sola!

—¡Así es que te vas nuevamente, hermano! —Un hombre salió con el torso desnudo desde una pequeña habitación oscura.

—Esta vez me voy a otro lado. —Gasin se levantó y abrazó a su hermano. Era un poco más bajo que él, pero igual de delgado—. Al parecer, la Diosa confía en mí para realizar sus encargos.

—¿Cuándo te vas?

—Mañana, a primera hora.

—¡Tan pronto! ¡No has alcanzado a estar un par días por aquí!

—Y eso que no te he dicho que voy a Varnal —susurró—. Pero no le cuentes a tu esposa, no quiero que se entere nadie más. —La mujer lo miró de reojo y puso los ojos en blanco.

—¡Esa isla maldita! He escuchado que están en medio de una crisis. Sabes que su historia nunca tuvo momentos de paz.

—Lo sé, pasé fugazmente por allí; solo vi pobreza y violencia.

—¿Irás solo? ¡Al menos deberían acompañarte una cuadrilla de soldados!

Gasin largó una carcajada.

—Espérate a saber quién me acompañará, ¡nada menos que la adoradora Desan! —El hombre lanzó una carcajada.

—¡Esa vieja no parará de darte órdenes en todo momento! ¡Pobre de ti, hermanito!

—Podría haberme permitido elegir, pero no. Me dijo: «Irás con la adoradora Desan», y yo pensaba en lo mal que lo pasaré.

—¡Seguro te vas a divertir! —Su hermano no paraba de reírse. Luego de tomar un vaso con agua continuó—. ¿Al menos te quedarás a almorzar con nosotros?

—¡A eso he venido! —Sonrió.

Mientras la mujer terminaba de cocinar, los dos hermanos se pusieron al día. Gasin le ofreció un pequeño costal con monedas que le había dado la Diosa Reina por su misión en Tides. Le dijo que se lo guardase, pero que podía utilizar un poco para mejorar sus condiciones de vida.

Su hermano se dedicaba a la pesca, por lo que sus horarios de trabajo siempre eran distintos. Le comentó que había disminuido la cantidad de peces en la costa de Enher. Algunos lo atribuían al clima, otros decían que los dioses estaban enfrentados. Le sugirió a Gasin que tuviera cuidado con ellos.

Pocas horas después de comer, se despidieron. No sabía cuánto tiempo se demoraría en su nueva labor, por eso quería asegurarse de que la familia de su hermano estuviese bien. Le dijo que cualquier inconveniente se comunicara con la compañía de teatro, que ellos lo asistirían. No sabía realmente qué ocurriría con él, pero dejaría todo en condiciones, en caso de que tuviera algún contratiempo.

Después de dejar a su familia, fue a visitar a otros amigos. Le costaba abandonar tan pronto su tierra. Sin embargo, los mandatos que había recibido eran divinos y no debía dudar.

Su diosa reina confiaba en él.

En Varnal debería infiltrarse en la rebelión, dar su mensaje a la princesa Zutel y ayudarla a terminar con el reinado de su padre. Así ella tomaría la corona y se aliaría con la diosa reina Charos.

Tenía a su cargo ayudar a fundar un nuevo imperio divino.

«¹Lobreg es un dios oscuro, por eso es llamado el Dios de las Profundidades.

²Quienes adoran a Lobreg no son malvados, pues mantienen el equilibrio entre la luz de Fiter y la oscuridad de Lobreg. ³Quienes han visto su propia oscuridad acceden al mundo de Lobreg, donde hay miedos, tormentos y una noche infinita.

⁴Solo el señor del inframundo tiene el poder de dominar y moldear los males, y de otorgar dones que desafían al tiempo y al cielo profundo.

⁵Sus verdaderos mensajeros son aquellos alguna vez movidos por el odio y la venganza que, acogidos por el amor divino, pueden encontrar sosiego de sus deseos oscuros».

Versículos del libro Los mensajeros de Lobreg, *incluido en el* Gran Libro de Absuar.

XIX

El Ojosdeladiosa finalmente había atracado en Tides. Anochecía en el puerto y Catara bajaba sola del barco.

La mujer del capitán le gritó que recordara que había llegado sana y salva gracias a ellos. Catara la miró incrédula. El viaje en la Mardesal había sido una mala experiencia, pero este otro fue mucho peor.

Luego de que Arstant se lanzara al mar con el sambucador, la tormenta se había calmado y los buenos vientos habían empujado a la pequeña embarcación hacia su destino.

Catara había buscado en el mar a los hombres, pero no alcanzó a avistarlos. Lo que sí vio fue la sombra de una criatura marina acercarse, por lo que se volvió atemorizada al centro del barco y se mantuvo al lado del mástil por el resto de la tarde.

Al fin pisaba tierras conocidas. El puente de placas se extendía sobre el agua, uniendo las embarcaciones con el muelle, balanceándose al ritmo de las suaves corrientes. La princesa se sostenía de las barandas de cables que había a los lados. El capitán le alcanzó una lanza-luz antes de volver al barco y luego escupió sobre las placas.

En el puerto nadie la esperaba.

El Ojosdeladiosa partió rumbo a las Amixas sin mirar atrás.

La princesa, aún ataviada con la vestimenta de las cristaleras, avanzó por el muelle hacia el caserío pobremente iluminado. Una paz intranquila llenaba el aire, no se veía a ningún tidesio cerca.

Catara comenzó a preocuparse, un desasosiego inundaba los alrededores del puerto. Observó, a medida que se acercaba a las casas, que había escombros y suciedad dispersos por doquier.

«¿Habrá azotado la tormenta el lugar?», se preguntó. Pero en el mar no había sentido tanta intensidad.

Trató de dejar de lado sus suposiciones. Estaba de vuelta. No podía creer que después de todo lo vivido, volver allí la haría sentirse así. Después de sus dudas y su deseo de abandonarlo todo, un nuevo capítulo comenzaba en su vida, con una nueva familia en Tides.

Sin embargo, sus preocupaciones aún no terminaban, ¿cómo explicaría lo que había sucedido? Imaginó la mirada severa del rey, la decepción del príncipe Set, y quizá su alegría y afecto por su embarazo.

¿Cuántos días habían transcurrido? ¿Cinco? Eran pocos y demasiados. Faltaba poco más de una semana para su boda.

Miró atrás, hacia el mar oscuro y profundo, y se despidió de sus aventuras.

Ahora retomaría su rol de princesa, futura reina y madre.

Catara se colocó la capucha de los hábitos monásticos, todavía húmeda. Se internó por uno de los callejones. Pero pronto fue descubierta por unos guardias.

—¡Allí! —gritó uno, un grupo de cuatro se acercó corriendo con armas en las manos. Portaban armaduras negras, eso era extraño.

—¡Identifíquese! —gritó uno de ellos, acercándose.

—Soy Lapreat, una monástica. Estaba regresando a mi torre.

—¿Es que acaso no sabes que es el lugar menos seguro de la isla?

El rostro de la princesa palideció.

—Yo... estaba haciendo oraciones en otra parte de la isla, recién regreso con un barco pesquero... ¿Qué ha pasado?

—La familia real de Joler llegó antes de lo previsto, pero se encontraron con que la princesa Catara había desaparecido. El rey

Moura enloqueció y de alguna forma tomó el control de los hombres-lagarto. Atacaron a todo lo que veían en el palacio. Nos defendimos lo mejor que pudimos, pero ahora el rey extranjero permanece sitiado en el palacio. No hemos podido abrirnos paso entre las bestias. Llevan todo el día adentro, han bloqueado los ingresos y destruido el puente a la torre de las cristaleras.

—¿Y el príncipe Set? ¿El rey Noahrot? ¿Toda la gente del Palacio?

—No sabemos nada de ellos. —El guardia bajó la mirada—. Sin el comandante Selfut, el capitán Heriatat ha tomado el control de la guardia para proteger a los ciudadanos. Te llevaremos con él. Debemos escondernos de los hombres-lagarto que están rondando. Por eso vestimos de negro, las criaturas no pueden cazarnos cuando nos mezclamos con las sombras.

—¡Vamos rápido! —indicó otro de los guardias y comenzaron a correr.

El peso de la culpa no tardó en caer sobre ella y revolvió su estómago.

Sabía que su padre había alcanzado una forma de dominar a los hombres-lagarto en Joler, pero no sabía que podía extender su poder en otras islas.

Dos años atrás, uno de los hombres-lagarto que ella había encontrado de pequeña se extravió. Ella lo buscó por todos lados, hasta que llegó a los talleres de la Cofradía de Lobreg. La orden se encargaba de los trabajos científicos y la medicina. Una mujer le dijo que su padre se encontraba allí también, pero que no podía verlo porque estaba participando de un experimento.

Catara se escabulló para averiguar de qué se trataba todo aquello. Se asomó por una puerta de cristal. Detrás encontró a su hombre-lagarto, dormido en el suelo. Pero, un poco más allá se encontró con lo más terrible e inimaginable que podría haber descubierto.

Su padre estaba en una banqueta de placas. Sobre sus orejas, en su cráneo, tenía enterrados dos cristales. El miedo la paralizó y las lágrimas caían por su rostro, pero no pudo dejar de mirar. Los huecos en la cabeza de su padre sangraban mientras los cristales se cubrían de escamas.

Él rey se puso de pie y clavó la mirada sobre el hombre-lagarto.

La criatura abrió los ojos, se levantó y comenzó a arañar contra un muro de piedras. El rey giró y vio a su hija detrás de la puerta. Sonrió y el hombre-lagarto corrió hasta ella, arrancó la puerta de sus goznes y se quedó mirándola.

El rey dijo que al fin tenía un poder único, el dominio de la criatura era suyo y que ese sería un secreto entre ellos.

Catara salió corriendo de ese lugar.

Más tarde, cuando su padre la encontró, le dijo que lo hacía por amor, que todas las islas tenían protecciones divinas y ellos no podían quedarse atrás, ahora Lobreg los protegería. Catara vio oscuridad en sus ojos y tuvo miedo de su padre por primera vez.

Ahora ese miedo retornaba, su padre había atacado a Tides. ¿Sería el poder oscuro del dios que había actuado a través de él?

No, le resultaba terrible pensar en eso. Debía apurarse a encontrarlo, explicarle lo que realmente había ocurrido. Eso solucionaría todo.

Los guardias la llevaban hasta un palacete que se conectaba con una de las torres de la muralla, contrapuesto a la torre de las cristaleras.

Caminaron por una ciudad que permanecía envuelta en el miedo. Todos se ocultaban, encerrados en sus casas. Las calles estaban deshabitadas.

Tuvieron que esconderse un par de veces de unos hombres-lagarto que patrullaban las calles. Las grandes bestias estaban sin cadenas ni guardianes. Caminaban en cuatro patas, cada tanto frenaban y olisqueaban con sus lenguas bífidas.

Vieron rastros de sangre en algunas calles y rincones.

Entraron por la torre, una pequeña galería de piedra precedía el ingreso. Cuatro hombres hacían guardia en la oscuridad, detrás de unas columnas.

Ingresaron por un portal a un espacio pequeño, oscuro y frío, aunque ya no sentía el gélido viento del mar, lo cual la reconfortaba.

—¿Qué ha ocurrido con las cristaleras? —No había visto a ninguna de ellas ni en la ciudad, ni en esa parte fortificada.

—Están en su torre, se encuentran atrapadas allí. Las tallerizas se enfrentaron a un par de hombres-lagarto con éxito, pero al derrumbar el puente que conectaba con el palacio quedaron aisladas. Desde entonces, no han aparecido.

—¿El rey Noahrot?

—No sé si debería contarte esto. —El hombre se acercó a ella con sigilo—. Está con nosotros en esta torre. Las oráculos le habían advertido del ataque antes de dejar de recibir visiones.

—¡Tengo que ir con él! —Catara se levantó agitada, tenía una oportunidad de arreglar las cosas.

—Esperaremos a que venga el oficial a cargo. —El hombre le puso una mano en el hombro, empujándola hasta el asiento.

Dos guardias de negro llegaron con una mujer. Era la masteriza Mamet, que al ver a Catara corrió a abrazarla.

—¡No lo puedo creer, niña! ¿Dónde te habías metido? —La mujer le tocaba el rostro y el cuerpo. Catara se puso de pie. La masteriza volvió su mirada hacia los soldados—. Esta muchacha no es ninguna cristalera. ¡Es la princesa Catara!

Los soldados que la escoltaron se miraron entre sí, realmente habían creído el engaño de la princesa.

—¡Masteriza Mamet! ¡Qué alegría encontrarla! —Catara sonreía—. Yo... he cometido errores, pero ahora estoy aquí. Nunca debería haberme ido.

—¿Te habías ido? ¡Tan cerca de la boda!

—Los guardias me dijeron que... ¿Ha venido mi padre?

—¡Ha sido un desastre! Tu padre está demente y en parte es culpa tuya —dijo la masteriza, luego se apartó tomando asiento a su lado—. El rey Moura llegó ayer junto con la reina, querían ayudar con los preparativos del matrimonio. Pidieron verte, pero llevábamos tres días buscándote, nadie sabía dónde te encontrabas. Tu madre también estaba alterada. Dijeron que teníamos hasta hoy en la mañana para encontrarte.

»Toda la Corte te buscó, los guardias se dispersaron por toda la ciudad, no dejaron una casa sin revisar o placa sin levantar. Nadie sabía cuándo fue la última vez que te vieron. ¿Por qué no avisaste a nadie? —Catara no supo qué responder.

»En el puerto alguien recordó haberte visto unas noches atrás, hurgando en una caja, buscando unas mantas. Se consultó con las oráculos y ellas dijeron que volverías una noche, aunque no sabían cuándo exactamente. El príncipe Set pensó que lo habías abandonado. Discutió con los dos reyes, pensando que lo habías dejado por algún amante oculto. Esos comentarios fueron los que enfurecieron al rey Moura.

»Él dijo que se había acabado tiempo. Entonces acusó a la familia real de secuestro, como ya había ocurrido con la anterior reina de Tides. El rey Noahrot no toleró el insulto y llamó a la Guardia Real para expulsar a tus padres, pero el rey Moura hizo algo y los hombres-lagarto comenzaron a atacar.

La masteriza la miró y se limpió unas lágrimas que caían de sus ojos. Se limpió la nariz con un pañuelo que sacó de su manga, la miró y volvió a llorar. Catara le apoyó una mano sobre el regazo.

La mujer continuó hablando, pero con la mirada baja.

—Las criaturas atacaron a todos los que encontraban en la sala, sin discriminar. Una de esas bestias se metió en las cocinas y asesinó a los sirvientes. Yo escapé gracias al valor del cocinero, que le arrojó agua hirviendo al monstruo. Al llegar a las habitaciones sentimos estruendos de batalla. El caos y el polvo se dispersaban por todo el palacio. Un temblor sacudió todo cuando el puente de las cristaleras se vino abajo.

—¿Qué pasó con mis padres?

—Ellos continúan en la Sala Real. Al parecer, ambos están bien, pero tu prometido...

—¿Set? —El rostro de Catara palideció—. ¿Qué ocurrió con Set?

—Fue antes de que escapara por la cocina. El príncipe enfrentó a tu padre, tomó una lanza-luz e intentó detenerlo, aunque controlara a los hombres-lagarto. Una de las criaturas alcanzó al príncipe en una pierna. El rey gritaba a tu padre para que se detuviese, que le daría lo que quisiera. Pero estaba enceguecido, gritaba tu nombre. Set se liberó y le enterró la lanza-luz al monstruo, pero otra criatura llegó y lo alcanzó por la espalda. El príncipe murió.

—¡No! ¡No puede ser! —gritó Catara y comenzó a llorar.

—Fue en ese momento que escapé. Poco después, el rey Moura recuperó el control y dejó ir a los terros que aún vivían.

—No puedo creer que Set haya muerto —Catara se tomó el pecho, angustiada.

—Fue terrible... Cuando encontré al rey Noahrot parecía muerto en vida. Estaba deshecho.

—Tengo que ir con él. ¡Tengo que encontrarme con mi padre y detener esto! —Catara intentó levantarse, pero una nueva náusea la hizo afirmarse a su silla. El dolor comenzó a brotar con sus lágrimas.

—Será mejor que descanses, pequeña, nosotros nos encargaremos de todo.

—Yo... no puedo creer lo que me has contado... —dijo Catara antes de largar un llanto que no pudo contener. La masteriza le pasó una mano por la cabeza, descorriendo la capucha y acariciando sus cabellos.

—Te llevaremos a una habitación —dijo la masteriza.

Catara asintió, su estómago le daba vueltas y las lágrimas se habían liberado, haciéndola sollozar con cada respiración.

La masteriza hizo unas señas llamando a los guardias, quienes sostuvieron a la princesa, acompañándola hasta una pequeña habitación con una cama de mantas que había a uno de los lados del salón.

Cerraron la puerta de placas detrás de sí, pero al instante volvió a abrirse. El rey Noahrot irrumpió junto a la masteriza.

Mamet se acercó hasta ella y le acarició la cabeza, le imploró al rey que no le hicieran daño.

Él negó con su cabeza, tenía otros planes para ella.

—Descansa, princesa. —Sus palabras temblaban de odio—. Ya pagarás el daño que has provocado.

El rey se retiró. La masteriza permaneció a su lado mientras Catara lloraba.

No tenía fuerzas para discutir, la tristeza solo la hacía doblarse de dolor.

¿Qué haría ahora? ¿En qué mundo nacería su hijo sin padre, sin hogar y sin reino?

Cariat veía la tarde cubrirse de tinieblas. Los vapores del volcán se elevaban, bañando el ambiente con una penumbra irreal. Adentro de la caverna, los volcarianos encendían fogatas en los pozos para iluminar sus actividades. La cristalera se sintió atraída por unos dibujos en las paredes de piedra, unos gráficos geométricos cuyo significado desconocía.

Desde uno de los caminos, un grupo de hombres llegó haciendo ruidos. Eran mineros o picapedreros que traían una carretilla cargada con lajas de piedra en bruto, la caretilla era tirada por dos hombres-lagarto de piel verde oscura. Las criaturas eran más largas que las que ella conocía, estaban encadenadas a los lados de los carros y parecían adiestradas para la tarea.

El camino por el que venían estaba enmarcado por unas columnas de piedra que indicaban el inicio del pueblo. Los hombres llevaban los pies cubiertos por abultadas botas de cuero de reptil. El camino era más caliente en ese lugar.

El príncipe Camet permanecía junto a su hermana. Mientras que Cariat diseñaba un medio adecuado para transportarla de regreso a Enher y, desde allí, a Tides en la Mardesal.

Había hablado con la adoradora, para averiguar si podían pedir prestados algunos hombres-lagarto, pero Acaas le dijo que deberían pagar por ellos. A Cariat le quedaba una magra reserva de monedas, luego de gastar en los esclavos que había comprado en Varnal, por lo que le pidió a Acaas que negociara con el Primero para pedirle las criaturas.

Unos volcarianos comenzaron a preparar una escueta cena para compartir. Unos grandes insectos estaban apoyados sobre parrillas verticales, parecían langostas sin alas. Les explicaron que debían quitárselas porque eran de finas láminas de cristal.

Los insectos crujían mientras se cocinaban a las llamas. El aroma de la cocción le llegaba a Cariat desde lejos.

El mismo aroma que había sentido en su visión.

La cristalera buscó a Delicet, Fue hasta donde se encontraba el príncipe Camet. Lo encontró saliendo de la habitación de Jafeht con una mirada extraña.

Le preguntó por la talleriza, pero él no la había visto.

Cariat lo dejó y regresó a donde estaban los guardias, con la terrible certeza de no haber podido anticiparse a su visión. Si tan solo le hubiera advertido a Delicet...

Tomó una lanza-luz y se fue hasta el camino de columnas. Entonces la vio.

Corría hacia ella junto a uno de los guardias enherinos. Ambos gritaban, alertando a todos de que algo los seguía.

Delicet llegó hasta donde estaba Cariat.

—Hija...

—¡Rápido! ¡Busquen refugio! —Tenía la voz agitada, cortada por el miedo.

Detrás de ellos, se oyó un derrumbe de rocas que se acercaba.

Entonces la enorme mole de piedra y fuego apareció rugiendo.

Tenía forma humanoide, pero sus piernas y brazos se armaban mientras se movía. Entre las grandes rocas de su pecho se vislumbraba un núcleo ígneo de magma.

Cariat se paralizó. Era una criatura magnífica y terrible. Pudo sentir el calor que emitía incluso a aquella distancia.

La mole se pisoteaba por el sendero, chispas saltaban a su alrededor. Abrió las fauces en un rugido feroz y pareció que el sol saldría de sus entrañas.

Cariat levantó la lanza-luz en sus manos, pero no podía activarla. Solo pensaba en su diosa. Esperaba que la recibiera en el fondo del mar.

Una llamarada brotó furiosa de la boca de la bestia.

Alguien tiró de ella con fuerzas.

—Es el destino de las diosas —alcanzó a decir Delicet, mientras se colocaba entre su madre y el monstruo.

—¡No! ¡Delicet! —gritó Cariat, pero la cristalera lanzó un grito de dolor.

El fuego caía como una explosión volcánica. Cariat cayó de bruces, cubriéndose instintivamente.

Su capa estaba en llamas. Gritó pidiendo ayuda. Unos guardias corrieron a su auxilio y una lanza-luz estalló a sus espaldas.

La cristalera se arrastraba hacia la cueva, no quería mirar atrás. Sabía que Delicet había muerto consumida por las llamas de la bestia.

Los hombres pasaban a su lado, gritando órdenes y disparando proyectiles con hondas. Lanzaban unas cápsulas que al explotar contra el monstruo formaban una espuma amarillenta.

El retumbar de la criatura cesó y luego comenzó a retroceder por donde había surgido.

Cariat se giró, aún en el piso de piedras. La criatura parecía desarmarse, dejando partes de su cuerpo en el camino, huyendo mientras los hombres seguían lanzándole cápsulas. El cuerpo de la bestia se ennegrecía allí donde era impactado.

Los trozos de rocas caían como capas de piedra que se despedazaban sobre el sendero.

Un guardia gritaba, tenía las piernas atrapadas en una masa de piedras ardientes. Lograron apagar el fuego que había sobre él, pero las quemaduras eran demasiado importantes. Uno de los volcarianos dijo que ya era tarde para él y acabó con su sufrimiento.

—¿Delicet? —llamaba Cariat, conmocionada—. ¿Delicet?

Acaas se acercó hasta ella, agachándose para ayudarla a incorporarse.

—Ella tuvo un final rápido y heroico.

—¡No! ¡Yo debería haberlo evitado! —Cariat reaccionaba con dolor—. ¡Yo debería haberlo evitado!

—La cristalera te salvó la vida. No podrías haber hecho nada.

—Sí, podría haber salvado su vida. Yo debía sacrificarme, pero ella me detuvo.

—¿Qué estás diciendo, mujer? ¿Acaso tu vida no vale lo mismo que la de ella? ¿Acaso no eras su superiora? —le recriminó Acaas.

—Pero... yo... —No tenía caso discutir. No habría podido salvar a Delicet, por más que lo hubiera intentado—. Déjame sola, por favor.

—Deberíamos regresar a Enher —dijo la adoradora, levantándose—. ¡Alabada sea la Diosa!

Cariat no podía mirar los restos ígneos que humeaban en el camino. No podía ver a su amiga hundida en una tumba de piedras y fuego.

No pudo evitar su destino, fue demasiado débil para hacerlo. Al fin, los dioses siempre conseguían lo que querían.

¿Acaso Lobreg le había dado esa visión para demostrarle su pequeñez? Si así era, pues lo había logrado, no era más que un simple juguete para la diversión de los dioses.

—¡Vámonos de aquí! —dijo Cam—. ¡Vámonos rápido!

Cariat lo escuchó, pero aún debía hacer en silencio una oración al lado del cuerpo de Delicet, para que su espíritu cobrase vuelo.

Lo hizo a solas, entre lágrimas que bañaban sus mejillas.

El comandante Selfut estaba cerca de ella, se había perdido toda la acción y quería ir a atacar a la criatura de piedra y fuego. Pero también instó a que volvieran pronto a Enher.

—¡Maldita sea! —El comandante profería improperios libremente—. Esa criatura no dejó nada para llevar de trofeo. ¿Qué especie de demonio era?

—Une aireu de piedra. —Kartentos se había acercado a ellos—. Es la forma que tienen de acceder los seres de luz a nuestro plano.

El príncipe Camet estaba con ellos. Tomó la mano a Cariat cuando ella se les acercó. La mujer se apoyaba en él, era la única persona en la que confiaba, además del comandante, pero eso no se lo diría nunca.

—¿Es decir que les aireus pueden caminar entre nosotros? —preguntó Cam con curiosidad.

—Pueden, sí. Pero no comunicarse. Solo atacan y se van.

—¿Por qué lo hacen? —cuestionó Cariat—. ¡Malditas criaturas!

—Nadie lo sabe, nosotros solo vivimos aquí porque nos beneficia estar cerca de ellos, nos brindan su calor.

Cariat atendía a todo, aunque le enfurecían las palabras del volcariano.

—¡Ustedes sabían que nos atacarían! ¿Por qué no dijeron nada? —Cariat lo agarró del chaleco—. ¿Por qué no nos advirtieron? Podríamos haber estado preparados.

—Cada uno cuida de su gente como puede. Lamento mucho la pérdida de sus amigos, pero estaban donde no debían. Después de la traición de nuestro sanador Krokos y la bruja, les aireus no toleran ninguna intrusión en su territorio. Ellos fueron a explorar a tierras prohibidas. No tuve tiempo de advertirles. —Tampoco parecía muy arrepentido.

Cariat limpió su rostro húmedo y trató de calmar sus emociones.

—¿Dónde se encuentra el tal Krokos? —preguntó el príncipe.

—Él se fue a la ciudad de Enher. Dijo que la muchacha le había dado un mensaje para la Diosa Reina.

—¿Usted sabe cuál era el mensaje? —Cariat dejó de lado su rabia y tristeza para indagar en el volcariano, que parecía dispuesto a dar explicaciones.

—La muchacha se quedó con nosotros, pero realizó una especie de rito en el que su espíritu se reflejó en un avatar de fuego, encerrado en esos talismanes. Krokos portaba uno igual y dejó a la mujer a nuestro cuidado antes abandonarnos. Iría ante la diosa Charos. Sabíamos que no regresaría y nos dejaría sin su cuidado espiritual. Se convirtió en un traidor por entregar sus conocimientos y abandonarnos. Lo sentenciamos al exilio eterno, jamás podrá regresar con nosotros. —Kartentos había tomado una varilla metálica y dibujaba en el piso—. Ahora ustedes partirán de regreso, sus destinos están unidos al del traidor.

Cariat podía ver que su rostro adquiría un reflejo particular. Fuese por la luz del fuego o algún motivo desconocido, tenía una manera de comunicarse muy particular, con una tranquilidad innata; un conocimiento y aceptación de los hechos que lo hacía parecer mucho más anciano de lo que era.

—¿Tiene idea de cómo regresar sin tener que pasar por la otra tribu de volcarianos? Ellos nos atacaron cuando veníamos hacia aquí. —Acaas también se había acercado.

—Ustedes llevarán a la muchacha en la carreta tirada por los hombres-lagarto hasta el pueblo de los volcarianos. Una vez allí, entréguenlos y continúen solos. De esa manera, no tendrán ningún percance. Aunque tendrán que pagar por las criaturas.

—Lo imaginé —dijo Cariat, tratando de no pensar en Delicet. Sacó su bolsita con monedas y le dejó la mayoría de ellas al volcariano—. Espero que sea suficiente.

El hombre asintió, dejando ver su rostro con quemaduras. Probablemente él también tuvo encuentros con las criaturas de piedra y había perdido seres queridos, como le acababa de ocurrir a Cariat.

—Gracias, primero Kartentos —dijo la adoradora de la Triada.

Después de unas rápidas preparaciones, sacaron con cuidado a Jafeht de la habitación y la colocaron sobre la carreta de placas. Tenían unos pequeños trineos que les permitirían tirar fácilmente de ella, con la ayuda de los dos hombres-lagarto.

El volcariano los despidió y les ofreció unos insectos cocidos para el camino. Había llegado el momento de retornar a Enher.

Cariat se abrazaba a su lanza-luz, había perdido a otra de sus amigas en ese viaje. Quiso evitarlo, pero el miedo la paralizó.

Aunque su misión estaba más cerca de concluirse se sentía derrotada.

Llevaban a la princesa perdida y Camet no había sufrido daño. Al menos a él sí había podido protegerlos.

Ansiaba llegar pronto a Tides y terminar con ese viaje nefasto, que la había dejado con el corazón lleno de tristeza y la certeza de que el destino era inevitable.

Cam caminaba animado. A pesar de que habían partido cuando la noche ya se aproximaba, envolviendo con profundas sombras todo a su paso.

Había encontrado a Jafeht y sabía parte por qué se encontraba en ese estado.

De una manera u otra, los misterios revelaban. Camet empezó a sacarse el collar para hablar con su padre, pero Berot lo alcanzó.

—¡Pronto estaremos en casa!

—Sí, pero aún queda un buen tramo del viaje.

—¡Al menos ahora sabemos a qué nos enfrentaremos!

Berot estaba entusiasmado, era la energía que Cam necesitaba en ese momento, le resultaba contagiosa. Ver a su hermana en esa condición lo había llenado de tristeza y sus intentos por despertarla habían fracasado. Sin embargo, el apoyo y compañía de su amigo siempre lo reconfortaba.

—¡Mira, Cam! Ya estamos en el estrecho de los lagartos de papel, aunque parece que no están ahora. —Cam miró hacia arriba y notó que los puentes habían desaparecido.

—Estarán volando.

—¡Están cazando! Mira, atrapan esos insectos que hemos comido, con las alas de vidrio. Mejor apuremos el paso.

La vida y la muerte conformaban un ciclo infinito en ese mundo árido y brillante.

El príncipe estaba en la habitación con su hermana durante el ataque de la criatura, no la había visto, pero escuchó las palabras del volcariano. Une aireu o, mejor dicho, una manifestación de esos seres en su mundo.

Sabía muy poco de les aireus, solo que estaban formades de luz y calor. Y gozaban del privilegio del dios Fiter, el padre de todos los dioses.

¡Su hermana se había comunicado con les aireus! Los misterios que involucraban a Jafeth continuaban y ella sería la única capaz de responderlos, si es que despertaba.

Cam no había podido volver al lugar de los puentes mentales desde la última vez. No sabía si su don se había agotado, pero le había costado mucho regresar a su propia ventana la última vez que entró. Quizás correría el riesgo de perderse en ese lugar lleno de historias. Era un riesgo que no creía necesario correr, tal vez de esa manera su vida podría volver a la normalidad.

Extrañaba su hogar, sus pensamientos vagaban por sus deseos. Entonces sintió una punzada de dolor en su cabeza.

Cam no quería responder al llamado.

En cambio, tocaba el collar con la esmeralda. Debía avisar a su padre que había encontrado a Jafeht y que estaban de regreso. O quizás debiera esperar hasta abordar la Mardesal, una vez que terminasen su travesía por la isla, aunque deseaba compartir la buena noticia cuanto antes.

Miró a todos lados, iban por un sendero escarpado de piedras alisadas. El camino era difícil y, si se distraía, no podría seguir el ritmo, por lo que decidió postergar el mensaje hasta que llegasen a Villa Valhor.

El grupo era encabezado por los guardias enherinos, luego los hombres-lagarto que arrastraban la carreta de su hermana. A continuación, estaba el comandante Selfut, la adoradora y Cariat, que seguía sumida en su tristeza. Después, venían él junto con Berot y los dos guardias tidesios, Renat y Somantat, detrás de ellos el arleo Durcan. Los guardias llevaban algunas lanzas-luz con las que iluminaban el camino.

La noche había caído y la luz de las lunas parecía transformar el paisaje con sombras y extraños reflejos en las salientes de cristales.

—Este no es el camino por el que vinimos—dijo en voz alta el comandante.

—No, los volcarianos nos indicaron un atajo —respondió el arleo Durcan—. Luego de pasar el barranco de las aves, tomamos una desviación que nos acercará a Villa Valhor.

—El Primero fue generoso con su información —comentó la adoradora Acaas—. Quizás la Diosa nos protege por medio de sus elegidos.

—O quizás nos aguarde una trampa en algún lugar —mencionó Cariat, ensombrecida por su capucha.

—¡Estén todos atentos! —exclamó nuevamente el comandante Selfut.

La cristalera tenía razón. Cam sabía que parte de la generosidad del volcariano era debido a que se llevarían a Jafeht.

Para ellos, la muchacha era una hereje, una bruja, quizás una maldición. Les había quitado a su sanador y luego de su rito terminó postrada en una habitación. Al parecer, ellos no se atrevían a tocarla, nunca les preguntó a qué se debía eso.

Seguramente lo que le sucedía a la princesa sería un tema de estudio para todos los sanadores de Tides. Con algo de suerte, la diosa reina Charos los pudiese ayudar. Era una posibilidad, si es que realmente podían fiarse de ella.

Oyeron un ruido en los cielos, los hombres-lagarto reaccionaron chasqueando con sus fauces hacia arriba. Parecía que había otros reptiles en ese lugar, ocultos, quizás algunos lagartos trepadores o de otra especie.

No se detuvieron a averiguarlo. Apresuraron el paso y, luego de una hora, encontraron un sendero que se unía con el que los llevaba hacia la entrada de Villa Valhor.

Se relajaron un poco, estaban muy cansados. Caminaron una media hora más antes de alcanzar el portal de ingreso. Los guardias los recibieron con alegría, despertaron a los líderes y los condujeron a las pequeñas viviendas para que descansen.

Alimentaron a los hombres-lagarto y bajaron a Jafeht, dejándola en la misma habitación que Cam, Berot se quedó con él.

—¡Al fin solos! —expresó el guardia, sacándose la máscara y la pechera.

Cam también se quitó la máscara y colgó su capa en uno de los ganchos de la pared. Su hermana estaba postrada en la misma camilla de placas que cargaban al carro. Pasó una mano por su frente.

—Se recuperará —dijo Berot acercándose.

El guardia lo abrazó por la espalda, apoyando su cuerpo contra él.

Cam giró y se besaron. El guardia lo apretó contra la cama, Cam se afirmó con una mano y reaccionó.

—No, Berot, ahora no. Está mi hermana aquí. —Lo apartó con dulzura.

—Lo siento, me dejé llevar. Tienes razón —respondió, pero no quitó las manos de su cintura—. ¿Otro beso?

Cam sonrió y se besaron nuevamente. Permanecieron abrazados un momento.

—Berot, quédate con mi hermana. Necesito hacer algo a solas. —Le dio un rápido beso y salió al umbral de piedras.

Había llegado el momento de contactar a su padre. Se colocó bajo la luz de las lunas, tomó el collar con sus manos y, entre ellas, frotó la joya esmeralda. Sintió que la piedra preciosa se cargaba de la energía de la luz de las lunas.

—Padre, si puedes escucharme quiero decirte que hemos encontrado a Jafeht. Mi hermana está viva, pero está sumida en un profundo sueño. Tiene heridas en su cuerpo, aunque no parece sufrir. Confío en que se recuperará en cuanto llegue a casa. —Cam miró alrededor, estaba solo—. Hemos perdido a varios miembros del grupo. La princesa Catara va camino a Tides, estuvo con nosotros. Espero que estén todos bien en casa. Extraño nuestro hogar. Extraño la calma de la ciudad.

La piedra brilló y unas chispas verdes saltaron hacia el cielo, dibujando unas líneas delicadas que se curvaban y enroscaban hasta perderse de vista en el cielo.

No sabía de qué manera funcionaba el collar, pero de algún modo cumplió su propósito. La esmeralda cambió el color; se volvió traslúcida.

Se colocó el collar y volvió a la vivienda. Estaba cansado.

Se tumbó sobre la cama de placas y mantas de piel de reptiles.

Berot se acostó a su lado durante un momento. Cuando vio que el príncipe se había dormido, se levantó para hacer guardia.

«52 – De las cortes, los nobles y las órdenes religiosas.

1. Las cortes de cada reino serán conformadas por los príncipes, los miembros de la familia real y los nobles del reino y sus familias. Podrán participar de las cortes los consejeros políticos, militares y religiosos que cada isla posea.

2. Los títulos nobiliarios serán otorgados solo por el rey y cuando los dioses se lo dictaminen.

3. Los consejeros pueden designarse o destituirse según la voluntad real, sin requerimiento de asentimiento del Concilio de las Ocho.

4. Las órdenes religiosas podrán modificar su organización y denominaciones, según lo dictaminen los dioses a través de sus máximos referentes o mediante revelación divina directa.

5. Oráculos, videntes, adoradores y visionarios son algunos de los nombres que pueden recibir los terros elegidos por los dioses, para dar su palabra a los reyes y a los nobles».

Apartado sobre las cortes, los nobles y las órdenes religiosas del Libro Mayor del Concilio de las Ocho.

Cariat se despertó antes que el resto, el dolor de la pérdida de Delicet y pensar en su destino le impidieron descansar. Había llorado en silencio. Se miró en un pequeño espejo que llevaba, vio unas ojeras crecientes en sus párpados. Se lavó con un poco de agua que habían dejado en una fuente metálica.

Acaas, que compartía la habitación con ella, se despertó y la saludó, luego dispuso una manta en el suelo y se postró con las rodillas para rezar a su diosa. Desplegó tres figuras concéntricas y comenzó a cantar con versos y unos zumbidos resonantes que parecían provenir desde su nuca e iban de tonos agudos a graves.

—Te dejaré orar a solas —dijo Cariat, colocándose la capa y saliendo de la pequeña vivienda.

Afuera el aire soplaba más fresco. Cerca de ella, los dos hombres-lagarto estaban echados, con sus cuerpos enroscados entre sí, compartiendo su calor y resoplando.

Algunos habitantes de Villa Valhor también comenzaban a levantarse. La luz del sol se asomaba por el horizonte, tiñendo a la última de las lunas de un color rojizo.

El comandante Selfut se acercó a ella y la saludo con la cabeza. Él también había perdido a varios de sus soldados; primero con el volteón, luego en Varnal y también contra la criatura de roca. Sin embargo, su relación con sus hombres era distinta, no parecía guardar el afecto que ella sentía por sus cristaleras.

—¡Será mejor que partamos cuanto antes! —anunció, y comenzó a gritar a todos para que despertasen. Por lo visto le importaba poco ser un invitado en ese pueblo. Algunos aldeanos lo miraron con desagrado.

Unos minutos después, ya estaban preparándose para salir rumbo al pueblo de los volcarianos. La caravana se alistaba mientras desayunaban a las apuradas un poco de caldo.

Colocaron a Jafeht en el carruaje improvisado. El príncipe intentó darle un poco de agua, pero ella seguía en ese extraño sueño en el que estaba sumida.

Cariat la había revisado durante el viaje y meditaba la manera de ayudarla a salir de ese sopor.

Esas extrañas cicatrices en su cuerpo le resultaban familiares. Intentó recordar, pero su mente estaba nublada por la muerte de Delicet. Había visto ese patrón en otro lugar, en algún libro quizás. No estaba segura.

Comenzaron a caminar por el mismo sendero que habían recorrido. Se colocaron las máscaras para protegerse de los piperleones. Cariat le colocó el filtro de Delicet a la princesa, pudo notar que su respiración era más lenta de lo normal. Quizás no necesitaba preocuparse por las criaturas, ya habían visto cómo actuaban y pasar rápidamente era la mejor opción.

Comenzaron a trotar, los hombres-lagarto no tenían problema en acelerar el ritmo. El comandante le pidió a Cariat que subiera a la carreta para que no se cansase.

La mañana continuaba fresca y el grupo marchaba a buen ritmo, incluso el príncipe iba detrás de ellos a paso ligero. No se detuvieron a descansar, pero disminuían la marcha por momentos. En apenas un par de horas, llegaron a la entrada del pueblo de los volcarianos.

Cariat temía lo que pudiera pasar, luego de recordar cómo habían escapado hacia solo un par de días.

Apenas entraron al pueblo, se encontraron con dos guardias en la entrada. Les dieron la bienvenida, pero también les pidieron que dejaran sus armas a un costado, allí tenían un cofre donde las guardarían. El comandante obedeció refunfuñando, al igual que los soldados.

Unos momentos después, los condujeron hacia el salón del Primero. Cariat tenía miedo, habían dejado a uno de los guardias junto a la princesa, al lado de la carreta de los hombres-lagarto.

No quería saber más nada de muertes, ni de amenazas. Si tenía que pelear con esos hombres, ella sería la primera en responder. Estaba cansada de ver a gente querida morir.

El Primero estaba sentado en su amplia habitación. La otra adoradora Laklas, estaba a su lado. En el centro, la esfera brillaba, manteniendo el suelo mullido para que se sentaran a su alrededor.

—Pueden sentarse, no corren peligro—dijo la adoradora, quien fue la primera en tomar la palabra.

—Laklas, ¿qué ha ocurrido contigo? —preguntó Acaas.

—Ahora pertenezco al pueblo de los volcarianos, es un sacrificio que realicé para que ustedes pudiesen pasar y tener éxito. —Señaló hacia afuera—. Veo que lo han conseguido.

—Pero ¡pensamos que habías muerto! —refutó la adoradora, estaba enfurecida.

—Solo algunos murieron, el sacerdote se sacrificó para...

—¡Silencio, mujer! ¡Ya has hablado suficiente! —El Primero tiró de una cadena que sujetaba el cuello de Laklas—. ¿Qué ofrecen para que permita su paso?

—¿Por qué no son amables como los otros volcarianos? —Cariat estaba enojada por el trato del hombre.

—Porque nunca nos han tratado como parte de su pueblo, extranjera. —El hombre se acercó a ella—. ¡Vaya! Tienes una belleza diferente. Quizás debiera conservarte, aunque ya eres vieja para mí.

—¡Que todas las diosas te maldigan! —exclamó Cariat.

—¿Cómo van a pagar esta vez? —retomó el anciano.

—Tenemos un par de hombres-lagarto que pueden ser muy útiles para tu pueblo. —El comandante Selfut respondió por todos.

—Vaya, vaya, parece que al fin están entendiendo —dijo el Primero, mientras se pasaba la mano por la barbilla, satisfecho por lo que oía—. ¡Me los quedo! Pueden irse.

—También nos llevaremos a esta mujer —Cariat indicó a la adoradora.

—Ella es mía, fue el pago por su paso.

Cariat solo lo miró, no dijo palabra ni se movió. Había acero en sus ojos.

—¡Bah! Llévensela —dijo amedrentado y le arrojó la cadena a Cariat—. Habla demasiado y no es tan buena en la cama.

La cristalera tomó el frío metal y liberó a la adoradora Laklas.

La mujer comenzó a llorar de alegría. Abrazó a Acaas y juntas salieron de la cueva.

Cariat fue detrás de ella y el resto las siguió. Al menos había podido hacer algo bien después de todos los momentos terribles.

—Muchas gracias, señora. —La adoradora se acercó a besar sus manos—. Mi vida le pertenece. Estas bestias me habrían matado en poco tiempo.

—Toda vida es sagrada. —Cariat acarició el rostro de la mujer—. Hubiera hecho lo mismo por cualquier otra.

—¡Gracias a la Diosa! —respondió y se fue con Acaas.

El comandante venía detrás de ellas. Marcaba cada paso fuertemente en las pasarelas de placas.

—Tendremos que esforzarnos para llevar a la princesa —El comandante hablaba a sus espaldas—. Pero era la única manera de pasar y evitar enfrentarnos a estos salvajes. ¡Y pensar que el rey Noahrot se reía cuando le decía que debía cobrar impuestos de aduana!

—¡Silencio, Selfut! —Cariat no se sentía animada a escuchar los parloteos del comandante.

—Bueno, al menos llegaremos pronto a Enher. ¡Aún no es mediodía!

Luego de bajar los escalones, fueron hasta la carreta y los hombres-lagarto, algunos curiosos se amuchaban para verlos.

Los sonidos de piedras rodando que le recordaron a la mole de roca, pero solo era la extraña maquinaria en la que trabajaban los volcarianos.

Los guardias liberaron a las bestias de carga y dejaron a la princesa en el piso. En el extremo delantero de la carreta engancharon unas anillas metálicas y dos largas cadenas. De esa manera, continuarían llevando a la muchacha postrada.

Los hombres se colocaron adelante, ellos tenían más fuerzas. Si Delicet aún estuviese allí, seguro hubiera sido la primera en tirar de las cadenas.

«¡Muchacha estúpida! ¡Tenías que hacerte matar!», pensó Cariat. Aunque era injusta, sabía que gracias a su sacrificio ella aún vivía.

Acarició la marca de su muñeca, esperaba que la protección que le daba la diosa Telasina permaneciera para siempre. Quizás fue la deidad la que la salvó, pero en cambio dejó morir a su amiga. La Diosa Oculta era la única que podría haber torcido así su destino final, quizás debía culparla a ella.

Recordó un encuentro que tuvo con una de las mayores oráculos de la Orden, poco después de que la hubieran iniciado como cristalera.

La anciana se llamaba Gilaht y fallecería unos meses después de ese encuentro. En aquella oportunidad, la había llevado a un lugar apartado y le contó que había tenido una visión sobre ella, sobre su futuro lejano, ya que sus visiones eran diferentes que las del resto de las oráculos.

El lugar donde estaban era una pequeña habitación circular, se detuvieron ante una puerta asegurada con cerrojo. La mujer sacó la llave y le pidió a Cariat que abriera. La puerta era pesada.

El piso tenía el símbolo de la diosa Telasina, aunque la joven Cariat aún no sabía qué significaba. La mujer le señaló una pequeña horadación en los muros para que tomaran asiento. Frente a ellas había un cristal embutido que emitía luz y, encima de ellas, una pequeña cúpula gris con un dibujo de una mujer de piel negra y los brazos extendidos. La piedra era fría al tacto, pero en el interior de ese pequeño espacio no sentía incomodidad.

—Esta cámara es única en el palacio y posiblemente, en todo Arca —explicó la anciana—. Tuve una visión de ti. Te convertirás en la mujer más poderosa de Tides, y sobre ti descansará el destino de la familia real.

Cariat se sonrojó, ella había visto al rey Noah en varias oportunidades y le parecía un hombre atractivo, pero era un hombre casado, tenía dos hijos y esperaba un tercero.

—Deberás ungirte en secretos. Es por eso por lo que te he traído aquí. Este lugar es donde se consagran las hijas de Telasina, la Diosa Oculta. —Cariat la miró con sorpresa—. Ella se encuentra a la par de Fiter, pero fue desterrada por Artrea y sentenciada a quedar oculta en los cielos, por eso sus escamas son negras. Sin embargo, ella no se olvidó de sus hijos: dejó a sus hijas, las lunas, para ocupar su lugar. Nosotras la recordamos, aunque Artrea haya querido borrarla de la historia. —Señaló a Cariat con su mano huesuda—. Tú serás la cristalera mayor. Por eso, y por todo lo que harás, eres la elegida de la Diosa Oculta.

La joven estaba sorprendida por lo que escuchaba.

—El tiempo pasará, pero la protección de Telasina permanecerá hasta tus últimos días, cuando los dioses regresen y tengas que prestarle tu voz a la Diosa.

Luego de esas últimas enigmáticas palabras tomó la muñeca de Cariat y marcó su piel con el símbolo. No supo en qué momento había preparado las tinturas, pero se impregnaron en sus escamas para siempre.

Cariat miraba al horizonte, recordando su pasado. Pensaba en que la protección de la Diosa Oculta había resultado ser una bendición y una maldición a la vez.

Ya era una mujer adulta como para cargar con ese peso; había visto morir a muchos y temía que en su futuro vería partir a más.

Aun así, tenía la esperanza de encontrar las fuerzas para continuar con su misión. Pronto llevaría a los dos príncipes a Tides y estaba segura de poder encontrar respuestas para despertar a Jafeht.

Necesitaba llegar y abrazar en secreto a su rey, quizás allí encontrase el cariño y sosiego que necesitaba.

Cariat comprendió que ese viaje era la prueba para demostrar su valor como protectora. Fue capaz de sobreponerse al dolor para liberar a Acaas y esa era la imagen que debería adoptar. Una líder justa y firme, capaz de superar cualquier prueba, por el bien del Reino y para cumplir la voluntad de la Diosa.

Empezaba la tarde y ya estaban a mitad de camino entre el pueblo de los volcarianos y Enher. Los guardias tiraban con ánimo de la cama de la princesa.

Cam también ayudaba. Siempre alerta por si veía algún lagarto trepador sobre la ladera, pero afortunadamente no hubo ninguno.

Al atravesar el tramo en el que sufrieron el derrumbe, el recuerdo de los cuerpos enterrados los obligó a pasar en silencio por esa zona.

Cam se consolaba en que al menos la misión se cumpliría. Llegarían a tiempo para la boda de su hermano, pronto Catara se convertiría en la futura reina de su pueblo y tendrían tiempo de reconstruir su amistad.

Lo que más agradecía era haberse reencontrado con Berot. En él había descubierto a un gran compañero y su amor crecía con cada sonrisa que el guardia le regalaba.

Una nueva punzada de dolor le atenazó la cabeza: la Diosa reclamaba su atención.

Pero tendría que esperar, no podía detenerse en ese momento. Tiraba de las cadenas frías junto a los otros hombres. Incluso el comandante Selfut estaba dando todo de sí para llevar a la princesa. Si bien el carruaje no era pesado, el camino era complicado; tenía partes escarpadas, con subidas y bajadas que los desafiaban.

Les llevó un par de horas más pasar por ese sendero peligroso, hasta que alcanzaron la zona en donde las redes protegían del aire.

Se quitaron las máscaras y atravesaron la muralla de la ciudad por el mismo portal, con el símbolo del pulpo casilar, por el que habían salido.

Unos sacerdotes de menor rango se apresuraron hasta ellos y tomaron las cadenas para llevar a la princesa al palacio. Cam sintió nuevamente el dolor pulsante del llamado de la diosa Charos.

Le dijo a Cariat de que necesitaba sentarse. Ella se acercó, pero continuó acomodando su equipaje, dejando que la ayudaran. Las adoradoras desaparecieron por una calle paralela al muro.

—*¡Bienvenido, príncipe Camet! ¡Has sido favorecido por mi bendición, y gracias a ella has regresado sano y salvo!* —La voz llegaba con una ansiedad oculta.

—*Muchas gracias, diosa reina, tu don me ha sido útil y pudimos encontrar a mi hermana*—respondió, controlando sus palabras.

—*¡Los espero en el palacio! Todo está preparado* —dijo, y lo liberó de la presión en su mente, como ya era habitual en esos diálogos.

La Diosa Reina era una persona enigmática. Pudo detectar que, además de lo que decía, había otros sentimientos en lo profundo de su mente, como si el don que ahora tenía le permitiera percibir más allá de lo manifiesto.

«Todo está preparado», había dicho. Un escalofrío le recorrió la nuca.

Cam se puso de pie, tomó sus alforjas y se colocó sus pulseras. Era el momento de enfrentarse cara a cara con la diosa reina Charos. Tenía preguntas para ella.

—Príncipe, ¿te encuentras bien? —preguntó Berot, llamándole la atención.

—Sí, mejor que nunca. Sin esa máscara ya puedo respirar bien y el mareo que tenía ha desaparecido —respondió. Por un segundo pensó en contarle a Berot sobre sus suposiciones, pero al final decidió callar—. La reina Charos nos espera en el palacio, será mejor que nos apuremos. Quizás ella nos pueda ayudar con Jafeht.

—¡Pobre niña, no quiero imaginarme por lo que ha debido pasar! —exclamó Cariat que estaba a su lado.

—Ella se lo buscó, Cariat —respondió Cam con seriedad.

—No está bien que hables así de tu hermana —lo reprendió—. Aún no entendemos qué ha ocurrido.

—Eso es cierto, lo siento. —Hasta donde ella sabía, tenía razón. Pero él había visto en los recuerdos de su hermana y conocía parte de la trama oculta.

Pasaron al lado de la Torre Negra, donde los guardias que habían viajado con el grupo se quedaron. Saludaron a todos y les desearon la bendición de la Diosa Reina.

Unos nuevos custodios los guiaron por las calles de Enher. En la pequeña plaza, un joven con una flauta doble se les unió con una melodía alegre. Todo parecía haber vuelto a la normalidad.

La diosa reina Charos los esperaba en el atrio del palacio. Tenía un vestido de grandes escamas amarillas que le llegaba hasta sus rodillas por delante y terminaba en punta en la parte posterior. Su cuello y brazos estaban descubiertos y llevaba un sombrero en punta, adornado de esmeraldas, y unos amplios aros de obsidiana colgaban de cadenas finas y doradas.

Detrás de ella estaban las tres doncellas, con vestidos blancos de amplios cuellos que llegaban a tapar sus labios.

Subieron la escalinata y una sorpresa alegró a Cariat. A un lado, junto a unos sacerdotes, estaba Solitut.

Cariat intentó adelantarse para saludarla, pero unos guardias le impidieron pasar. Solo dejaron pasar a los soldados que llevaban a Jafeht.

Debajo, en la plaza, una gran multitud se había congregado. Se los notaba expectantes y ansiosos, con mucha alegría. Un cordón de guardias rodeaba el atrio, protegiendo el escenario que había elegido la reina.

—Volvemos a vernos, pequeña —dijo la diosa reina Charos a la princesa postrada—. ¡Bienvenidos sean todos a mi hogar! —anunció. Luego se giró con gracia hacia los sacerdotes—. Traigan a los prisioneros.

Los sacerdotes empujaron a Solitut, a un hombre vestido con una túnica y a una anciana sucia, cubierta con harapos.

—La cristalera intentó engañarnos, simulando ser una princesa noble —dijo el sacerdote y obligó a Solitut a ponerse de rodillas.

—¿Qué está sucediendo? —exigió Cariat.

En ese momento, Acaas y Laklas se adelantaron. Subieron los escalones, tomadas de la mano y se acercaron a la diosa reina Charos.

Luego de hablar con ella en voz baja, levantaron del suelo a la monástica, liberándola. En su lugar, Laklas se arrodilló con una sonrisa.

—¡La adoradora Laklas ha ofrecido cargar con la sentencia de la cristalera! —anunció la Diosa.

Cariat lanzó una exclamación de alivio y se apresuró a abrazar a Solitut. El resto de la comitiva se miraba sin entender qué estaba sucediendo.

Los sacerdotes empujaron al hombre de la túnica. Cam alcanzó a ver que llevaba un collar con una piedra negra. Era Krokos, había estado siempre en el palacio.

El hombre se veía cansado y demacrado. Tenía moretones y quemaduras en su cuerpo. Al ver a Jafeht, Krokos se acercó y se arrojó sobre ella, besándola y abrazando su cuerpo inerte. Un sacerdote lo empujó, dejándolo de rodillas al lado de la adoradora, que había unido sus palmas para orar.

—El traidor volcariano —dijo con desdén el sacerdote que había acusado a Solitut—. Y, por último, la que no puede morir. Será castigada por su intento de asesinato.

Empujaron a la vieja hasta ubicarla al lado de los otros dos.

Cam miraba con incredulidad la forma en que trataban a la anciana. ¿Intento de asesinato? ¿Esa frágil mujer?

La Diosa Reina dio un paso adelante.

—Este rito es muestra de los milagros que concibo. Estos tres darán su sangre para sanar a la princesa de Tides. La joven llegó a nuestro pueblo en busca de conocimiento, y ahora ha sido elegida para una misión sagrada. El volcariano nos advirtió de la gravedad de la muchacha. Y es por eso por lo que aquí estamos reunides —clavó la mirada en Cam—, quienes debemos estar.

Hizo un gesto con la mano y un hombre con un traje negro salió de detrás de los sacerdotes.

Era un alor, el mayor rango en la Orden de Nuestra Señora de las Tres Lunas. En su rostro llevaba una máscara y en sus manos un hacha con forma de tres lunas superpuestas. Se colocó a un lado de los tres sentenciados.

La Diosa Reina miró hacia el cielo, las lunas estaban presentes, la más pequeña recién se asomaba por el horizonte.

Las doncellas se acercaron a ella y le apoyaron sus manos mientras cantaban una melodía. La música comenzó a brotar en el ambiente con una cadencia única y repetitiva.

—Eurilea, Miyana y Tiracia, diosas de las lunas, hijas de Artrea, protectoras de los seres sintientes, a ustedes invocamos para completar el milagro que esta joven comenzó. —Hizo gestos en el aire, y de sus manos se dibujaron brillantes símbolos geométricos que flotaban en el aire.

—Esos símbolos —dijo Cariat a Cam—. Son iguales a los que tiene Jafeht en su cuerpo.

Era cierto, los diseños que la Diosa había creado eran idénticos. Cam no comprendía en qué consistía el rito, pero esperaba que sanaran a su hermana.

Los ojos de la Diosa habían cambiado, brillaban como la plata, y su boca se veía negra como un abismo. La música brotaba de todos lados.

Cam estaba mareado, apenas podía mantenerse en pie. Berot estaba a su lado y le ofreció sostén.

La Diosa hizo una seña con sus manos y el alor comenzó su trabajo.

Primero degolló a la sonriente adoradora Laklas con el hacha. Su sangre cayó sobre el cuerpo de Jafeht.

Luego se colocó al lado de Krokos y le rebanó el cuello, el volcariano presionó la herida con sus manos, pero era en vano.

Finalmente, cortó el cuello de la vieja con velocidad. Su sangre era plateada y salpicó a la princesa. Sin embargo, la herida dejó de sangrar y las escamas cubrieron el tajo con velocidad.

La Diosa hizo otro gesto y retiraron los cuerpos. La vieja se pasó la mano por el cuello y caminó por sí misma, empujada por los guardias.

Charos miró a una adoradora, que se agachó y le arrancó el talismán protector a Jafeht.

Entonces se produjo el milagro. Sus heridas comenzaron a brillar, se abrieron y la sangre que había sobre ella penetró las marcas.

La manta que la cubría cayó, mostrando como el cuerpo desnudo de la princesa se elevaba sobre el suelo, levitando.

Jafeht abrió los ojos y un brillo sin color brotó de ellos. La muchacha gritó, pero su grito se convirtió en música, elevando medio tono toda la melodía que había en el ambiente.

—El milagro se revela—dijo la diosa Charos—. ¡Oh, Eurilea, ven y transforma a tu hija! —Elevó sus brazos al cielo.

La luna mayor se había iluminado y el cielo, oscurecido. Un haz de luz surgió del firmamento, iluminando a la multitud.

El grupo tidesio estaba impactado por la escena, nunca habían presenciado un milagro y lo que sucedía superaba todo lo que conocían. El comandante Selfut estaba con la boca abierta y no apartaba la mirada, como todos. Cariat se tocaba la muñeca.

La luz fluía de la princesa, que se había erguido, aunque flotaba sobre el suelo. La diosa reina Charos caminó hasta ella y le ofreció los brazos, pero Jafeht seguía estática. Su cuerpo brillaba con mayor intensidad donde estaban sus cicatrices, que se coloreaban de tonalidades rojas y plateadas. La Diosa miró en dirección a Cam.

—*Este es tu momento, acércate a tu hermana.*

—¡Jafeht! —El príncipe hizo como le indicó la Diosa, aunque no por obediencia, sino por intentar recuperar a su hermana—. ¡Jafeht! ¡Sé que puedes oírme! ¡Mírame!

—¡Debes detenerla! —gritó Cariat atrás de él.

—¡Jafeht! —gritó acercándose, sobreponiendo su voz a la melodía.

—*Tráela de regreso con tu sangre.* —Cam miró a la Diosa con dudas. Delante de él, su hermana estaba en un estado de éxtasis.

Cam sacó el cuchillo cánex que llevaba en el cinto y se hizo un corte en la mano. Dejó caer el arma y apretó el puño.

Luego extendió su mano y tocó el pie de su hermana. Estaba hirviendo.

La sangre que brotaba de su mano empezó a elevarse en línea recta, recorriendo la pierna de la princesa, su abdomen y su pecho. El brillo que la cubría cambió, opacándose. Sus pies se acercaron al suelo, sin llegar a tocarlo.

—¿Hermanito? ¿Eres tú? —La voz de Jafeht voz sonaba áspera, más grave de lo normal—. *¡Los terros y sus mentiras!* —gritó, cambiando su actitud y mirando al cielo nuevamente, engrosando el haz de luz que emergía.

—*Sigue dándole tu sangre* —indicó la Diosa.

Sentía un cosquilleo en las escamas de su mano, al contacto con la piel de su hermana. Cam no sabía cómo funcionaba el rito. Pero sentía que debía lograr que ella lo escuchara, que lo recordara y cortara ese vínculo de luz con la luna Eurilea.

Entonces sintió que su don se activaba, podía ver su espacio mental, sus puentes. Allí lo vio, el puente que conducía hacia su hermana. Había cambiado de dirección, ahora subía como una escalera.

—¡*Jafeht*! —gritó desde allí y sintió que ella lo oyó.

—¡Camet! —gritó Cariat al ver que los ojos del príncipe se tornaban blancos. La luz del cuerpo de la princesa se derramaba sobre la mano de Cam.

La Diosa miró a la cristalera con el ceño fruncido.

Cariat hizo a un lado a los guardias y avanzó hacia el príncipe. La luz que emitía Jafeht se incrementaba.

—¿Cariat? —preguntó con la misma voz.

—Sí, mi niña —dijo intentando mirarla, la luz la hería—. Regresa con nosotros.

La princesa miró hacia el cielo, hacia la luna, y elevó sus brazos. Tras un destello cegador, desapareció.

Todos quedó en el más absoluto silencio.

Los símbolos de la Diosa Reina se desvanecieron en el aire. Ella miraba hacia las lunas.

En su mente, Cam se agarró de la escalera. Vio que estaba formada por símbolos extraños. Llamó nuevamente a su hermana y, desde arriba, ella lo miró.

Se alegraba de verla, quiso subir un peldaño, pero se deshizo bajo sus pies.

—Jafeht, debes bajar, no puedo alcanzarte.

Ella se asomó y comenzó a acercarse. Bajaba la escalera, pero cabeza abajo, como si su suelo fuera el techo de él.

—Hermano, es bueno verte. Tengo tanto por contarte —dijo ella con su voz de siempre—. He alcanzado algo maravilloso, la tribu de les aireus. Me han aceptado.

—¿Podrás volver con nosotros?

—Cam, puedo verlo todo. —Su mirada se ensombreció por un segundo—. Debes regresar urgente a Tides. —La muchacha bajó hasta alcanzarlo, tiró de su mano y bajó a su puente.

El cuerpo de Jafeht apareció nuevamente en donde había estado.

Cam abrió los ojos, el reflejo plateado lo encandiló brevemente.

Miró en dirección a su hermana, que ahora estaba de rodillas sobre el suelo. Una adoradora se apresuró a cubrirla con una manta de algas negra. Era una terra nuevamente.

—¡El milagro está completo, mis queridos enherinos! —La Diosa Reina se dirigió a la multitud que estallaba en aplausos—, ¡A festejar con música la maravilla que han presenciado!

La melodía se convirtió en una sinfonía eufórica de instrumentos de viento.

El príncipe había perdido su brillo, su herida se había cerrado y en su lugar quedó una cicatriz de quemadura. Cariat y Berot estaban a su lado.

La diosa reina Charos y las tres doncellas rodearon a Jafeht, separándola de Cam.

—¡Déjenme pasar! —ordenó—. Hermana, no dejes que te toquen.

—¿Cam? —Trató de levantarse, pero estaba muy débil. De repente su expresión cambió con terror—. ¡Tienes que regresar a Tides! ¡Ha ocurrido algo terrible en casa!

La diosa reina Charos aprovechó la oportunidad. No permitiría que se llevaran a la princesa.

—¡La princesa permanecerá aquí hasta que sane! ¡A los visitantes llévenlos al muelle! ¡Hoy mismo partirán! —La Diosa impuso su voz.

Los sacerdotes arleos y guardias la obedecieron ciegamente, alejando a Cam de su hermana.

El círculo de seguridad se estrechó y actuó con velocidad, dejando a los demás afuera del atrio. Parecía un movimiento ensayado. Contuvieron a los tidesios con sus espadas.

—¿Por qué no dejas que nos llevemos a mi hermana? —exigió Cam a la Diosa.

—Ella debe quedarse en Enher hasta que los dioses lo indiquen. Eurilea dice que ella es necesitada aquí. Su milagro no ha terminado, príncipe. Pueden irse, pero ella se quedará. ¡Llévenselos! —ordenó a los guardias enherinos.

—¡Cam! —gritaba a lo lejos Jafeht—. ¡Debes evitar la guerra!

Su voz se perdía entre los guardias que los empujaban.

La música se tornó oscura, como una marcha desafiante.

Berot alcanzó a Cam y se mantuvo a su lado nuevamente. Cariat iba del brazo de Solitut. El comandante insultaba. Pero ni él, ni sus guardias opusieron resistencia, no podían enfrentarse a tantos soldados enherinos.

—Cam, ¿qué habrá querido decir Jafeht? —Berot estaba preocupado.

—Creo que ella ha visto algo mientras estuvo lejos de nosotros. Tenemos que regresar rápido a Tides. —Miró hacia atrás, lamentándose—. La voluntad de la Diosa es que Jafeht permanezca aquí. Tendremos que volver a buscarla, pero con toda la fuerza del Reino.

La diosa reina Charos acompañó a Jafeht adentro del palacio, seguida por sus doncellas, que sonreían. Sus hijos salieron a recibirla y saltaban a su alrededor. La mujer continuó avanzando, seguida por algunas adoradoras que habían cerrado las puertas del Palacio Real.

—Oh, pequeña Jafeht, has conseguido lo que queríamos. Solo alguien de tu familia podía completar con éxito el ritual sagrado de elevación, por eso los hice venir a Enher. Sin su sangre te habrías perdido en el mundo de les aireus.

—Mi diosa —dijo Jafeht—. Lo que vi cuando era une aireu fue terrible. Han atacado Tides y mi otro hermano ha muerto.

—¡Una pérdida terrible, querida! —La Diosa Reina sonreía—. Pero nuestros planes siguen en pie. —Acariciaba su cabello, que aún crepitaba en pequeñas chispas—. Pronto aprenderás a utilizar tus nuevos poderes y juntas dominaremos a todos los terros.

—Yo temo por mi familia. —Jafeht la miraba a los ojos por primera vez.

—Ellos tienen una protección que no comprendo —dijo la Diosa para calmarla—. Había algo extraño en la cristalera que los lideraba. Sentí un espíritu que la protegía.

—Debería haber partido con ellos.

—No, pequeña, todavía no es el momento. Primero tienes que aprender a controlar tu divinidad. Solo entonces regresarás.

Las puertas del palacio estaban cerradas y en el cielo las lunas dejaron de brillar.

Cam y el grupo que lo acompañaba eran guiados hasta el muelle. Luego de pasar la plaza, notaron el cambio en el brillo de las lunas.

Regresarían a Tides con una advertencia del peligro que allí los esperaba. El príncipe se alegraba de que su hermana se hubiese recuperado, pero el rito y lo que presenció le preocupaba, y temía por su familia.

Berot permanecía a su lado, insultando a la diosa reina por lo que había hecho. Cam estaba de acuerdo con él, pero no tenía energías para pelear. Se alegraba de tener a su lado a ese hombre, lo que sentía por él era más que un simple afecto y sabía que era recíproco.

Bajaron la gran escalinata hasta al muelle.

Miró hacia atrás pensando en su hermana. Ahora ella estaba bien y volverían a encontrarse. Al frente, la Mardesal los esperaba para zarpar mientras subían el equipaje y los cofres. Cariat acompañaba a Solitut.

La sombra de la Diosa Reina los acompañaría durante el viaje, pero él contaba con el don que ella misma le había otorgado. Planeaba aprender a controlarlo.

Las palabras del calar volvían a su mente «¿Acaso los terros no dialogan con sus dioses?».

Se preguntó si se había referido a lo ocurrido con Charos y Jafeht. Cam había presenciado el milagro, no podía dudar de la divinidad de la Diosa, pero su hermana también manifestó dones maravillosos.

¿Sería su destino convertirse en una nueva diosa?

Cariat acomodaba el equipaje en su cubículo en la Mardesal, Solitut estaba a su lado.

—Lamento que Delicet no esté con nosotras —dijo apesadumbrada la monástica.

—Su muerte fue un golpe muy duro. ¿Tú cómo estás, Solitut? Lamento haberles fallado a todas.

—No nos has fallado, Madre. Mis hermanas cumplieron los designios de las diosas. Yo soy la que no he hecho nada, solo estuve encerrada —dijo acotando.

—¿Estuviste encerrada con aquel volcariano? ¿Por casualidad no se llamaba Krokos?

—¿Cómo lo sabes? Sí, ese mismo, lo vimos morir en el rito.

—¡Ese era el volcariano que estuvo con Jafeht! —expresó Cariat.

—Fueron amantes. Aunque él contaba historias delirantes.

—Cuéntamelas, por favor —dijo Cariat, tomando asiento en el camastro y escuchando atentamente.

—Esto ocurrió luego de haber pasado un par de días con Gasin en esa cárcel, luego a él lo cambiaron por el volcariano. Krokos me dijo que estaba enamorado de la princesa y que por eso había llegado al palacio. Al parecer, Jafeht le había contado que fue enviada por pedido de la diosa reina Charos a investigar a les aireus, pero cuando estaban por hacer el rito, Krokos y Jafeht hicieron un pacto.

—¿A qué te refieres?

—No estoy segura, Madre. Dijo que por medio de un collar que llevaban puestos, la esencia de la princesa podía proyectarse. Me dio a entender que era algo parecido a un avatar, una manifestación física del otro sin necesidad de que su cuerpo estuviese presente.

»Krokos me contó que la princesa le había dicho que, si algo le ocurría, solo la Reina podría ayudarla. Por eso él acudió al palacio, pero en el camino la energía del collar se agotó. Entonces robó a otros volcarianos una esfera que podía cargar el poder del talismán. De esa manera, al llegar al palacio, recreó la forma física de la princesa. Sin embargo, tenía que permanecer a su lado para mantener manifiesta a la falsa princesa. Por eso, cuando los sacerdotes pidieron dejarla a solas en compañía de la diosa reina Charos, la *princesa* estalló en llamas y culparon al volcariano, sentenciándolo a prisión.

»Allí lo mantuvo la Diosa Reina hasta que necesitó de él para despertar a Jafeht. Pobre hombre, él solo estaba enamorado. Creo que él no confiaba en la Diosa Reina, por eso la engañó con esa ilusión. Necesitaba comprobar qué intenciones tenía. Pero su plan falló. Krokos no dejaba de lamentarse de haber dejado atrás a su amada, por eso me confesó todo esto.

—Gracias a las diosas que no tuviste el mismo final, hija. —Cariat le puso una mano en el hombro—. Ahora comprendo todo.

Cariat se puso de pie. Sospechaba que Jafeht estaba aliada a la Diosa Reina. Había accedido a un reino nuevo, el mundo espiritual de les aireus.

Desconocía el objetivo de Charos, pero nada bueno le esperaba a Arca ahora que los dioses tenían una nueva integrante en su panteón.

Frotó su muñeca, confiaba en la protección de Telasina, aunque necesitaría ayuda para proteger a su pueblo.

Quizás había llegado el momento de revelar a la Diosa Oculta a sus hijas cristaleras.

Catara despertó lentamente. Sentía mareos y dolores, se llevó las manos al vientre instintivamente. Esperaba que las emociones no afectaran su embarazo.

Durante el complicado viaje de regreso, había encontrado un poco de calma al pensar en darle la buena noticia a su prometido. Pero Set estaba muerto.

Inspeccionó la habitación, tenía muros de piedra y una cama de placas con mantas de algas. Era simple, pero acogedora.

Se sentó y tocó su cabeza, aún estaba mareada.

Se puso de pie con esfuerzo. No sabía si era de noche o de día, no había ventanas.

Catara caminó hasta la puerta, estaba cerrada. Se dio cuenta que le habían sacado la ropa de cristalera y le habían colocado un fino vestido de cama. Encontró un vestido azul opaco en el extremo de la cama, estaba doblado con cuidado. Se lo colocó y se puso unas sandalias que vio en el suelo.

La princesa notó la mano de la masteriza detrás de esos detalles. Pensó que, pese a toda la catástrofe que su padre había provocado, Mamet seguía tan atenta como siempre.

Golpeó la puerta, las placas de yeso eran frías al tacto. Nadie respondió.

Insistió, esperó unos segundos y llamó a viva voz. Oyó unos pasos al otro lado. Volvió a golpear y los pasos se detuvieron.

—¿Qué quieres? —pregunto una voz joven.

—Soy la princesa Catara, déjenme salir.

Los pasos se alejaron apresurados.

Luego de unos minutos, alguien llegó hasta la puerta. La masteriza Mamet abrió, iba junto a otra de las masterizas.

—Princesa, ¿ya te encuentras bien?

—Sí, un poco mareada, pero estoy bien.

—Déjame ayudarte. —La otra masteriza le ató el vestido allí donde ella no alcanzó a unir las cuerdas que lo sujetaban.

Catara esperó a que terminaran, le parecía extraño que no hablaran respecto de su desaparición. En cambio, tenían la mirada baja.

—¿Qué es lo que sucede?

—No sabemos —Mamet le respondió con sinceridad—. Luego del caos de ayer, los reyes han estado dialogando. El rey Noahrot pidió que apenas despertases te presentaras ante él.

—¿Cómo están mis padres?

—Ellos aún están en la sala del trono. Algunos de sus sirvientes los acompañan.

—Quisiera verlos.

—Primero irás ante el rey Noahrot —respondió Mamet con dureza. Era la primera vez que le hablaba así.

Catara asintió.

Salieron de la habitación y se dirigieron por un pasillo estrecho, donde apenas cabían dos personas a la par. Llegaron hasta unas escaleras y subieron.

El espacio se abría en una sala pequeña y fría, resguardada por dos hileras de soldados en formación. Pasaron frente a ellos, dirigiéndose a una puerta de placas oscuras. El guardia que estaba apostado allí las reconoció y les permitió el paso.

Un escalofrío tenso recorrió la espalda de Catara.

Ingresaron a un salón más amplio, de muros de piedra pulida y pequeñas ventanas hexagonales que permitían el ingreso de la luz de la mañana.

El rey estaba sentado en el extremo de una mesa de placas negras. Llevaba una pesada capa de piel de reptiles marinos sobre los hombros y una fina corona en su cabeza. Tenía sus manos juntas sobre un caparazón de caracol que brillaba con colores nacarados.

—Su majestad —habló la masteriza—. Aquí traigo a la princesa Catara.

El rey se puso de pie lentamente, tenía la mirada triste y oscurecida. Dejó el caracol deslizarse a un lado, que resonó con un profundo eco en su interior y destelló en las joyas que tenía incrustadas.

El rey Noahrot dio unos pasos hasta ponerse frente a la muchacha. Levantó la mano para abofetearla, pero se contuvo a último momento.

—¡Eres una chica idiota! —Escupió al hablar. La agarró con fuerza por los hombros—. Has provocado un desastre en el Reino. Mi hijo mayor ha muerto por tu culpa. ¡Tu padre lo ha asesinado! ¿Lo sabías? ¿Dónde estabas? ¿Por qué te fuiste? ¿Acaso no querías casarte?

—Yo... —Catara intentó responder, pero no sabía si con sus palabras haría enfurecer aún más al rey—. Lo siento, mi señor. Nunca pensé en las consecuencias que traerían mis actos.

—¡No pensaste! —El rey estaba lleno de rabia, sus mejillas se habían encendido. Catara podía ver las venas en los pequeños ojos verdes—. ¡Maldita seas! ¡Debería hacer que corten tu cabeza y entregársela a tu padre en una bandeja!

Catara palideció. La embargó una gran tristeza. El príncipe Set había muerto y ella era la culpable.

¿Cómo podría decirle que ella había regresado para casarse y que, además, estaba embarazada? No podía. Pero la idea de morir y que su hijo no naciera la hizo derramar lágrimas.

Cayó de rodillas y se agarró de las piernas del rey, acongojada.

—Perdón. Intenté regresar cuanto antes, no quería cambiar mi destino. Yo quería casarme, quería cumplir mi parte... —Lloraba entre frase y frase. Había agarrado la túnica del rey y temblaba con sus sollozos.

Él permanecía en silencio, aunque sus lágrimas también caían por su rostro.

—Arstant llegó al palacio después de ti. Él intercedió por tu irresponsabilidad, pero también me narró vuestro terrible viaje de regreso. —Dio un paso hacia atrás—. Volverás a tu recámara. Te llamaré luego de hablar con tu padre.

Catara se limpió el rostro, tenía la nariz congestionada. La masteriza se acercó hasta ella y la ayudó a levantarse. El rey volvió hasta la mesa y miraba las placas en silencio. Uno de los capitanes se acercó hasta él.

Mamet le hizo señas a la otra masteriza y se fue con Catara. Una vez en la recámara, la dejaron sola.

Catara pensaba en todos sus errores, tenía ganas de hablar con alguien conocido. Volvió hasta la puerta y preguntó si podían llamar a Arstant. Unos momentos después, el canci entró a la habitación y se sentó en la cama junto a ella. Estaba vestido con un traje negro brillante.

—Princesa, ¿qué puedo hacer por ti?

—Arstant, ¿cómo puede ser que todo esto haya pasado tan rápido?

—No lo sé, princesa —Arstant hablaba con pesar.

—Necesito que no le digas a nadie lo de mi embarazo. —Catara miró a Arstant preocupada.

—Eso debe ser tu responsabilidad, pero sería una imprudencia ocultarlo demasiado tiempo. El rey Noahrot puede ser un temible enemigo, pero también un gran aliado.

—No sé qué ocurrirá conmigo. Por el momento, prefiero ocultarlo. Al menos hasta que regresen las cristaleras que están en Enher. Necesito que me... nos protejas.

—Yo ya no tengo ninguna obligación contigo, princesa.

—Pero sirves a la corona, y en mi vientre hay un heredero.

—La política de los terros siempre es complicada. Deberías aprender que la lealtad es un premio, no un regalo. No se trata de un juego de amenazas, sino de un juego de conocimiento.

—Por favor. —Catara cambió de actitud, el canci tenía razón, ella no podía obligarlo.

—Sé que en este momento estás sola. Aun así, deberás aprender a confiar en quienes estén a tu lado. Sean quienes sean.

Abrió la puerta, pero se detuvo un momento. La miró preocupado y, en silencio, asintió.

—Ya he hablado a tu favor, nada malo te ocurrirá. Confía en las decisiones de los reyes —dijo, y se retiró de la recámara.

Pasaron unas horas desde que se cerró la puerta. Solo la abrieron para entregarle una bandeja con alimentos y agua. Catara estaba ansiosa por saber qué ocurría.

Luego de que Mamet la buscara, salieron y caminaron por el pasillo que conectaba la torre con el Palacio Real, varios guardias se sumaron a escoltarlas.

Atravesaron un puente bajo la luz del atardecer que ingresaba por unas ventanas vidriadas, el cielo estaba despejado y una de las lunas empezaba a asomarse.

Llegaron al salón central del palacio. Un gran hombre-lagarto, apostado cerca de la puerta, rebufó cuando pasaron a su lado.

Los reyes estaban en medio de una conversación.

—¡Padre! ¡Madre! —Catara quiso ir a abrazarlos, pero un guardia la detuvo.

—Rey Moura, verá que no miento. Hemos recuperado a su hija —El rey Noahrot tomó la palabra—. Todo se ejecutará según lo acordado.

—Veo que lo que dices es cierto. Déjala libre, se cumplirá lo que has pedido. —Su padre miró a su madre, que asintió decidida—. Cumpliremos nuestra palabra.

—Pueden soltar a la princesa, ella sigue siendo una invitada —dijo el rey Noahrot a los guardias, que soltaron a Catara.

Fue caminando con prisa para abrazar a su padre, quien la aferró con fuerzas. Su madre también se acercó y acarició su cabello. Catara lloraba por sentir aquel gesto de afecto luego de todo lo que había vivido. Sollozaba y quería desahogar todo su pesar en ese abrazo.

—Tranquila, niña, todo saldrá bien. Quizás no como lo habíamos planeado, pero ya estamos aquí para celebrar tu boda.

—¿Qué quieres decir? —Catara miró a su padre, que le devolvía la mirada con una mezcla de lástima y orgullo.

—Habrá un casamiento. En cuanto el príncipe Camet regrese.

—¿Con él? —Luego de unos instantes Catara lo comprendió: no regresaría a Joler, sería la consorte del futuro rey de Tides, solo que su prometido había cambiado—. ¡No puedo! Yo... Él...

—Catara, mírame —dijo su padre, con seriedad—. Es lo mejor para nuestros reinos.

Los ojos de su padre habían cambiado; de un color arena pasaron a ser verdes y sus pupilas se habían estirado. Catara vio que detrás de sus orejas asomaban unos cristales, encarnados bajo sus escamas. La princesa bajó la vista con temor.

El rey Moura liberó su control de los hombres-lagarto, pero todos sabían que acudirían a él si los llamaba. Unos sirvientes se acercaron para acompañar a los reyes de Joler a sus recámaras, donde esperarían la llegada del príncipe Camet.

En la sala solo quedaron unos pocos guardias. Ella estaba sola otra vez. Y su boda sellaría la paz entre los dos reinos.

Catara estaba anonadada. Primero la muerte de Set y ahora el nuevo acuerdo nupcial. No esperaba nada de eso.

La noticia le rompería el corazón a Camet. Sin duda la odiaría.

Su vida cambiaría y también la de su hijo. Casi nadie sabía de su embarazo, afortunadamente. Quizás podría decir que era hijo del príncipe Camet y así aparentar ser la madre de una verdadera familia real, como todos esperaban. Quizás casarse con el muchacho sería lo mejor para ella, debía empezar a hacerse la idea de que así sería.

La princesa se sentó en una silla. La luz violeta de las lunas llenaba la habitación.

Guardias y sirvientes iban y venían, el orden retornaba al palacio, la paz recobraba su dominio en Tides. Pero para ella los sonidos se aquietaron. Un pequeño malestar hizo que se llevara una mano a su estómago.

Ella rezó para que su futuro tuviera aquella paz.

EPÍLOGO

«—Sé que eres una niña, pequeña Learat, pero todo lo que has visto del pueblo de los cancis permanecerá en tu memoria por varias generaciones —el canci le hablaba a modo de despedida—. No cualquiera es invitado a conocer el reino más maravilloso de Arca.

—¡Todo brillaba y estaban llenos de alegría! —expresó la niña con una sonrisa.

—Y no es solo lo que has visto. Nuestro reino se extiende con muchas maravillas más. Somos los elegidos de los dioses, por eso ellos viven con nosotros, entre nosotros, y me han pedido que te dé su bendición. —El canci sacó algo de su capa negra—. Toma este caparazón y guárdalo. En tus últimos días, dáselo a tus hijos y ellos se lo darán a sus hijos.

—¡Es hermoso! —exclamó sujetando el caparazón nacarado y adornado con joyas engarzadas.

—Cuando los dioses regresen, no dudes en hacerlo sonar.

—¿Y qué hará?

—¡Oh! Este objeto nos llamará, a nosotros o a nuestros sucesores. Saldremos del agua para ayudarte.

—¡Siempre lo cuidaré, Malant!

—¡Que así sea, princesita!

El canci tomó sus manos y las besó, luego se paró sobre el lomo del calar, que la regresaría a su hogar, y saltó hacia el profundo mar.

La niña dejó el caparazón entre sus piernas y lo despidió con sus dos manos, mientras veía la estela de burbujas desaparecer hacia el fondo del océano».

Fin de La niña de las olas, *cuento popular Tidesio.*

GLOSARIO

PERSONAJES

ACAAS: Miembro de la Orden de adoradoras de la Tríada.

AILOT: Uno de los miembros de la Guardia Real de Tides.

AMARA: Confidente y mejor amiga de Catara en Joler, a quien la princesa considera como una hermana.

ARSTANT: Un canci que suele vestir con un atuendo negro. Tiene ojos verdes oscuros, profundos, su piel es pálida y labios finos. Posee estrías en los abdominales y aletas en los antebrazos. Es un enviado de Orimar, tiene olor a algas en su cuerpo debido a su naturaleza marina. Es súbdito de los dioses del mar.

ARTERET: Anciana de Tides que reside en el palacio. Es la nana de Cam.

BEROT: Amigo de la niñez del príncipe Camet. Es miembro de la Guardia Real de Tides y protector de la familia real en el Palacio. Tiene dieciocho años, es recio, de ojos azul oscuro, pelo corto y negro.

CAMET: príncipe de Tides, hijo menor del rey Noahrot. Tiene diecisiete años. De carácter amable, simpático y espíritu curioso. Le encanta el conocimiento y los libros antiguos. Es alto, delgado, de nariz prominente, pelo largo, sus escamas son broncíneas y sus ojos marrones.

CATARA: Princesa de Joler, hija del rey Moura. Tiene diecisiete años. Es impulsiva, irritable y confiada. Reside en el palacio de Tides para contraer matrimonio con el príncipe Set.

CARIAT: Es la cristalera mayor de la Orden de las Cristaleras. Es una científica del Reino que ha contribuido con importantes aportes a la comunidad de Tides, lo que la ha convertido en confidente y consejera del rey Noahrot. Es delgada, lleva el cabello corto y viste generalmente con una túnica con capucha. Es seria, fuerte, decidida y fiel con su deber hacia su reino, sus hermanas cristaleras y sus creencias.

CHAROS: Es la misteriosa reina de Enher, autoproclamada diosa. Debido a sus milagros y a un halo que la recubre desde que nació, se ha ganado la devoción de su pueblo como un ser sagrado. Tuvo trillizos con un gran noble del pueblo de Kaner, cuya unión consiguió la unificación de los dos grandes pueblos de Enher en un solo reino. Reestructuró las jerarquías sociales de Enher y, bajo su reinado, la isla ha prosperado.

DELICET: Cristalera al mando de la orden de las tallerizas. Es alta y de aspecto rudo. Acompaña a Cariat en el viaje a Enher. De carácter decidido y valiente.

DESAN: Líder de la Orden de las Adoradoras. De aspecto elegante y colorido, suele llevar unos zapatos altos y vestidos con mangas anchas. De carácter serio y riguroso que inspira respeto y hasta miedo. Leal a la diosa reina Charos.

DURCAN: Arleo de la Orden de Nuestra Señora de las Tres Lunas que viaja con la comitiva de Enher.

DURCET: Sirviente de Tides, hijo de la cocinera de la familia real. Tiene una hermana muda llamada Graciet y compartió clases de lenguaje con el príncipe Camet.

FAREL: Es el rey de Varnal. Su mal gobierno de la isla ha empobrecido a su pueblo y ha provocado la rebelión de su hija.

GASIN: Emisario de la diosa reina Charos. En su isla es trovador de baladas para la Corte de Enher y director teatrero real. Tiene a cargo a su propia compañía de actores que se dedican a realizar obras de comedia y drama, para entretenimiento de la Corte. Siempre lleva consigo a su pequeña mascota, un lagarto volcariano llamado Tonanzitlan. Viste elegantes atuendos coloridos y brillantes típicos de su isla, rematados por extravagantes sombreros. Tiene un tatuaje de serpiente con pintas rojas y naranjas que va desde su rostro hasta el cuello.

GEFAN: Es el hermano de Gasin. Vive con su esposa y sus dos hijos.

GILAHT: Una cristalera oráculo. Renombrada por sus visiones del futuro lejano.

JAFEHT: La segunda de los hijos del rey Noahrot y su favorita. Hermana de los príncipes Set y Camet. Es de tez morena y grandes ojos marrones claros, como su cabello. De una belleza exótica. Es intrépida, aventurera y rebelde, Jafeht rechaza la opulencia y el protocolo que exige la vida en el Palacio Real, por lo que decidió explorar el mundo para conocer otras tierras.

JANOS: Abuelo de la diosa reina Charos y antiguo rey de Enher. Durante su reinado, mantuvo un régimen de fortaleza y justicia. La suya era la única palabra verdadera, porque él afirmaba hablar con los dioses.

JUNIP: Alférez del navío Mardesal y hombre de confianza del capitán Somorte.

JUSET: Miembro de la Guardia Real de Tides que acompaña a Cam a Enher.

KARTENTOS: Primero de la tribu de volcarianos que encuentra la comitiva luego de pasar por Villa Valhor.

KROKOS: Es un terro volcariano que, se cree, encontró a la princesa Jafeht en Enher y la acompañó hasta el Palacio Real de la diosa reina Charos.

LAKLAS: Adoradora de la diosa reina Charos.

LAMIN: Es la hija de Gefan y sobrina de Gasin.

MAMET: Masteriza de Tides. De aspecto robusto y movimientos ágiles. Tiene carácter amable y bondadoso. Es quien está a cargo del cuidado y los preparativos de la princesa Catara.

MATRAL: Mesera de la taberna en Varnal. Es la amante del sambucador Tirol. De aspecto robusto y carácter risueño.

MOURA: Es el rey de Joler y padre de la princesa Catara. Venera al dios Lobreg. Se muestra amable, pero esconde una personalidad oscura e iracunda.

NAMINET: Es la maestra cristalera de la orden de las oráculos. De tez morena, y baja estatura. Suele llevar un atuendo largo blanco acompañado de cinturones marrones. Siempre comparte sus amplios conocimientos con sus hermanas. Su carácter se vuelve sombrío cuando recibe visiones que presagian desgracias.

NOAHROT: Es el rey de la isla de Tides. Viudo y padre de Set, Jafeht y Camet. De contextura mediana, con barba blanca y larga que llega hasta su barriga. De carácter amoroso con sus hijos y justo hacia sus súbditos, suele cargar con un semblante taciturno debido a la muerte de su esposa.

PACRAN: Es un sacerdote alun de la Orden de Nuestra Señora de las Tres Lunas.

RENAT: Uno de los miembros de la Guardia Real que acompaña a la comitiva en la Mardesal.

SELFUT: Es el comandante de la Guardia Real de Tides y es quien dirige a los guardias tidesios de la comitiva que va en busca de Jafeht. Es un hombre mayor, tosco y lascivo, aunque leal y comprometido con el deber, lo que le ha merecido el respeto de sus pares y el rechazo de las mujeres.

SERN: Es un calar de tres cuernos. Es uno de los vigilantes ancestrales de los mares.

SET: Es el hijo mayor del rey Noahrot y heredero al trono de Tides. Prometido de la princesa Catara de la isla de Joler. Asertivo, serio y perfeccionista, calculador y autoritario. De aspecto delgado, rostro amable y apuesto, aunque distante.

SOLITUT: Es la maestra cristalera de la orden de las monásticas. De carácter introvertido y sensible. Viste atuendos holgados. Se mantiene a la sombra de Cariat y sus otras hermanas maestras. Tiene tez morena y ojos verdes.

SOMANTAT: Uno de los miembros de la Guardia Real que acompaña al príncipe Camet.

SOMORTE: Es el capitán de la embarcación Mardesal. Debido a un defecto congénito en sus labios sesea cuando habla. Es robusto y de aspecto andrajoso, acostumbrado a la vida de marinero.

TIROL: Es uno de los mejores sambucadores de Varnal. De cabello corto, facciones marcadas y una cicatriz que le llega de la frente hasta el ojo.

TORCAN: El Capital del Ojosdeladiosa, donde la princesa Catara viaja de regreso a Tides. Siempre lo acompaña su mujer.

VORKON: Conocido como el primero del pueblo, es el anciano líder de uno de los pueblos de volcarianos. Su cabello largo empieza en su frente y se extiende hacia atrás en forma de trenza, lleva aros en sus cejas. Tiene facciones duras en su rostro, con cayos en sus mejillas. Sus ojos lucen acuosos y entrecerrados.

ZUTEL: Es la princesa de Varnal e hija del rey Farel. Solía ser amiga del príncipe Camet. Tiene dieciocho años. De carácter enérgico y alegre.

TERRITORIOS

AMIXAS: Pequeñas islas deshabitadas con aguas ricas para la pesca.

ARCA: Un mundo acuático, su nombre proviene de las primeras leyendas en las que el dios Fiter albergó la vida en el original continente Mirina y lo llamó su *arca* de vida.

CAÑADONES DE ORIX: Formaciones geológicas que surgen como mástiles en el mar, con formas de cuñas clavadas en una zona árida de otras islas, pero habitadas por algunos pescadores de algas.

ENHER: Una de las mayores islas de Arca. Posee dos grandes volcanes en el centro llamados Vilcón y Comaicán. Consta de la gran ciudad capital de Enher y dos pueblos, uno era el antiguo reino de Kaner, antes de unirse a Enher y conformar un solo reino. Existen dispersos poblados de volcarianos en las montañas y algunas villas.

Es una isla oscura, con pendientes montañosas. Considerada la cuna de los dioses y famosa por sus coloridos atuendos gracias a sus técnicas de pigmentación en vestimenta y cristales. Los atuendos más extravagantes los posee la clase alta. Su volcán destaca por sobre el resto del paisaje y se encuentra activo, cerca de allí se encuentran los cerros Pon y Cascal a cada uno de los lados. Las costas están conformadas en su mayoría por barrancos de color blanco y formas geométricas anguladas. Posee pocas playas. La ciudad de Enher es una de las más pobladas de las ocho islas, abarcando una amplia extensión y su símbolo es la figura de un pulpo casilar rodeado por un círculo.

TORRE NEGRA: Antiguamente conocida como Castillo Negro hasta que paso a ser dominio de los sacerdotes de la Orden de Nuestra Diosa de las Tres Lunas en Enher.

JOLER: Una de las ocho islas principales de Arca, gobernada por el rey Moura. La isla se caracteriza por contar con un excelente sistema de medición para la cosecha de algas, lo cual le brinda una ventaja comercial sobre las otras islas. Cuenta con un bosque de sal con formaciones arbóreas de grandes dimensiones y con una gran población de carijas.

MIRINA: Nombre del antiguo continente primigenio, cuando las ocho islas aún estaban unidas. En ese entonces, los dioses caminaban junto a los terros, en el tiempo en el que se forjaron las leyendas actuales. El gran dios Fiter partió la isla en ocho partes luego de que los habitantes comenzaran a adorar otros dioses, relevándolo como principal deidad.

OLLA DE CORALES: Es un terraplén alto entre dos grandes profundidades del océano que funciona como barrera natural contra los ataques de los grandes reptiles debido a sus aguas turbulentas. Se encuentra cerca de los puertos de la isla de Enher, una vez atravesado el terraplén, las aguas hasta la costa de Enher se vuelven calmas.

ORIMAR: Es uno de los reinos de los cancis, oculto en las zonas más profundas del océano.

TIDES: Isla ubicada en hemisferio sur de Arca. Su principal recurso es el vidrio, el que la Orden de las Cristaleras ha dominado y perfeccionado, para la creación de diversas herramientas y avances científicos. También cuenta con un gran desierto de sal. En la ciudad principal se encuentra el castillo de Tides y en las costas se ubican varias colonias. Es una isla de costumbres patriarcales regida por el rey Noahrot. El castillo cuenta con una de las más grandes bibliotecas de Arca, lo que ha convertido a la isla en un importante centro de conocimiento.

VARNAL: Es una de las islas más pequeñas de las ocho principales de Arca. Es aliada comercial de Tides y rival de Enher. El rey Farel es quien gobierna la isla. Aquejada por la pobreza, con numerosas zonas desprotegidas y separadas de las ciudades importantes por murallas. Su capital está en el centro de la isla, en el área más estrangulada. Desde el palacio se pueden observar las dos costas de los mares que la rodean.

VILLA VALHOR: Pequeña villa que sirve como punto de transición entre la ciudad de Enher y los pueblos volcarianos. Está bajo el mando de la diosa reina Charos y sirve como avanzada para controlar la actividad de los volcarianos.

CRIATURAS

AVE-BRUMA: Grandes criaturas mitológicas, de cuerpo semisólido. Se dice que son montados por les aireus para viajar entre las nubes. Su existencia resulta funesta para los terros porque devoran almas, por lo que su presencia es motivo de gran terror. Tienen escamas grises y ojos brillantes.

AVE-PEZ: Son peces que viajan en bandadas formando líneas curvas en el aire y destellando en múltiples colores con sus aletas transparentes y escamas coloridas. Tienen tres brazos de largo. Se las llama así porque tienden a volar alto, permanecer largo tiempo en el aire y luego dejarse caer estrepitosamente al mar.

CALAR DE TRES CUERNOS: Enorme y majestuosa criatura marina. Tiene tres cuernos brillantes, el central destella de luz. Es capaz de comunicarse con los cancis, los dioses y con algunos terros especiales. Su voz es profunda y sonora. Tiene pelo blanco, sangre amarilla y tres ojos verdes en líneas ubicados a los lados de su cabeza.

CARIJA: Pequeño insecto triangular, flexible y de patas planas, que se pega y dejan caer por los filos de las ramas de cristales de sal. Abundan en el bosque de sal de la isla de Joler.

CASILAR: Pulpo gigante de diez tentáculos de diferentes tamaños y un pico que se abre en tres direcciones. Es enemigo natural de los volteones. La isla de Enher usa su imagen en su emblema.

ESTILA: Criatura con tentáculos que se aferra a las rocas de los cañadones y habita allí. Es una especie única y muy sabrosa, por lo que su crianza es bastante redituable.

LAGARTO DE LOS VOLCANES: Reptil pequeño y dócil que se aferra fácilmente a cualquier superficie. Busca el calor solar o el terro durante las noches. Gasin tiene uno como mascota.

LAGARTO DE FUEGO: Pequeño insecto en forma de gota que consume piperleones. Brillan de color rojo al comérselos. Son muy utilizados en la isla de Enher para el control de las plagas de piperleones.

LAGARTO DE PAPEL: Enormes aves de alas rectangulares que terminan en garras y que se aferran a los muros, atrapando insectos con su pico. Su cabeza plana, posee un gran cuerno en su mandíbula inferior, que clava en las paredes buscando insectos taladrillos que viven enterrados en los muros.

OJÚN: animal marino con pinzas, muy utilizado en la gastronomía de todas las islas.

PIPERLEÓN: Criaturas diminutas que es atraída por el aliento de los terros, provocándoles ahogo por asfixia y la muerte del huésped al tragarlas y explotar en su interior. En la isla de Enher, han utilizado un químico mezclado con polvo de sílice y agua salada para crear redes que atraen y atrapan a los piperleones.

SERPIENTE DRAGÓN DE SAL: Habitan en el mar de Enher, en las rutas poco comerciales, son consideradas muy peligrosas, por lo que los terros rehúyen a su presencia.

TARIO: Gusano pequeño y gordo, de seis patas cortas y cuerpo rosado, de sangre gris con perfume picante y desagradable, pero de carne dulce. Es la base de muchas de las comidas de Tides. Se los cría en las granjas de algas en los puertos de Tides.

TREPADOR: Es una especie de lagarto de las montañas con un cuerpo alargado y ocho patas equidistantes que aferran con largas garras al trepar. Son criaturas grandes, de color gris y cuerpo estirado.

VOLTEON: Poderosa bestia del mar. Tiene una altura de al menos tres hombres, y la piel dura y oscura. Es extremadamente agresivo. Posee tres brazos y manos delanteras con garras para atacar a sus presas. Cuenta con una hilera doble de dientes filosos y venenosos y emite un sonido chirriante. Tiene una cola con forma de púa.

ÓRDENES.

ADORADORAS DE LA TRIADA: Es una orden de sacerdotisas en la isla de Enher que rinde culto a las tres lunas. Son las encargadas de la administración, el control y la organización social de la ciudad. Son homólogas a las cristaleras de Tides. La orden fue creada por la diosa reina Charos luego de heredar el trono. Se caracterizan por su decisión y fuerza, aunque también denotan piedad.

COFRADÍA DE LOBREG: Es una orden de la isla de Joler que rinde culto al dios del inframundo, Lobreg, y es la encargada de las investigaciones científicas y el estudio de la medicina. Sus experimentos suelen ser secretos y están rodeados de un aura siniestra.

CONCILIO DE LAS OCHO: Asamblea de reyes, filósofos y eruditos de todas las islas. Son quienes escribieron *El Libro Mayor*, un tratado de leyes y normas que rigen la vida de todos los terros y sus relaciones con otras especies sentientes.

CRISTALERAS: Es una orden científica-religiosa de mujeres perteneciente a la isla de Tides. Según su espíritu, cada cristalera puede pertenecer a una de tres órdenes. Las oráculos tienen visiones del futuro, su naturaleza introspectiva las hace excelentes consejeras y mujeres muy sabias, además de ser hábiles en los negocios. Las tallerizas son excelentes ingenieras en técnicas de forjado de armas e invención de dispositivos utilizando cristales, lo que les ha permitido realizar importantes avances científicos y armamentísticos. La tercera rama de la orden son las monásticas, mujeres dedicadas a la oración, pregonan la paz, el silencio y la purificación espiritual; estudian la salud y preparan elíxires y ungüentos medicinales para toda la comunidad, lo que las convierte en excelentes sanadoras. La cristalera de mayor grado es Cariat, cuyo puesto es el más alto que puede alcanzar una mujer en Tides.

ORDEN DE NUESTRA DIOSA DE LAS TRES LUNAS: Es la orden masculina de la isla de Enher, compuesta por sacerdotes que continúan con su labor anterior al ascenso de la diosa reina Charos. Esta orden idolatra a la diosa Artrea, madre de las tres lunas. Están a cargo del poder militar y de impartir justicia. Residen en la Fortaleza Negra.

RELIGIÓN DE LAS LUNAS: Es una antigua religión prohibida en Arca que rinde culto a la diosa Telasina, la que teje la noche y madre de las tres lunas. Cariat le rinde culto en secreto, para evitar el exilio.

ESPECIES

AIREUS: Seres de luz y calor pertenecientes a la mitología de Arca, tienen forma incorpórea. Son criaturas libres que habitan en los límites del mundo.

CANCIS: Son los habitantes de las profundidades del océano, lo que los acerca a la morada de los dioses. Son seres acuáticos, de carácter reservado y esquivo. Sus menciones en la historia de Arca son escasas. En la mitología de Arca uno es nombrado en el cuento *La Niña de las Olas*. Son de piel pálida, con estrías en el abdomen y aletas en los antebrazos. No poseen labios y tienen un aspecto semejante a los peces.

TERROS: Son los habitantes de la superficie terrestre de Arca. Son reptiles homínidos y se encuentran distribuidos en las ocho islas principales, aunque algunos viven en pequeñas islas dispersas en el mar.

DIOSES Y PERSONAJES MÍTICOS

ARTREA: Madre de todos los seres vivos. Esta diosa nació del interior del volcán y es quien calma la furia del dios Fiter al tocar el suelo. Engendró, junto con el Dios, a las tres diosas lunas. Los reptiles fueron las primeras criaturas que crearon.

APREIA: Diosa del mar y de las criaturas marinas. Protege las tripulaciones que la veneran de las bestias y las tormentas. Tiene una barba con tentáculos y su efigie suele verse en los barcos.

BARÁCLETES: Hijo de Fiter con una mujer terra llamada Misasini. Se dice que montó un ave-bruma y buscó un manto invisible para proteger a su madre de la ira de Artrea por la infidelidad de Fiter.

ERIN: Es el hijo preferido de los dioses de las profundidades. Se convirtió en ejemplo de lucha y constancia ante los deseos impuros. Se lo considera un hombre bueno y justo.

ETRAUR: Profeta de les aireus elegido por Artrea. Llegó al reino de les aireus subiendo la montaña de Enher, donde se dice que está la entrada a su reino oculto. Lleva un collar con la sangre de la diosa.

EURILEA: Nombre de la mayor de las tres lunas. Se oculta durante la noche más oscura del mes. Es hermosa, rubia y de tez clara. Es la luna de les aireus.

FITER: Primer dios creador de todos los otros dioses, cuya sangre emana de los volcanes. Partió la tierra en ocho islas, luego de que los terros dejaran de idolatrarlo. Fiter, junto a Artrea, nacieron en el territorio de Enher, pero reinaron en lo que hoy es conocido como la isla de Varnal durante mil años.

HERODONTE: Medio hermano de Barácletes, hijo de una terra y de Fiter. Mata por confusión a su madre y, en venganza, intenta matar a Artrea sin éxito. Al descubrir sus intenciones, Fiter lo convierte en el terrible volteón.

LOBREG: Dios del inframundo que copula con las oráculos y les otorga visiones durante la noche más oscura. También es considerado el dios de las pesadillas y señor del inframundo.

MIYANA: Nombre de la luna mediana. Es la luna de los cancis, tiene unos tonos verdosos y azulados. Es considerada la más misteriosa de las tres.

TELASINA: Antigua diosa, cuyo culto está prohibido en las ocho islas, aunque algunas sectas lo hacen en secreto.

TIRACIA: Nombre de la luna menor. Es la luna que sale última en las mañanas y se oculta primero en los atardeceres. También conocida como la luna incompleta, la luna de los terros. Es de colores ocres, pero con una forma ovoidal y con partes de ella flotando como aves a su alrededor.

AGRADECIMIENTOS

Las palabras escritas se reflejan con la voz del lector.

Por eso el primer agradecimiento es para vos, quien está del otro lado del papel impreso. Sin tus ganas por disfrutar de la lectura nada de esto sería posible. Gracias por elegir este libro y por llegar hasta el final, espero que lo hayas disfrutado.

Esta historia nació hace mucho tiempo y se fue gestando con mucho cariño y dedicación. Gracias.

También quiero agradecer a mis padres, Susana y Rubén, los amo y les doy gracias por aguantar mis locuras. A mis hermanos, cuñadas y los cinco solcitos que son mis sobrinos y tienen parte de mi corazón.

Agradezco a mi querido lector cero y crítico número uno, Adrián Ruarte, (@licadrianruarte), quien revisaba cada capítulo, viendo el avance de la historia y el crecimiento de los personajes.

Le doy gracias enormes a mis lectores beta, que me ayudaron a corregir los primeros errores. Son varios quienes esperaron a tener la versión final de este libro en sus manos, para sonreír con las aventuras de sus protagonistas: Flor *Pepe* Losacco (@pepefragmentada), Pablo Baustian (@bookaholic.confessions), Flavia Actis (casi abogada) y mi amiga querida Alejandra González.

Agradezco a Eber Romero (@el_eberito) quien me ayudó con los mapas y algunos diseños de criaturas.

No quiero dejar afuera a Gisela Lupiañez (@gisebooks) a quien nos unió nuestro amor por Brandon Sanderson y nos abrió una nueva manera de traer la fantasía a nuestro mundo. Seguimos sus pasos y somos devotos de sus palabras radiantes.

Los últimos agradecimientos son para Emmanuel Bou Roldán(@bou_emmanuel) y su padre Walter Bou, los ilustradores que, llenos de paciencia y talento, realizaron los maravillosos trazos que acompañan la portada y los interiores.

Y cómo dejar afuera a los editores de Fey, Nacho Pedraza y Ramiro Reyna, dos excelentes personas que le ponen mucha dedicación y cariño a su editorial, que no tengo dudas que será la mejor de la Argentina.

COMPAÑEROS

FERNANDO J. ANGELERI
Autor

IGNACIO PEDRAZA
Editor

EMMANUEL BOU ROLDÁN
Ilustrador

WALTER BOU
Ilustrador

SOBRE EL AUTOR

Fernando J. Angeleri, mendocino, es estudiante y profesor; arquitecto y rector; lector y escritor, y un montón de cosas más.

También escribió El bosque de las Culpas, y actualmente está trabajando en la segunda parte de la saga de Arca, entre otros proyectos.

Vive junto a su pareja y sus dos hijas felinas Thea y Leguin, en homenaje a Ursula K. Le Guin.

www.ingramcontent.com/pod-product-compliance
Lightning Source LLC
LaVergne TN
LVHW091658070526
838199LV00050B/2205